LOUISE ALLEN

De la ruina a la riqueza

Editado por Harlequin Ibérica.
Una división de HarperCollins Ibérica, S.A.
Avenida de Burgos, 8B - Planta 18
28036 Madrid
www.harlequiniberica.com

© 2025 Harlequin Ibérica, una división de HarperCollins Ibérica, S.A.
N.º 88 - 3.9.25

© 2014 Melanie Hilton
De la ruina a la riqueza
Título original: From Ruin to Riches
Publicada originalmente por Harlequin Enterprises, Ltd.

© 2007 Melanie Hilton
El caballero pirata
Título original: A Most Unconventional Courtship
Publicada originalmente por Harlequin Enterprises, Ltd.
Estos títulos fueron publicados originalmente en español en 2014 y 2009

I.S.B.N.: 979-13-7000-811-6
Depósito legal: M-14113-2025
Impreso en España por Liber Digital
Fecha impresión Argentina: 2.3.26
Distribuidor exclusivo para España: LOGISTA
Distribuidores para Argentina: Interior, DGP, S.A. Pienovi 211 - Avellaneda
Cap. Fed./Buenos Aires y Gran Buenos Aires, VACCARO HNOS.

MIXTO
Papel | Apoyando la
silvicultura responsable
FSC™ C134275
www.fsc.org

Uno

16 de junio de 1814
Queen's Head Inn
Oxfordshire

Era todo fuerza y arrogancia masculina, con la luz de las velas bailando sobre sus miembros desnudos y largos. Estaba de pie, llenando una copa de vino rojo como el mejor rubí, que luego apuró de un único y largo trago.

Estar en sus brazos, en aquella cama desconocida, no había resultado ser lo que ella se imaginaba: menos ternura de la que anhelaba y más dolor del que se esperaba. Ahora bien: tenía que reconocer que su ignorancia era absoluta en cuanto a todo aquello. La próxima vez, sería más realista. Julia se acurrucó en la huella caliente que había dejado el cuerpo de su amante en el colchón.

—¿Jonathan?

Ahora volvería junto a ella, la rodearía con sus brazos, la besaría, hablarían de sus planes y toda la incertidumbre desaparecería. Ni el viaje desde Wiltshire, que él prácticamente había hecho cabalgando junto a su coche, ni el comedor de la posada donde habían cenado, eran lugares adecuados para hablar de su nueva vida juntos.

—Julia… —respondió él. Parecía abstraído—. Puedes lavarte ahí —dijo, y con un gesto brusco de la cabeza señaló un biombo que había en la esquina del cuarto, antes de servirse una segunda copa. No se había vuelto para hablarle. Seguía dándole la espalda.

Una especie de escozor ensombreció el momento. ¿Estaría desilusionado con ella? O quizá fuera solo cansancio. Desde luego, ella estaba agotada. Se desenredó de las sábanas y tras envolverse en una de ellas caminó descalza hasta el biombo que ocultaba el palanganero.

Hacer el amor era un proceso vergonzantemente pegajoso, otra revelación sorprendente en una velada llena de ellas. A ver si así dejaba de pensar como una jovenzuela enamorada. Ya era hora de que volviera a ser una mujer adulta, que había tomado una decisión perfectamente racional gracias a la que controlaría su vida, y de que se dejara de románticas ensoñaciones, a las que no obstante dedicó una sonrisa. Aquello era la vida real y estaba con el hombre al que amaba, el hombre que la amaba a ella con tanta intensidad como para arriesgarse al escándalo llevándosela a la fuerza del seno de su familia.

El biombo ocultaba parte de una ventana y echó por completo la cortina antes de quitarse la sábana.

—¡Pasajeros para el coche de Londres!

Se oyó el estruendo de una bocina abajo, demasiado estrepitoso para poder ignorarlo, y se asomó descorriendo una pizca la tela. El coche de línea salía del patio de la pensión por el arco del fondo y giraba a la derecha. En un segundo, desapareció. «Qué raro», pensó. «¿Y por qué me parece raro?», se preguntó.

Estaba demasiado cansada para andar dándole vueltas a sus tonterías. Se lavó, volvió a cubrirse con la sábana y salió de detrás del biombo con unas cuantas mariposas bailándole inesperadamente en el estómago. Jonathan estaba ya a medio vestir, sentado, con la mirada clavada en el hogar apagado y el talle de la copa de vino entre los dedos. Tenía la camisa abierta, lo que dejaba al descubierto los planos musculosos de su pecho, el vello oscuro que desaparecía en sus pantalones... lo siguió con la mirada y sintió que se sonrojaba.

Qué frío hacía lejos del calor de su cuerpo. Se sirvió vino y se acurrucó en un baqueteado sillón que había frente a él. Jonathan debía estar pensando en lo que los aguardaba a la mañana siguiente: un largo camino hasta la frontera escocesa y su casamiento. Quizás temiera que los fueran siguiendo, pero dudaba que su primo Arthur se molestara en averiguar su paradero. La prima Jane gritaría, montaría una escena de nervios y se lamentaría del escándalo, pero le preocuparía más la pérdida de su sierva que cualquier otra cosa.

Aquel vino era rematadamente malo, áspero y duro al bajar por la garganta, pero le ayudó a recuperar la perspectiva. Era como si su pensamiento se hubiera retirado a descansar en aquellos últimos días y ella hubiera quedado convertida en una muchacha atolondrada y enamorada, lejos de ser la mujer práctica que era en realidad.

«Es que estás enamorada. Y te has tirado al barro con saña», le dijo aquella voz interior que seguramente pertenecía a su conciencia. «Sí, pero no por eso tengo que volverme una boba sin seso», se respondió. «Tengo que pensar cómo puedo ayudar».

La necesidad de aquel viaje incómodo y a toda velocidad campo a través había quedado clara, una vez Jonathan le explicó por qué no tomaban directamente el camino del norte hasta Gloucester y la frontera. Tomar dirección noreste hacia Oxford y luego norte hasta su destino final confundiría a sus perseguidores, y ese otro camino, una vez llegados allí, mejoraba bastante. Habían tomado la desviación hacia Maidenhead-Oxford unos dieciséis kilómetros atrás, pero dado que las posadas de Oxford habían resultado ser obscenamente caras, aquella en la que estaban, a las afueras de la ciudad, era la opción más prudente para su primera noche.

A partir de ese momento, sería ella quien se ocupara de administrar cuidadosamente el dinero de que disponían, y así por lo menos le ahorraría a Jonathan la preocupación de andar revisando facturas. «A la frontera norte. A Gretna. ¡Qué romántico!»

El norte… ¡eso era lo que pasaba! El vino se le derramó de la copa y manchó la sábana como si fueran gotas de sangre. El coche se dirigía a Londres y había girado a la derecha, la dirección que ellos llevaban al llegar allí.

—Jonathan.

—¿Sí?

Entonces sí la miró, y sus ojos azules de largas pestañas le parecieron más inescrutables que nunca.

—¿Por qué hemos hecho dieciséis kilómetros dirección sur antes de llegar aquí?

Su expresión se endureció.

—Porque es el modo de llegar a Londres —dejó la copa y se levantó—. Vuelve a la cama.

—Pero nosotros no vamos a Londres, sino a Gretna, a casarnos.

Él no contestó y el aire se volvió doloroso al entrar en sus pulmones. La verdad se había revelado.

—Nunca hemos tenido intención de llegar a Escocia, ¿verdad? —adivinó.

Jonathan se encogió de hombros y ni siquiera se molestó en negarlo.

—No habrías accedido a venir si lo hubieses sabido desde el principio, ¿verdad? —respondió.

¿Cómo podía cambiar el mundo en el lapso de un latido? Antes creía tener frío, pero no era nada comparado con lo que sentía en aquel momento. Era imposible estar malinterpretándolo.

—No me amas y no tienes intención de casarte conmigo.

Su pensamiento funcionaba ya a la perfección.

—Correcto —respondió, dedicándole su mejor sonrisa—. Eras una molestia para tus parientes, empeñándote en quedarte en su casa.

—¿En su casa? ¡Grange es mi casa!

—Lo era —corrigió—. Desde que tu padre murió, pertenece a tu primo. Eres un gasto que no se puede asumir, y nadie va a ser tan idiota como para casarse con una mujer dominante, desgarbada y marisabidilla como tú. Y además, sin dote.

—Y Arthur ha orquestado una fuga escandalosa con la oveja negra de la familia de Jane para así deshacerse del problema.

Ya lo veía claro. «Y me he acostado contigo».

—Exacto. Siempre me has parecido una mujer inteligente, Julia, aunque esta vez hayas estado un poco obtusa.

¿Cómo podía parecer el mismo, hablar como siempre, y al mismo tiempo ser tan completamente distinto del hombre al que ella había creído amar?

—Y se han empeñado en que parecieras un incomprendido dentro de la familia para avivar mis simpatías hacia ti —veía tan claras las maniobras como si se las hubieran escrito en un papel—, ya que yo nunca le habría dado crédito a Arthur si se hubiera deshecho en alabanzas hacia tu persona —el frío se transformó en hielo en su vientre—. ¿Y qué pretendes hacer ahora?

—¿Contigo, amor mío?

Sí, allí estaba, ahora que sabía lo que debía buscar: solo un destello del lobo que acechaba detrás de esos ojos azules. Un lobo cruel que se estaba divirtiendo con ella.

—Puedes venir conmigo, no tengo objeción. No eres demasiado buena en la cama, pero podría enseñarte un par de trucos.

—¿Ser tu amante?

«¡Por encima de mi cadáver!»

—Durante un par de meses, si eres buena. Nos volvemos a Londres, y allí pronto encontrarás algo, o a alguien. Ahora vuelve a la cama y demuéstrame que vale la pena que me quede contigo.

Se levantó y tiró de ella para que se levantase.

—¡No!

Julia dio un paso atrás, pero él la agarró con fuerza por la muñeca, tanta que parecían estársele doblando los huesos.

—Ahora eres una cualquiera, así que deja de protestar y ven a hacer lo único que sabes hacer. Puede que incluso aprendas a disfrutar con ello. Quién sabe.

—¡He dicho que no!

Era un mentiroso y un cerdo, pero no sería capaz de ponerse violento…

Al parecer, también en eso se equivocaba.

—¡Tú vas a hacer lo que yo te diga!

El dolor que le estaba provocando en la muñeca le estaba revolviendo las tripas.

Los pies se le resbalaron en las viejas tablas del suelo y al intentar recuperar el equilibrio, la alfombra que había delante de la chimenea se arrugó y tropezó con ella. Sintió un horrible tirón en el brazo al caer, hasta que Jonathan abrió la mano y la soltó. Gimiendo de dolor, de miedo y de rabia, Julia aterrizó en el hogar con un golpe que derribó el pie del que colgaban los utensilios para la chimenea y que le golpearon en el codo y en las manos con una avalancha de golpes.

—¡Levántate, zorra torpe!

La agarró por el pelo y tiró. Era imposible zafarse de él, pero intentó con todas sus fuerzas golpearle y consiguió propinarle un golpe a resultas del cual él casi le arranca el brazo por el que la había agarrado también. Jonathan la soltó de improviso.

«¡Levántate y corre!»

Agarrándose a la pata de la cama, consiguió ponerse en pie a pesar de lo mucho que le temblaban las piernas.

Silencio. Jonathan estaba tirado en el escalón de la chimenea, la cabeza en un charco rojo. Se miró la mano porque sintió humedad en ella. La sangre le empapaba los dedos y aferraba el atizador de la lumbre entre sus dedos rígidos.

Sangre. ¡Cuánta sangre! Soltó el atizador y fue a parar delante de sus pies desnudos.

«Por encima de mi cadáver… o el suyo. Ay, Dios, ¿qué he hecho?».

Dos

Noche de San Juan, 1814
King's Acre
Oxfordshire

El canto del ruiseñor fue lo que la hizo detenerse. ¿Cuánto tiempo llevaba corriendo? ¿Cuatro días? ¿Cinco? Había perdido la cuenta. Sin pensar había subido por la cuesta de aquel puente, los pies incapaces ya de sentir dolor, las ampollas formando parte de su estado general de desamparo y, al llegar a lo más alto, la belleza de la luna la había hecho detenerse.

Paz. Nadie. Silencio. El temor de la persecución, olvidado. Solo la luz de la luna y la belleza de las aguas quietas de aquel lago, las masas oscuras de los árboles y el canto de aquel pequeño pájaro creando magia en el cálido aire de la noche.

Se quitó el sombrero y dio la vuelta sobre sí misma. ¿Dónde estaría? ¿Qué distancia habría recorrido? Era ya demasiado tarde para lamentar no haberse quedado y hacer frente a lo ocurrido, para intentar explicar que había sido un accidente, que había actuado en defensa propia.

¿Cómo había escapado? No estaba muy segura. Recordaba haber gritado, retrocediendo ante el horror que tenía a sus pies. Cuando la gente entró en la alcoba, se ocultó tras el biombo para cubrir su desnudez, para esconderse de la sangre. No parecieron darse cuenta de su presencia cuando se arremolinaron en torno al muerto.

Y allí, detrás del biombo, estaban sus ropas y había agua. Se lavó las manos y se vistió para estar decente cuando tuviera que salir ante ellos. Le había parecido importante que así fuera. No tenía intención de huir de lo que había hecho.

La cartera de Jonathan estaba sobre su chaqueta, y un instinto ciego le hizo guardarla en su portamonedas. Entonces, cuando se había decidido a salir y enfrentarse a lo inevitable, resultó que la alcoba se hallaba llena de gente y más personas aún se empujaban en la puerta intentando ver.

Nadie prestó atención a la joven vestida de gris y con un sombrerito de paja. ¿Acaso la habría visto alguno de los primeros en llegar? Quizás estaba ya detrás del biombo cuando la puerta se abrió. En aquel momento debió parecer uno más de aquellos curiosos, una huésped atraída por el ruido, pálida y temblorosa por lo que acababa de ver.

El instinto de huida, la astucia del animal acorralado, le hizo buscar las escaleras de la parte de atrás, bajar al patio y ocultarse entre los sacos cargados en el carro de un granjero. Cuando el alba empezó a clarear se bajó sin ser vista y se perdió entre la niebla que rozaba los campos. Y tenía la impresión de no haber dejado de caminar, de esconderse y correr desde entonces.

Si pudiera sentarse un rato y dejarse envolver por aquella paz, por aquella bendita soledad, tumbarse para ocultarse en ella. Si pudiera olvidar el miedo durante unos minutos y hacer acopio de fuerzas para seguir…

Una alta columna gris de contornos indefinidos vibraba en el centro del estrecho puente de piedra, iluminada por la luna. Su melena oscura se movía empujada por la brisa de la noche: era una mujer. «Imposible». Ahora tenía alucinaciones.

Will alertó todos sus sentidos. Silencio. De pronto volvieron a oírse las tres largas notas que señalaban el comienzo del lánguido canto del ruiseñor, tan hermoso, tan conmovedor, que tuvo que cerrar los ojos.

Cuando volvió a abrirlos esperaba encontrarse de nuevo solo, pero la figura seguía allí. Una alucinación muy persistente, desde luego. La vio darse la vuelta y descubrió un rostro oval de piel pálida. ¿Sería un fantasma? Qué ridiculez imaginar semejante superstición estando él mismo tan cerca del mundo de los espíritus.

«Yo no creo en fantasmas. Me niego a creer en esas cosas».

Ya era bastante difícil todo sin añadir el miedo a verse condenado a vagar por sus tierras después de muerto, obligado eternamente a contemplar la desintegración de su patrimonio por el despilfarro impenitente de Henry.

Pero no. Era una mujer real, de carne y hueso, y la palidez de su rostro se debía al contraste con su melena oscura que no ocultaba sombrero alguno. Avanzó por las sombras que bordeaban el lago Walk y se fue acercando. ¿Qué estaría haciendo allí, un visitante no autorizado del parque que rodeaba King's Acre? Debía estar por lo menos a dos kilómetros del camino que conducía a la encrucijada entre Thame y Aylesbury.

Llevaba un abrigo gris muy largo. Era bastante alta. La vio apoyarse en el parapeto del puente y clavar la mirada en las aguas oscuras que discurrían por debajo, como si contuvieran algún secreto. Todo en su forma de moverse hablaba de cansancio, pero de pronto la vio apoyar la cadera en la piedra y hacer ademán de sentarse hacia el otro lado.

—¡No!

Maldiciendo su cuerpo traidor, obligó a sus piernas a moverse, pero se trastabilló al pie del puente y tuvo que agarrarse a la balaustrada.

—¡No… saltéis! ¡No os rindáis… no…

Las piernas no pudieron sostenerle más y cayó de rodillas, tosiendo.

Por un momento temió que, del susto, saltara de inmediato, pero la mujer fantasma abandonó el parapeto y corrió hasta él.

—¡Señor! ¿Estáis herido?

Le pasó un brazo por debajo del suyo y lo sujetó con fuerza. Will cerró los ojos un instante. La tentación de rendirse al simple consuelo del contacto con otro ser humano fue casi irresistible.

—No estoy herido. Estoy enfermo, pero no es contagioso —añadió, al ver su sobresalto—. No os preocupéis.

—No me preocupo por mí misma —respondió con una brusquedad que rayaba en la impaciencia. Le cambió de postura para que pudiera apoyarse mejor en ella y le puso una mano en la frente. Will contuvo un suspiro de puro placer—. Tenéis fiebre.

—Siempre la tengo a estas horas de la noche —respondió, intentando que la respiración no se le acelerara—. Temía que fueseis a saltar.

—Oh, no —sintió que negaba vehementemente con la cabeza—. No puedo imaginar lo desesperada que se debe estar para hacer algo así. Ahogarse debe ser una muerte atroz. Además, siempre queda alguna esperanza. Siempre.

Su voz era grave y honda, como si hubiera estado llorando hacía poco, pero tenía la sensación de que la impregnaría siempre la delicadeza.

—Estaba descansando y contemplando la luna en el agua. Está tan hermosa esta noche, tan tranquila, y el canto del ruiseñor tan exquisito... Nece-

15

sitaba un poco de belleza y serenidad —añadió intentando reír, pero sin conseguirlo.

Algo no iba bien. De ella partía en oleadas la tensión y el agotamiento. Si no se andaba con cuidado, saldría huyendo. O quizás no, porque parecía decidida a cuidar de él. Como si tuviera entre manos a un animal herido, se obligó a relajarse y dejarla hacer.

—Por eso vengo yo aquí cuando hay luna llena —le confesó—. Y la noche del solsticio de verano añade cierto encanto. Podría creerme casi cualquier cosa a la luz de esta luna—. «Como que vuelvo a estar sano…»—. En un principio me habéis parecido un fantasma.

—¿Ah, sí? —se sorprendió, y su comentario pareció hacerle gracia—. Soy demasiado sólida para pasar por fantasma.

Cada fibra de su cuerpo, que parecía haber perdido todo el interés en el sexo opuesto desde hacía meses, protestó. El contacto con ella le sabía de maravilla: un contacto suave, curvilíneo y firme. Intentó no protestar cuando le soltó para levantarse.

—¿En qué estoy pensando, charlando aquí tranquilamente de fantasmas y ruiseñores, cuando lo que tengo que hacer ir a buscaros ayuda? ¿Qué dirección debo tomar?

—No es necesario. Mi casa está…—el aliento le faltaba e hizo un gesto con la mano en una dirección—. Si podéis ayudarme a levantarme…

Era humillante tener que pedirlo pero había

16

aprendido a ocultar el daño que sufría su orgullo tras meses de comprobar que golpearse contra un muro no servía para nada. Ella necesitaba ayuda, pero no podría dársela si seguía tirado allí.

—Quedaos aquí. Voy a buscar ayuda.

—No.

Aun podía dar órdenes cuando era necesario y vio que la mujer se volvió hacia él, aunque de mala gana. Levantó la mano derecha.

—Bastaría con que me equilibrarais un poco.

Estaba claro que quería negarse, pero la vio apretar los dientes. Se imaginó que aquella boca de labios generosos se curvaba en una sonrisa, aunque con tan poca luz no podía estar seguro de nada, y le ofreció una mano pequeña pero fuerte.

—Supongo que sois lo bastante mayor ya para saber lo que os conviene —le dijo, ayudándole a levantarse—, pero he de deciros, señor, que andar deambulando por ahí de noche y con fiebre es una locura. Estáis tentando a la muerte.

—No os preocupéis, que ya la he tratado muy de cerca —contestó, apoyándose en el parapeto de piedra del puente para erguirse.

Ella era una mujer alta, ya que apenas tenía que echar la cabeza hacia atrás para mirarle a los ojos. Ahora que la luz de la luna transformaba su rostro en una máscara de marfil y de sombras, podía ver que tenía el ceño fruncido. No podría concretar su edad, ni apreciar los detalles, pero sí, tenía una boca de labios carnosos, aunque su gesto era de desaprobación. Al parecer le gustaba tan poco como a él que le llevaran la contraria.

Esperó a que llegaran las protestas y el embarazo que solía mostrar invariablemente la gente cuando les decía la verdad, pero ella se limitó a decir:

—Lo siento mucho.

Claro que la luz de la luna bastaría para que hubiera podido ver lo acabado que estaba, y quizá no le sorprendieran sus palabras. Era un milagro que al verle así, como un esqueleto andante, no se hubiera asustado y acabado arrojándose al lago.

—Supongo que me he metido sin permiso en vuestras tierras. Eso también lo siento.

—Os doy la bienvenida a King's Acre. ¿Querríais acompañarme hasta mi casa y tomar un refresco? Una vez allí, le pediré a mi cochero que os lleve hasta donde vayáis.

Ella se mordió el labio y bajó la mirada. Al parecer, a sus ojos no era tan inofensivo como él se sentía.

—Estaremos debidamente acompañados, os lo aseguro. Tengo un ama de llaves absolutamente respetable.

Sus palabras le provocaron la sonrisa, que era lo único que debían provocarle. Sería engañarse pensar que seguía siendo el caballero más peligroso para la reputación de una dama, que tal había sido su fama tiempo atrás. Incluso la damisela más nerviosa podría darse cuenta en un instante que la posibilidad de que fuera a aprovecharse de ella era más bien inexistente.

—Señor, que estemos o no debidamente acompañados es la menor de mis preocupaciones en este momento —respondió con una amargura que él no comprendió—. Pero no puedo molestaros ni a vos ni a las personas a vuestro servicio a estas horas de la noche.

Su respiración había vuelto a la normalidad, y con ella su agudeza. Una joven respetable y sin acompañante, si es que era una dama aunque ya no estuviera en su primera juventud, no se materializaban a la luz de la luna *sans equipage* de no mediar una poderosa razón para ello.

—La hora carece de importancia. El personal a mi servicio conoce mi costumbre de salir a altas horas de la noche. ¿Y vuestro equipaje, madam? ¿Y vuestra doncella? Haré que alguien se encargue de llevároslos.

—No tengo ninguna de ambas cosas, señor —miró hacia otro lado e hizo un esfuerzo por mantener la calma en la voz—. Estoy… a la deriva.

No podía contarle la verdad y lo sabía, aunque la tentación de romper a llorar, echarse en los brazos de aquel hombre que le rebasaba bastante la edad y contarle su historia, era tremenda. Debía ser juez o algo así, y aunque no lo fuera, se sentiría en la obligación de ponerla en manos de la justicia. Pero llevaba días dando tumbos campo a través, escondiéndose en graneros, gastando unas cuantas monedas aquí y allá para comprar pan, queso y alguna bebida; estaba agotada y se sentía sola y desesperada. Tendría que revelarle parte de la verdad y correr el riesgo.

—Seré franca con vos, señor —comenzó, agradeciendo la protección de las sombras. Ojalá pudiera verle los ojos—. Me he escapado de casa. Hace varios días.

—¿Puedo preguntaros por qué?

Su voz, sorprendentemente joven para ser alguien entrado en años, parecía la de una persona que no hacía valoraciones, lo mismo que su rostro macilento.

—Mi primo, de quien dependo por completo, decidió entregarme a un hombre que solo pretendía mi… perdición. Huir me pareció la única salida, aunque en realidad me he hundido igualmente, pero eso es algo de lo que solo ahora me doy cuenta. Dadas las circunstancias, estoy segura de que no deseará recibirme en su casa. Su esposa…

—No estoy casado. Y no tengo objeción alguna que haceros. Solo lamento que os encontréis en semejante situación.

No debería perder el tiempo hablando, pensó Julia, porque tenía la certeza de que el hombre había sido escrupulosamente sincero sobre su estado de salud: estaba muy enfermo. Al ayudarlo a levantarse había tenido la impresión de que su cuerpo era apenas hueso y piel, contenido en ropa de gran calidad. Era un hombre alto; debía medir más de metro ochenta, y en su juventud debió ser robusto y fornido. Pero en aquel momento su respiración era trabajosa y había sentido su frente húmeda de sudor.

Había acudido en su ayuda al temer que fuera a arrojarse a las aguas del lago, y no la había insultado después de conocer en qué situación se encontraba. Ahora lo menos que podía hacer era ayudarlo a llegar a su casa y arriesgarse a que una posible descripción de la asesina huida se le hubiera adelantado. ¿Sería seguro pasar allí la noche? Las autoridades no podían saber su nombre y la cartera de Jonathan estaba en su portamonedas, de modo que el comisario local se habría encontrado con un cuerpo anónimo, además de un fugitivo también anónimo.

No era momento para mostrarse escrupulosa con la ayuda que pudiera recibir.

—Venid, señor. Si no me permitís que vaya a buscar ayuda, al menos apoyaos en mi brazo. Estoy segura de que no deberíais estar aquí, agotando vuestras fuerzas.

—Habláis como Jervis, mi mayordomo —respondió el hombre con cierta aspereza, y por un momento Julia temió que el orgullo le ganara la partida al sentido común, pero él le permitió que colocara su antebrazo bajo el suyo y que llevara así parte de su peso.

—Creo haberos entendido que era por aquí, ¿no?

Obligó a sus cansados pies a caminar, intentando no cojear, no fuera a negarse a aceptar su ayuda.

—Me llamo William Hadfield —se presentó cuando ya habían dado unos pasos—. Solo para que sepáis a quién estáis rescatando. Baron Dereham.

No conocía su nombre, pero estaba a más de ciento cincuenta kilómetros de su casa y de su familia, que por otro lado, aunque era de buena cuna, no se mezclaba con la nobleza.

—Yo me llamo…

—No es necesario.

Respiraba con dificultad y Julia aflojó un poco el paso, aliviada de tener una excusa para hacerlo. Estaba cansada, dolorida y casi más agotada por el miedo que por el ejercicio físico.

—No importa, milord. Soy Julia Prior. Señorita —añadió casi en voz baja. Viviera o muriera, ya no iba a ser otra cosa. Entonces se dio cuenta de que había dado su verdadero nombre. «Estúpida», se reprendió. Pero ya era demasiado tarde. Por fortuna, era bastante corriente.

—A la izquierda, señorita Prior.

Obediente, tomó el camino que le indicaba, y comprobó consternada que el terreno cobraba pendiente. ¿Cómo iba a poder subir lord Dereham por allí solo con su ayuda? Como si le hubiera leído el pensamiento, el caballero dijo:

—Aquí está la caballería. Ya no va a tener que cargar más conmigo.

Julia fue a protestar diciendo que solo le ofrecía apoyo, pero no lo hizo. Había bastante aspereza en su voz para saber que el barón no se resignaba a

22

estar en aquellas condiciones, y que no recibiría con agrado su intento de animarlo. Debía haber sido un hombre arrogante y seguro de sí mismo para lamentar con tanta intensidad su declive.

—¡Milord!

Dos hombres echaron a correr desde un coche que estaba parado, aguardando. El primero en llegar debía ser, sin duda, su mayordomo: impecable, elegante e inmaculado, emitía unos sonidos que traducían su desagrado. El otro, con botas y chaqueta de paño, debía ser solo un mozo de cuadra.

—Jervis, ayuda a esta dama a subir al coche.

Lord Dereham se soltó de su brazo y Julia se encontró con que la invitaban a subir a un humilde coche de caballos como si ella fuera una duquesa y el coche la mejor de las berlinas. A su espalda oyó un intercambio de palabras que terminó de modo abrupto con una orden del barón, justo antes de que tomara asiento frente a ella.

El mozo de cuadras subió al pescante y puso el coche en marcha. El mayordomo los siguió a pie. Tras unos minutos en silencio, accedieron a una explanada de hierba y a un camino alfombrado de gravilla.

—¡Pero si es un castillo! —exclamó Julia, parpadeando varias veces: almenas, una torre y ballesteras, todo tremendamente gótico y romántico a la luz de la luna.

—Un castillo muy pequeño, os lo aseguro. Y os desilusionará saber que su interior es demasiado moderno para la naturaleza romántica de cualquiera. El foso está seco y las mazmorras llenas de botellas de vino. El rastrillo de la puerta hace tiempo que se oxidó, y raras veces arrojamos agua hirviendo a quien llega a nuestra puerta.

Lo decía como si lo lamentara.

—Pídale a la señora Morley que venga a atender a la señorita Prior —ordenó lord Dereham cuando el criado lo ayudaba a bajar. Tenía las piernas tan cansadas que a punto estuvo de caerse—. Dígale que ponga la alcoba china a su disposición, y que la cocinera nos envíe una cena caliente a la biblioteca.

—Pero, milord, debe ser más de medianoche…

No debería pensar en darle de comer a aquellas horas, y mucho menos cama en su casa.

—No permitiré que sigáis deambulando por el campo a estas horas, o que os vayáis a la cama con hambre, señorita Prior —dijo lord Dereham al tiempo que bajaba del coche apoyado en el criado. A la sombra de los muros del castillo no podía ver su cara, de modo que solo podía imaginar su humor por la aspereza de sus órdenes—. Me complaceréis pasando la noche en mi casa, y mañana ya veremos lo que se puede hacer.

«La solución no está en sus manos», pensó Julia. El barón parecía un caballero enérgico, fuera cual fuese su estado de salud. «Pero está fuera de su alcance encontrar solución a este problema. Un nuevo día no mejorará nada las cosas».

—Gracias, milord. No debería molestaros, lo sé,

pero no voy a negar que vuestro ofrecimiento es bienvenido.

Se temía no ser capaz de volver a confiar en ningún hombre después de lo de Jonathan, pero el barón era un caballero entrado en años y no podía ser una amenaza para ella. Ni ella para él, dado que no tenía ni idea de a quién estaba abriendo las puertas de su casa.

—Entonces os veré en la biblioteca, señorita Prior, cuando estéis lista —dijo, y Julia siguió al mayordomo al interior.

—Bajáis la escalera principal y giráis a la izquierda, señorita Prior.

El ama de llaves se hizo a un lado y Julia murmuró una palabra de agradecimiento antes de entrar a la comodidad y el ambiente acogedor de la alcoba.

El ama de llaves no había mostrado sorpresa alguna al comprobar el estado de sus ropas de viaje, aunque sí había reparado en cómo llevaba los pies y le había proporcionado abundante agua caliente, vendas y un ungüento. Una vez cepilló y limpió sus ropas de viaje, y con las prendas de ropa interior que le prestaron, sintió un nuevo empuje de valor. Había oído decir que el espíritu de los prisioneros se quebraba con más facilidad si se los mantenía sucios y descuidados, y ahora lo creía: ella misma había sentido que su cuerpo y el respeto por sí misma decaían.

La casa había sido decorada hacía ya unos cuantos años, se dijo al llegar al amplio rellano de una escalera de roble. Todo estaba en buenas condiciones y el esplendor de aquel antiguo castillo de barones aparecía aquí y allá bajo su comodidad moderna. Sin embargo, todo tenía una especie de aire impersonal, como si un servicio eficiente se ocupara de mantenerlo todo en orden, pero la fuerza que debía haber detrás, el espíritu que creaba un hogar, se hubiera desvanecido.

Es lo que había ocurrido en Grange tras la muerte de su padre, y mientras ella no tuvo la fuerza suficiente para seguir como antes. Aquella especie de parálisis le había durado solo algunas semanas; luego se había obligado a sí misma a tomar de nuevo las riendas. El orgullo y el deseo de que su primo y su esposa no encontraran ni una sola cosa que criticar cuando llegaran a reclamar su herencia, la habían empujado a secarse las lágrimas y a enderezar su fuerza de voluntad. Allí, con el amo decayendo lentamente, el personal hacía cuanto podía, obviamente, lo cual hablaba bien de su lealtad y eficacia.

Una pesada puerta de cuarterones de madera se abrió para dar paso a una estancia de ambiente muy cálido: el fuego ardía en la chimenea a pesar de la estación, las ventanas estaban flanqueadas de pesadas cortinas de damasco rojo y las librerías lucían el delicado brillo de la madera antigua encerada. El hombre que ocupaba la silla que había junto al hogar hizo además de levantarse cuando la vio entrar, y el perrazo que había a sus pies lo hizo de un salto, interponiéndose entre su amo y la desconocida, enseñando los dientes.

—¡Bess, échate! Amiga.

—Milord, por favor… no os levantéis.

Julia dio apresuradamente unos pasos, evitó a la perra y sujetó al barón por el brazo para obligarlo a sentarse de nuevo. Se encontró cara a cara con él de pronto, el rostro iluminado por las llamas de la chimenea y la luz de las velas que ardían en sus candelabros.

¿Aquel era el hombre que se había encontrado junto al lago? ¿El hombre que había tenido en sus brazos, el que creía mayor e inofensivo?

—Oh… —quedó presa de unos ojos de color ámbar, los ojos de un depredador, y dijo lo primero que se le vino a la cabeza—. ¿Qué edad tenéis?

Tres

Lord Dereham se sentó al tiempo que ella le soltaba el brazo y dejó escapar una risa pícara.

—Tengo veintisiete años, señorita Prior.

—Os ruego me disculpéis —con las mejillas ardiendo, Julia dio un paso atrás, se tropezó con la perra y acabó sentada en la silla que había frente a la de él—. Lo siento muchísimo. No sé cómo he podido haceros una pregunta tan impertinente. Es que…

—Pensasteis que era un hombre mayor, ¿verdad?

Lord Dereham no parecía ofendido. Quizás en el estado de confinamiento en que vivía, ver a una dama… a una mujer, se recordó, comportarse con tal torpeza y falta de elegancia era un entretenimiento.

—Sí —le confesó, incapaz de mirarlo a la cara. Qué ojos. Y a pesar de estar delgado y enfermo, era inconfundible e inquietantemente masculino. Se inclinó para ofrecerle una caricia a la perra que había acabado virtualmente sentada sobre sus pies y que la miraba con sus ojazos marrones cargados de reproches.

—Señorita Prior —contestó el barón, y ella se obligó a mirarlo—, estáis a salvo conmigo.

Racionalmente estaba de acuerdo con él, pero su instinto femenino, no.

—Desde luego. Estoy segura —respondió, deseando sentir esa tranquilidad. La voz se le fue apagando al darse cuenta de que había vuelto a estar completamente falta de tacto en sus palabras, un hecho que se reflejó en el endurecimiento de sus facciones.

Había tenido que ser un hombre atractivo, pero ahora la piel se le pegaba a los huesos, que parecía ser lo único fuerte que le quedaba, aparte de su fuerza de voluntad. Y de eso parecía estar muy dotado. Tenía el cabello oscuro y apagado por su mala salud, pero aún no habían aparecido hebras grises. Los pómulos marcados, la mandíbula fuerte y la frente despejada. Pero sus ojos eran lo más sorprendente en él, llenos como estaban de energía y de ira ante el estado en que le había dejado la vida. ¿Eran del color del coñac, o de un ámbar oscuro?

Julia sintió que enrojecía cuando él los clavó en los suyos.

—Lo que quería decir es que sé que estoy a salvo porque sois un caballero.

A salvo de otro asalto, no a salvo del largo brazo de la ley. Ni a salvo de ir a la horca.

29

Se sentó con la espalda recta, inspiró hondo y clavó la mirada en su oreja izquierda, una parte encantadora y segura de la anatomía masculina.

—Estáis siendo muy paciente conmigo, milord. Normalmente no soy tan… inepta.

—Supongo que normalmente no estáis tan agotada, angustiada y temerosa, y mucho menos no todos los días habréis sufrido el efecto de la traición de aquellos que deberían haberos protegido, señorita Prior. Espero que os sintáis un poco mejor cuando hayáis tomado algo.

Alargó un brazo y con una mano delgadísima y blanca hizo sonar una campanilla. La puerta se abrió casi de inmediato y entraron dos lacayos que colocaron sendas mesas delante de ellos, dos bandejas cubiertas, sirvieron vino, extendieron servilletas y después, con la misma rapidez con que habían entrado, volvieron a salir.

—Tenéis un personal muy eficiente, milord.

El aroma a caldo de pollo le acarició la nariz. Pura ambrosía. Tomó la cuchara y fue llevándosela a la boca con delicadeza en lugar de tomar el cuenco con las manos y apurarlo de un trago, que era lo que el estómago le pedía.

—Desde luego.

Él no había tocado ni siquiera los cubiertos.

Julia se terminó la sopa junto con el panecillo de mantequilla y unas deliciosas lonchas del pollo que había hervido en el caldo. Cuando miró a lord Dereham vio que había abierto el pan y lo estaba comiendo, pero apenas acabó un cuarto cuando apartó el plato.

—Y una excelente cocinera.

Él contestó a su preocupación, no a sus palabras.

—No tengo apetito.

—¿Cuánto tiempo… cuánto lleváis enfermo?

—Siete… no, ocho meses —sus sorprendentes ojos de ámbar se desviaron para contemplar las llamas. Quizás fuera un alivio hablar con alguien que fuera franco y no fingiera que no le ocurría nada—. Hubo una tormenta una noche y Bess se perdió en ella. Uno de los mozos de cuadra más jóvenes creyó que había sido culpa suya y salió en su busca. Cuando me quise dar cuenta de que no estaba, salí en su busca y los encontré, pero los tres estábamos en un estado lastimoso.

Hizo una mueca que resumió lo que debió ser una búsqueda angustiosa. Y había salido él en persona a buscarlos; no había querido dejarlo en manos de criados y demás personal. Él se había puesto en peligro por un joven y un perro.

—Después de cuatro años en el ejército me creía inmune al frío y a la lluvia, pero caí enfermo con lo que parecía neumonía. Empecé a toser y a expectorar sangre. Poco después, aunque la infección parecía haber desaparecido, yo seguía sintiéndome exhausto, y empeoré. Ahora no puedo dormir y me fallan las fuerzas. No tengo apetito y por las noches padezco episodios de fiebre. Los médicos dicen que es tisis y que no tiene cura.

—Es consunción, ¿verdad? —tal y como él había dicho, era una sentencia de muerte—. Imagino que a los médicos les gusta decirlo en griego porque les hace parecer más sabios. O puede porque así justifiquen una factura más elevada.

—Parecéis no sentir mucho aprecio por los médicos.

Qué elegantes eran sus manos, con aquellos dedos largos y blancos. El sello de baronía que llevaba en el dedo anular de la mano izquierda le quedaba tan grande que se había dado la vuelta.

—No —admitió—. Ni los aprecio mucho, ni tengo mucha fe en ellos.

Los médicos poco habían hecho por su padre, a pesar de todas sus certezas.

—Da la impresión de que comprendéis que hablar de los problemas es un alivio, cuando todo el mundo finge que no pasa nada.

Apartó la mirada del fuego y la clavó en sus ojos, y por un instante Julia creyó ver bailar las llamas en su iris.

La hermosa mirada azul de Jonathan siempre era impenetrable, como si sus ojos fueran casi de cristal. Pero los de aquel hombre eran ventanas a su alma, que parecía ser un lugar bastante desagradable, pensó con un estremecimiento.

—¿Os ayudaría confiarle vuestra historia a un desconocido? ¿A un desconocido que se la llevaría a… que la honraría con su silencio?

Iba a decir que se la llevaría a la tumba. A él no

le obligaba el secreto de confesión como si fuera un cura, de modo que difícilmente podía confesarle sus actos y esperar que mantuviera el secreto, pero quizás hablando podría ayudarla a encontrar una solución al problema que se le planteaba a partir de aquel momento.

—Mi padre era un caballero dedicado a la agricultura —comenzó Julia. Se recostó en el respaldo de su silla y descubrió que al menos podía empezar como si le estuviera leyendo una historia escrita en un libro. La perra se levantó, dio un par de vueltas sobre la alfombra que había delante de la chimenea, suspiró y volvió a tumbarse con la cabeza en los pies de su amo, como si ella también se estuviese preparando para escuchar su historia—. Mi madre murió cuando yo tenía quince años y no tengo hermanos, de modo que me convertí en la única compañía de mi padre. Creo que él se olvidaba casi constantemente de que yo era una chica. Aprendí todo cuanto él pudo enseñarme sobre las tierras, la granja, incluso sobre comprar ganado y vender nuestros productos.

Entonces, hace ahora cuatro años, tuvo un ataque. En un principio se pensó en contratar a un administrador, pero mi padre se dio cuenta de que yo podía hacer el trabajo perfectamente, y que adoraba aquel lugar como ningún empleado podría llegar a hacerlo, así que me hice cargo de todo. Pensé que no había razón por la que no pudiéramos seguir así durante años, pero la primavera pasada mi padre murió mientras dormía y mi primo Arthur lo heredó todo.

Ya no iba a llorar. El momento de las lágrimas había quedado atrás, siempre y cuando al barón no se le ocurriera compadecerla. No podría soportarlo.

—¿Y no ha habido ningún joven interesado por vos?

—He estado tan ocupada siendo granjera que no he tenido tiempo de flirteos.

Will había visto y oído lo suficiente hasta el momento para intuir las otras razones de su ausencia de pretendientes. No era una belleza. Resultaba demasiado alta, y era demasiado firme, demasiado clara. Un marimacho, decía de ella su prima Jane. Una mujer desaliñada, mandona, poco femenina y, para colmo, sin dote. Eso era lo que Jonathan le había echado en cara. Sobre su falta de atractivo, obviamente estaba en lo cierto. Y estaba claro, ahora que podía verlo en retrospectiva, que había sido un auténtico fracaso en la cama.

—Mis primos me permitieron quedarme porque no tenía dónde ir, pero dijeron que no era adecuado para mí que me interesara por la marcha de las explotaciones, algo que, por otro lado, dejaron muy claro que no era ya asunto mío. La prima Jane me encontró útil como acompañante —añadió, percibiendo ella misma la ausencia de emoción en su voz. Un burro de carga, una cenicienta, el pariente pobre al que se permite vivir bajo el mismo techo para parecer caritativo.

—Hasta que todo cambió.

—Debieron cansarse de mantenerme, imagino. De los fondos que debían destinarme, modestos desde luego, y de mi interferencia en los asuntos de las tierras. Hubo un hombre… creo que intentaron que le valiera la pena quedarse conmigo, pero no me ofreció matrimonio.

«Una historia sórdida», pensó Will cuando la señorita Prior se quedó sin palabras. Aquellos labios, hechos para sonreír, estaban apretados y se había sonrojado. No había sido la mejor decisión huir de su casa, pero la alternativa parecía aun peor, y pocas jóvenes sin protección habrían tenido la resolución necesaria para hacer lo que había hecho ella.

—De modo que huisteis, entrasteis en mis tierras y el resto ya lo sabemos.

—Así es.

Estaba sentada con la espalda completamente recta, como si el hecho de que su porte fuese el correcto consiguiera restaurar su respetabilidad.

—¿Cómo se llama? Alguien tiene que ocuparse de hablar con vuestro primo. Aunque no se hallara en una posición muy desahogada, su comportamiento ha sido vergonzoso.

—¡No! Nada de violencia.

La vio morderse un labio. Se había quedado muy pálida.

—No, claro que no. No debéis temer que yo

pueda pedirle cuentas. A veces olvido que mis días de peleas han concluido.

«Maldita sea…» Tampoco quería decir eso. La autocompasión era insufrible.

—Pero tengo mis influencias, y sería un placer para mí hacerle conocer el infierno con otros medios que no sean la punta de mi espada. ¿Se apellida Prior? ¿Dónde vivís?

Movió despacio la cabeza, negándose a facilitarle esa información. Will la miró con detenimiento. Nunca había conocido a una mujer como aquella. Aun en sus circunstancias, parecía mantener la serenidad de alguien de más edad, casi de una matrona, impropia en una muchacha de quizás veintidós o veintitrés años.

A la luz de las velas, su piel no lucía la palidez que exigía la moda sino el saludable color de quien pasa horas bajo el sol. Sus manos, entrelazadas en el regazo, eran como el resto de su cuerpo, fuertes y llenas de la gracia que emanaba del ejercicio practicado con regularidad. Se movió, y al hacerlo el puño del vestido se subió ligeramente y pudo ver marcas en sus muñecas, negras y púrpura. Muy feas. Que una mujer estuviera bajo su protección y no pudiera vengar esa clase de trato era una vergüenza para él. No, no debía volver al lugar del que provenía, y eso sí que podía conseguirlo.

—Espero que vuestro padre no fuera consciente de que su heredero iba a ignorar la experiencia que podíais ofrecerle —dijo al fin cuando un leño se abrió en la chimenea y un puñado de chispas lo arrancó de sus amargas ensoñaciones—. Yo conozco bien el carácter de mi heredero, mi primo Henry. Le habrá exprimido la sangre a las propiedades en un par de años. Eso fue lo que tardó en dilapidar lo que no estaba bien atado en su otra herencia.

—¿No tenéis relación con él?

El rostro de la señorita Prior era expresivo cuando ella lo permitía, y en aquel momento el ceño fruncido entre sus cejas de perfil delicado revelaba preocupación. Era demasiado alta y carecía de belleza. Se diría casi que era una mujer corriente, de no ser por la regularidad de sus facciones y la claridad de su mirada. Y la curva generosa de sus labios, que sugería una sensualidad de la que seguramente era desconocedora.

Will sintió un estremecimiento por la espalda, igual al que había sentido cuando ella lo tuvo en sus brazos estando en el puente, y maldijo en silencio. No necesitaba que algo más se animara a torturarlo y mucho menos que su propio cuerpo decidiera que volvía a interesarse por las mujeres. Si no podía hacer el amor con la intensidad y la fineza que había provocado que su nombre se susurrara con admiración entre un determinado círculo de damas, no estaba dispuesto a conformarse con otra cosa.

Tener esposa quedaba fuera de toda posibilidad. Había sabido que debía liberar a Caroline de su promesa de matrimonio, pero le había sorprendido la rapidez con que había aceptado su ofrecimiento, a pesar de sus lágrimas de protesta y de la excusa que había empleado para aceptarlo, que era que se sabía lo bastante débil como para no ser capaz de presenciar su sufrimiento. Era una mujer de elevada sensibilidad y delicados nervios, y él había encontrado en su primorosa belleza y en la confianza plena que depositaba en su fuerza masculina argumentos suficientes para convencerse a sí mismo de que estaba enamorado de ella. Esperar fuerza de voluntad y el valor necesario para enfrentarse a la muerte de su esposo era esperar demasiado.

La señorita Prior aguardaba pacientemente a que le contestara la pregunta e intentó reconducir sus pensamientos.

—¿Que si tenemos relación? Sí, por supuesto. Henry no es mala persona, pero sí un hombre inmaduro y que ha sido malcriado permanentemente por su madre. De no ser porque va a heredar las propiedades, sus manías me resultarían entretenidas. Lo cierto es que haría cualquier cosa para evitar que pudiera echarle mano a su herencia hasta dentro de unos años, cuando haya madurado y sea capaz de asumir alguna responsabilidad.

—Pero no podéis permitíroslo, claro.

La señorita Prior se había relajado apoyando la espalda en el respaldo de la mecedora. Cinco minutos más y empezaría a bostezar. Era puro egoísmo tenerla allí charlando cuando debería estar acostada durmiendo, pero el consuelo de su compañía y la tranquilidad de estar hablando con una completa desconocida era demasiado refrescante para no permitírsela.

—No, no puedo.

«No puedo salvar lo único que me dejaron y que yo puedo amar. Lo único que me necesita. Todo mi mundo. Tiene que haber un modo».

En el ejército, antes de heredar, y en el tiempo en que había sido el amo de King's Acre, había confiado siempre en su fortaleza física y su intelecto para enfrentarse a los problemas. Ahora solo le quedaba el intelecto. Tiró del llamador.

—Idos a la cama, señorita Prior. Todo se verá mejor por la mañana.

—¿De verdad lo creéis así?

Se levantó justo cuando entraba el mayordomo.

—A veces ocurre.

Era importante creerlo. Importante creer que podría encontrar algo para salvar King's Acre de su perdición, importante confiar en que los médicos se equivocaban y que le quedaba más tiempo. Si pudiera crear ese tiempo, extenderlo…

—Buenas noches, milord.

No respondió a sus últimas palabras y Will creyó ver compasión en sus ojos grises y en su sonrisa. Luego la vio darse la vuelta y seguir a James fuera de la sala.

El fantasma de una idea se perfiló en su cabeza al ver su espalda erguida, los modales delicados y firmes con que se dirigió al mayordomo antes de cerrar la puerta. Allí delante tenía a una mujer competente, inteligente y valiente. Apoyó al cabeza en el respaldo de la silla, cerró los ojos y persiguió aquel vago pensamiento. ¿Alargar el tiempo? A lo mejor de verdad existía el modo de conseguirlo. A menos que se estuviese dando falsas esperanzas.

«¿De verdad las cosas tenían mejor aspecto a la luz del día?», se preguntó Julia sentada en aquella gran cama, rodeándose las rodillas con los brazos mientras contemplaba a través del hermoso ventanal del dormitorio cómo la luz del sol rebasaba las copas de los árboles.

Quizás debería hace recuento de lo bueno que tenía. «Uno: estoy calentita, seca y cómoda en un lugar seguro, y no voy a despertarme en una pensión de mala muerte o debajo de un puente. Dos: no estoy en una celda esperando a que me juzguen por haber matado a un hombre». Porque Jonathan estaba muerto. Tenía que estarlo. Tanta sangre, tanta... y cuando la gente empezó a llegar y a entrar en la habitación al tiempo que sus gritos se desdibujaban y se volvían sollozos, era eso lo que gritaban: ¡asesinato!

Y ahora era una fugitiva, su culpabilidad confirmada por la huida. Se frotó la cara con las manos como si así pudiera borrar los recuerdos. «Sé positiva. Si te vienes abajo, estás perdida...» ¿Había algo más por lo que sentirse agradecida?

Por mucho que lo intentara no encontraba más bendiciones que poner en su cuenta. Era peligroso intentar imaginar el futuro más allá de un par de días porque entonces el pánico volvía a atacar. Se había pasado toda una mañana acurrucada en el rincón de un establo porque el miedo había sido tan fuerte que no le dejaba pensar.

Paso a paso. Lo siguiente que tenía que hacer era marchase de allí. A lo mejor el ama de llaves de lord Dereham podía recomendarle algún sitio donde encontrar trabajo. Podía coser, limpiar, gestionar la despensa y los lácteos.. quizás no estaría tan mal si podía encontrar un empleo respetable y ocultarse a plena vista. Nadie reparaba en el servicio.

El barón entró en el comedor de diario cuando ella contemplaba un plato colmado de bacon fragante y huevos fresquísimos. Su apetito no se había resentido, quizás otra bendición, porque iba a necesitar fortaleza física y mental. «Es una bendición que tenga ambas cosas».

—Buenos días, milord.

Lord Dereham parecía pálido a la luz del día pero al mismo tiempo había en él algo diferente. La frustración de sus ojos ámbar había desaparecido y parecía reemplazada por una especie de excitación. Ahora podía imaginárselo como debía haber sido, una fuerza física implacable. Un hombre, y no un inválido.

—Señorita Prior —se sentó y un criado le puso un plato delante antes de servirle un café—. ¿Ha dormido bien?

—Muy bien, gracias, milord.

Julia untó de mantequilla su tostada y lo miró con los párpados entornados. Le vio comer un poco de los huevos revueltos que le habían servido, aunque con la cara de un hombre obligado a tragar la más desagradable de las medicinas.

—Excelente. Esta mañana tengo pensado salir a dar un paseo por la propiedad. A lo mejor le gustaría acompañarme.

Más que una invitación parecía una orden muy educada. A su modo, aquel hombre era muy enérgico. La verdad era que no estaba en posición de negarse a nada, teniendo en cuenta que necesitaba su ayuda, pero tampoco disponía de tiempo suficiente para paseos.

—Gracias. Estoy segura de que sería realmente interesante, pero no puedo abusar más de vuestra hospitalidad. Me preguntaba si vuestra ama de llaves podría indicarme alguna casa o posada en la que pudiese encontrar empleo.

—Estoy seguro de que podremos encontraros un empleo adecuado, señorita Prior. Hablaremos de ello cuando volvamos.

—Os estoy muy agradecida, milord, pero…

—¿Vuestra propiedad era cultivable? —le preguntó como si no hubiera oído sus palabras—. ¿O teníais ganado?

«¿Qué?» Años de entrenamiento en buenos modales y conversación le dieron la respuesta.

—Ambas cosas, aunque el ganado era un interés muy particular de mi padre. Teníamos una buena cabaña de vacas de cuernos largos, pero cuando él falleció acabábamos de comprar un semental de cuernos cortos que nos había costado una pequeña fortuna. La verdad es que lo valía, o lo habría valido si mi primo hubiera elegido las mejores líneas de sangre.

¿Por qué demonios querría hablar lord Dereham del cruce de animales mientras desayunaban?

—¿Os paso las tostadas?

—No, gracias. Estoy pensando en plantar olmos en los límites de mi propiedad. ¿Tenéis opinión al respecto, señorita Prior?

Por supuesto que la señorita Prior tenía opinión al respecto y había dejado una prometedora plantación de olmos en su casa, pero estaba empezando a preguntarse si la ausencia de una lady Dereham se debería a la obsesión de lord Dereham por la agricultura y su incapacidad para hablar de otra cosa.

—Me parece una especie muy adecuada par esa finalidad. ¿Mermelada y rollitos de canela, milord?

Él negó con la cabeza y tras dejar la servilleta sobre la mesa, hizo un gesto al criado para que retirase su silla.

—Si habéis terminado de desayunar, podemos empezar.

¡Pues claro que podían! ¿Tendría algún desarreglo mental aquel hombre? ¿Acaso su enfermedad le habría provocado la manía agrícola? Sin embargo la noche anterior no se lo había parecido. Al salir al vestíbulo vio a la doncella que la había ayudado a vestirse aquella mañana al pie de la escalera, con su capa en las manos, y un faetón aguardando junto a la escalera de acceso a la casa con un par de caballos enganchados. Al parecer habían dado por sentado que accedería.

Julia apretó los labios para no protestar. Sin la ayuda de lord Dereham estaría donde la había encontrado la noche anterior. Con su ayuda, podía albergar la esperanza de sentirse segura y de ganarse la vida de un modo respetable. Al parecer no le quedaba más remedio que complacerle y pasar por alto esa vocecilla interior que le decía que estaba perdiendo el control y metiéndose en algo que no comprendía.

—Estoy a vuestra disposición, milord —dijo educadamente mientras se hacía la lazada del sombrero.

—Eso espero, señorita Prior —respondió él con una sonrisa tan encantadora que por un momento le hizo olvidar el significado de sus palabras.

Cuatro

¿Eran extrañas o siniestras sus palabras? ¿O serían sencillamente inocuas y era ella la que estaba perdiendo el valor y el sentido de la proporción? Lord Dereham la ayudó a subir al faetón y luego se sentó para tomar las riendas. El mayordomo se hizo atrás y el barón enfiló el camino de gravilla. Los dos caballos parecían briosos purasangres. ¿Podría controlarlos?

Tras unos minutos de tensa observación, quedó patente que su habilidad era lo que importaba. Al ver su manos delgadas y pálidas sosteniendo con confianza las riendas, se soltó del borde del asiento y consiguió respirar hondo.

—El día que no pueda conducir un faetón con un par de buenos caballos, me meteré en la cama y no volveré a levantarme nunca, señorita Prior.

Qué vergüenza. Se debía haber dado cuenta de su tensión, y desconfiar de la capacidad de un hombre para conducir era casi tan ofensivo como dudar de su virilidad. Y aunque estaba a salvo, dada su debilitada condición, sospechaba que lord Dereham en la alcoba tenía que ser tan hábil como con el látigo. Esa idea le provocó una especie de estremecimiento, un aviso de que el lord era un hombre carismático y que corría peligro de acabar confiando demasiado en su ayuda.

Un nuevo estremecimiento acompañó a la idea de que no iba a tener que soportar nunca más las atenciones de un hombre en la cama. «Otra bendición».

—¿Son Cleveland Bay? —le preguntó. Mejor no disculparse, o especular sobre si el hombre que llevaba al lado sería o no solo un caballero que le ofrecía su ayuda. Y mejor aún no recordar aquella habitación en la posada. No, si quería mantenerse tranquila y controlada.

—Sí, exacto. Fueron criados aquí. Dígame, señorita Prior, ¿qué opina de esta fila de casitas de arrendatarios? —tiró de las riendas justo antes de llegar junto a unas casas en un estado deplorable—. ¿Las repararía o las construiría de nuevo en un terreno más nivelado, pero donde hay menos espacio para los huertos?

—¿Por qué no se lo pregunta a los arrendatarios? —preguntó, peleando internamente con la calidad de sueño de aquella conversación—. Son ellos los que tienen que vivir en ellas.

La verdad era que le estaba muy agradecida a lord Dereham por haberla rescatado, pero cualquiera diría que estaban haciéndole una entrevista para el puesto de administrador de fincas.

Él emitió una especie de gruñido a modo de respuesta que se pareció sospechosamente a una risa contenida. Julia se irguió cuando pasaron junto a las casas, y él saludó con un movimiento del látigo a las mujeres que tendían sus sábanas y daban de comer a las gallinas. ¿Pretendería reírse de ella porque le había dicho que dirigía las propiedades de su familia? La noche anterior se había mostrado muy educado, pero la mayoría de hombres encontraban su interés en el asunto risible, o directamente poco femenino.

—También tengo opiniones bien fundadas sobre aves de corral, el manejo de productos lácteos, molinos de cereal y rotación de cultivos —dijo con falsa dulzura—. Sé un poco sobre ovejas, pero más sobre palomas, cerdos y el diseño moderno de edificios auxiliares en granjas, si es que os interesa algo de todo ello, milord.

De nuevo esa risa reprimida.

—Sí, me interesa, pero creo que será mejor que me explique antes de que acabéis de perder la paciencia conmigo, señorita Prior. ¿Os apetece disfrutar de la vista que se tiene desde aquel templete de allí?

Habían ido ascendiendo la ladera de una pequeña colina y el templete quedó a la vista. Se trataba de una construcción clásica desde la que se podía contemplar el lago. Julia cerró los ojos y respiró hondo para serenarse. Si no estuviera tan tensa y tan asustada, podría superar aquel momento sin perder la compostura. Quizás fuera solo torpe, y no supiera cómo conversar, aunque no había percibido nada de eso la noche anterior.

Mentalmente intentó calmarse y respondió con la gracia propia de una conversación en torno a la mesa de una cena.

—Estoy segura de que ha de ser muy placentero, milord. Y no tenéis por qué darme ninguna clase de explicación. Soy yo quien debe disculparse por tener los nervios un poco…

—¿Alterados? —sugirió él al tiempo que detenía el faetón y descendía. Julia se quedó inmóvil mientras él ataba las riendas y daba la vuelta para ofrecerle su mano—. Pues me temo que voy a volver a alteraros de nuevo, aunque espero que solo un poco. Tengo una proposición que haceros, señorita Prior.

Proposición. Una palabra con connotaciones, algunas no demasiado buenas. Apretó los dientes para no formular las preguntas que pugnaban por salir de sus labios, tomó su brazo y dejó que la guiara al asiento curvo de mármol colocado delante del templete. Al menos podría comportarse como una dama aunque fuera solo durante un día, porque aquella iba a ser la última vez que un caballero le ofreciera su brazo. ¿Y si demostraba no ser un caballero?

Cuando estuvieron sentados el uno al lado del otro, lord Dereham cruzó las piernas, se recostó hacia atrás y contempló la vista con una calma enloquecedora.

Julia intentó mantener la pose de una dama sentada a su lado, pero todo lo que aquella relajación consiguió fue abrir las puertas a las pesadillas.

—Milord… habéis dicho antes que teníais una proposición que hacerme. ¿Habéis pensado en algún puesto de trabajo que pueda solicitar, quizás?

—Eh… no, no exactamente. Os encontráis, creo yo, en la necesidad de disponer de un poco de tiempo para recuperaros tras vuestra precipitada huida, un tiempo para descansar físicamente y ordenar vuestros pensamientos.

—Sí —corroboró—. He de admitir que sería un lujo.

—Y yo agradecería la compañía de alguien con los conocimientos necesarios para dirigir la propiedad. Tengo algunas ideas de las que me gustaría hablaros. Si aceptáis mi hospitalidad durante… digamos, una semana, vos tendríais tiempo para respirar y yo para pensar algún empleo respetable que pueda ofreceros.

El barón no la había mirado mientras hablaba y ella estudiaba su perfil mientras consideraba sus palabras e intentaba imaginárselo con el peso que debía haber perdido, con color en aquellas mejillas secas y con brillo en aquel cabello denso, pero mate. Debía haber sido un hombre muy atractivo y su carácter lo era aún. Tenía tendencias dictatoriales, pero parecía comprensivo, inteligente y sus hechos, desde el primer momento, habían sido caballerosos y protectores.

No debía temer ningún peligro de aquel hombre y lo sabía, pero ¿sería seguro quedarse aunque fueran solo unos días? «Más seguro que deambular por ahí sin un plan en la cabeza ni dinero en el bolsillo», se dijo.

—Gracias, milord. Os agradezco el gesto y haré cuanto esté en mi mano por asistiros.

—Excelente. ¿Os parece que comencemos tratándonos con algo menos de formalidad? Mi nombre de pila es Will, y me gustaría que me llamaseis así. ¿Puedo llamaros Julia?

«De perdidos, al río».

—Sí —contestó—. Eso me gustaría. ¿No podéis discutir vuestros pensamientos con vuestro... es decir, con el hombre que...

Dios bendito, qué difícil era encontrar un modo delicado de decir «con el hombre que os herede a vuestra muerte».

—¿Mi heredero, queréis decir? —adivinó con una sonrisa irónica—. Mi primo Henry Hadfield no tiene interés alguno por la tierra. Malgastó la herencia de su padre en disfrutar en la ciudad hasta que su madre lo llamó a capítulo. No es malo en el fondo, pero si me pusiera a hablar con él sobre olmos y límites de las tierras, creería que he perdido la cabeza.

—La mayoría lo pensaría, francamente, si no son propietarios dedicados a sus tierras.

Julia se levantó y dio unos cuantos pasos para poder contemplar el lago que tenía a sus pies y a la derecha, lindando con las tierras de cultivo que quedaban un poco más allá, a la izquierda.

—Tenéis unas lindes muy largas aquí. Según he leído, los olmos crecen deprisa y sus raíces son muy verticales, de modo que no le robarían alimentos a vuestros cultivos. Con ello criáis árboles que luego pueden venderse para madera sin malgastar tierra. Tengo… tenía en mi casa unos esquejes que había cortado de unos olmos vecinos.

—Hay una parcela que serviría para eso —dijo Will—. ¿Queréis que nos acerquemos a verla?

Pasaron toda la mañana recorriendo las tierras y Julia fue relajándose en compañía de Will. No estuvieron de acuerdo en todo, pero eso seguramente era de esperar, y cuando volvieron a casa estaban ambos de buen humor.

—Tomaré la comida en mi habitación, si me disculpáis. Luego tengo papeleo del que ocuparme en la biblioteca —Will le entregó el abrigo y el sombrero al mayordomo—. Os invito a recorrer la casa con toda libertad. Y los jardines.

Era casi como un cuento de hadas, se dijo Julia cuando paseaba por la rosaleda. Había escapado del mal para encontrarse en un castillo encantado donde el mundo exterior no podía entrar y todo conspiraba para hacer que se sintiera segura y cómoda.

Un jardinero se materializó a su lado con una navaja y una cesta y le preguntó qué flores quería que cortase para su alcoba.

—Oh, mejor no corte nada…

—Me envía lord Dereham.

El hombre miró hacia la casa y Julia vio la silueta de un hombre que la observaba desde uno de los ventanales. El barón debía estar en su estudio.

—En ese caso, gracias —dijo, y hundió la cara en aquellos capullos de suave fragancia.

En la cena le mencionó lo de las rosas, y él contestó quitándole importancia con un gesto de la mano:

—Están para disfrutarlas. ¿Qué os han parecido los jardines?

—Son encantadores. Y nunca había visto una huerta como la que tenéis aquí. Hay incluso un espléndido cultivo de ananás. ¡Confieso que siento envidia!

Su boca esbozó una sonrisa, pero se limitó a decir:

—Aún no he conseguido obtener una sola piña comestible.

—Más abono —contestó Julia—. He leído cuanto ha caído en mis manos al respecto y se necesita un buen montón de oloroso abono, más grande de lo que os imaginéis.

Por un instante su mirada se cruzó con la del

criado que les estaba sirviendo el café recién hecho y le pareció que se escandalizaba de tal modo que se quedó sin palabras.

—¡Cuánto lo siento! No debería haber hablado de tal cosa estando en la mesa.

Pero Will se echó a reír. Era la primera vez que iba más allá de la sonrisa con aquellas carcajadas contagiosas, hondas y sentidas, hasta tal punto que no pudo por más que echarse también ella a reír, hasta que él empezó a toser y tuvo que tomar un sorbo de agua para recuperarse.

Amaneció el siguiente día con un viento fuerte, de modo que decidieron ir a los establos y visitar cuadra por cuadra, admirando los animales adultos y luego los potros que correteaban y daban coces en el corral, lo que les hizo sonreír. Will se había apoyado en su brazo y parecía sentirse cómodo y sin la necesidad de ocultar el hecho de que algo más largo que un paseo era extenuante para él.

Julia exploró la casa por la tarde. Encontró una estancia en la primera planta con estanterías y un precioso asiento junto a la ventana, y allí se acomodó con unos cuantos periódicos y novelas, pero pasado un rato se dio cuenta de que había dejado vagar la mirada hacia afuera.

Aquel lugar seguía pareciéndose al castillo de un cuento de hadas, un santuario que la protegía de la oscuridad que había dejado tras de sí, un lugar fuera del tiempo con su príncipe, hechizado por una bruja malvada, pero aun así lo bastante fuerte para defender sus muros y mantenerla a salvo.

La idea le hizo sonreír, pero solo hasta que el frío de la realidad le bajó por la espalda. Aquello no podía durar, y no debía engañarse. Pronto tendría que marcharse, buscar trabajo, y nunca jamás volvería a ser ella misma. Disponía de una semana, y dos días se habían consumido ya.

A la hora de la cena, Will se mostró muy callado, malhumorado incluso. «Estará cansado», se dijo, y no intentó forzar una conversación.

Cuando el mayordomo recogió la mesa y puso una botella de licor a su lado, ella fue a levantarse, pero él le impidió que lo hiciera con un gesto de la mano.

—¿Querría hacerme compañía un rato más, señorita Prior? —delante del servicio mantenía escrupulosamente las formas—. Gracias —y con un gesto de la cabeza añadió, dirigiéndose al mayordomo—. Lo llamaremos si necesitamos algo más.

Cuando se quedaron solos, Will dijo sin andarse por las ramas:

—Tengo una proposición que haceros, Julia.

—¿Otra?

Había respondido en tono ligero, aunque con el corazón encogido. Cabía la posibilidad de que hubiera cambiado de opinión y no quisiera ofrecerle el respiro que tanto necesitaba de una semana. Quizás le había encontrado algún empleo…

—Aquello era una propuesta. Esto es una proposición en toda regla.

Sirvió dos copas de oporto y le acercó una empujándola sobre la mesa.

Sorprendida, Julia hizo caso omiso de la copa y lo miró a la cara. De la intensidad de su expresión dedujo que su calma no era tan completa como se había imaginado. No así su voz cuando dijo:

—¿Me haríais el honor de convertiros en mi esposa?

Julia se encontró de pie, aunque no era capaz de recordar que se hubiera levantado.

—¿Vuestra esposa? ¡Lord Dereham, solo puedo pensar que os estáis burlando de mí, o que vuestra fiebre ha empeorado!

Se alejó de la mesa temblándole las piernas. Era más seguro para ella no mirarlo. No se podía ser grosera con un inválido, ni con un enfermo, pero ¿cómo no se daba cuenta de lo dolorosa que resultaba para ella su broma?

—Señorita Prior, no puedo hablar con vos si continuáis yendo y viniendo por la habitación —le reprochó, y ella experimentó un inusitado deseo de llorar, o de abofetearlo—. Os ruego que volváis a la mesa para que pueda explicarme. Ni estoy delirando, ni tengo intención de insultaros.

—Muy bien —era incapaz de volver a la mesa, pero se volvió a mirarlo tragándose el orgullo y las lágrimas que no había llegado a verter—. Explicaos, os lo ruego. Últimamente mi sentido del humor está bastante resentido.

Pero él no sonreía. Su rostro agotado estaba tan serio como si aquella descabellada proposición de matrimonio fuera cierta.

—Ya sabéis lo que os he contado sobre Henry. Por el bien de esta propiedad y quienes viven en ella tengo que evitar que mi primo la herede hasta que no sea mayor, haya madurado y aprendido a controlar su mano con los gastos.

—¿Creéis que eso es posible? —preguntó, dejándose llevar por el escepticismo un momento.

—Eso creo. Henry no es un débil mental ni un hombre malvado, sino simplemente un niño malcriado. Aunque no mejore, cuanto más tiempo pueda mantenerle alejado de su herencia, mejor. Necesito tiempo, Julia.

—Y no lo tenéis.

La curiosidad hizo que volviera a sentarse.

—¿Conocéis lo que estipula la ley sobre las herencias cuando un persona desaparece? —ella negó con la cabeza—. Si la persona desaparecida no reaparece en un plazo de una semana, el heredero puede acudir a los tribunales para declararlo muerto y proceder a reclamar su herencia.

Empezaba a comprender.

—¿Y pretendéis desaparecer?

—Pretendo viajar. Siempre he querido ir al norte de África, a Egipto y a Oriente Medio. Espero poder llegar tan lejos porque una vez allí, fuera de la influencia de las autoridades británicas, puedo desaparecer sin dejar rastro… cuando llegue el momento.

Julia dudaba de que, en su estado, resistiera siquiera la travesía del Estrecho, mucho menos llegar al sur de Europa, pero si aquel era su sueño, lo que lo mantenía vivo, ¿quién era ella para desilusionarlo? Precisamente ella comprendía bien el poder de los sueños y la necesidad de tenerlos.

—¿Y eso qué tiene que ver conmigo?

—He de dejar King's Acre en buenas manos. Podría contratar a un administrador, pero carecería del compromiso, de la dedicación que una esposa tendría. No podría garantizar la necesaria continuidad, y si ellos abandonaran, ¿quién quedaría para nombrar a un sustituto? Y casándome antes de marcharme, no quedaría lugar para la sospecha de que mi desaparición fuese una estratagema.

Julia se quedó contemplando aquel rostro delgado de expresión inteligente. Su mirada ardía de intensidad, no por la fiebre o la locura, y por un momento pensó estar viendo al hombre que había sido Will Hadfield antes de que aquella cruel enfermedad hubiese hundido sus garras en él, y algo en su interior se removió.

—¿Tanto os importa?

—Es cuanto tengo. Nuestra familia ha tenido estas tierras desde el siglo catorce, cuando el rey se las concedió a sir Ralph Hadfield como recompensa por los servicios prestados a la corona. De ahí su nombre. No voy a ser precisamente yo quien permita que King's Acre desaparezca.

—¿Y no hay mujer con la que deseéis casaros?

El barón cerró los ojos, no para dejar el mundo fuera, sino para ocultar sus sentimientos. Es la sensación que tuvo Julia.

—Estaba prometido, pero la liberé de su compromiso, y ella experimentó un enorme alivio al desprenderse de la carga que supone un hombre que se está muriendo.

Abrió los ojos pero no hubo emoción en su rostro. Entonces sonrió con una mueca cargada de ironía.

—Además, ella no tenía opinión alguna sobre robles o la cría de ganado.

—¿Queréis decir que se os ha ocurrido este plan desquiciado al aparecer yo por pura casualidad en vuestra vida?

Era una locura, desde luego, pero que el cielo la ayudara, porque estaba empezando a contemplarlo, a considerar ventajas y desventajas. «¡Basta! Es una idea descabellada. Sería acumular engaño tras engaño».

—La primera noche que pasasteis aquí, cuando vos ya os habíais retirado, me quedé pensando que tenía que encontrar el modo de alargar el tiempo. Entonces me di cuenta de que podía tener la respuesta sentada frente a mí junto a la chimenea de mi biblioteca.

Así que aquellos últimos días habían sido una

prueba con la que comprobar si de verdad sabía cuanto decía saber y si se sentía atraída por aquel lugar. «Y así ha sido». Pero el sentido común volvió a hacerse presente. El destino no iba a rescatarla tan fácilmente de las consecuencias de su propia insensatez.

—Vuestros parientes no lo aceptarán.

Además, con la boda, su nombre se daría a conocer en todas partes. «Pero Prior es muy común, y Julia no es mi primer nombre. Lord Dereham parece vivir bastante retirado, y esto no sería una de esas bodas de sociedad que aparecen en los pasquines. Si le pido que no haya anuncio formal, no hay razón para pensar que no pueda pasar desapercibida para siempre en Wiltshire».

—A mis parientes no les quedará más remedio que aceptarlo. Soy mayor de edad y nadie puede decir que no esté en mis cabales. Estarán presentes en la boda, junto con mi abogado y un número respetable de testigos. No dependeréis de ellos en ningún sentido. Solo dependeréis de la tierra, de modo que sus beneficios serán vuestros para que los empleéis como mejor os parezca hasta que llegue el día de mi muerte. Luego Dowe House quedará en usufructo para vos de por vida y una cantidad muy generosa a modo de asignación anual quedará recogida en mi testamento.

—¿Estáis dispuesto a darme todo eso? Mi reputación está arruinada y he quedado apartada de mi única familia. Además carezco de recursos materiales que aportar a nuestro matrimonio. No tengo ni un céntimo de dote.

«Arthur y Jane no se molestarán en buscarme. Se darán por satisfechos con haberse deshecho de mí». ¿Habrían llegado a saber de la muerte de Jonathan siquiera? Era un pariente lejano, y en la posada no había quedado identificación alguna. Quizás pensaran que había desaparecido sin más con el dinero que sin duda le habrían pagado para que se deshiciera de ella.

—Yo no os estoy regalando nada —replicó él, clavando sus ojos de depredador en ella. Sabía que se estaba ablandando del mismo modo que un cazador sabe cuando su presa empieza a flaquear. De nuevo volvió a tener la sensación de que su fuerza la arrollaba, que no podía resistírsele—. Estoy comprando vuestra experiencia y vuestro silencio.

—La gente hablará. Se preguntará de dónde demonios he salido. ¿Qué les diremos?

—Nada.

Había percibido la capitulación en sus palabras, y tenía razón: estaba dispuesta a hacerlo, a agarrarse con uñas y dientes a aquel milagro. Lo único que quedaba por cerrar eran los detalles prácticos. Sin prestar atención a lo que hacía, se llevó la copa de vino a los labios y tomó un buen trago.

—Podemos inventarnos una historia… o dejar que especulen cuanto quieran sobre cómo nos hemos conocido.

—Queda poco tiempo. Os pedí que os quedarais

una semana, pero ya he visto lo suficiente para saber que vais a ser perfecta para esto. Por suerte, el arzobispo de Canterbury se encuentra en la zona. Ha venido a casa de su ahijado, el marqués de Tranton. Puedo obtener un permiso especial sin problemas y estaremos casados pasado mañana —se levantó.— Decid que sí, y mañana iré a hablar con él, y de vuelta hablaré también con el vicario.

«Di que sí. Di que sí y acepta este milagro».

¿Qué debía hacer?

Cinco

—¡Pero Will!— Julia bordeó la mesa y le agarró por la manga—. Es imposible. No puedo casarme con vos en tan poco tiempo.

—¿Y se puede saber por qué no? —inquirió, poniendo su mano sobre la de ella y mirándola a los ojos.

Hubo solo aquella mirada hipnótica y ámbar llena de pasión e intensidad, solo el calor de su mano, aquellos dedos largos sobre los suyos, pero bastó para que sintiera calor y frío, tan desconcertante como la primera vez que Jonathan la besó. Era un hombre, un hombre joven y apasionado, y algo en su interior respondió.

Entreabrió los labios, el latido de su corazón se alteró, pero de pronto retiró la mano y la ilusión de intimidad desapareció.

—¿Acaso tenéis otros planes para pasado mañana? —insistió Will.

La irritación, sana y protectora en aquel caso,

tomó el lugar de las irracionales emociones que había experimentado. «Este hombre está completamente decidido a conseguir lo que quiere sin pensar para nada en mí. Es bueno que haya pensado marcharse porque si no, tendríamos problemas. Discutiríamos, sin duda».

—Aún no he dicho que sí —adujo, y él la miró—. ¡Bueno, está bien! ¡Sí! Pero no tengo nada que ponerme excepto esto —dijo, rozando sus faldas con las manos—. No puedo casarme con un barón llevando un vestido de viaje arrugado y manchado, y con una capa vieja.

—Entonces id de compras mañana. Os daré dinero. En Aylesbury no hay muchas tiendas de moda femenina, ni siquiera de esas en las que se pueden comprar las prendas hechas, pero encontraréis algo adecuado, y siempre podréis ir a Londres en breve. Incluso tendréis la posibilidad de alquilar una casa en la ciudad si es vuestro deseo, Julia.

En ese momento se le ocurrió una idea.

—Todo el mundo me llama Julia, pero para la licencia necesitaréis mi primer nombre. Augusta —al ver qué cara ponía, estuvo a punto de echarse a reír—. Lo sé. Es el nombre de la madrina de mi madre y esperaban que, poniéndomelo, nos hiciera un generoso regalo. Nadie lo usa. De hecho dudo que alguien se acuerde de él a estas alturas.

Si es que se hacía mención del matrimonio en alguno de los periódicos que se publicaban, nadie pensaría que la señorita Augusta Prior, que se había

casado maravillosamente con un barón en Bucking-
hamshire, pudiera ser Julia Prior, la fugitiva.

—Pero ¿qué hay de vuestro primo? No dejo de
tener la sensación de que lo estamos engañando.

—Si me hubiera casado como estaba previsto,
podría haber tenido un heredero en poco tiempo, y
Henry no tendría por qué meter su nariz en mis
asuntos. O si no me hubiera visto atrapado en ese
temporal, ahora gozaría de una excelente salud. Lo
que estamos haciendo es asegurarnos de que cuando
herede, tenga una propiedad en excelente estado y
que él posea la madurez, o al menos eso espero, que
le permita apreciarlo.

Julia tuvo que enfrentarse al pensamiento que le
molestaba en conciencia, por debajo de la preocupación y el miedo.

—Estoy siendo recompensada por haber cometido un pecado —murmuró al tiempo que volvía a
sentarse. Se había fugado con un hombre, se había
acostado con él sin la bendición del matrimonio para
después, aunque inintencionadamente, acabar ase-
sinándolo. No podía perdonarse esa culpa. Si no hubiera cometido esa locura, Jonathan seguiría vivo.

—¿Pecado? —Will Hadfiel tenía el oído de un
murciélago—. ¿Escapar para salvar vuestra virtud?
Además de huir del maltrato físico. He visto cómo
tenéis la muñeca.

Instintivamente se llevó la mano a la articulación
rodeada de una sombra amarillenta. «Y la vista de
un halcón».

—Ha sido un error de juicio —adujo—. No tenía ningún otro plan aparte del de escapar. Dios sabe que habría encontrado un modo respetable de ganarme el sustento —tenía que recordar la historia que le había contado y actuar en consecuencia—. Debería habérseme ocurrido otra cosa, algo menos impactante —hizo una pausa y añadió—. Lo único que sabéis de mí es lo que os he contado. Me sorprende que me confiéis vuestros planes.

—Pero mi buen juicio, señorita Prior, es excelente. Os he observado y os he escuchado. He visto cómo miráis las tierras, cómo habláis con la gente. He visto cómo analizáis las cosas y cómo os enfrentáis a los problemas. Tengo absoluta confianza en vos… al fin y al cabo, una vez estéis casada conmigo, dejaréis de ser blanco para los jóvenes con ansias depredadoras.

Julia contuvo la respiración alarmada, pero él no hizo caso y siguió hablando.

—¿Iréis de compras mañana? Enviaré a una doncella y a un criado a por vuestros paquetes, y Thomas el cochero os llevará a The Rose and Crown, un salón en el que podréis tomar un refrigerio.

—Gracias. Seguiré vuestro consejo. Parece que habéis pensado en todo —añadió, intentando que el resentimiento que le provocaba tanta organización no se reflejara en la voz. Le estaría bien empleado si el arzobispo no le daba la licencia y se encontraba con que tenía que cargar con una desconocida caída en desgracia que tenía puesto precio a su cabeza, y un buen montón de facturas por pagar.

Pero la conciencia acudió en su auxilio. Will Hadfield estaba haciendo aquello porque se había visto obligado: había sido amable con ella y ahora la estaba ayudando a salir del peligro de un modo casi milagroso. Ojalá lo hubiera conocido antes de aquella horrible enfermedad. Así podría comprenderlo mejor en el presente.

O quizás no. Aun estando enfermo resultaba peligrosamente atractivo y no quería que llegara a gustarle, a sufrir cuando llegara el momento de su marcha, a agonizar más de lo que debía por la suerte de aquel desconocido que el destino había puesto en su camino.

—¿Cuánto tiempo exactamente hace que conocéis a mi sobrino? No he oído bien lo que mi querido William ha dicho.

Delia Hadfield había oído perfectamente bien todo lo que se había dicho, y aquella fachada de vaga dulzura no había engañado a Julia ni por un momento.

La viuda no podía encajar el hecho de que el sobrino de su marido se hubiera casado, y la consumía el deseo de saber cuanto fuera posible de las circunstancias.

Julia vio que Will estaba sentado al otro extremo de la estancia, enfrascado en una conversación con el vicario, así que no podía esperar que acudiera raudo al rescate.

—A mí me parece que hubieran pasado solo días —respondió Julia con una sonrisa igual de dulce y tomó un sorbo de champán—. Pero ha sido algo que los dos nos hemos sentido obligados a hacer.

—Y nosotros que le creíamos tan feliz en su compromiso con Caroline Fletcher. Por supuesto comprendimos que no pudiera llegar a buen puerto cuando se puso tan enfermo, pero no tenía ni idea que mi muy querido William fuera tan veleidoso. Era una chica tan adecuada, tan preciosa…

La sonrisa de la viuda se heló y sus ojos se clavaron en ella.

«Cree que sus afiladas mentiras han conseguido colarse bajo mi guardia».

La gente las estaba observando. Sentía la curiosidad de sus miradas casi como si la tocaran. El salón era una estancia amplia, pero aun con las ventanas abiertas al porche que cerraba en un lateral el foso seco, estaba abarrotado con los invitados a la boda que Will había podido reunir en tan poco tiempo. No se atrevía a permitir que sus verdaderos sentimientos aflorasen a la superficie, pero el recuerdo de la última vez que se había encontrado rodeada por tanta gente estaba acelerándole el latido del corazón y sentía la piel pegajosa.

Se obligó a respirar más despacio. Aquella gente que reía y charlaba no era aquel ávido pelotón, y ninguna de todas aquellas personas se imaginaría que la nueva lady Dereham, con su bonito vestido y su cuidado peinado, era una fugitiva con una muerte a sus espaldas.

—Yo también creía amar a otro hombre, pero... —dejó que su voz se apagara artísticamente—. Pero entonces... «¿De dónde he sacado yo esta capacidad interpretativa? He debido leer demasiadas novelas. Será la desesperación»—. Entonces volvimos a encontrarnos, cuando el compromiso de Will ya estaba roto, y me di cuenta de que no podía haber otro hombre para mí más que él —remató—. Muy romántico, ¿verdad?

—¿Queréis decir que William os conocía ya de antes?

La señora Hadfield seguía empeñada en desvelar el misterio.

—Yo preferiría no hablar del pasado —respondió Julia, improvisando frenéticamente. Will le había asegurado que nadie le haría preguntas incómodas y hasta aquel momento así había sido, porque él era capaz de silenciar la curiosidad vulgar con tan solo una mirada, pero había sido tonta por tomarse al pie de la letra su palabra y no tener preparada una historia.

—Me llevé una honda desilusión con el hombre que creía amar, y fue eso lo que me hizo ver las cualidades de lord Dereham bajo una nueva luz.

Comparado con el sinvergüenza que había intentado violarla, estaba convencida de que las faltas de Will, que sin duda tendría, serían claramente preferibles.

—Lady Dereham… ¿o puedo llamaros prima Augusta?

Con un suspiro de alivio que no dejó que nadie viera, se volvió a mirar a Henry Hadfield, el primo de Will. Podía apreciarse el parentesco en la estatura, en las cejas oscuras bien perfiladas y en su modo de sonreír, pero no había fuerza de carácter en aquel rostro equilibrado, aunque inmaduro. Intentó imaginarse aquellas facciones superpuestas a los huesos fuertes de Will y experimentó… ¿qué fue lo que sintió? ¿Atracción? Porque deseo no podía ser, después de lo que le había pasado.

Aquel momentáneo sentimiento pasó, y pudo volver a concentrarse. No podía bajar la guardia con ninguno de los Hadfield. Henry aún no había comprendido hasta qué punto podía ser una amenaza para él, pero su madre no tardaría en ponerlo al corriente.

—Pues claro, primo querido. Pero llamadme Julia, por favor. Nunca uso mi primer nombre.

Sonrió. Él era joven y sería labor suya llegar a conocerlo e influir en él, y si lo conseguía, instilar en él un amor por la propiedad del que carecía por completo y mantener su relación en buenos términos durante los siete largos años de incertidumbre.

El sol se estaba poniendo ya y entraba por los altos ventanales del salón, arrancando reflejos a la cubertería de plata y bañando con su luz rosada los rostros de los invitados. Y no es que necesitasen precisamente color artificial. Will no había escatimado el champán y tenían todos las mejillas sonrosadas. La conversación seguía siendo animada aunque fueran ya casi las siete y media, y se hubieran reunido allí a comer tras el servicio religioso de las doce.

—Amigos…

Todos se volvieron. Will se había puesto de pie ante la chimenea apagada, con una copa en la mano. ¿Se estaría dando cuenta todo el mundo de que los nudillos de la mano con que se había agarrado a la cornisa de la chimenea estaban blancos de la tensión que estaba ejerciendo sobre sí mismo?

La imagen de la estatua de un galo agonizante que había visto en una ocasión en un grabado se le vino a la imaginación. Will seguía en pie pero solo porque su indomable voluntad se negaba a rendirse y morir. ¿Por qué?, se preguntó. ¿Por orgullo? La rabia tenía mucho que ver, de eso estaba segura. Del valor, también. Estaba luchando contra la parca como si se tratara de una persona que hubiera atacado su honor.

Los ojos se le empañaron y tragó con dificultad. Si lo hubiera conocido antes de que se pusiera enfermo… «Habría estado prometido a Caroline Fletcher», se recordó con acidez. Y seguramente habría sido tan dictatorial y terco como en aquel momento.

—En primer lugar, mi esposa y yo queremos daros las gracias por habernos acompañado hoy, habiéndoos avisado con tan poco tiempo. En segundo lugar, he de pediros apoyo para lady Dereham, dado que yo tendré que viajar al extranjero durante algunos meses y he de partir inmediatamente.

Una avalancha de preguntas se desató entre los invitados, y entre ellos la de un hombre alto que había venido expresamente desde Londres para hacer de padrino del novio: su amigo del ejército, el mayor Frazer.

—¿Al extranjero?

—Pretendo desarrollar la cabaña de équidos y deseo comprar algunos purasangre en España y otros cuantos purasangre árabe en el norte de África.

El mayor dijo algo en voz baja, pero Will le contestó con la misma claridad que antes:

—¿Mi salud? Me siento ya mucho más fuerte, y es mejor que me vaya ahora que aún hace buen tiempo. Y lo último, amigos míos, es apelar a vuestra indulgencia, si nos retiramos ya para que yo pueda descansar antes de emprender el viaje —alzó la copa—. Por mi esposa, Julia.

—¡Por lady Dereham!

Azorada, Julia se abrió camino entre susurros y especulaciones para colocarse al lado de Will.

—Esto ha sido poner el coche delante de los caballos, milord —le dijo en voz baja—. No tenía ni idea de que pensaseis partir con tanta celeridad.

Con una punzada de ansiedad comprobó que las líneas que el cansancio ponía alrededor de sus ojos y de su boca estaban aún más marcadas que antes.

—No queda tiempo como para andar malgastándolo, ¿no os parece? —dijo con una sonrisa—. Venid. Subamos.

Qué determinación. Pensar en lo que debía estar pasando la angustiaba sobremanera, pero nada podía hacerse excepto lo que estaba haciendo ya, aunque fuera por la razón más egoísta.

Los invitados fueron considerados y no los entretuvieron más que para expresarles sus buenos deseos. Julia esperó a salir al vestíbulo vacío antes de quitar la mano de encima del brazo de Will y ofrecerle apoyo sosteniéndolo por el codo.

—Llamaré a vuestro mayordomo.

—Jervis ya estará esperando con vuestra doncella en nuestra alcoba.

—¿Nuestra alcoba?

—Sí, claro.

Julia se volvió a mirarle y creyó ver un atisbo de sonrisa.

—Es mi estado no esperaríais que anduviera por pasillos helados en plena noche para ir a la vuestra.

—¿Estáis diciendo que esperáis que comparta esta noche vuestra cama?

No se le había ocurrido pensar ni por un momento que aquel matrimonio fuera a ser otra cosa que apariencia. Un hombre en su estado no podría… ¿o sí? Las imágenes y las sensaciones que se le agolparon en la cabeza la hicieron tropezarse con el primer escalón.

—Sh —murmuró Will cuando una puerta se abrió y el sonido de los huéspedes que empezaban a dispersarse llenó el aire——. Este no es lugar para hablar de estas cosas.

Julia tragó saliva y asintió, y consiguió subir el resto de las escaleras sin dar rienda suelta a las protestas que pugnaban por salir de sus labios. Cuando Will abrió la puerta del dormitorio principal, Nancy, su doncella personal, estaba esperando allí, charlando con Jervis, en el brazo varias prendas blancas y una amplia sonrisa. Allí tampoco podían hablar. El servicio tenía que creer que aquel matrimonio era real, al igual que todos los demás.

——¡Aquí estáis, milady! He hecho que subieran agua caliente a vuestro vestidor, y el señor Jervis se ocupará de milord aquí.

Hizo pasar a Julia a una pequeña habitación con paredes de madera en la que una bañera llena de agua caliente la esperaba.

——He perfumado este precioso camisón con agua de rosas ——continuó diciendo, mientras Julia, inmóvil, se dejaba desvestir. Se había permitido comprar un bonito camisón de verano y una bata a juego al ir de compras a Aylesbury para el día de la boda, además de algunas prendas básicas más. Lo que no se esperaba era que alguien, aparte de su doncella y ella misma, tuviese que verlas.

——Excelente ——consiguió decir cuando se metía en la bañera y empezaba a enjabonarse. De la otra habitación llegaba el sonido de una conversación, el ruido de la puerta de un armario al cerrarse, el tintineo metálico de las anillas de la cortina. Al otro lado de esa puerta había un hombre, casi un desconocido, preparándose para acostarse y esperando que ella lo hiciera a su lado. El último hombre con aquellas mismas expectativas había jugado con sus fantasías inducidas por el amor, le había robado su virtud y la había traicionado.

Este, por lo menos, se dijo mientras salía de la bañera y se veía envuelta en toallas, se había casado con ella, aunque un hombre en su estado, ¿podría consumar el matrimonio? No tenía ni idea de cómo funcionaban los mecanismos del deseo masculino, pero la consumación era exigente físicamente hablando. ¿Y si Will esperaba que ella hiciera algo? Con Jonathan se había limitado a tumbarse, abrazarlo e intentar hacer lo que él quisiera, y por sus palabras no parecía haberlo hecho demasiado bien. Se llevó una mano al estómago como si con ello pudiera controlar el pánico que le subía a la garganta.

Jervis se inclinó antes de salir. Un instante después, Nancy salía del vestidor cargada de toallas, se inclinaba en dirección a la cama y abandonaba apresuradamente la alcoba. La puerta exterior se cerró con un pesado golpe y la interior permaneció abierta.

Will se recostó sobre los almohadones e intentó recuperar el ritmo normal de la respiración. Estaba agotado. La fiebre que le asaltaba cada noche estaba empezando a subir, pero tenía que conseguir mantener el control necesario para enfrentarse a Julia, quien al parecer no había pensado nada más allá de la ceremonia religiosa. «Es virgen», se recordó.

—¿Sigues ahí dentro? —preguntó—. ¿O te has descolgado por la hiedra para evitarme?

Hubo un silencio y Julia apareció en la puerta, vestida con un camisón blanco y vaporoso, el pelo suelto y las manos entrelazadas delante.

—Esta noche pareces un fantasma blanco, y no gris —bromeó. Desde luego estaba tan pálida como un aparecido.

Julia dio un paso más. Iba descalza. Por alguna razón inexplicable lo encontró conmovedor e inquietante.

—No se me había ocurrido pensar que querrías que compartiera el lecho contigo —dijo, irguiéndose.

—Ya estoy compartiendo contigo mi título, mi hogar y mi fortuna —puntualizó él.

Julia se quedó todavía más pálida, si es que eso era posible.

—Sí, claro. No es que pretenda ponerme difícil. Es solo que no lo habíamos hablado.

—Cierto. He de confesarte que carezco de experiencia con vírgenes.

—Me alegro de saberlo —respondió ella con tanto sentimiento que Will parpadeó varias veces—. Lo que quiero decir es que lo que se espera de un caballero es que no ande por ahí seduciendo vírgenes.

Se mordió el labio un instante pero a continuación echó los hombros hacia atrás, se quitó la bata y se acercó a la cama.

Will pensó en los cuadros de mártires cristianos enfrentándose valientemente a los leones y sintió una punzada en la conciencia. A pesar de su madurez, de su confianza y de sus escandalosas circunstancias, Julia era una inocente, y la frustración que le provocaba su propia debilidad no justificaba el miedo que le estaba haciendo pasar a la pobre.

—A lo mejor debería dejar claro que solo pretendo que duermas en esta cama, nada más.

—Ah—. Julia se quedó quieta, en la mano la esquina de la ropa de cama. El color parecía subir y bajar como la marea bajo su piel, y se preguntó si estaría a punto de desmayarse—. ¿De verdad?

Su alivio era casi palpable, y Will se dijo que había sido un fatuo esperando algo más: ella apenas lo conocía, él parecía un esqueleto, la mayoría de las veces no era capaz ni de tenerse en pie… ¿cómo iba a querer la pobre mujer hacer el amor con él? El hecho mismo de que le temiera revelaba hasta qué punto era inocente.

—Métete en la cama. Te prometo que estarás a salvo.

Julia apartó las sábanas y se sentó recostada en los almohadones. Unos veinte centímetros separaban sus hombros, además del grosor de la camisa de dormir de él y del camisón de ella, luego entonces tenía que ser cosa de su imaginación, pero Will tenía la sensación de estar notando el calor de su piel. Olía a rosas, a jabón de aceite de oliva como el que se usaba en Castilla y a calor de mujer, y la tensión creció entre ellos hasta vibrar como una cuerda de arpa.

—Es importante que nadie pueda impugnar este matrimonio —le explicó, más para seguir hablando y conseguir que se tranquilizara que para ninguna otra cosa—. Tenemos una licencia del arzobispo, nos ha casado el viario local delante de la congregación más numerosa que he sido capaz de reunir, y ahora tanto nuestros invitados como el servicio jurarán que hemos pasado la noche en esta habitación juntos. Y si llega la ocasión en que mi tía decida impugnar tu control sobre la propiedad, no podrá poner en tela de juicio la legitimidad de este matrimonio o la de tu posición como mi esposa.

—Ya. Sí, entiendo que era necesario.

Al oírla hablar tuvo la impresión de que le estaba costando trabajo controlar la respiración. Y no era la única, pensó. El espíritu estaba perfectamente dispuesto en su caso, pero la carne estaba demasiado débil para alterar la compostura de la mujer cálida, fragante, de formas redondeadas y muy deseables que tenía al lado. No era una belleza, pero era sin duda una mujer atractiva y vibrante.

—Duérmete —le dijo, y estiró el brazo para apagar las velas.

—Buenas noches —murmuró, acurrucándose bajo las sábanas.

Will se obligó a permanecer inmóvil mientras la

respiración de ella se iba haciendo cada vez más lenta. Parecía haberse quedado dormida, pero de repente una manecita pequeña se agarró a la suya. No se movió. Un momento después Julia murmuró algo y antes de que él pudiera reaccionar, se acurrucó en su costado y apoyó la mejilla sobre su pecho.

—¿Julia?

El corazón se le aceleró de tal modo que empezó a marearse. O quizás fuera solo su olor. No podría decir cómo se resistió al deseo de abrazarla.

—Lo siento —contestó ella—. Debería haber sabido que contigo estaba a salvo, que eres un caballero. No quiero que pienses que no quería acercarme a ti porque estás enfermo.

Se incorporó para quedar apoyada en un codo y antes de que él se diera cuenta de lo que estaba haciendo bajó la cabeza. El beso debería haber aterrizado en su mejilla… pero Will se movió en el último instante y acabó en sus labios.

Sintió un calor tierno, la curva de aquella deliciosa boca que llevaba días intentando ignorar. El susurro de su respiración al pasar por sus labios entreabiertos, el atisbo de su sabor a champán, fresas y mujer.

«Demonios…» Aquella tortura iba a acabar con él. No podía respirar y su corazón acabaría rindiéndose. Quería tocarla, acariciarla, porque era consciente de que aquella sensualidad confiada podría ganarle la partida a la debilidad de su cuerpo.

Pero acababa de darle su palabra, así que tras devolverle el beso, murmuró:

—Buenas noches, Julia. Será mejor que duermas en tu lado de la cama si no quieres tener demasiado calor con mi fiebre.

—¿Puedo hacer algo por ti?

Casi pudo sentirla sonrojarse cuando se separó de él.

«Sí: bésame, tócame, déjame hacerte el amor».

—No, gracias.

Cerró los ojos y se obligó a permanecer inmóvil. Tenía por delante una larga noche.

Julia se despertó al alba. Agotada como estaba por el miedo, las emociones y la tensión de la boda, había dormido como si la hubieran drogado, y Will se lo había permitido.

—¿Will?

Silencio. Al darse la vuelta algo crujió sobre la cama vacía. Era una nota. La desplegó y leyó:

Adiós. Te escribiré cuando pueda. La información y las direcciones que puedas necesitar están en mi mesa del estudio. Me llevo a Bess conmigo. Buena suerte.

Will.

Una llave cayó de los pliegues del papel sobre la sábana arrugada en la que había descansado su cuerpo toda la noche. Estaba sola. Viuda en todo menos en nombre.

Apretó la llave en la palma de la mano como la noche anterior se había aferrado a su mano.

Will Hadfield le había devuelto su vida del mismo modo que la suya estaba acabándose. No podía ser consciente de qué clase de regalo le había hecho, de qué la había salvado, pero aun así había mostrado tener una confianza en ella que había sido como un bálsamo para su alma herida. Había intentando, por puro instinto de conservación, no sentir nada excepto una educada y distante preocupación, pero era consciente que de alguna manera la esencia de aquel hombre le había rozado el corazón.

—Oh, Will… —Julia se acurrucó en el lado que había ocupado él y hundió la cara en las almohadas. ¿Sería su imaginación o aún había allí un resto de su calor, un huella con el olor de su piel?

Seis

—¡Julia! Deberías fingir que te estás divirtiendo —la reprendió la señora Hadfield en voz baja—. ¿Te duele la cabeza?

—Un poco. No debería haber accedido a venir a este baile, tía Delia.

Julia miró a su alrededor con desconfianza. Se estaba congregando mucha gente en la plaza de los Salones Cívicos, y ella intentaba siempre evitar las reuniones numerosas en las que no conocía a todos los presentes. Incluso después de tres años seguía teniendo pesadillas en las que alguien la señalaba con un dedo acusador y gritaba «¡Asesina!» «¡Detenedla!» Se esforzó por respirar despacio y concentró su atención en subir los peldaños de la escalinata de acceso a la puerta principal. Normalmente era capaz de controlar el pánico con esa técnica.

Hacía mucho tiempo que no asistía a baile alguno, y menos aún a uno público, y debería haber sabido que acabaría lamentándose por haber cedido a las exigencias de tía Delia. Rebuscó en su cabeza una explicación que pudiera justificar su falta de entusiasmo.

—Dadas las circunstancias…

—Las circunstancias son —la interrumpió bruscamente la señora—, que mi sobrino se marchó hace ya más de tres años por un error de juicio. El hecho de que no hayas sabido de él desde hace al menos dieciocho meses no te obliga a comportarte como una viuda.

La palabra «todavía» quedó colgando en el aire entre ellas.

Aparentemente, la señora Hadfield había suavizado el resentimiento que le provocó la boda de Will, su desaparición y los acontecimientos que siguieron. Transcurridos nueve meses, cuando acabó dándose cuenta de que la posición de Henry era inexpugnable y que Julia no estaba haciendo nada para dañar su futura herencia, comenzó a dulcificar su postura con la joven, aunque su tendencia a organizarle la vida a todo el mundo ponía de los nervios a Julia.

Pero decidió que lo mejor que podía hacer era amansar su carácter y esforzarse más por fomentar las buenas relaciones entre la familia. Sospechaba que la mujer, a pesar del modo en que malcriaba a su hijo, era realista y, al mismo tiempo, un peligro en potencia.

Sabía que Delia le había exigido al vicario que le mostrase su licencia, y Nancy, su doncella, le había confesado indignada que la señora Hadfield le había preguntado dónde había pasado su señora la noche de bodas.

—¿Y tú se lo has dicho? —le había preguntado Julia.

—¡Pues claro! Me preguntó hasta por las sábanas, ¿os lo podéis creer? Pero yo puse en su sitio a esa entrometida.

Así que, al parecer, el dolor de pincharse el dedo gordo con una aguja y sacrificar unas cuantas gotas de sangre había valido la pena.

Era posible que la señora Hadfield hubiera aceptado su matrimonio, pero al mismo tiempo no perdía de vista el calendario: sin duda había consultado a su abogado sobre los pasos a seguir en ausencia de pruebas de la suerte que hubiera corrido Will. Era lo bastante inteligente para saber que tenían que esperar, aunque seguramente se dedicaba a tachar los días en el almanaque, y el hecho de que Julia consultara con Henry cualquier decisión que fuese a tomar respecto a las tierras y su explotación debía haberla calmado un poco.

—No me comporto como las viudas —protestó cuando llegaban a la base de las escaleras seguidas por Henry, que avanzaba, protector, a su espalda—. No voy de luto —puntualizó, mirando complaciente el vestido de noche de color quisquilla, en plena moda, que se atrevía a insinuar los tobillos. Los meses que se había vestido de luto, cuando el corazón parecía habérsele congelado de dolor, volvieron a su recuerdo para reprenderla por aquella nueva vanidad.

Apartó ese recuerdo, el del hijo que había perdido, y se obligó a centrarse en el presente.

—No pienso renunciar a Will hasta que no me quede más remedio.

Y de algún modo, lo que había dicho era cierto. Una parte caprichosa de su entendimiento albergaba la fantasía de que Will estuviera sano y salvo viviendo una vida exótica como un pachá, aunque las cartas, las escuetas cartas que le había ido enviando a través de su abogado, en las que le decía dónde se encontraba, habían dejado de llegar tiempo atrás. Ella no le había contestado a ninguna, ya que Will le dejaba siempre bien claro que estaba constantemente en movimiento y no tendría dónde dirigirlas.

La fantasía de que Will estuviera fuerte y hubiera recuperado su atractivo era la responsable de algunos inquietantes sueños que había tenido y que a la luz del día prefería no recordar.

—Asisto a cenas y las ofrezco yo —continuó, más tranquila ahora que estaban subiendo las escaleras y tenía algo en lo que concentrarse—. Asisto a meriendas y *soirées* musicales. Pero esto me parece demasiado… bullicioso.

«Y expuesto». Y lleno de personas a las que no conocía y que no pertenecían al reducido y selecto círculo de amigos y conocidos que se movían en torno a King's Acre. Aun así, era poco probable que después de tres años alguien pudiese reconocer a una asesina desarrapada y rota en aquella lady Dereham vestida a la moda y totalmente respetable.

—¿Bullicioso? Es posible que la gente joven lo sea, pero yo no pienso prestarles atención. Estoy agradecida de tener la oportunidad de salir de la casa ahora que el frío me deja. Confieso que estoy deseando enterarme de los chismes y de las modas, por provincianas que sean las de aquí.

Un inicio de dolor de cabeza, un temor irracional y una aprensión creciente e inexplicable no eran excusa suficiente para mostrarse maleducada. Y los salones cívicos, cuando por fin llegasen a entrar, eran un lugar muy hermoso, con sus candelabros encendidos, y las ropas y las joyas de las damas como un campo de flores brillando al sol. Se relajó un poco cuando Henry, haciendo gala de su mejor comportamiento, fue a buscarles asiento y partió de nuevo entre la gente en busca de una limonada para ellas.

—Quiere que le deje asistir a la fiesta que los Wiltshire darán la semana próxima —explicó su madre—. Lo cual debe significar que debe haber alguna joven a que le ha echado el ojo.

«Yo diría que lo que busca es compañía de su misma edad y la práctica de algunos deportes de su gusto», pensó Julia cínicamente al tiempo que una de las amigas del alma de la señora Hadfield la saludaba con emocionados grititos y se dejaba caer junto a ellas. Henry estaba madurando, pero aún no estaba demasiado interesado por las faldas, y era mucho más probable que saliera huyendo a que intentase flirtear si se encontraba ante una chica guapa.

—Voy a dar una vuelta por el salón, tía. Si me disculpáis.

La señora Hadfield, embarcada ya en la valoración de alguno de los presentes, se limitó a asentir.

Todo el mundo parecía estar pasándolo bien. Entonces, ¿por qué ella no era capaz de tranquilizarse y disfrutar? Incluso de bailar, si alguien se lo pedía. El pánico que las acumulaciones de gente le provocaba había desaparecido ya, pero no así una especie de extraña premonición, una tensión nerviosa. Quizás se tratara de un resfriado.

Se detuvo junto a una columna que quedaba más o menos en el centro del salón y se abanicó, sonriendo ante la charla de un grupo de jovencitas que debían haber sido presentadas en sociedad aquel mismo año.

—No sé quién es. No lo había visto antes —decía una mientras miraba a través de las hojas de una palmera—. ¿Alguna vez habíais visto unos hombros como esos?

—Tan masculinos —suspiró otra—. Y su pelo… ¡qué romántico!

Julia miró hacia el otro lado por ver si encontraba a aquel parangón de virtudes que tanta admiración había despertado. Dios del cielo… no había posibilidad de error. Por bobas que fueran aquellas crías, sabían reconocer un buen cuerpo cuando lo veían. «Desde luego tiene unos hombros impresionantes». Estaba de espaldas a ella, y su pelo castaño y brillante resultaba indudablemente romántico.

Aquellas jovencitas eran demasiado tímidas y vergonzosas para hacer algo más que reírse a hurtadillas y desmayarse a distancia. Pero ella era una matrona, libre para acercarse e inspeccionar aquella amenaza para la sensibilidad femenina.

No tenía por costumbre admirar a los hombres. Ella era una dama respetable con una reputación que mantener, y la pérdida de su virginidad le había enseñado que soñar con una cara bonita era una cosa, pero la realidad de la lujuria de un hombre, otra completamente distinta. Su cuerpo podía mostrar su desacuerdo en ocasiones, sus sueños conjurar fantasías, pero con los ojos abiertos, todo era bien distinto. Una cama vacía por las noches era un beneficio del que podía disfrutar una viuda.

Pero aquel hombre la intrigaba por alguna razón que le resultaba imposible identificar. Se detuvo a escasos metros de él, moviendo lánguidamente el abanico, y lo estudió por el rabillo del ojo. Aquello era más fácil cuando era la heroína de una novela romántica la que lo hacía, se dijo cuando notó que se le humedecían ya los ojos. Lo que podía aseverar, sin volverse a mirar con descaro, era que su mayordomo y su sastre habían contribuido a arreglarlo de modo que constituía una amenaza para cualquier mujer que lo mirara.

Llevaba una chaqueta ajustada y calzones de seda ceñidos que conseguían dejar muy poco a la imaginación del cuerpo de aquel caballero. Miró a su alrededor con disimulo y consiguió registrar, de perfil, una piel bronceada, nariz arrogante, una barbilla de gesto definido y unas pestañas largas y oscuras que en aquel momento ocultaban su mirada, pero parecía estar perdido en sus pensamientos o muerto de aburrimiento.

El nudo que había llevado en el estómago toda la velada se apretó. «Yo te conozco». Pero eso era imposible: de conocer a aquel hombre, jamás habría podido olvidarlo. «Te he soñado». Le vio cambiar de postura como si hubiera notado su escrutinio, y antes de que ella tuviera la oportunidad de alejarse, volvió la cabeza y la miró directamente a la cara. Ya no estaba ni pensativo ni aburrido, porque la estudiaba con unos ojos del mismo ámbar que los de una pantera, del mismo rico dorado de una copa de brandy.

Eran los ojos que había visto por última vez arder de frustración a duras penas controlada en el rostro de un hombre que se enfrentaba a la muerte. Los ojos de su marido.

Siempre se había imaginado que desmayarse debía ser perder de repente y por completo la consciencia: una negrura que caía como un telón. Pero en aquel momento lo que ocurrió fue que cuanto había a su alrededor perdió nitidez hasta que lo único que podía ver era el rostro tostado de su marido y aquellos extraordinarios ojos clavados en ella. «Will». El único sonido presente, el zumbido que oía en el interior de su cabeza, y la negrura, llegaron de inmediato. Con un suspiro, se dejó engullir por ella sin resistirse.

Podía llevar en brazos a una mujer alta y bien torneada sin problemas. Will se dio cuenta de ello con la sorpresa que aún seguía provocándole ser consciente de que el cuerpo le obedecía sin fallar, cuando sus tendones y músculos se flexionaban y respondían con su antigua confianza y vigor.

—La dama se ha desmayado. No hay de qué preocuparse.

El rebaño de matronas solícitas que le habían rodeado seguían ofreciendo botecitos de sales y abanicos.

—Si alguien pudiese indicarme dónde hay una sala tranquila en la que haya un sofá…

Varias le precedieron, revoloteando y ofreciendo consejo hasta que él se garantizó la paz con el simple pero expeditivo gesto de empujar con el hombro la puerta y dejarlas al otro lado. Julia colgaba desmadejada de sus brazos y la pasó a un baqueteado sillón de piel antes de volver a la puerta y echar el cerrojo.

Debían estar en una especie de almacén que

ahora servía de sala de descanso. Junto a una de las paredes había un espejo basculante, unas cuantas sillas y un biombo. No era precisamente el lugar que habría escogido para reencontrarse con su esposa, pero al menos tenía la virtud de garantizarles intimidad.

Tampoco era momento de escoger, lo cual debería servirle de lección para que no volviera a dejarse arrastrar por impulsos repentinos. Tendría que haberse quedado en sus habitaciones y no hacer caso de las luces y la música que provenían del salón cívico que quedaba frente a su hospedería, y a la mañana siguiente, que era lo que había planeado, presentarse en King's Acre. Qué cerca se encontraba ya de alcanzar su sueño de volver a casa...

Estaba pensando en el día siguiente cuando algo le había hecho mirar hacia un lado. La había reconocido de inmediato, aunque ya no era la mujer cansada y ansiosa con la que se había casado, sino una joven dama segura de sí misma y elegante, cuyos párpados empezaban a abrirse.

—¿Will?

El susurro era de incredulidad. Tomó una silla y se sentó a su lado. Ya se había acabado el tiempo de soñar. Aquello no iba a ser fácil porque, para empezar, ni siquiera estaba seguro de cuáles eran sus sentimientos, y menos aún los de ella. Julia permanecía inmóvil, pálida, pero estaba claro que su pensamiento iba a toda velocidad. Se había desmayado, pero ya no estaba aturdida.

—He creído que eras un fantasma —murmuró.

—Eso mismo fue lo que dije yo cuando nos conocimos, si no recuerdo mal. Soy totalmente real, Julia.

Recordó el valor, la palidez y la altura. Recordó la inesperada excitación de su cuerpo, y mirándola en aquel momento, ya no le sorprendió que aquella mujer fuera capaz de provocar estremecimientos de deseo en un hombre agonizante.

—Y yo me alegro. Además pareces estar totalmente recuperado, lo cual es maravilloso —dijo pronunciando despacio, como si aún no pudiera dar crédito a sus ojos—. Pero, Will, ¿qué ha pasado? Estabas tan enfermo, y hace por lo menos dieciocho meses que no he recibido una sola carta… No pienses que no estoy encantada de volver a verte, pero es que ha sido una sorpresa monumental.

El color comenzaba a volver a sus mejillas. Tres años habían traído cambios a su persona. La seda de su vestido de noche revelaba curvas lujuriosas y piel suave. Llevaba el cabello recogido a la moda y se lo veía brillante de salud. Julia no era una belleza, pero su atractivo era innegable. La vio morderse un labio y su mirada se quedó presa de su boca carnosa. Un estremecimiento de deseo le recorrió el cuerpo. Aquella mujer era su esposa, y las emociones que le había despertado volver a verla eran confusas y no del todo bienvenidas, de momento al menos. Ahora era una persona de carne y hueso, e iba a tener que asumir esa realidad.

—Sí, me encuentro muy bien —respondió. Mejor sería explicárselo ya y así dejarlo atrás cuanto antes—. En Sevilla me puse muy enfermo y el médico que Jarvis me consiguió por pura casualidad resultó que practicaba una mezcla de medicina judía y árabe. Me dio algunos medicamentos, pero sobre todo me ordenó que descansara al aire libre y al sol. Me cambió la dieta y poco a poco la tos fue cediendo y los sudores de la noche empezaron a ser menos frecuentes. Empecé a dormir y a recuperar fuerzas.

Luego me envió al sur, a la costa, y de allí al norte de África, a ver a un viejo conocido suyo —se encogió de hombros—. Ha habido mucho más, por supuesto: ejercicio, masajes, natación para recuperar la musculatura, días en los que temí no volver a ser nunca el que había sido antes. Pero el milagro ocurrió, aunque durante meses no fui capaz de creer que estuviera curado. Cada vez que tomaba la pluma para escribir, no sabía qué decir. Si te decía que estaba mejorando y se trataba solo de vanas esperanzas... llevo sintiéndome bien seis meses, pero a veces me sigue resultando difícil creérmelo.

Tampoco le estaba resultando más fácil hablar de ello que lo habría sido escribir al respecto. Al final iba a tener que aprender a aceptar que iba a tener futuro. Una vida.

—Me pareció que sería más sencillo simplemente volver a casa.

Julia se incorporó y puso los pies en el suelo.

Unos zapatitos de satén rosa y una provocativa extensión de pierna quedó al descubierto. Era obvio que su esposa había decidido que era demasiado pronto para ponerse de luto por él. O quizás simplemente había encontrado más fácil olvidarlo.

«Sigue siendo una mujer increíblemente serena y con dominio sobre sí misma», pensó mientras se dejaba estudiar. El rostro de su esposa carecía casi por completo de expresión, aunque había algo debajo de aquel frío escrutinio. «¿En qué estará pensando?» No le gustaban los secretos. Lo más probable es que aún se estuviera recuperando del susto de verlo.

—¿Por qué estás aquí? —le preguntó ella—. En este baile, quiero decir.

—Pretendía llegar a King's Acre mañana por la mañana, en lugar de presentarme ante tu puerta cuando estuvieras a punto de sentarte a cenar. He visto las luces y he oído la música y se me ocurrió que me apetecía meter el pie en las aguas de la vida inglesa de nuevo. Pero no se me ocurrió pensar que pudieras estar aquí.

—La tía Delia me persuadió para que viniera, pero no soy muy dada a las reuniones multitudinarias—Julia lo miró sin pestañear—. Y no has tenido noticias de casa últimamente, ¿no es así?

Algo no iba bien. Podía sentirlo.

—No he tenido ninguna clase de noticias. Imagino que la tía Delia y tú tendréis una buena relación.

—Hemos aprendido a soportarnos —respondió con sequedad—. Y yo he aprendido a morderme la lengua, aunque ella no se vea en la necesidad de contener la suya. No pretendo ser irrespetuosa porque, a lo largo del tiempo, he conocido a muchas mujeres como ella. Se va a llevar una gran sorpresa, porque ya ha decidido que tú… que Henry va a heredar.

—¿Has venido con ella esta noche?

Ya tendría tiempo a la mañana siguiente de enfrentarse a Delia y a Henry, y de hacer añicos sus esperanzas.

—No. He venido en mi propio coche. A ellos no les queda de paso y prefiero tener independencia.

—Entonces volveremos juntos tú y yo —ahora que se habían encontrado no había marcha atrás, no volvería al terreno neutral de un lecho solitario en una pensión—. Si Delia no me ha visto, mejor no le digas que he vuelto. Mañana lo sabrá. ¿Te encuentras bien como para ir a decirle que te vuelves a casa?

Julia asintió.

—Entonces yo voy a la pensión a ocuparme de la cuenta y a recoger el equipaje. Jervis y yo te esperaremos en el patio de Stag's Head. Está enfrente del salón.

Algo brilló en sus ojos pero desapareció antes de que él hubiera podido analizarlo. La vio apretar los labios como quien contiene una respuesta y volvió a asentir. Aquel no era lugar para hablar. Will se levantó y salió, asegurándose de que Delia y Henry no lo vieran. Un encuentro en un salón de baile repleto de gente daría que hablar durante semanas. Esa era la única razón para sentir aquel nudo en el estómago, ¿verdad? Iba a estar de vuelta en casa en menos de una hora. Su vida podía volver a comenzar… y a tomar el rumbo que él fijase.

Julia se quedó con la vista clavado en los viejos cuarterones de la puerta cuando la manilla la cerró del todo. Ya no era una viuda. Ni siquiera era la esposa fingida de un hombre que se había desvanecido como en un sueño. Su marido estaba vivo y, si podía creer lo que había visto, sano como una manzana, lo cual significaba que averiguaría lo que había ocurrido en King's Acre durante su ausencia.

No tenía ni idea de qué esperaba Will encontrarse a su vuelta, pero sospechaba que no se había parado a pensar con detenimiento en las implicaciones de sobrevivir a su boda. Dentro de muy poco iba a descubrir con qué clase de hombre se había casado, porque todo aquello iba a ser tan desequilibrante para él que dejaría al descubierto su verdadera naturaleza. El bebé. No tenía ni idea de cómo iba a contárselo.

«Piensa en otra cosa. ¡Dios, qué guapo está!». Mientras se recolocaba algunas horquillas que se le habían aflojado en el pelo, se dijo que el atractivo físico no tenía relación con el carácter de una persona. Y si Will Hadfield estaba en la idea de que iba a meterse en su lecho aquella misma noche, ya podía ir cambiando de pensamiento. Había mucho de lo que hablar, mucho que solucionar antes de que pudieran tener intimidad. Tragó saliva. Si es que alguna vez llegaban a tenerla. No estaba segura de lo que quería, aunque seguramente eso quedaba reducido a la teoría, ya que sus deseos no iban a afectar a las reacciones de Will. Era muy posible que pretendiera repudiarla ahora que ya no la necesitaba, y bien podría hacerlo cuando se enterara de lo ocurrido en su ausencia.

Pero ya se preocuparía de eso cuando estuviera sola. Ahora tenía que arreglárselas para marcharse sin despertar las sospechas de Delia. Abrió la puerta y casi se dio de bruces con Henry.

—¡Primo Henry! —exclamó, apoyándose en su brazo e intentando sonreír—. Justo la persona que necesito. Tengo un espantoso dolor de cabeza. ¿Serías tan amable de decirle a tu madre que me vuelvo a casa?

—Por supuesto. ¿Quieres que llame a tu coche?

La verdad es que era un joven agradable, pensó, viendo cómo se abría paso entre la gente para llegar a la puerta. Un poco egoísta e inclinado a creer que las cosas iban a caerle en el regazo con tan solo desearlo, pero aprendería. Y aunque estaba convencida de que no le deseaba mal alguno a su primo, descubrir que no iba a heredar King's Acre en unos años iba a ser un golpe que pondría su mundo patas arriba.

Cuando su coche entró en el patio de la posada con ella ya dentro, el lacayo saltó del pescante para abrir la puerta y bajar la escalerilla, y a punto estuvo de irse al suelo cuando vio quiénes eran los dos caballeros que estaban esperando.

—¡Señor Jervis! Y… ¡Dios mío, pero si es milord! ¡Thomas, mira! ¡Milord está como era antes!

—¡El cielo sea loado!

El cochero debió tirar sin querer de las riendas porque el carruaje se zarandeó hacia delante y hacia detrás. Will sonrió. Era la primera vez que Julia lo veía sonreír así. ¿Cómo podía haberle parecido mayor, ni siquiera cuando estaba enfermo? Will era un hombre en plenitud.

—Así sea, Thomas. Me alegro de volver a verte, Charles. Carga el equipaje y vámonos a casa. No puedo tener a milady esperando así.

Subió al coche y su mayordomo hizo lo mismo.

—Buenas noches, milady.

El mayordomo se sentó de espaldas a la marcha y colocó el sombrero perfectamente sobre las rodillas.

—Buenas noches, Jervis, y bienvenido a casa. Es una alegría volver a verle después de tanto tiempo.

Y gracias a su presencia en el coche, la conversación versaría sobre temas totalmente inocuos. La sorpresa inicial estaba dejando paso a la aprensión. Porque era solo eso, aprensión. Nada más. En realidad no había nada que temer. ¿O sí? Solo unas cuantas revelaciones que hacer.

—Veo que has comprado un nuevo tiro —comentó Will. Quizás para él también fuera un alivio tener compañía—. Dentro de unas semanas llegarán más caballos. He comprado un semental andaluz, dos yeguas españolas y una docena de árabes.

—¿Quince caballos? —Julia sintió que el entusiasmo relegaba a los temores al rincón oscuro en el que solían habitar—. Necesitaremos establos nuevos. Y ampliar los corrales —añadió—. Gracias a Dios que el grano que tenemos es de calidad, y que la cosecha de heno va a ser excelente, si el tiempo lo permite. Puede que incluso necesitemos contratar algunas manos más —su pensamiento volaba y ya estaba confeccionando una lista en su cabeza—. Mañana haré venir a Harris para hablar de esos nuevos establos. Jobbins tendrá también algo que decir sobre los muchachos del pueblo a los que podamos contratar, por supuesto, pero necesitaremos a alguien que conozca el trabajo con sementales…

—Lo tengo todo previsto. No es necesario que te preocupes de esas cosas ahora que yo voy a estar en casa.

—Para mí no es una preocupación.

Sabía exactamente en qué condiciones estaba la hierba, qué parcelas había que volver a vallar, dónde se debería construir el nuevo bloque de establos y los puntos fuertes y los defectos del personal contratado. La batalla estaba servida y lo sabía, porque no estaba dispuesta a olvidarse de tres años de duro trabajo para retirarse al salón a bordar. Pero eso también tendría que esperar al día siguiente.

—Podemos cenar mientras preparan la cama del dormitorio principal —dijo, rompiendo el silencio que se había hecho en el coche—. Y asegúrese de que ventilan su habitación, Jervis.

En la oscuridad del vehículo notó que Will la miraba con atención. No iba a discutir el modo en que iban a pasar la noche en aquel momento. Cuando llegase la hora de subir a sus habitaciones, ya le dejaría bien claro que deseaba estar sola.

Sin duda lord Dereham también tendría una opinión firme en ese asunto. Y luego estaba la tragedia secreta sobre la que tendría que encontrar el modo de hablarle antes de que alguien pudiera mencionársela.

Siete

Will se dio la vuelta para quedar boca arriba y abrió los ojos. Sobre su cabeza, iluminado por la luz de primera hora de la mañana, estaba el azul oscuro del baldaquino de su cama. Parpadeó varias veces para despejar el sueño y contempló las estrellas bordadas en plata por algún ancestro. En casa. Estaba en casa por fin.

Sin volver la cara alargó un brazo como había hecho cada mañana desde que había conseguido aceptar que no iba a morir. A su lado la cama estaba vacía, la ropa estirada, la almohada sin huellas y fresca. No había nadie allí, por supuesto.

Julia no había estado muy comunicativa la noche anterior, al menos después de la breve disputa que habían tenido sobre dónde iba a dormir él. Una disputa que había ganado ella. Pero solo por una noche. Estaba excitado, erecto, como cada mañana desde su recuperación.

Apartó la ropa de la cama con impaciencia y

dejó que el aire fresco de la mañana bajara la temperatura de su cuerpo desnudo. Él mismo había tejido aquella red y ahora se veía atrapado en ella, aunque compartir el lecho con Julia no fuera precisamente un sacrificio. Recordarla vestida con aquella seda rosa le hizo sonreír. Había pensado en ella durante el tiempo que había estado fuera, pero principalmente había recordado su espíritu y su inteligencia, no su aspecto.

Casarse con ella había sido una improvisación brillante para un hombre agonizante. Un matrimonio de conveniencia que esperaba que durase apenas tres meses. Ahora que volvía a ser un hombre con la perspectiva de una larga vida ante sí, era la sentencia de un futuro sólido y respetable, pero sin amor.

O, si tenía en cuenta el ejemplo de sus propios padres, un matrimonio de conveniencia frío y aciago, aunque al menos no espectacularmente escandaloso. Frunció el ceño al recordar las voces, los portazos, las burlas en el colegio y los reportajes en los periodicuchos: «Se dice que una tal lady D… Es la comidilla de la ciudad que la última acompañante de lord D…»

Tantas mentiras, tanto fingimiento. Su padre fingiendo no serle infiel, su madre fingiendo no tener el corazón roto, ambos mintiéndole a él, inventándose excusas cada vez que preguntaba si pasaba algo, o cuándo volvería a casa papá, o por qué mamá había vuelto a llorar. Había tenido la impresión de que simplemente no se preocupaban por él lo bastante como para molestarse en darle explicaciones, en consolar a un niño pequeño que se sentía confuso. Si miraba hacia atrás no veía razón para modificar esa explicación.

Multitud eran los que se casaban sin amor y conseguían vivir con afecto, civilizadamente, siéndose fieles. Lo sabía. Pero para él, que había soñado con encontrar algo más, era una idea francamente desagradable. Había vivido con la idea de devolver el amor a King's Acre y ahora iba a tener que aceptar que eso nunca ocurriría. Tenía la impresión de que a Julia le iba a costar trabajo tenerlo en casa, y podía comprender sus sentimientos.

La noche anterior le había pedido a Jervis que dejase las cortinas descorridas. El sol entraba a través de los cristales, y desde donde estaba pudo ver la larga avenida de robles que acababa junto a las aguas del lago, en la distancia, y contempló aquel cuadro mientras recuperaba el equilibrio. Había conseguido sobrevivir a su sentencia de muerte, a la pérdida de su prometida y al exilio del lugar que amaba con honda pasión. Había hecho una apuesta para salvar King's Acre; de no haberlo hecho, de haberse quedado, ahora estaría muerto y Henry ocuparía su lugar.

«Eres un desagradecido», se dijo. Estaba vivo, en buen estado de salud y tenía una esposa inteligente y atractiva. King's Acre había estado en buenas manos, de eso estaba seguro. Era comprensible que Julia se hubiera mostrado fría la noche anterior y hubiera querido dormir sola. Al fin y al cabo, era virgen, y seguramente se sentiría angustiada ante la idea de que su marido, un perfecto desconocido para ella, hubiera aparecido sin previo aviso. Eso iba a cambiar, pero siendo delicado. Se daría cuenta aquella misma mañana que el amo de la casa había vuelto y que podía dejar la dirección de las fincas en sus manos, algo que sin duda sería un alivio para ella: poder deshacerse de esa responsabilidad.

Pero por el momento en la casa reinaba el silencio del amanecer. Abajo, en la cocina, una criada estaría encendiendo el fuego entre bostezos para calentar agua para el resto del servicio. Arriba, todo permanecería tranquilo durante al menos una hora más.

King's Acre se presentaba abierto ante él, aguardando su vuelta, como una mujer esperando la vuelta de su amante, y él iba a saborearlo, a redescubrirlo todo, y a reencontrarse con sus más felices y queridos recuerdos. Se colocó una bata de brocado y sin molestarse en buscar las zapatillas, abrió la puerta del vestidor.

De allí fue pasando de habitación en habitación, fue asomándose por las ventanas, tocando muebles, examinando fruslerías. Bajo sus manos la casa cobró vida de nuevo en un millar de texturas: madera encerada y ásperos tapices; suave porcelana y frío metal; cristal emplomado y bronces dorados. Su mirada se fue deteniendo en sus cuadros favoritos, en las imágenes dolorosamente recordadas, en los espacios familiares. A su nariz llegaba el olor a lavanda y cera de abejas, humo de leña y, desconocido pero inquietante, una pizca del perfume que recordaba en la piel de Julia al llevarla a la sala de descanso la noche anterior.

En aquel piso primero, todas las puertas se le abrieron. Al final del corredor principal estaban los paneles de roble que conducían a las habitaciones que Julia estaba utilizando, y las pasó de largo. Aquel mismo día, trasladaría sus cosas a la suite junto a la suya y así pondrían fin a aquella tontería de dormir separados.

La última puerta, la que quedaba a continuación de la de su vestidor, no se abrió. Giró el pomo, empujó. Esperaba que estuviese atascada, pero se resistió con firmeza. Al otro lado se encontraba una pequeña habitación con una pared curva que se asomaba a una de las viejas torres, así que no había razón para que estuviera cerrada. Sorprendido, frunció el ceño.

Podía esperar, claro. Pediría la llave… pero el resto de habitaciones se le habían abierto como si quisieran darle la bienvenida, entregarse de nuevo a su amo, y le molestó que aquella permaneciera inaccesible.

La frustración le hizo golpearla con un puño.

El sonido de una respiración contenida bruscamente fue todo el aviso que recibió de que no estaba solo. Cuando se dio la vuelta, vio a Julia en la puerta de su dormitorio, los ojos de par en par, una mano crispada en los volantes de su bata.

Will no debería parecer muy grande tal y como estaba, en bata y con los pies descalzos, y sin embargo parecía llenar el espacio. Sus ojos la recorrieron tal y como estaba, con aquella fina bata de verano, hasta que se sintió casi desnuda.

—Lo siento. No pretendía despertarte. Es que me ha sorprendido encontrar la puerta cerrada con llave.

—Hay algunas cosas almacenadas dentro —contestó vagamente—. ¿La necesitas? Haré que la vacíen.

«¿Cómo puedo ser tan tonta? ¿Por qué no lo habré hecho antes? No necesito que una habitación amueblada para un bebé me recuerde al niño que perdí. ¿Se lo digo ahora? No». Se había pasado la noche dando vueltas en la cama, intentando encontrar el modo de darle la noticia de lo que descubrió después de marcharse él.

—No, no la necesito, pero ¿puedo entrar en la tuya?

—¿En mi alcoba? ¿Por qué?

—¿Por qué? —enarcó las cejas. Su sonrisa rezumaba sensualidad. Era la misma mirada que había visto en Jonathan la noche de la posada. El pulso se le disparó—. Soy tu marido.

—Pero nuestro matrimonio fue una farsa, un

truco. No puedes pretender… meterte en mi cama así, sin haber hablado, sin darme tiempo a… ¡pero si apenas te conozco!

—En ese caso, sugiero que recuperemos el tiempo perdido —su expresión se suavizó—. Te encuentro muy atractiva, Julia. ¿Es que… te asusto? ¿Es eso?

Estaba tan cerca que podía ver el nacimiento de cada pelo de su barba, el vello rizado que asomaba por el escote en uve de su bata. «Debajo va desnudo, igual que yo». Era un hombre muy viril y atractivo. La cabeza, el corazón y el cuerpo parecían haberse declarado la guerra en su interior. Su respuesta femenina era primitiva y no podía controlarla. Eso lo sabía. Ya antes, cuando estaba tan enfermo, había sentido aquel calor, aquella atracción. Y era su deber yacer con él. Había aceptado cuanto él le había ofrecido y le estaba agradecida.

—No —admitió, y vio que se relajaba.

Pero… tragó saliva el verle acercarse. Bastaba con que cerrara los ojos para que se le apareciera Jonathan, sus manos impacientes, la invasión dolorosa de su cuerpo, sus burlas, su traición. Y para colmo, la había dejado encinta.

Will tiró de ella y la acercó a su cuerpo. Fueron aquellos ojos color ámbar los que la retuvieron inmóvil antes de que él se inclinara para besarla, una mano sujetando su cabeza, enredándose en su pelo suelto de dormir, la otra abrazándola. Sintió que se quedaba paralizada, tensa, mientas en su interior peleaban las reacciones y el instinto.

Will era sobrecogedor. Sobrecogedoramente grande, sobrecogedoramente masculino. Su boca, aplastando la suya, era como nada que hubiera experimentado o imaginado.

Su lengua se abrió paso rompiendo el lacre de sus labios, buscando, y ella lo saboreó sintiendo su calor. «No es Jonathan». De pronto su cuerpo se volvió fluido, adoptó la curva del suyo, separados solo por fina muselina y gruesa seda.

Jonathan no parecía desear besarla. Durante el cortejo se había prodigado con besos románticos y respetuosos, leves caricias que ahora sabía no eran más que pura hipocresía. Cuando se la había llevado al lecho, ella había anhelado sentir sus besos, necesitaba la seguridad que podían ofrecerle, pero él se había mostrado urgente, deseando invadir su cuerpo y, ahora se daba cuenta, deseando solo su propia satisfacción.

El recuerdo volvió a tensar sus nervios, haciendo que transfiriera aquellas sensaciones a Will. Deseó rechazarlo, pero su cuerpo le estaba enviando clamorosos mensajes de necesidad, de rendición. De deseo. Lo sentía tan fuerte junto a ella, la presión de su miembro erecto contra su vientre. Olía a almizcle y más débilmente al jabón de afeitar de la noche anterior. La barba incipiente le raspaba las mejillas.

Su cuerpo quería dejarse seducir; el sentido

común, apenas audible frente al clamor de la emoción, le decía que era su marido, que debería permitirle que se la llevara a la cama.

«No». Su lengua insistía en que le franqueara el paso, y un instinto en el que no se atrevía a confiar plenamente, murmuraba que no la obligaría. «Pero va a conseguir que sea mi propio cuerpo el que me obligue. Cree tener todas las cartas, el muy arrogante».

«Entonces, toma tú el control. No dejes que te domine». Al mismo tiempo que aquel pensamiento se formaba en su cabeza sintió que su cuerpo se derretía en respuesta a él, exigiéndole con la misma urgencia que Will. Si empleaba la fuerza no podría vencerlo, pero podía utilizarla contra él como un luchador utiliza el peso de su adversario para desequilibrarlo.

«Maldito seas, Will Hadfield», pensó al abrir los labios y sentir el empuje triunfal de su lengua. «Serás mi marido, pero no mi amo». En lugar de oponerse iba a devolverle su propia moneda. Se enfrentó a él con su lengua, descaradamente, y al instante perdió la noción del tiempo, la capacidad de pensar, de hablar.

Will la besaba como si aquel encuentro de bocas fuera el acto sexual en sí mismo: ardiente, exigente, íntimo. No tenía ni idea de lo que estaba haciendo cuando su lengua se enlazó con la suya y se enfrentó a ella, cuando su sabor la llenó y sus oídos fueron capaces solo de escuchar el sonido de su respiración y el latir de su corazón.

Su bata era demasiado gruesa. «Tócalo». Julia la apartó y encontró su piel, caliente y suave sobre su dura musculatura. Quería morder, besar…

Él bajó las manos por su espalda hasta alcanzar su cintura y la presionó contra su cuerpo. Sintió su miembro duro en el estómago y el recuerdo del dolor volvió, sumergiendo la pasión en un río de agua helada.

Will la soltó y dio un paso atrás con expresión triste.

—Te he asustado. Por un momento me he olvidado de que eres virgen, Julia, pero todo saldrá bien, te lo prometo.

—Sí, por supuesto.

No sabría decir dónde encontró una sonrisa.

—Esos pocos días que estuvimos juntos antes de casarnos… seguimos siendo esas mismas dos personas. Yo no he cambiado mucho, y dudo que tú lo hayas hecho. Confiamos el uno en el otro. Incluso nos gustábamos, creo recordar. Podemos partir de ahí. Y la atracción acaba de quedar demostrada.

«Atracción, sí». Asintió, pero era imposible fingir otra cosa. «Confiamos, pero yo te mentí. Te casaste con una mujer que había matado a un hombre, una fugitiva. Y ahora tengo que decirte que llevé en mis entrañas y que perdía al hijo de ese hombre. Y tengo que rogarte que lo reconozcas como tuyo. Si permito que yazcas conmigo, nuestro matrimonio quedará consumado y te habré atrapado».

—Te dejo que te vistas —dijo Will—. Nos

vemos en el desayuno y después, hablaremos. Puedes trasladarte a la alcoba que hay junto a la mía y todo irá bien. Ya lo verás, Julia.

—Gracias.

Su sonrisa empezaba a flaquear, pero estaba a la puerta de su habitación, de modo que entró y cerró a su espalda. Temblaba, pero se obligó a llegar al sillón que había junto a la ventana. No quería dejarse caer en la cama. Tenía que mantener el control y no dejarse arrastrar por el pánico.

Antes de que pudieran llegar a dormir juntos, tenía que decirle la verdad. No toda quizás; no que era responsable de la muerte de Jonathan, pero sí debía contarle lo de la fuga y lo del bebé. Se lo debía antes de que pudieran llegar a hacer el amor.

Se sorprendería, se enfadaría, pero tenía que esperar que lo comprendiera y que perdonara su engaño porque su conciencia no podía seguir adelante con aquel peso.

Hubo un tiempo en el que creyó que la culpa y el miedo por la muerte de Jonathan se irían suavizando, que podría olvidar. Pero no había sido así. Ambas cosas estaban siempre presentes, como lo estaba el dolor por la pérdida de su hijo, ambas enredadas en una maraña de emociones que estaban siempre esperando para ponerle la zancadilla, para apresarla cuando menos lo esperaba. Y ahora que Will había vuelto a casa, estaba la culpabilidad añadida por ocultarle su delito. Pero aquello no era una vergüenza personal como lo era su fuga y su embarazo. Aquello era cosa de la justicia, y no podía pedirle que ocultara lo que había hecho.

La piel de los brazos donde Will la había sujetado aún le vibraba con el recuerdo de su contacto. Sentía los labios inflamados y temblorosos, y la necesidad que se había hecho palpable entre sus muslos era humillante en su insistencia.

Era su marido, y debía revelarle la verdad; y por injusto que fuera, quería que le diera algo a cambio. «Quiero un matrimonio de verdad».

Su padre la había enseñado a negociar. «Identifica tus necesidades, el punto del que no te vas a mover», le decía. «Sé consciente de lo que puedes permitirte ceder, de lo que puedes otorgar para conseguir lo que deseas». Él le hablaba de comprar tierras y vender cosechas, pero aquellos principios podían aplicarse de igual modo a aquella situación.

Se recostó en la silla, cerró los ojos para no ver el huerto que cobraba vida con el sol, e intentó pensar sin dejarse llevar por la emoción. No podía poner en peligro su matrimonio: esa era la línea que no debía cruzar. Quería el respeto de su esposo e igualdad en la toma de decisiones sobre sus vidas, las tierras y la granja. Quería que la deseara por sí misma, y no como un cuerpo pasivo que poseer en la cama para que le criara a los hijos. Hijos. La emoción irrumpió entre sus cálculos. ¿Podría soportar de nuevo ese dolor? ¿Podría volver a concebir sabiendo cómo era perderlo antes incluso de que hubiera podido respirar por primera vez?

«Sí, porque si no estoy dispuesta a hacer eso, el matrimonio no podrá sostenerse. Hice un trato y no puedo faltar a él». Sintió una lágrimas caer rodando por su mejilla, pero no levantó la mano para secarlas.

Ocho

Por fin llegó Nancy, su doncella personal. Julia se bañó, se vistió, y aún perdida en sus pensamientos salió a la escalera, pero no había bajado un peldaño cuando oyó un llanto desconsolado que venía del comedor de diario.

Bajó apresuradamente y tomó el pasillo para encontrarse con la puerta abierta de par en par y tres de los criados asomándose para ver qué pasaba. Dio unos golpecitos en el hombro más cercano y los tres le dejaron paso de inmediato mientras musitaban sus disculpas.

La mujer que lloraba resultó ser la cocinera. Se había tapado la cara con el delantal y lloraba de alegría en el hombro de Will.

—No creía que llegaría a ver este día… ¡Dios todopoderoso, míralo! Madre mía… ¡igual que cuando era joven!

Will tenía la expresión de cualquier otro hombre al enfrentarse con el llanto femenino: una alarma indefensa se dibujaba en sus facciones, allí, de pie, dando palmaditas a la cocinera en la espalda.

—¡Señora Pocock, cálmese, se lo ruego! —el alivio que experimentó Julia al tener que ocuparse de una crisis ordinaria casi le hizo echarse a reír—. Gatcombe, traiga por favor a alguien que acompañe a la señora Pocock abajo y que le haga una buena taza de té. El resto, muévanse y traigan el desayuno a lord Dereham. Debe estar pensando que esta casa se ha vuelto un manicomio.

—Milady, le ruego acepte mis disculpas —dijo el mayordomo, que miró a los lacayos hasta que uno de ellos se decidió a ayudar a la señora Pocock a salir de la habitación—. La cocinera se había retirado ya cuando llegaron anoche, y las criadas de la cocina no la informaron hasta esta mañana de la vuelta de milord y de su buena salud.

—Comprendo —Julia ocupó su lugar en la cabecera de la mesa oval, mientras Will se enderezaba la corbata arrugada y se dejaba caer en la silla—. Olvidaba que la señora Pocock conoce a lord Dereham desde hace muchos años.

Gatcombe salió de la estancia cerrando la puerta y dejándolos solos.

—¿Café?

Will parecía decididamente desconcertado. Fuera lo que fuese lo que hubiera estado haciendo en aquellos tres años, desde luego no le había servido para aprender a lidiar con mujeres difíciles. Pero claro, desde que había recuperado la salud, seguramente habría lidiado solo con aquellas deseando complacerlas. Mejor ni imaginarse cómo habría celebrado su marido la recuperación de su vigor perdido.

—Gracias —la mirada que le dedicó le provocó un estremecimiento que le recorrió la espalda de arriba abajo—. Tienes más control sobre el personal doméstico que yo. No había modo de que la señora Pocock dejase de llorar.

—Es natural —contestó, mientras le daba vueltas a la cabeza intentando recordar si su marido tomaba leche y azúcar con el café. «Si no es así como lo quiere, que lo diga», terminó diciéndose al tiempo que le pasaba la taza—. Todos están encantados con tu recuperación, y en cuanto a lo demás… llevo tres años tratando con ellos a diario.

—Espero no tener que enfrentarme al llanto de más mujeres hoy —sentenció y tomó un sorbo de café. No hubo muecas, así que debía haber acertado. Nadie del servicio conocía la verdadera historia de su matrimonio, ni siquiera dónde se habían conocido, de modo que cuanto más familiarizada pareciera con los hábitos de Will, mejor.

—Dudo que haya más mujeres del personal que se echen a llorar al verte.

Julia lo miró por encima del borde de su taza de chocolate. Charles entró y comenzó a servir a Will.

Fiel a su costumbre, solía empezar el día solo con una taza de chocolate caliente, pan, mantequilla y mermelada, pero al parecer alguien había dado aviso en la cocina y la cocinera se las había arreglado para organizar un desayuno decente destinado a un hombre hambriento, antes de que las emociones la empujaran a deshacerse en llanto.

Bacon, huevos, solomillo y champiñones. Will le dio las gracias a Charles con una inclinación de cabeza cuando el plato estuvo lleno a su satisfacción. El contraste con el inválido que apenas probó los huevos revueltos en su primer desayuno juntos no podía ser mayor.

—¿En qué estáis pensando? —preguntó Will echando mano a una tostada.

—Gracias, Charles. Eso es todo.

Julia esperó a que el mayordomo cerrase la puerta al salir.

—Estaba pensando que no habría reconocido al hombre con el que me casé de no ser por tus ojos.

—¿Y reconocerme te bastó para desmayarte?

—Estoy segura de que sabes de sobra lo diferentes que son tus ojos. Te creía muerto, aunque no lo he admitido nunca delante de nadie. La verdad es que me sorprendió recibir cartas tuyas durante el tiempo que estuviste mandándolas. Cuando te marchaste, dudaba incluso que fueras capaz de cruzar el Canal, así que la sorpresa de volver a verte sin aviso fue… intensa.

Will apartó el plato ya vacío con cierta impaciencia.

—No voy a andarme por las ramas, Julia. ¿Qué es lo que pasa? Sabes que soy el mismo hombre con el que te casaste, pero tú has cambiado. Te encuentro desconfiada y rara, pero no se debe solo a la sorpresa de verme. ¿Qué me ocultas?

¿Ocultar? Julia se quedó un instante paralizada. ¿Tendría el poder de leer la mente? «¡Pues claro que desconfío! Un fantasma aparece, me besa hasta encenderme de deseo, y ahora tengo que revelarle un secreto que puede hacer pedazos nuestro matrimonio, mientras otro he de ocultarlo aunque me cueste la vida».

Julia untó una tostada con miel para darse tiempo de pensar y luego contestó como si la situación fuese tan sencilla como todo el mundo lo creía.

—Pues claro que he cambiado. Me he pasado sola los tres últimos años y acabo de llevarme una sorpresa; bienvenida, pero intensa —lo que le había dicho no era del todo mentira—. Intenta esconder aunque sea una compra extravagante a la mirada siempre vigilante de tía Delia.

Will se echó a reír.

—Cualquier mujer se sentiría rara si su amo y señor hubiera estado fuera tanto tiempo y volviera inesperadamente.

Iba a tomar una fruta de la fuente colocada sobre la mesa pero la mano se le quedó en el aire.

—¿Es así como me ves ahora que has tenido tiempo de pensar? ¿Como tu amo y señor?

—Claro que no —contestó con la compostura de que fue capaz y le gustó ver que el regodeo desaparecía de su rostro—. Así es como te ve la sociedad. Yo te considero un factor desconocido y desconcertante en mi vida.

117

Estaba pelando una manzana, y la miró fijamente a los ojos mientras dejaba caer la piel de la fruta. El chocolate estuvo a punto de caérsele de la taza. La dejó con cuidado sobre su plato, no fuera a darse cuenta del efecto que surtía en ella.

—No tengo ni idea de si seré feliz casada contigo. O tú conmigo. Pero haré cuanto esté en mi mano —sentenció, y esperó la explosión de rabia.

—¿Felicidad? Apuntas alto. Yo esperaba satisfacción como punto de partida. Y una ausencia de escándalos también sería deseable.

Había hecho aquel comentario con cierta aspereza. No podía tener ni idea de lo que ocultaba, así que ¿por qué habría hablado de escándalos?

—Bueno, ya veremos —continuó—. Mi experiencia con el matrimonio es tan breve como la tuya, pero no tengo dudas de que no dejarás pasar la oportunidad de señalar en qué me equivoco.

La fachada era de serenidad y buenos modales, pero por debajo bullía una emoción que le estaba ocultando. Lo cual, seguramente, era justo. Ella tampoco tenía intención de que sus propias emociones resultasen más transparentes de lo que ya debían serlo en aquel momento.

—Los recuerdos de tu niñez podrán guiarte, imagino —respondió con su misma calma.

—¿Tú crees? Si te refieres a que podría usar como modelo de marido ideal a mi propio padre, me temo que el resultado no te gustaría demasiado. Lo único que mi progenitor me legó fueron sus

ojos, y la única cosa que quiero de verdad: King's
Acre. Sospecho que pretenderás algo más de mí en
cuanto a virtudes maritales se refiere —apuró la
taza de café y dejó la servilleta sobre la mesa—.
¿Has terminado, Julia?

—Desde luego.

Ante semejante amargura no había palabras de
consuelo que ofrecer a un completo desconocido.
Esperó a que bordeara la mesa y se acercara a apar-
tarle la silla.

—¿Qué deseas hacer lo primero?

—Unas cuantas cosas, pero no quiero interferir
en tu mañana. Voy a ir a hablar con mi administrador.

—El señor Wilkins nos espera a las once en
punto. El señor Howard, de Home Farm, llegará
después de comer. He enviado una nota al señor Burrows, el abogado, pero no lo esperamos hasta mañana.

—Veo que has estado muy ocupada, querida.

La expresión blandamente amistosa había desaparecido de su rostro. Aquellos huesos que tanto se
notaban estando enfermo seguían allí con la misma
firmeza, en particular la línea inflexible de la mandíbula.

—Suelo levantarme temprano. Y no solo porque
un ruido inesperado a las puertas de mi habitación
me despierte.

Madrugaba, pero no tanto como aquella mañana, para escribir cartas a todos los hombres de

negocios que debían aguardar a que el barón volviera.

Estaba sellando la última cuando oyó el ruido de un puño estrellarse contra la puerta de la habitación del bebé.

—Pero antes de que hagas nada, deberíamos ir a ver a los Hadfield.

—¿De verdad crees que debemos hacerlo? —preguntó entre dientes.

Julia salió del comedor de diario, tomó el pasillo y se llegó a la biblioteca.

—Si vas a gritar, mejor hazlo aquí y no delante del servicio —le dijo por encima del hombro.

—¿He gritado? —cerró la puerta a su espalda y se quedó apoyado en ella—. No creo haber alzado la voz.

—Estabas a punto de hacerlo. Tenemos que verlos porque resultaría muy extraño que no lo hiciéramos y, cuanto antes, mejor.

—Descubrirás enseguida, Julia, que yo no grito salvo en las urgencias. No tengo por qué hacerlo —se cruzó de brazos para seguir con la mirada sus movimientos nerviosos por la habitación—. Estás muy ocupada organizándome la vida. No soy un inválido, y tampoco el primo Henry.

—Has estado fuera tres años —replicó, obligándose a permanecer de pie y no perder la calma—. Estoy en disposición de ponerte al corriente de todo. Solo intentaba…

—Organizarme. No lo necesito, Julia. Estoy perfectamente bien. Lo has hecho de maravilla, pero ahora estoy de vuelta.

—¡Ya lo veo! ¡Igual que veo tu empeño en tratarme con condescendencia! —se le escapó—. Lo siento. No debería haberte dicho eso, pero…

La puerta se entreabrió, pero al encontrar resistencia tras chocar con él, volvió a cerrarse. Will se dio la vuelta y la abrió de par en par.

—¿Gatcombe?

—Disculpe, milord. La señora Hadfield y el señorito Henry han llegado y quieren hablar con vos, milady. No sabía si, dadas las circunstancias, ibais a estar en casa.

—Sí, estamos en casa, Gatcombe.

El estómago se le hizo un nudo por los nervios. Aquel encuentro no iba a ser agradable, particularmente si Will seguía de aquel mal humor.

Y si no podía evitar que Delia soltase algún comentario sobre el bebé, podía ser todavía más desastroso.

El mayordomo bajó la voz.

—La señora Hadfield está quejándose de una chanza estúpida y unos rumores que circulan por el vecindario. No he sabido qué responder, milady. No me ha parecido que me correspondiera a mí ponerla al corriente de la vuelta de lord Dereham.

—Entiendo. Ha hecho bien, Gatcombe. ¿Dónde los ha dejado?

—En el salón verde, milady. He pedido que les suban unos refrescos.

—Gracias, Gatcombe. Por favor, dígale a la señora Hadfield que enseguida estaremos con ella.

—¿Estaremos? —repitió Will cuando el mayordomo salió—. Estas no son horas para visitas.

—Hasta que no te vea con sus propios ojos no se lo va a creer —explicó con una firmeza que estaba lejos de sentir.

—Y ni siquiera así querrá creerlo.

Will abrió la puerta para que saliera. Parecía casi divertido con la situación, pero se preguntó cuáles serían sus sentimientos detrás de aquella fachada. Su marido había vuelto de la muerte y debía tener la impresión de que las únicas personas que parecían alegrarse sinceramente de su regreso eran los miembros del servicio.

Oyó sus pasos firmes detrás de ella y se dijo que pronto reanudaría el contacto con sus amigos y conocidos, y volvería a su antigua vida. Pero había vuelto a una versión penosa de su familia: una tía y un primo que estarían encantados de que hubiera muerto, y una esposa que se había desmayado al verlo y que estaba a punto de soltar una bomba a sus pies.

—Buenos días, tía Delia. Primo Henry.

Intentó mostrar la felicidad que debería desbordar a una mujer cuyo marido acaba de volver.

—¿Has oído ese ridículo rumor? —quiso saber la señora Hadfield antes de que Julia hubiera podido entrar en la habitación. Iba y venía de un lado para otro, con lo que los lazos de su sombrero iban y venían tras ella—. ¡Se ha extendido por todo el pueblo! La señora Armstrong se ha presentado ante mi puerta antes incluso de que hubiéramos desayunado para preguntarme si era cierto. ¡Qué impertinencia!

—¿Y qué rumor es ese? —preguntó Will desde las sombras del pasillo.

—¡Pues que mi sobrino Dereham está vivo y sano, y que ha vuelto a…—se interrumpió y abrió la boca al ver entrar a Will—. ¿Qué es esto? ¿Quién sois, señor?

—Vamos, tía —Will pasó junto a Julia y se plantó delante de ella. La mujer lo miró con la boca abierta y su rostro fue pasando del carmesí al blanco fantasma—. ¿Es que no reconocéis a vuestro propio sobrino? ¿Va a ser esto como en esas novelas en las que el heredero perdido vuelve a casa pero se encuentra con el rechazo de su familia? Si lo que necesitáis son pruebas físicas, mamá me contaba que me hacíais saltar sobre vuestras rodillas cuando era pequeño. Aún tengo esa marca de nacimiento en forma de estrella —le recordó, tocándose la parte trasera de los pantalones; en realidad era una señal para Julia, indicándole que la marca se encontraba en la nalga izquierda. La señora Hadfield empezaba a rugir y, detrás de ella, su hijo Henry intentaba articular palabra pero no lo conseguía. Julia decidió que había llegado el momento de apoyar a su marido.

—¿Os referís a esa marca de nacimiento que tenéis en… atrás, a la izquierda? Esta conversación no es propia del lugar en que nos encontramos, pero os puedo asegurar, tía Delia, que la marca de nacimiento sigue estando donde la recordáis.

—Madre —consiguió decir Henry—, pues claro que es Will… ¡mire sus ojos!

—Ooooh —gimió, dejándose caer en el sofá y cubriéndose el rostro con el pañuelo.

—Tía Delia, por favor, no lloréis. Sé que es una sorpresa… íbamos a enviaros una nota y habríamos ido a visitaros hoy mismo.

Julia se sentó y le pasó un brazo por los hombros. Lo más importante era evitar que Delia pudiera decir algo que pudiera causar una ruptura imposible de salvar, e impedir que se marchara creando un revuelo innecesario en el vecindario, antes de que hubiera tenido tiempo de considerar la situación de forma racional.

Los hombres, tal y como cabía esperar, no fueron de ayuda en el caso. Se quedaron de pie y juntos, Henry con cara de estar pasando una vergüenza horrible, y su marido, de una pieza.

—Will…

Él la miró.

—¿Recuerdas que te estaba diciendo la gran ayuda que me ha prestado la tía Delia y lo útil que me ha sido el primo Henry con la administración de las propiedades?

Henry, quien, para hacerle justicia, no era un hipócrita, se sonrojó ante su alabanza.

—Tonterías. Solo he hecho lo que he podido.

Vos me habéis ayudado mucho más a mí con mis tierras que yo a vos, prima Julia.

—Me habéis apoyado mucho. Pero Will, me gustaría que vieras las mejoras que ha hecho el primo Henry en sus tierras. ¿Por qué no os vais los dos al estudio y habláis de ello… mientras os tomáis una copa de coñac?

Will miró el reloj y frunció el ceño aún más. La verdad es que las nueve y media de la mañana no era hora para licores, pero necesitaba quedarse a solas con Delia. Julia decidió dejarse de sutilezas y con un gesto de la cabeza señaló la puerta. Fue un alivio ver que Will tomaba el brazo de su primo para sacarlo de la biblioteca.

—Vamos, tía Delia —dijo cuando hubieron salido—. Debéis dejar ya esto u os pondréis enferma. Sí, sé que ha sido una sorpresa y que habíais creído con toda razón que Henry heredaría el título y King's Acre. Pero Will está en casa, sano y salvo, curado por un magnífico médico español, así que debéis aceptarlo si no queréis atraer sobre vos los comentarios más impertinentes y vulgares. No querréis que nuestros amigos y vecinos os compadezcan, ¿verdad?

La tía de Will emergió de detrás de su pañuelo con los ojos rojos y la nariz salpicada de manchas rojas.

—Pero Henry…

—Henry es un joven inteligente y con personalidad, que ha empezado a enderezar los errores que

125

cometió con su propia herencia, si me disculpáis por hablar con tanta franqueza —añadió al ver que Delia se encabritaba—. Si encuentra a una joven razonable y con una dote generosa con la que casarse en un año o dos, todo irá bien.

—Pero el título… —murmuró, mordiéndose un labio.

—Si Will se hubiera casado antes de caer enfermo, a estas alturas seguramente ya tendría un hijo, y Henry y vos nunca habríais albergado esperanzas.

No tenía sentido andarse con paños calientes. Pero Delia se había portado bien con ella cuando estaba embarazada y ahora le tocaba a ella ayudarla con aquel trago amargo y no condenarla por las ambiciones que albergaba para su hijo.

—Sé que no le deseabais la muerte a Will…

—No —dijo, aunque no resultaba muy convincente—. Claro que no —repitió. Eso estaba mejor—. Es que ha sido tan inesperado…

—Lo sé. Yo me desmayé al verlo. Es un consuelo tener una amiga en momentos como este —añadió, cruzando los dedos ocultos en sus faldas—. Y he de rogaros que no le digáis a Will nada sobre el bebé. Tengo que ser yo quien se lo diga, y va a ser un golpe duro.

Delia asintió.

—Por supuesto. Puedes confiar en mí.

«¡Gracias a Dios!» Si era capaz de hacerlo bien, Delia se marcharía de allí convencida de haberla ayudado, de haber recibido a Will con los brazos abiertos y de ser un parangón de generosidad. Contribuiría a acallar a los curiosos.

Una hora después, los Hadfield se marcharon y Julia siguió a Will al estudio. Sí que habían hecho uso del coñac, y sintió deseos de servirse uno, a pesar de la hora que era y de lo poco que le gustaban los licores.

—Ha mejorado —comentó Will. Estaba de pie junto al sillón en el que solía sentarse, esperando cortésmente a que ella tomara asiento. Julia se sentó frente a él. Iba a tener que procurarse un escritorio. No podían compartir aquel—. ¿Cuánto te lo debe a ti?

Julia contempló aquella delgada y elegante figura, y lo bien que quedaba en aquel sillón adornado. Instintivamente se había agarrado a las cabezas de león que remataban sus brazos. Ella tenía las manos demasiado pequeñas para poder hacer lo mismo.

—¿A mí? Yo no puedo reclamar crédito alguno en sus cambios de forma de ser. Creo que está madurando, tal y como tú pensaste que ocurriría, en cuanto empezara a separarse de las faldas de su madre. No le gusta tener que esforzarse en pensar, o enfrentarse a las verdades, pero está aprendiendo —sonrió al recordar algunos de sus desacuerdos—. Creo que sería una buena gobernanta después de tanto convencer, reprender y atacar al pobre Henry.

Will no decía nada. Era un truco para hacer que ella hablase, sin duda. Y estaba funcionando, a su pesar. El alivio tras haber conseguido evitar el temido encuentro con Delia estaba surtiendo efecto.

—Si es capaz de encontrar una buena chica con la que casarse, creo que conseguirá madurar del todo, aunque aún sigue mostrándose muy tímido con las mujeres.

—Tu experiencia con el matrimonio lo hace recomendable, ¿no?

Julia alzó la mirada y lo encontró haciendo dibujos en el margen del papel en el que ella había estado calculando la producción de trigo.

No iba a dejar que la acorralara.

—No mucho, la verdad —replicó con una sonrisa. Si quería hablar claro, que así fuera—. Un marido que desaparece menos de veinticuatro horas después de la boda y reaparece tres años después sin avisar, no es precisamente un modelo a seguir para un matrimonio ideal.

Will enarcó las cejas, dispuesto al parecer a seguir la conversación en aquel tono. Entrelazó los dedos y la miró por encima de las manos.

—Has sido muy eficaz con Delia. Te doy las gracias por tu apoyo. El tono que has empleado para decir «atrás, a la izquierda» ha sido perfecto, aunque ha sido un milagro que yo consiguiera no reírme.

—Ha sido una suerte que sacaras tú el tema de las marcas de nacimiento, porque si lo hubiera preguntado ella, yo no habría sabido por dónde salir.

Will esbozó una media sonrisa, lo que provocó, en un rostro de rasgos tan fuertes como el suyo, algo insospechado: un hoyuelo. Julia lo miró sorprendida por lo mucho que aligeraba su expresión.

—Yo no me preocuparía por ello. Mi tía es perfectamente consciente de que aunque llevemos tres años casados, solo hemos tenido dos noches en las que teóricamente ha sido posible que viéramos… digamos, marcas distintivas —el esbozo pasó a ser sonrisa pícara—. Por ahora. Y en su concepción, podemos ser una pareja de lo más puritana que se acuesta con camisón de dormir y que apaga todas las luces.

Julia pasó de sonreír a sonrojarse, y de no ser por cómo la miraba con aquellos ojos suyos de depredador, habría creído que flirteaba. Quizás fuera así, o quizás pretendiera solo incomodarla… y lo estaba consiguiendo, la verdad. La idea de estar desnuda con él, en una habitación bien iluminada, le trajo el recuerdo de la ocasión en que perdió la virginidad, y añadió una capa tangible de aprensión y vergüenza a la mezcla de emociones que le estaban revolviendo el desayuno en el estómago.

—Te voy a enseñar los libros para ir ganando tiempo antes de que llegue el señor Wilkins.

Cuentas, rentas y los problemas con el arrendatario de Lower Acre Farm apartarían su pensamiento del dormitorio. El reloj dio una campanada, lo que le recordó que tantas distracciones solo servían para ir acercando la hora de irse a la cama, y aún no tenía ni idea de cómo iba a reaccionar cuando Will se presentase en la puerta de su alcoba. O cómo iba a decirle lo que tenía que decirle.

—Eso puede esperar.

Se levantó, alto, delgado y tan peligroso como una pantera. Julia permaneció inmóvil en su asiento. Si se marchaba, dispondría de media hora de tranquilidad con los libros…

—Has sido muy amable con la tía Delia, aunque estoy seguro de que no ha sido una compañía fácil durante estos tres años —dijo, justo a su lado.

—Hemos aprendido a sobrellevarnos la una a la otra. Tu vuelta la ha dejado estupefacta, y me da lástima… sabe que Henry se está escapando a su control y ha invertido toda su energía en él. Además no hará más que empeorar cuando empiece a cortejar. No tardará en quedarse sola.

—No solo has sido un gran apoyo para mi tía.

Will debía estar de pie justo a su espalda, y se imaginó que podía sentir el calor de su cuerpo. La silla se movió un poco hacia atrás y se dio cuenta de que había puesto la mano en el respaldo, justo al lado de su hombro.

—Me has sido leal a mí. Como esposa.

Parecía hacerle gracia la palabra. Podía oír la sonrisa en su voz.

—Naturalmente. Soy tu mujer y es importante mantener las apariencias.

Pero ella no sonreía. De hecho, sonaba terriblemente mojigata.

—Estás dispuesta a hacer lo que sea porque este matrimonio funcione, ¿no?

Un roce casi como el de una pluma en el hombro, apenas discernible a través de la fina muselina del pañuelo que llenaba el escote de su vestido de mañana. «Imaginaciones mías… No. Ha sido real». El dedo se coló bajo el pañuelo y tocó la piel del cuello, quedándose a explorar la zona de detrás de su oreja.

Ella tragó saliva y él debió notarlo. No quería que su agitación se notara, ni siquiera con un movimiento involuntario.

—Desde luego.

—¿Qué es esto?

Su respiración movía los finos cabellos de la nuca. Debía haberse inclinado. Si se volvía estarían cara a cara, y sus labios se encontrarían…

Nueve

Tenía la sensación de estar hecha de madera y de que Will estaba acercando una llama, cerca, tan cerca… no hizo ningún movimiento.

—¿Te refieres a la cicatriz? Un toro me persiguió y tuve que lanzarme a un terraplén. Salí peor que si me hubiera pillado— era una pequeña cicatriz, apenas un par de centímetros. La notaba al lavarse o al aplicarse perfume detrás de la oreja—. No me acordaba de que se veía. ¿Está muy roja?

—En absoluto. Solo he reparado en ella porque te estaba examinando muy de cerca.

Su aliento caliente le rozó el otro lado del cuello y Julia miró hacia la izquierda, rígida por el esfuerzo de no temblar. Will estaba sobre ella.

Tras un momento, y qué alivio, se incorporó, y fue a apoyar una cadera en la mesa.

—El trabajo de la granja parece volverse peligroso cuando eres tú la que lo dirige. A mí nunca me pareció necesario ir dando tumbos por los campos para ver a los toros, y mucho menos provocarlos para que me persigan.

—Lo cual explica por qué el que tenías era un espécimen inferior, con un temperamento impredecible, a diferencia de mí… de nuestro toro de ahora.

Por el modo en que la miró tuvo la impresión de que criticar el toro de un hombre era como criticar su propia virilidad.

—No va a ser necesario que metas las manos en el barro, ni que te manches los zapatos, ni que corras peligro a partir de ahora. Y mucho menos juzgar los sementales. En cualquier caso no es cosa de mujeres.

Esa era la actitud que temía que adoptara.

—Pero es que soy buena en ello. Y me gusta. Las dos cosas. Al fin y al cabo es la razón por la que te casaste conmigo.

Lo dijo teniendo cuidado de no mostrar ni ruego ni agresividad.

—Pero la situación ha cambiado. Y hay muchas cosas en la vida con las que disfrutamos y que no son aceptables.

Julia contuvo la respuesta que se le vino a la boca por ser demasiado grosera; a punto estuvo de demostrarle hasta qué punto podía ser inaceptable su comportamiento dando media vuelta y subiendo a ponerse su falda de montar para subirse a horcajadas a un caballo y recorrer las tierras. Pero en lugar de eso, entrelazó los dedos en el regazo y dijo:

—Esa es la clase de comentario que hacen los

caballeros cuando se trata de sus esposas y sus hijas, pero nunca de sí mismos.

—¿Estás sugiriendo que mi comportamiento no es propio de un caballero?

La diversión había desaparecido de su voz, aunque seguía apoyado contra la mesa, aparentemente cómodo.

Julia se encogió de hombros.

—El comportamiento habitual de un caballero incluye el juego, la prostitución y la bebida. Y todo lo que sus esposas pueden hacer, según tengo entendido, es rezar para que sus amantes no sean demasiado caras, que las apuestas en el juego no sean demasiado altas y que la bebida no les empuje a gastar lo que no tienen en las otras dos actividades.

—Ya —Will se levantó de la mesa y volvió a su silla. Toda inclinación hacia el flirteo, la broma o las caricias había desaparecido—. ¿No es un poco tarde para hacerte preguntas sobre mi carácter?

—Si fueras un vicioso, o tus actividades suscitaran el escándalo, sin duda ya me habría enterado.

Julia se levantó y se acercó a la pila de legajos que había en un lado del escritorio. Con los papeles sí sabía perfectamente por dónde se andaba. Ellos no le replicaban, ni jugaban con las palabras, o la miraban con unos ojos que la desnudaban hasta alcanzar su alma. Quería decirle que sabía que tenía buen carácter, pero no encontraba las palabras.

—Puedes quedarte tranquila, querida, porque detesto el exceso en la bebida, juego dentro de mis posibilidades y no tengo costumbre de acudir a prostitutas.

Ella no respondió.

—Supongo que también querrás saber si tengo amante mantenida, pero no te atreves a preguntármelo abiertamente, ¿no es así?

No había pretendido llegar tan lejos, ni siquiera llegar a mencionar el asunto. De espaldas a él, se encogió de hombros, fingiendo una indiferencia que desde luego no sentía. Lo que la estaba royendo por dentro era un ataque de celos de lo más incivilizado.

—Supongo que al menos la has tenido.

—No.

La pesada cubierta del expediente de Home Farm se le escurrió de los dedos y se cerró de golpe.

—Pero has estado fuera tres años —rebatió, volviéndose a mirarlo.

—Hasta que empecé a encontrarme mejor, carecía de la inclinación o de la fuerza necesaria para esos… devaneos —Will había vuelto a los garabatos en el papel, de manera que no podía verle el rostro, pero su voz sonaba tirante—. Desde que recuperé ambas cosas, no he dejado de recordarme que soy un hombre casado que ha de respetar sus compromisos.

«Oh». Tenía que creer sus palabras. Para un hombre, no era fácil admitir que su virilidad se había resentido de algún modo, y eso significaba que su marido no se acercaba a ella con el deseo normal de amor, sino que habiendo permanecido célibe durante meses, el control que había mostrado con ella era casi increíble.

Will había hecho una promesa, pero ella también. No tenía intención de prohibirle el acceso a su lecho, a pesar de lo que pudiera asustarle aquel encuentro, pero a lo que no estaba dispuesta de ningún modo era a aceptar que él la convirtiera en una corderita complaciente como esposa, ni dentro de la cama, ni fuera de ella.

—En ese caso, imagino que debería estar deseando que llegara esta noche.

La frase le salió más frívola, o quizás más provocativa de lo que pretendía, y vio por el brillo y el calor de su mirada que había sorprendido y excitado a Will.

—Julia —dijo él con voz ronca, poniéndose de pie—, puedes estar segura de que se te recibirá del modo más apreciativo.

—El señor Wilkins, mila… milord.

Gatcombe parecía no saber cómo acertar. Raro en él. Esperaba que solo fuera porque no sabía a quién debía dirigirse y no porque hubiera oído parte de su conversación al abrir la puerta.

El administrador era un hombre fibroso, oriundo del corazón de Inglaterra, con una actitud cauta y un profundo conocimiento de su trabajo, algo que Julia admiraba. Le había costado unas cuantas semanas romper sus reservas al tener que aceptar órdenes de una mujer, pero cuando se dio cuenta de que ella sabía perfectamente de qué hablaba y que tenía una personalidad lo bastante fuerte para sostener sus opiniones en una discusión, renunció a ellas.

Pero en aquel momento parecía incómodo por no saber quién detentaba el control.

—Es un verdadero placer volver a tenerlo entre nosotros, milord —dijo una vez se hubieron saludado—. Sin duda milady lo habrá puesto al corriente de cuanto hemos hecho en su ausencia.

—Pues todavía no. Lo único que sí me ha dicho es que ha sido usted muy eficaz, Wilkins —le contestó, señalando una silla para que tomara asiento—. Siéntese y póngame al día —y dirigiéndose a ella, añadió—: gracias, querida.

Era una forma educada de echarla de allí, algo que no tenía pensado hacer. Se limitó a sonreírle y a fingir no entenderle.

—Ha sido un placer —dijo, repantigándose en su asiento—. Señor Wilkins, quizás prefiera empezar por aquellos expedientes de allí.

Hubo un momento de silencio en el que pareció que Will iba a ordenarle que saliera de la habitación, habiendo o no testigos, pero luego sonrió y dijo:

—Empecemos por el ganado, Wilkins. Tengo entendido que tenemos un toro nuevo.

Julia había hecho un buen trabajo, eso tenía que reconocerlo. La verdad era que había excedido sus expectativas cuando urdió aquel plan. Había ido más allá de ofrecer apoyo bien informado a Wilkins: había tomado las riendas y animado al cauto administrador a iniciar proyectos y cambios con los que jamás habría soñado por su propia iniciativa.

Y ahora no parecía dispuesta a ceder el control sin más. Will dejó que ambos hablaran, hizo las preguntas pertinentes, y se dio cuenta de que iba a costarle un tiempo quitarle la costumbre a Wilkins de contar con la aprobación de su esposa en cada comentario. No es que quisiera ser grosero con ella, o despreciar su trabajo, pero demonios... él era el amo allí, y eso lo iba a dejar bien claro. En las tierras, en la granja y en la alcoba.

—Dentro de unas semanas llegarán caballos nuevos —dijo cuando hubieron hecho una pausa en la conversación.

—Quince, Wilkins —dijo Julia—. Vamos a necesitar corrales nuevos y más establos. Y por supuesto más personal...

—Vienen hombres con ellos —dijo Will con suavidad—. Y tengo planos para los nuevos establos. ¿Dónde sugiere que levantemos los corrales, Wilkins?

—Al oeste de los que ya tenemos —contestó Julia antes de que el administrador lo hiciera—. He estado estudiándolo y podemos trasladar el ganado vacuno a Mayday Field y Croft Acre para...

—No tenemos fincas con esos nombres.

—Ahora sí. He comprado la granja de los Hodgson cuando el viejo Jem murió el año pasado —declaró como si comprar una extensa granja fuera algo tan sencillo como comprarse un sombrero nuevo—. Su hijo se ha dedicado al negocio de la construcción y necesitaba liquidez con urgencia, así que acordamos un buen precio. Hice que reformaran la casa y la he alquilado, junto con cuatro hectáreas de terreno, a Maurice Loveday. Nos proporciona buenos ingresos y hemos ganado una finca de regadío.

Él llevaba años con el ojo echado a esa granja, pero el viejo Hodgson siempre se había negado a vender. Ahora su esposa se había quedado con ella a precio de saldo y había asegurado la renta de la casa, algo que a él no se le había ocurrido.

Will contuvo algo que se parecía peligrosamente a los celos y sonrió a su esposa.

—No habéis debido tener ni un momento para vos con tantas responsabilidades. Ahora que yo estoy de vuelta, ya podréis relajaros y volver a vuestros quehaceres.

—Pero es que estos son mis quehaceres normales —respondió con una sonrisa igualmente falsa—. Esto es lo que me gusta hacer.

«Y no te atrevas a intentar quitármelo de las manos, si sabes lo que te conviene», decían sus ojos grises, mirándole con determinación.

Una única cosa lo había mantenido en pie durante los años de exilio: su amor por King's Acre, que era real y sólido, y su control sobre él, innegociable.

Lo que su mujer necesitaba era tener otra cosa

de la que ocuparse. Cosas de mujeres. Un hombre en la cama y bebés en la cuna. Y darle ambas cosas, se dijo no sin sorpresa, iba a ser un verdadero placer.

A Will no le satisfizo la contribución de Julia a la reunión con el administrador, y tampoco la libre expresión de sus pensamientos cuando el señor Howard, de Home Farm, llegó tras el almuerzo. Era obvio que la deferencia que esos hombres mostraban por sus opiniones era también fruto de la irritación. No había necesidad de que ella estuviera presente cuando se reunieran con el señor Burrows, el abogado, a la mañana siguiente. Eso le había dicho con una sonrisa que no le había llegado a los ojos.

A Julia le quedó claro que consideraba su continuo interés una molestia y una interferencia. Su lugar estaba, en su opinión, en la alcoba y en el salón, y el único servicio del que debía preocuparse era del doméstico.

«He sido regente mientras el rey ha estado en el exilio», se dijo. «Las tierras han estado bien gobernadas pero ahora la reina debe volver a sus quehaceres y dejar los asuntos serios a los hombres».

Pero los reinos requerían herederos… eso era lo que querían los maridos, ya fueran el rey de Inglaterra o Joe Bloggs en la forja de la villa. Con la mirada clavada en el espejo de su tocador esperó a que su doncella dejara el vestido que había estado cepillando.

—Disculpad, milady, pero ¿os encontráis bien?

—¿Qué? Oh, sí, perfectamente, Nancy. Gracias —respondió, y siguió aplicándose la leche de rosas Warren's en la cara. Seguía utilizando aquel remedio infalible contra las pecas y los efectos del sol en la piel, aunque no esperaba tenerla pálida como dictaba la moda. El verdadero remedio era, por supuesto, llevar un sombrero de ala ancha constantemente, o mejor aún, y como le decía casi cada día tía Delia, quedarse en casa como deben hacer las damas.

Desde luego, si Will se salía con la suya, estaría pálida como una lila en un abrir y cerrar de ojos. Y se marchitaría al mismo ritmo que la flor de puro aburrimiento. En cuanto a lo de quedarse embarazada, aún le costaba siquiera pensar en ello, cuanto más porque era muy probable que ocurriese con rapidez. Al fin y al cabo, solo había yacido una vez con Jonathan.

Quería tapar el frasco pero las manos le temblaban y el tapón se le cayó. Nancy se puso rápidamente de rodillas y lo buscó bajo las faldas del tocador. Lo había maldecido durante tanto tiempo... la sorpresa cuando empezó a darse cuenta de los cambios que se estaban obrando en su cuerpo y que obviamente no habían sido a resultas del terror y la angustia; luego había sentido alegría al ser consciente de que llevaba a un hijo en su interior, y por último, la asimilación de lo que debía hacer si se trataba de un varón.

Pero aun con esa inquietud, la emoción que desbordó a las demás fue el amor. Si era una niña, no tendría por qué decírselo a nadie, porque una niña no supondría amenaza ninguna a los derechos de Henry. Y aun en el caso de que fuese un niño, ya encontraría el modo de ofrecerle un futuro y la felicidad.

No se le ocurrió, entre tantas preocupaciones y planes, que podía llegar a perder al bebé. ¿Y si algo no iba bien en su cuerpo? ¿Y si no era capaz de dar a luz a un hijo? No se lo había planteado antes porque esperaba permanecer viuda el resto de sus días, cuidando feliz de King's Acre y luego, cuando Henry heredase, comprándole un pedazo de tierra. Pero ahora ya no era viuda.

—Esa loción funciona, milady —Nancy se apoyó en los talones con el tapón en la mano y miró a Julia con satisfacción—. Vuestra piel se ve un poco más pálida.

—Me temo que es el efecto del dolor de cabeza que tengo, Nancy —intentó sonreír—. Me sentiré mejor con una copa de vino y la cena.

Cuando la doncella acabó de atarle el corsé, tuvo puesto el vestido y se peinó, las mejillas habían recuperado algo de color y al menos las pecas no se veían como puntos sobre un papel blanco.

La noche era suave, casi calurosa, y se limitó a colocarse un fino chal sobre los brazos y, con un abanico en la mano, bajó al salón. Iba a ser su primera velada como mujer casada, pensó cuando el mayordomo le abrió la puerta y vio a Will de pie ante el ventanal que daba al jardín, abierto para que entrase la brisa fresca.

Iba vestido con tanta formalidad como ella y admiró el efecto de sus calzas de seda, las medias, el chaqué que debía haber comprado en Londres cuando volvía a casa, y un chaleco de seda ámbar que realzaba el color de sus ojos y que igualaba el del alfiler que llevaba en la corbata. Contemplado sin pasión, su marido tenía un físico magnífico, aunque lo difícil iba a ser descubrir cómo mirarlo sin pasión. «Más bien, es una causa perdida», se dijo.

—Buenas noches, lady Dereham —hizo un gesto a la bandeja con sendos decantadores de cristal—. ¿Una copa de vino?

—Buenas noches, milord —contestó acomodándose en el centro del sofá y extendiendo la falda verde esmeralda de su vestido como si le preocuparan las arrugas. La falda cubría virtualmente todo el despacio disponible y no dejaba lugar a que alguien se sentara a su lado. No estaba en disposición de recibir ni siquiera una caricia perdida—. Gracias. Un vino dulce, por favor.

Will sirvió dos copas, dejó la suya en la mesita que tenía al lado y volvió junto a la ventana y a la contemplación de las vistas, lo que le ofreció a ella la oportunidad perfecta de contemplar su perfil. Desapasionadamente, por supuesto.

—¿Ha ido bien vuestra reunión con el señor Burrows? —le preguntó Julia tras unos minutos de silencio. Tomó un sorbo de su vino mientras su esposo meditaba la respuesta.

—Ha sido muy satisfactoria, gracias —contestó educadamente y tomó un sorbo de su copa.

«Si esto sigue así, voy a acabar gritando solo por la diversión de ver entrar corriendo a todos los criados», se dijo.

—Siempre le he encontrado extremadamente útil.

—Me ha dicho que no le habéis pedido ninguna joya de la caja fuerte.

—No las he considerado de mi propiedad.

Por alguna razón, utilizar las joyas de la familia le había parecido un gesto mercenario, a pesar de que los demás beneficios de su nueva posición no le habían dado esa misma sensación. Las joyas era algo tan personal.

—Además —continuó, intentando aliviar la formalidad—, imagínate qué situación tan incómoda la de tener que devolverlas todas siete años después, cuando Henry heredase.

—No habrías tenido por qué mostrarte tan escrupulosa. Pero espero que de ahora en adelante te las pongas.

A Julia le dio la impresión de que era una orden.

—Burrows las ha traído con él —dijo, señalando

una mesita y ella reparó en unas cuantas cajas de piel—. En tu vestidor hay una caja fuerte. Si hay alguna pieza que no te guste, se puede reformar, o volver a guardar.

Parecía haber muchas cajas: pequeñas para anillos, planas con bordes curvos que debían contener collares, de formas extrañas que seguramente debían contener juegos completos, incluyendo tiaras. ¿Esperaría Will que se lanzara sobre ellas con gritos de placer?

Debía pensar que se había casado con él únicamente por razones mercenarias y para proteger su buen nombre, claro, de modo que su falta de interés en aquel tesoro debía parecerle sorprendente. No podía decirle que no quería su dinero ni sus gemas; solo protección ante la ley.

—Gracias, pero yo no he visto ninguna caja fuerte. ¿Está detrás de algún panel?

—Si, pero en el vestidor de la baronesa. Nancy está trasladando nuestras cosas allí ahora.

Fue a protestar, pero se lo pensó mejor. Will era un hombre arrogante e insensible, pero estaba en su derecho, y ella había accedido a que acudiera a su cama.

Cabía la posibilidad de que la rechazara, claro, cuando le hablase de Jonathan y del bebé.

Apartó ese pensamiento y sus implicaciones a un rincón oscuro de su cabeza. El cambio se debía también a razones prácticas: su lugar debía ser la suite idéntica a la que él ocupaba; cualquier otra cosa despertaría las habladurías y las especulaciones entre el servicio, y sabía que, a pesar de que eran leales, las habladurías siempre se filtraban al personal de las casas vecinas, luego a los comerciantes y, en un santiamén, todo el mundo lo sabría.

—Gracias —contestó con una sonrisa auténtica, y él le respondió con una expresión sorprendida. Se esperaba resistencia, pero Julia había decidido conservar su oposición para las cosas que verdaderamente le importasen. Las joyas no le importaban, ni llevarlas ni dejar de hacerlo, aunque tendría que cuidarlas y elegir las adecuadas para cada situación.

Julia se empleó durante la cena en darle conversación y ponerle al día en las noticias locales. Durante los días siguientes iría de visita a casa de los vecinos, así que debía ponerle al corriente. Gracias a eso, también podía evitar los temas personales. Había mucho de lo que hablar: un pastor nuevo, varios matrimonios, algunas muertes, el extraño caso del robo de ovejas del año anterior, el espantoso gusto en decoración de interiores de la hija de sir William Curruther y, por supuesto, numerosos nacimientos entre la gente llana. Esos los repasó brevemente y comenzó a enumerar los cambios entre su propio personal mientras él había estado fuera.

—Gracias —replicó, cuando llegó a hablarle de la nueva ayudante de cocina y del muchacho que ayudaba al jardinero mientras les retiraban los platos—. Me esforzaré por recordarlo todo mañana.

Julia se mordió el labio. Había sonado como si no le hubiera dejado pronunciar palabra con su charla. Pero ella había hecho pausas, con la esperanza de que él continuase con la conversación relatándole los tres años que había pasado fuera. No había sido así.

—Ya os he dado cuantas noticias había ido guardando para vos. Mañana podéis darme vos las vuestras .

—Ya os he contado todo lo que hay que contar —sus largas pestañas le ocultaron los ojos al mirar hacia abajo, interesado al parecer en la cáscara de nuez que tenía junto al plato—. No deseo recordar más el pasado.

—Pero vuestros viajes han tenido que ser fascinantes. Me gustaría tanto que me hablaseis de los lugares que habéis visitado…

Un tema de conversación neutro sobre un tema apasionante parecía un regalo del cielo.

—He perdido casi cuatro años de mi vida por esa enfermedad —la miró a los ojos—. Solo quiero olvidarlo y seguir viviendo.

Bajo sus palabras palpitaban la ira y la pérdida.

—Muy bien —no quería darle oportunidad de más respuestas cortantes—. Os dejo disfrutar de vuestro oporto.

Un criado retiró su silla para que se levantara y otro le abrió la puerta. Como todo el personal, eran siempre eficientes y atentos, pero de algún modo parecían estar haciendo un esfuerzo especial por cuidarla en aquel momento, igual que lo hicieron cuando perdió al niño. Solo esperaba que Will no se diera cuenta y pudiera interpretarlo como deslealtad hacia él.

Ojalá pudiera centrarse en esa clase de preocupaciones, y no en lo que iba a ocurrir cuando la puerta de su alcoba se cerrarse detrás de él. Quizás lo mejor sería hacer algo práctico. Mientras atravesaba el vestíbulo en dirección al salón, no dejó de sentir la presencia perturbadora en la sala que dejaba atrás como el calor que emana de un fuego, y el sentido común le pareció tan útil en aquel momento como unas guardas contra el fuego hechas de paja.

Diez

Will no salió del comedor durante un buen rato. Julia había tomado las agujas de bordar, había preparado los hilos y empezado con una de las rosas que formaba una guirnalda en el asiento en el que estaba trabajando cuando él entró, con la copa de vino aún en la mano y Charles detrás, llevando el decantador.

—¿Qué estáis haciendo?

Se sentó en la mecedora frente a ella, estiró las piernas y tomó un sorbo de oporto. Charles dejó el decantador y salió. Por fin estaban solos, sin ningún miembro del servicio por el que tuvieran que mantener la conversación en terreno neutral.

—Unos asientos nuevos para el comedor de diario —inclinó el bastidor para mostrárselo—. Los que hay ahora están muy usados y los ha mordido la polilla.

—Mi abuela paterna los hizo.

—No pensaba tirarlos —se apresuró a tranquilizarlo.— Intentaré recuperar cuanto pueda y a lo mejor puedo incorporarlo a los asientos de las ventanas o algo así.

—Es mucho trabajo para ti.

Will hacía girar la copa entre los dedos, viendo girar el vino.

—No me importa. No me gusta estar ociosa.

—Mm…

Su marido no parecía tener ganas de conversación. A lo mejor lo que quería es que se retirara. «¡Pues no tengo intención de irme a la cama a las nueve y media de la noche para que puedas ejercer tus derechos conyugales!» Tampoco tenía deseo alguno de mantener la conversación que sabía que debía tener con él antes, y que no podían tener allí por el riesgo de ser interrumpidos.

Estaba realizando una zona de sombra particularmente difícil y trabajaba en silencio, intentando sin saber si lo conseguía o no, irradiar un aire de plácida domesticidad. A las diez menos cuarto pidió un té y contempló a su marido por encima del borde de la taza.

De no conocerlo mejor pensaría que estaba, si no nervioso, al menos inquieto, lo cual era una tontería. Eran las mujeres las que se suponía que estaban ansiosas ante esa situación, y no los hombres adultos que seguro que tenían años de experiencia sexual a sus espaldas.

Ahora era ella la que había acabado poniéndose nerviosa, y dejó la taza sobre su plato con demasiada energía.

—Si me disculpas, me retiro.

Will se puso en pie con puntillosa cortesía y fue a abrirle la puerta. Julia creía haberse acostumbrado a su presencia, pero la sensación de que era demasiado grande y demasiado hombre la sobrecogió, y le costó esfuerzo no salir corriendo como un ratoncillo asustado. «Tranquila. Debes seducirlo. Hacer que te desee a ti, y no a cualquier mujer».

Porque quizás, cuando le contase todo cuanto no se atrevía a poner en palabras sobre Jonathan, dejaría por completo de desearla.

Nancy la aguardaba para ayudarla a desvestirse en su nueva habitación.

—He trasladado todas vuestras cosas, milady. Este vestidor es precioso y cuenta con mucho espacio para todos vuestros vestidos nuevos. Y el señor Gatcombe ha traído todas las cajas con las joyas para guardarlas en la caja fuerte. Si os parece bien, deberíamos hacer inventario mañana, milady. No quiero que se me haga responsable si no tenemos una lista de lo que hay ahí dentro.

—Sí —acordó Julia, estudiando la habitación como si la viera por primera vez. Era espaciosa, con una hermosa ventana veneciana, una chimenea de mármol y una bonita cama en estilo clásico, con cortinas de color verde pálido. Los cuadros eran un poco aburridos, pensó, decidida a pensar en cualquier cosa que no fuera la cama. Había otros en la casa que quedarían mejor allí… así tendría algo que hacer. Y también ocuparse de las joyas. También tendría que pensar en vestidos nuevos para recibir, algo que él seguro que desearía.

Si no se andaba con cuidado, su día a día se vería lleno con todas las tareas domésticas y triviales que su marido creía adecuadas para ella.

—Es una pena que no supiéramos con antelación que milord volvía a casa —comentó Nancy mientras empezaba a peinar su melena—. Podríais haberos comprado algunos camisones bonitos.

Las mariposas que hacía un rato habían empezado a deambular por su estómago ahora ardían en llamas. Estaba a punto de acostarse con un hombre por segunda vez en su vida. No; por tercera, aunque seguramente compartir cama con Will en su noche de bodas había sido dormir en el sentido literal del término.

No estaba enamorada de él y desde luego él no lo estaba de ella. No tenía un camisón bonito que ponerse, y lo que minaba todavía más su escasa confianza: había dado a luz a término a un niño, lo cual sin duda había vuelto su cuerpo menos deseable aún.

Cuando se enterara de que no era virgen, era posible que esperase más experiencia sensual de la que tenía, y la verdad, ni siquiera sabía en qué consistía la experiencia sexual en una mujer. Su decisión de conseguir que la deseara más, tanto como ella lo deseaba a él, empezó a parecerle una quimera.

Pero sentada en la cama diez minutos más tarde sí que se sintió con capacidad para seducir, si es que ello era compatible con estar aterrada. Su camisón no era nuevo, pero el adorno de encaje era bonito, le habían cepillado la melena y sentía el perfume de rosas emanar de su cuerpo, de unos puntos en los que, según Nancy, latían sus pulsos.

Todo lo que necesitaba ahora, pensó al tiempo que su doncella salía de la alcoba con un alegre «buenas noches, milady», era un caballero al que seducir. Con la mirada puesta en los cuarterones de la puerta intentó conjurar la imagen de Will para ir practicando. Recibirle sonriendo le parecía demasiado obvio. Intentó conseguir una postura sensual y voluptuosa. Aquel camisón era demasiado recatado. Se soltó la lazada del escote y se lo bajó un poco de los hombros. Aun sin la ayuda del corsé, sus pechos eran aceptables y firmes. A los hombres le gustaban los senos de las mujeres. Eso sí que lo sabía.

Ahora todo lo que tenía que hacer era mantener esa pose y conseguir controlar los nervios hasta que la puerta se abriera. Entonces cayó en la cuenta de que lo primero que tenía que hacer era confesar, e intentar seducirlo antes de revelar aquella verdad tan desagradable sería como pretender manipularlo. Apartó la ropa de la cama y se levantó.

—Muy bonito.

Una voz profunda provenía de su propia habitación, cerca de la esquina izquierda.

Julia dejó escapar un grito y se dio la vuelta: su marido estaba apoyado en el marco de la puerta, una comunicación con su vestidor de la que se había olvidado por completo, y que estaba tan bien camuflada en los paneles de la pared que era prácticamente invisible cuando estaba cerrada.

—Me has hecho dar un salto.

—Eso también me ha gustado.

Entró en la alcoba y cerró la puerta. La estaba mirando fijamente, y cuando Julia bajó la mirada se dio cuenta de que su respingo involuntario combinado con el lazo que había deshecho revelaba más del inicio de sus pechos de lo que pretendía.

Will llevaba aún las calzas que se había puesto para la cena y la camisa, pero nada más; la camisa la llevaba abierta en el cuello y remangados los puños. Aquel desarreglo parecía aún más íntimo que la bata de seda que le había visto aquella mañana, y con la parte de su cerebro que no estaba saturada por el miedo o perdida en imágenes que deberían resultarle vergonzosas, se preguntó si sería deliberado.

—¿Puedo quedarme con vos, milady? —le preguntó, abriéndose la camisa.

—Yo… claro, pero en la cama no. Aún no. Tengo que hablar contigo.

—¿Hablar? Esta noche hemos estado sentados abajo durante un buen rato. Creía que el tiempo de hablar había pasado ya.

Julia respiró hondo.

—No es algo de lo que quisiera hablar abajo. Es… una confesión.

La sensualidad desapareció de la expresión de Will.

—¿Una confesión?

Julia recogió la llave que había dejado sobre la mesilla.

—Tenemos que volver a mi antigua habitación.

—Está bien —respondió, mirándola con los ojos entornados, intentando adivinar o desconfiando, pero esperó a que se pusiera la bata y saliera al pasillo delante de él. Llegaron a la puerta anterior a su alcoba, metió la llave en la cerradura, abrió y se hizo a un lado. Will la miró a la cara, giró el pomo y entró.

¿Qué demonios estaba pasando? ¡Esperaba estar haciendo el amor con su mujer en aquel momento, y no revisando un cuarto trastero! Miró a su alrededor. Cuando se marchó, aquella estancia era una sala, un pequeño salón para las invitadas que utilizaran las habitaciones de aquel ala. Ahora había una cuna vestida con encajes blancos, una silla para amamantar y una bonita cómoda.

La habitación para los niños estaba en la siguiente planta y aún tenía, si no recordaba mal, su vieja cuna, la cama de su infancia, sus juguetes. ¿Qué era aquella habitación amueblada para un niño? Además, vacía… Junto a la puerta, Julia callaba. Abrió un cajón de la cómoda. Estaba lleno de prendas diminutas, un chal de encaje, gorritos. Sobre uno de aquellos montoncitos había un sonajero de plata y coral que tintineó al sacarlo.

Volvió a dejarlo en su sitio con una musiquilla de cascabeles, y de pronto comprendió lo que significaba todo aquello. El estómago se le dio la vuelta.

—¿Dónde está el bebé? —preguntó, volviéndose hacia la puerta.

Su voz no revelaba nada, pero Julia se encogió como si le hubiera propinado una bofetada o lanzado un grito.

—Nació muerto.

Will se quedó donde estaba hasta que consiguió dominarse, si es que aquello que sentía punzante y nauseabundo en la boca del estómago era ira. Nunca había levantado la mano a una mujer, jamás en su vida, y no iba a hacerlo entonces. Estaba claro que él no era el padre, y los hombres civilizados se enfrentaban a aquellas situaciones de modo civilizado. Pero no se esperaba descubrir que era un cornudo, lo cual, teniendo en cuenta el historial de su familia, demostraba una notable falta de imaginación por su parte.

—Bueno… tengo oídas historias la mar de interesantes sobre accidentes en el nacimiento de los hijos, pero espero que tú no pretendas contarme ningún cuento. ¿De quién es el hijo?

—Tuyo —respondió sin inmutarse—. Tuyo a

ojos de la ley. Nació nueve meses después de casarnos y nos acostamos juntos antes de tu marcha. La ley acepta que cualquier hijo nacido en el vínculo del matrimonio es legítimo, a menos que el esposo se niegue a reconocerlo. En nuestro caso, si lo hicieras, dejarías al descubierto la naturaleza de nuestro matrimonio.

Tardó un momento en recuperar la capacidad de hablar.

—Tu discurso no me parece improvisado. ¿Te has pasado las noches despierta preguntándote cómo ibas a salir de este embrollo? No me extraña que esta puerta estuviera cerrada con llave. ¿Cuánto tiempo pretendías mantenerme en la ignorancia?

Julia se separó de la puerta, se acercó a la mesita que había junto a la ventana y comenzó a mover cosas con movimientos temblorosos.

—No pretendía decírtelo de esta manera, pero no podía encontrar las palabras, y ahora ha salido todo mal. ¿Embrollo? ¿Eso es lo que te parece? Es la muerte de un bebé. Hablamos de una tragedia.

Fue a dar media vuelta pero Will la sujetó por la muñeca. Julia se quedó pálida, pero tiró de su brazo con sorprendente fuerza, a pesar de la fragilidad de sus huesos en aquella garra que parecía de acero. Will no apretó más, pero tampoco la soltó.

—¿De quién era el niño? ¿De Henry?

—¿De Henry? —su expresión fue de absoluta sorpresa—. ¡Claro que no! ¿Cómo puedes pensar que sería capaz de hacer algo así? Era el hijo de Jo… el hombre con el que me fugué.

—¿Te fugaste? ¿No huiste de tu casa para evitar un matrimonio forzado como me dijiste? ¿Lo que me contaste era mentira? Qué estúpido fui. Una mujer respetable no se marcha de su casa como lo hiciste tú. Claro… tenía que haber un hombre.

Julia bajó la mirada.

—Sí. Pensé que tú… que no me ayudarías si supieras que yo… si supieras la verdad —las palabras le salían atropelladas—. Creía que me quería, que se casaría conmigo, pero todo había sido una trama entre él y mi primo para deshacerse de mí. Yací con él antes de darme cuenta de que no tenía intención alguna de casarse conmigo.

—¿Huiste de él al poco de haberte fugado?

—La primera noche. Cuando me di cuenta de que no nos dirigíamos al norte, me enfrenté a él, y admitió que me llevaba de vuelta a Londres. Esperé a que estuviera… dormido, y me escapé.

Algo no encajaba en aquella historia. Lo presentía. No era todo mentira, pero tampoco le estaba contando toda la verdad.

—¿Y te quedaste embarazada tras acostarte con él una sola vez? No me cuadra. Huiste cuando se negó a mantener a una perdida que además estaba embarazada. Eso explica por qué estabas tan ansiosa por asegurarte un marido.

Sus palabras la hirieron, pero Will contuvo la disculpa que inmediatamente le acudió a los labios.

—¿Y crees que por eso accedí a tu propuesta? —volvió a tirar de su brazo y él la soltó, esperando que se alejara, pero Julia se mantuvo donde estaba—. Puedes creer lo que te plazca, y aunque suene extraño, ni siquiera se me ocurrió pensar que pudiera estar embarazada. Había perdido mi reputación y estaba desesperada. Eso me bastó.

«No, milady. No te creo», pensó. Le ocultaba algo. Lo sentía. Casi podía olerlo. ¿Cómo podía haberse dejado engañar hasta el extremo de creerla una inocente, una mujer respetable que no tenía nada que ocultar excepto una familia despiadada? El recuerdo de su reticencia a compartir el lecho en la noche de bodas, de aquel beso inocente y confiado le volvió a la cabeza. Inocente. Estaba enfermo, exhausto, febril... seguramente todo eso explicaba su falta de percepción.

—Henry y Delia debieron ponerse frenéticos cuando descubrieron tu embarazo —imaginó, encontrando cierto humor en el pensamiento. Le habría gustado ser una mosca en la pared durante la conversación, y sin embargo Julia parecía llevarse bien con Delia. La diplomacia debía ser uno de sus fuertes. No debía subestimar a su mujer: no solo había sido la amante de otro hombre y una mentirosa, sino tan inteligente como le había parecido en un principio.

—Sintieron el mismo alivio que pareces estar sintiendo tú ahora cuando mi hijo nació muerto, aunque al menos ellos consiguieron ocultarlo como es debido.

—¿Y qué habrías hecho si hubiera vivido?

Qué sutilmente el color subía y bajaba bajo su piel, pensó, estudiando la curva de su mejilla, que era lo único que podía ver de su cara vuelta hacia el otro lado. Había adquirido una clase de belleza que podría jurar que antes no poseía. Una lágrima temblaba en sus pestañas. «Muy efectivo», se dijo, controlando el impulso de abrazarla y consolarla. Eso era lo que quería ella, lo que esperaba… poder manejarlo con el meñique.

—Si hubiera vivido, habría tenido que admitir la verdad. Estaba preparada para ello. No habría podido arrebatarle a Henry sus derechos.

—¿Ah, no? ¿Y esperas que me crea que ibas a negarle a tu propio hijo su herencia? Si hubieras guardado silencio, habrías sido la madre de un heredero. Habrías tenido otros veintiún años para dirigir King's Acre a tu antojo.

—Pero no habría estado bien —repuso ella como si de verdad lo creyera.

—¿Y habrías hecho de tu hijo un bastardo? Perdóname, pero no me lo trago.

Ella se echó hacia atrás, perdido el control por fin, la furia clara en su cara.

—¿Crees que habría sido capaz de vivir semejante falsedad? —su voz temblaba de rabia—. ¿Crees que podría arrebatarle su herencia a un hombre decente, y hacer que mi hijo inocente tuviera que cargar con ello toda su vida?

—No tengo ni ida de lo que habrías sido capaz,

Julia —respondió él, tanto para ver el fuego en su mirada, fuego sobre acero, como para seguir con la discusión. Su cuerpo empezaba a recordar que llevaba célibe mucho tiempo. Demasiado.

—Pues ya te lo digo yo: no habría sido capaz. Apenas me conoces, así que vas a tener que aceptar mi palabra.

Y la vio morderse el labio de un modo que le empujó a él a hacer lo mismo, hasta que el dolor le recordó quién mandaba allí. Como él no dijo nada, Julia dio media vuelta y se acercó a la cómoda para cerrar el cajón, no sin antes pasar la mano sobre la ropita.

—¿Ah, sí? ¿Y si decido no aceptarla? ¿Y si decido que me has mentido, que me has engañado desde el principio para colocarme al bastardo de otro hombre? ¿Qué opinaría la ley de nuestro consumado matrimonio en ese caso, me pregunto yo?

Julia se volvió y lo miró con tanta firmeza como si lo apuntara con la hoja de un florete.

—¿Pretendes repudiarme? Puedes intentarlo si eres así de insensible… y si no te importa que el mundo sepa que has sido incapaz de hacerme tu esposa. Pero si lo haces para intentar volver a cortejar a tu preciosa Caroline Fletcher, lamento desilusionarte. Está prometida al conde de Dunstable, que parece estar en posesión de todas sus facultades y tiene un montón de dinero.

«Por supuesto». Caroline lo creía a las puertas de la muerte y no había podido soportarlo, y una vez lo creyó muerto, ni siquiera llevó luto por él. Le resultó curioso descubrir que ni siquiera le importaba.

—Es preciosa, sí, y con una buena dote. Es un milagro que no esté ya casada. No significa nada para mí.

Julia se volvió hacia la puerta. Su bata de muselina volaba tras ella, y sus pasos rápidos y enérgicos parecían revelar su deseo de correr para alejarse de allí. Llevaba apretado el cinturón y el tejido mostraba la curva de sus caderas y sus nalgas, así como la elegante línea de su espalda.

Se le secó la boca y tuvo que humedecerse los labios para poder volver a hablar.

—Esperemos que el siguiente sea también un varón para sacar a Henry de su agonía.

—¿El… siguiente? —balbució.

¿Iba a negarse a acostarse con él?

—¿Acaso lo quieres todo? —inquirió—. ¿Quieres que reconozca que yo era el padre de tu hijo muerto, quieres los derechos de matrimonio y, sin embargo, me vas a negar a mí los míos?

—¿No vas a descubrirme?

Se había quedado pálida como la cera, más blanca aún que cuando le había contado lo del bebé. La posibilidad del escándalo parecía aterrarla.

Will se encogió de hombros.

—No, claro que no. Ni pienso chantajearte tampoco. Pero si no puedes ser mi esposa, tendremos que poner punto final a este matrimonio por el bien

de ambos. Volver de la muerte acarrea la desagradable consecuencia de reorganizar tus prioridades.
Te sorprendería saber lo que ahora carece de importancia para mí. Lo que sí encuentro importante, lo
que siempre me lo ha parecido, es que seamos sinceros el uno con el otro. No pienso permitir que me
engañes o que me mientas, Julia. Crecí en un hogar
lleno de engaños y mentiras, y no pienso tolerarlo
ahora. No puedo vivir así, y mucho menos criar a
mis hijos en ese ambiente.

Once

Siguieron mirándose el uno al otro. Julia fue saliendo del estado de pánico, y poco a poco pudo comprender lo que se decían. Will parecía creer que pretendía negarle el acceso a su lecho, y no era eso lo que ella quería.

Tragó saliva antes de hablar.

—No tengo intención de ser otra cosa más que una verdadera esposa para ti, si tú me aceptas. Solo necesito un poco de tiempo para asimilarlo, eso es todo. Lo siento si no te ves capaz de creer lo que acabo de contarte sobre mi huida, pero es la verdad.

Si al menos pudiera comprender las emociones tan encontradas que pugnaban en su interior… por encima de todo estaba el terror a que un escándalo público pudiese dejarla al descubierto y condujera a su detención por el asesinato de Jonathan. Debajo de ese miedo, como peces que nadaran pegados a las aguas turbias del fondo, había más capas de sentimientos: miedo a la intimidad, a volver a sufrir, física y mentalmente. Y también estaba la atracción que sentía hacia Will, que seguramente se debía a que verdaderamente era un hombre cautivador. ¿Qué ocurriría si volvía a quedarse encinta? ¿Podría llevar el embarazo a término? Si perdía otro hijo… no pudo seguir pensando en ello. Era demasiado doloroso.

Pero tenía deberes conyugales que cumplir, y estaba en deuda con Will. De no haber sido por él, Dios sabe qué habría sido de ella tres años atrás. El miedo, el dolor y la dudas que habría tenido que superar…

Él la miraba con aquellos peligrosos ojos de ámbar.

—Me has dejado conmocionado. De no haber sido por el bebé, ¿me habrías contado lo de tu amante?

—No lo sé —confesó—. ¿Tú lo habrías notado?

—Posiblemente —sonrió de medio lado—. Es probable.

—¿Y quieres… es decir, no sé si ahora tú…

¡Qué difícil! Desear algo y que al mismo tiempo te aterrorice.

—Sí, quiero. Si tú estás segura.

Julia asintió y echo a andar delante de él de vuelta a su alcoba. Se volvió al llegar junto a la cama y vio a su marido cerrar la puerta y acercarse a ella.

«Valor, Julia. Sedúcelo. ¿Pero a quién quieres engañar? No podrías seducir a nadie aunque te fuera en ello la vida. No, no pienses eso…»

Bastó con bajar la mirada a sus ceñidas calzas para comprender que su marido no necesitaba que lo animaran. Claro que llevaba mucho tiempo sin estar con una mujer, lo cual lo explicaría todo. Pero quería que la deseara a ella, y no a cualquier mujer que pudiera saciar su apetito.

¿Qué esperaría que hiciera en aquel momento? Jonathan se había limitado a quitarse su ropa, luego a desnudarla a ella y lanzarla a la cama para colocarse sobre su cuerpo.

Will se quitó la camisa, la dejó caer al suelo, abrió la cama y esperó a que ella se acomodara.

—Un contraste muy picante —comentó, mirándola de arriba abajo—. Todo ese recatado algodón blanco en las piernas y arriba ese encaje que no te para en los hombros.

Julia bajó la mirada. Tan nerviosa estaba que el tejido del camisón se le había enredado en las piernas y no lo había notado. Entonces miró a Will, fijamente, y sintió que se mareaba. Cuando lo había conocido aquella noche en el puente, cuando lo tuvo en sus brazos, no había sentido nada más que piel y huesos. Ahora lo que tenía ante sí eran músculos bien definidos, como los de la escultura clásica de un atleta. Pero aquello no era mármol frío y blanco, sino piel bronceada, vello oscuro, venas azules, pezones mucho más oscuros que los suyos.

El cuerpo de Jonathan no la había impresionado tanto. Cuando se desnudó todo fue tan rápido que no tuvo tiempo de mirarle, y después... después le parecía recordar que lo había encontrado hermoso, pero en ningún momento había experimentado las emociones que suscitaba en ella aquel hombre. Mejor no pensar en Jonathan.

Era difícil preocuparse de ningún otro hombre cuando aquel estaba tan cerca y casi desnudo.

—Estoy a favor del picante —consiguió decir, con la mirada clavada en su pecho y en los rizos de su vello.

—Bien, porque pretendo dejarte ese envoltorio durante un rato.

Y mientras ella intentaba comprender qué quería decir, le vio desabrocharse la portezuela de los pantalones, bajárselos y dejarlos a un lado. Debajo estaba desnudo. Y magníficamente enardecido.

Will se tumbó a su lado, tocándose los cuerpos, y se apoyó en un codo para poder mirarla a los ojos, tiró de un almohadón para quitarlo y la siguió cuando ella cayó hacia atrás con un gritito de sorpresa.

Un gritito que le dejó la boca abierta, momento que él aprovechó para acercarse y besarla con sabor a coñac en los labios. El movimiento había sido deliberado y depredador, cosas que Julia encontró sorprendentemente excitantes.

Había aprendido del beso de la mañana a reconocer lo que le gustaba. Si unía su lengua a la de él, Will se hundía más en el beso. Si cerraba un poco la boca, le mordía los labios.

Hizo ella lo mismo y sintió que él sonreía. «Le

gusta». Intentó morderle y fue recompensada con un gemido.

«Eso es bueno», se dijo. Ya no parecía atónito o enfadado, pero ¿qué venía a continuación? Jonathan había sido rápido, y según empezaba a comprender, al ritmo que Will le iba mordiendo suavemente el cuello hasta succionar su carne a la altura de la clavícula con enorme fruición, carente por completo de sutileza.

Debería hacer algo que lo sedujera, pero era difícil saber qué hacer cuando tenía las piernas aprisionadas por el camisón enredado y Will le tenía sujetos los brazos.

Gimió de frustración y arqueó la espalda para intentar liberarse, un movimiento que acercó sus pechos a Will, que estaba besando su escote. El efecto fue sorprendente. Gimió, se retorció, y agarrando el escote del camisón rasgó la tela hasta la cintura y se quedó contemplándola.

¿Ocurría algo? ¿Por qué la miraba así? Debía ser su figura. Había perdido la frescura, la juventud virginal… justo cuando no podía soportar más el suspense, él se inclinó y lamió lentamente su pezón derecho. A continuación el izquierdo. Y vuelta a empezar. Sus pezones se volvieron duros y primero aprisionó uno entre sus dientes; luego, el otro. Julia gimió, arqueando de nuevo la espalda, queriendo más. Él incrementó la presión de sus dientes hasta que una pequeña punzada de dolor bajó hasta su vientre y allí se transformó en algo completamente diferente: calor, peso y necesidad. Volvió entonces a lamer mientras con las manos rasgaba más el camisón, hasta llegar a las rodillas.

Ahora se subiría sobre ella, la obligaría a abrir las piernas y la penetraría. Luchó en silencio contra los recuerdos y el miedo. Le había dolido porque Jonathan no había tenido cuidado alguno, y Will estaba muy excitado. Intentó no dejar que la aprensión se le notara, que no la congelara.

Pero Will siguió atormentando sus pechos mientras acariciaba entre los rizos oscuros de su pubis, que estaba vergonzosamente húmedo. «Mojado», corrigió sorprendida, mientras su dedos se hundían dentro de su cuerpo. Y entonces se olvidó de lo que debía temer, porque aquella extraña y honda necesidad empeoró y empeoró, obligándola a retorcerse, a empujar contra su mano.

«¿Es así como se supone que debo sentirme?», se preguntó. Era mucho más que cuando perdió la virginidad. Entonces había sentido algo de aquello, pero no la necesidad desesperada y que todo lo consumía.

—Te quiero dentro —le dijo, perdiendo la vergüenza.

«Eso debe ser». Eso tenía que ser lo que su cuerpo clamaba.

—Paciencia —dijo Will y le sopló los pezones mientras seguía jugando con los dedos hasta encontrar de pronto un punto de placer perfecto e intenso.

—Will…

Se colocó de rodillas ante ella, la liberó por completo del camisón y por fin, por fin, la cubrió con su cuerpo. Pero sus dedos no pusieron punto final al tormento y todo estaba formando un nudo de tensión que no conocía y que no sabía cómo soportar.

—Julia, mírame —la voz de Will sonaba rasposa y honda, y abrió los ojos para encontrarse frente al calor ámbar de los suyos—. ¿Estás bien?

—¡No! No lo estoy… no puedo soportarlo. Por favor…

No tenía ni idea de lo que quería. Solo sabía que necesitaba sentirlo dentro de ella, su peso sobre su cuerpo, su boca en la suya. Y gracias a un milagro, él comprendió su ruego incoherente. Descendió, hundió los dedos en su pelo, movió las caderas y la llenó en un solo movimiento. Todo se desató, todo se rompió, y Julia se oyó gritar, sintió su cuerpo cerrarse, tensarse, mientras Will seguía moviéndose y luego se quedaba inmóvil, se estremecía bajo sus manos, y caía rendido sobre ella.

«Bastardo egoísta», pensó cuando la cabeza dejó de darle vueltas. Will pensaba en su amante, en el hombre con el que se había escapado, el que al parecer no había dedicado ni un solo segundo a su placer mientras tomaba de ella lo que quería.

Y ella, siendo virgen, no sabía absolutamente nada sobre lo que su cuerpo podía experimentar. Sonrió acurrucado en la curva de su cuello y le lamió la piel caliente. Seguía abrazada a él y notó el delicado movimiento de sus manos. Le estaba acariciando los hombros casi sin tocarlos, como si explorara, como si un ciego estuviera descubriendo el mundo con las yemas de los dedos.

¿Tendría idea de lo seductora que era esa inocencia? ¿De lo sensual y bien dispuesta que él la encontraba? Claro que no. Lo cual era muy bueno, pensó al tiempo que tiraba de la ropa de cama para cubrirlos. Si lo supiera, lo usaría contra él, usaría su poder femenino para intentar debilitarlo y minarlo. Ya tenía bastante con tener que batallar con ella por el control de cada aspecto de la dirección de las propiedades como para tener que aguantar que también llevase la voz cantante allí. Y de ser así, no funcionaría.

Era un placer cómo había reaccionado ante él. Un placer y una buena fortuna, porque después de aquellos largos meses de celibato le parecía un milagro haber sido capaz de retener su orgasmo tanto tiempo como lo había hecho. La próxima vez, que no tardaría en llegar, pensó con una sonrisa, sería aún mejor. Estaba deseando enseñarle a Julia las artes del amor.

Las acusaciones que le había lanzado de ser la amante de otro hombre, de haber mentido sobre su falta de experiencia, volvieron a su conciencia. Su historia era cierta, obviamente, y tenía que compensarla. Si al menos no tuviera esa intuición que le decía que no estaba siendo completamente sincera con él…

171

«Dios, qué bien estoy. Debo estar aplastándola». Se apartó del cuerpo suave y fragante sobre el que reposaba y la abrazó. Ella se dejó hacer con un suspiro y se acurrucó en su pecho. Un instante después, no se movía. Estaba dormida. Resultaba enternecedora tanta confianza, lo mismo que había hecho aquella noche de bodas hacía tanto tiempo. Debería marcharse de la cama y dejarla descansar. Volver a su propia alcoba. «Un minuto más».

El brazo derecho se le había quedado dormido y un aire cálido le rozaba la oreja, pero resultaba agradable. También tenía un extraño latido bajo la oreja. De hecho, la almohada era bastante dura para ser de plumas, pero es que no había ninguna clase de almohada.

Julia parpadeo varias veces y se vio en los brazos de Will, con la mejilla apoyada en su pecho. Estaba dormido, respirando tranquilamente. Y los dos estaban completamente desnudos.

Besar su piel era una tentación. Olía a sexo, a sueño y a hombre caliente, y el pezón que quedaba cerca de su boca estaba duro y saliente, quizás por estar recibiendo su respiración.

Pero si lo besaba dejaría al descubierto lo mucho que lo deseaba y volvería a revelar su inexperiencia. Tenía que pensar, y no podía hacerlo allí, con el cuerpo de Will distrayéndola con su proximidad. No le había hecho daño a pesar de ser tan fuerte y decidido. Casi no podía creérselo.

Sus sueños habían sido tan malos como siempre y los restos aún flotaban alrededor de su cabeza como una niebla sucia. El sueño en el que corría con los pies descalzos y llenos de ampollas, el sueño en el que la culpabilidad la asfixiaba de tal modo que no podía moverse, el sueño en el que le decían que su hijo no respiraba... pero los recuerdos del tiempo en que había estado despierta en aquella cama eran increíbles. ¿Siempre sería así?

Se levantó con cuidado, conteniendo la respiración, mientras dejaba su brazo sobre el colchón. Entraría de puntillas en el vestidor para...

—Buenos días.

Se volvió y vio que Will la contemplaba con somnolienta admiración. No tenía nada en qué envolverse.

—Buenos días —respondió, y dio unos pasos hacia la puerta.

—¿Adónde vas?

—A montar. Quería... hacer ejercicio.

Will la miró enarcando las cejas y con expresión de incredulidad.

—Y aire fresco.

—Abre la ventana para que entre y vuelve a la cama para el ejercicio.

—Pero es que quiero montar.

«Tengo que escapar de aquí antes de que te des cuenta de que basta con que me toques para que me transforme en mantequilla derretida. Si es que no lo sabes ya».

Will apartó la ropa de la cama y se estiró.

—Ven aquí, que yo te enseñaré a montar como un jinete.

No podía malinterpretar sus palabras, y Julia sintió que el rubor le subía desde los pies a las mejillas. Quería huir, quería escapar de él. Intentó que su rendición pareciera un acto racional, como si tuviera sus emociones bajo control. Sosteniéndole la mirada volvió junto a la cama, apartándose el pelo. Vio cómo sus ojos reaccionaban, que su cuerpo ya lo había hecho.

«Le gusto». Y a pesar de todo, del miedo, de los sueños y de la certeza de que Will aún no confiaba en ella, ser consciente de que aquel aspecto de su matrimonio podía funcionar, fue como una bendición. «Si es que dura».

Doce

Cuando se sentó a la mesa con Will para comer, Julia había conseguido dejar de ponerse colorada cada vez que la miraba. Tras un largo, muy instructivo y placentero interludio en la cama, había conseguido al final dar su paseo a caballo.

Nancy le había preparado su traje de montar convencional sin preguntarle, y Julia se alegró de no tener a mano la tentación de ponerse la falda pantalón. No quería discutir con su marido y echar a perder la unión que el acto sexual había conseguido. Will la había acompañado e incluso había escuchado, sin parecer irritado, sus comentarios acerca de cómo se estaban explotando las fincas y cuál era la situación con los arrendatarios. Había admirado la rehabilitación de las pequeñas casas independientes que reemplazaron la fila de casuchas que había visto aquella primera mañana y halagó el diseño de escaleras cubiertas y de las nuevas pocilgas.

Quizás, después de todo, iban a conseguir acomodarse el uno al otro. Él la aceptaría como socia, su posición estaría a salvo, compartirían intereses y podrían comenzar a construir un matrimonio.

Sin embargo... lo iba observando a hurtadillas y parecía atento, sí; había escuchado lo que le explicaba y sin embargo ella había tenido la sensación de que flirteaba, de que le decía lo que quería oír. Tenía que saber, porque era un hombre con considerable experiencia en aquellos asuntos, que se sentía atraída por él, que había disfrutado en sus brazos. «El equilibrio del poder», se dijo. «Mi amo y señor. En la cama y fuera de ella. ¿Será así como él lo ve?»

—Imagino que vamos a recibir muchas visitas —comentó Will mientras cortaba una porción de queso—. La tía Delia habrá extendido el rumor por todo el vecindario. Hace tres años nos ahorramos las visitas que pretendían conocer a la novia, pero ahora nos van a llegar todas de golpe.

—Supongo que sí.

Ojalá la gente tardase poco en saciar su curiosidad. Así los dejarían en paz, en la paz a la que ella se había acostumbrado, tan solo con algunas visitas por la mañana de los vecinos más próximos y de sus amigos.

—Debemos celebrar una fiesta lo antes posible.

—¿Debemos?

Will no se refería a las reuniones informales con las que ella disfrutaba, con comida buena y sencilla, una partida después, música y charla.

—Claro. Unas cuantas, con pocos invitados, creo

yo, mejor que intentar reunir a todo el mundo al mismo tiempo. Ya he confeccionado una lista de invitados general para que podamos elegir a quienes vendrán a la primera.

Una serie de cenas de fiesta requeriría horas de planificación. Iban a ser todo un evento en el vecindario, y la gente compararía sus notas, lo que significaba que tendrían que cambiar de menú en cada una de ellas, y de decoración de mesa.

—Tendré que comprarme algunos vestidos nuevos.

—¿Y eso te supone mucho trabajo? Jamás creí que fuera a oír esa frase en labios de una mujer en el tono deprimente que has usado tú.

Julia sonrió y se encogió de hombros.

—Es solo por el tiempo que me llevará, pero puedo acercarme mañana mismo a Aylesbury y encargarlos.

No mencionó la incomodidad que sentía caminando por calles llenas de extraños.

Will no había dicho nada de la asignación que le correspondería para sus gastos y los de la casa, y no tenía intención de sacar el tema hasta que no fuera absolutamente necesario. No es que hubiera despilfarrado cuando tenía el control del dinero, pero no le apetecía tener que rendir cuentas por cada penique gastado en dentífrico o medias de seda. Antes, ganaba el dinero que luego gastaba con prudencia. Ahora, tendría que acudir a su marido para todo.

—Iremos a la ciudad en otoño —dijo Will—. Imagino que habrás ido con frecuencia.

—Pues no. No he estado nunca.

Aunque pudiera parecer ridículo, le parecía más peligroso que cualquier otro lugar, como si los alguaciles fueran a estar esperándola tras cada esquina. El dedo acusador caería sobre ella, los comisarios la atraparían y la arrastrarían ante el juez…

—¿Y eso? ¿Se trata de otro absurdo escrúpulo tuyo, como el de no llevar las joyas?

Julia negó con la cabeza, incapaz de encontrar una explicación convincente, y Will frunció el ceño.

—Bueno, pues iremos dentro de una semana más o menos. No creo que haya mucha gente, pero podremos ir de compras y yo me pasaré por mis antiguos clubes para hacerles saber de mi presencia.

—Claro. Estoy deseando.

Un pánico irracional le estaba creciendo dentro, lacerándola, y se obligó a tomar un sorbo de limonada y un bocado de tarta de queso. Necesitaba tranquilidad y tiempo para reflexionar.

Al día siguiente, después de comer, Will se fue al pueblo para hablar con el herrero sobre el trabajo que iba a necesitar que le hiciera para los nuevos establos. Julia esperó a que su yegua torda y de largas crines se perdiera de vista antes de bajar al jardín a por un ramo de rosas blancas. Ellis, el jardinero, controló sus protestas habituales cuando alguien cortaba sus flores, y sonrió al verla pasar. Sabía para qué era aquel pequeño ramo.

El camino iba serpenteando entre los arbustos, dejaba atrás la vicaría y entraba en el camposanto. El pueblo original había sido trasladado de su emplazamiento ancestral por orden de un barón en el siglo anterior porque le estorbaba para el diseño de su nuevo parque. Como resultado, los habitantes se encontraron con casas nuevas, pero tenían que caminar un buen trecho para llegar a la iglesia, que había quedado aislada del pueblo y que también servía como capilla del castillo.

Bordeó la valla para entrar por la entrada sur y abrió la pesada puerta de roble. Dentro, la luz estaba tamizada por los cristales emplomados y el silencio era hondo y lleno de paz. Caminó hasta la capilla familiar de los Hadfield, con sus vistas al presbiterio a través de una ventana de piedra tallada.

La tumba de un antepasado de Will del siglo catorce, sir Ralph Hadfield, ocupaba el centro. La estatua del caballero, al que hacía tiempo ya que le faltaba la nariz, reposaba con un león bajo los pies y la mano en la empuñadura de la espada. A su lado su esposa, resplandeciente a la moda de la época, tenía los pies apoyados sobre un perrillo.

Entre la pared oriental de la tumba y los altares del presbiterio, había una anilla de la que se tiraba para abrir la entrada a la cripta de los Hadfield. Delia siempre decía que aquella cripta le horrorizaba, pero Julia la encontraba un lugar lleno de paz. Bajo sus pies descansaban sus ancestros, acompañándose mutuamente en el silencio de la eternidad, y a ella no le infundían ningún temor. La capilla le resultaba un lugar fresco y tranquilo, un lugar que le ofrecía consuelo, y sustituyó las rosas ya marchitas del jarrón de la pared por las frescas que llevaba antes de sentarse y dejar que sus pensamientos vagaran con serenidad.

Aquella mañana Nancy y ella habían doblado y empaquetado todas aquellas diminutas prendas, las mantillas, el sonajero, los adornos. Ahora todos estaban guardados entre hojas de papel y lavanda, la cuna sin sus faldillas, todo recogido en el desván.

Había dejado la puerta completamente abierta con el fin de que Will la encontrara así si decidía pasar. No se sentía capaz de hablar de ello. ¿Y si ya volvía a estar embarazada? Tanto dolor estaba en juego. Y no el dolor físico, sino el mental de nueve meses de ansiedad, y luego…

Pero ahora se encontraba bien, estaba sana, no era ya la muchacha nerviosa que había pasado aquellos primeros meses dando saltos al ver su propia sombra, convencida de que cualquier día, al salir a la puerta de su casa, se encontraría con el comisario esperándola, sus vecinos señalándola con el dedo y gritando: «¡Impostora!» «¡Asesina!» Todo eso tenía que notarse, ¿no? Y en parte deseaba enormemente tener un hijo.

No podría decir cuánto tiempo había permanecido allí sentada antes de oír el chirriar de la puerta exterior y pasos por el pasillo. Debía ser el vicario.

El señor Pendleton era un hombre amable y cariñoso. No le molestaba su compañía.

Un escalofrío le reveló que no se trataba del anciano religioso. No se volvió, pero no le sorprendió oír la voz de Will diciendo:

—Está aquí, ¿no?

No debería haberse arriesgado a acudir a la capilla habiendo la más mínima posibilidad de que Will lo descubriera. Se pondría furioso. Otra cosa que le había ocultado. Insistiría en que trasladaran los restos...

—Sé que no está bien —dijo poniéndose de pie sobre la anilla, como si de alguna manera con aquel gesto pudiera evitar lo que sin duda iba a ocurrir. Will llevaba el sombrero en la mano y la miraba, grave.

—Sé que no es hijo tuyo y que no tiene derecho a estar aquí. Pero no estaba bautizado, así que lo habrían enterrado junto a la tapia, fuera del cementerio, en ese horrible lugar bajo los árboles, y el señor Pendleton comprendió que yo estaba sufriendo, así que lo enterramos aquí...

—¿Tiene nombre, aunque no fuera bautizado? —preguntó con suavidad.

Era la última pregunta que se esperaba.

—Alexander, como mi padre —balbució.

—Alexander es bienvenido aquí —contestó, acercándose a ella—. ¿Sabes junto a quién está enterrado?

—No.

¿No iba a insistir en que sacaran aquel pequeño

ataúd y lo enterraran en aquel oscuro y húmedo paraje junto a los suicidas y demás víctimas de pequeñas tragedias?

—Mi hermano y dos hermanas —le dijo, y vio que se agarraba con fuerza a la tumba de sir Ralph—. La pérdida de dos hijos después de mi nacimiento rompió el matrimonio de mis padres —su boca dibujó una extraña sonrisa—. No es que tuviera fundamentos sólidos precisamente, pero las cosas fueron de mal en peor. Apenas se comunicaban si no era a gritos, y su tercer hijo, una niña, mi padre decía que no era suyo. Imagínate el ambiente.

—¡Pobrecitos! —exclamó.

—¿Los niños?

—Claro. Pero también me dan lástima tus padres, por el dolor de perder a esas criaturas… perdieron a sus hijos y no fueron capaces de consolarse el uno al otro; de no ser así, seguro que las cosas no les habrían ido tan mal.

—¿Ahora eres experta en matrimonios? —preguntó con aspereza. ¿Estaría recordando que había tenido un amante antes de llegar junto a él? ¿Temería que fuera capaz de hacer lo que había hecho su madre si no se sentía feliz?

—No —respondió, y entonces vio el dolor en sus ojos. Tenía que haber sido muy duro crecer en un hogar lleno de dolor e ira—. No, pero puedo comprender un poco de lo que sintió tu madre. Si ella no tuvo con quien hablar, la pérdida de sus hijos debió de ser todavía peor.

Will se quedó de lado, contemplando a su remoto ancestro, y luego volvió a mirarla como si hubiera estado traduciendo sus palabras y acabara de descifrar su significado.

—Y tú no has tenido a nadie, ¿verdad? Aunque Delia se portara decentemente contigo, sabías que en el fondo se alegraba de que Henry no hubiera quedado desplazado.

—Eso es cierto —intentó sonreír—. Conseguí seguir adelante—. «Aunque sin saber cómo»—. No podía hacer mucho más.

—No tendría que haber sido así —dijo, y la rabia que percibió en su voz le llegó más hondo de lo que lo habrían hecho sus palabras de consuelo—. Maldita sea… no pretendía hacerte llorar. Julia…

La abrazó y por primera vez desde que había vuelto, no hubo nada en su contacto que no fuera la necesidad de ofrecer consuelo. Puso una mano sobre su cabeza para invitarla a apoyarse en su pecho.

—A lo mejor no es malo que llores. ¿Has podido hacerlo?

Julia contestó que no con la cabeza. No podía hablar. Temía perder el control.

—Entonces hazlo ahora. Llora por el primer hijo muerto de este matrimonio.

Julia dejó que las lágrimas salieran mientras Will le acariciaba el pelo y la apretaba contra sí murmurando palabras de consuelo.

No sabría decir cuánto tiempo permanecieron

así. Al final las lágrimas se secaron y Julia alzó la cara para mirarle a los ojos.

—Gracias —debía tener los ojos rojos, mocos y la nariz como un pimiento. Le había mojado la chaqueta—. ¿Tienes un pañuelo?

—Claro.

Will la hizo sentarse sobre la piedra de la tumba, sacó un prístino pañuelo de lino de su bolsillo y se apartó para estudiar los grabados de la pared.

Julia se adecentó lo mejor que pudo y descubrió que podía poner en palabras la ansiedad que sentía y creía no ser capaz de compartir con él.

—Will, ¿y si vuelve a pasar? ¿Y si no soy capaz de darte un heredero?

Él volvió y se sentó junto a ella, las manos atrapadas entre las rodillas. Parecía estar absorto en el diseño de un escabel. Tras un momento, dijo:

—Espero que no sea el caso porque no quiero verte pasar por ello. Pero si tal cosa llegara a ocurrir, entonces Henry, o su hijo, heredarían. No sería el fin del mundo y además, es mejor no anticiparse a los problemas. Ahora, vamos a salir al sol, que te vas a quedar helada. Aquí dentro hace un frío de mil demonios y fuera el día es precioso.

Julia tomó la mano que él le ofrecía y salieron, tomados del brazo, mientras una frágil esperanza se abría paso en su interior. Will comprendía lo que había sufrido y su necesidad de llorar y de recibir consuelo. Se había mostrado muy amable dejando que Alexander siguiera donde estaba y había visto, con sobrecogedora claridad, lo mucho que había sufrido en la infancia con la infelicidad de sus padres.

Quizá algún día llegara a confiar en ella, aunque sabía que nunca sería capaz de cargarle con su secreto. Quizás, pensó con optimismo cuando la luz del sol y el alivio de haber llorado consiguieron su propósito, aquel fuera el verdadero comienzo de su matrimonio.

—Will, ¿hasta qué punto comprendiste tú lo que pasó cuándo murieron tus hermanos?

—¿Comprender yo? Nada. Me dijeron que yo era hijo único porque mi hermano había muerto y que tenía que crecer y llegar a ser el perfecto barón Dereham porque no había otra opción. No me hablaron de la niña que, según mi padre, no era hija suya. Me enteré de ello por casualidad, cuando oí a dos criadas hablar de ello. Me habría gustado tener un hermano —añadió tras un momento con una voz carente de expresión—. Y hermanas también. Le pregunté a mi tutor qué significaba lo que había oído decir a dos criadas sobre que una de ellas era bastarda. Primero me lo explicó y luego me pegó por escuchar a hurtadillas.

—¿Pero cómo pudo hacerte eso? —Julia olvidó su propia melancolía por la rabia que sintió por aquel niño triste y confuso—. Deberían haberte dicho la verdad, toda la verdad, pero de modo que pudieras comprenderla.

Will se encogió de hombros.

—Agua pasada no mueve molino.

Caminaron en silencio, pero a Julia le parecía que parte de la tensión que había entre ellos se había disipado. Los tejados de Home Farm se hicieron visibles a la derecha y Julia recordó que los trabajadores habían terminado de preparar los cimientos para la ampliación de los establos y estaban empezando ya con las paredes. Como los nuevos caballos no tardarían en llegar, Will había optado por un edificio de madera de tejado a un agua para ahorrar tiempo, y había encargado el trabajo sin decirle nada a ella, claro.

En aquel momento, mientras paseaban de vuelta de la iglesia, le pareció que era un buen momento dada la intimidad que habían mantenido para mostrar interés en lugar de ofrecer sugerencias.

—Me gustaría que me enseñases los nuevos establos. Van muy bien con las obras.

Will cambió de dirección y tomó el camino de la granja.

—¿Aún no has ido a verlos?

—Me dijiste claramente que no querías interferencias.

—Siento que lo veas así —contestó—. Pero solo puede haber un amo dando órdenes; de lo contrario, solo conseguimos confundir al servicio y a los trabajadores. Y soy yo quien debe hacerlo.

—Eso lo entiendo —respondió ella. Si él estaba dispuesto a mostrarse conciliador, ella no debía mostrarse reacia—. Y quizás yo no he tenido eso en cuenta a tu vuelta. Pero esta ha sido mi vida y mi responsabilidad durante tres años. Es lo que me gusta, lo que siempre me ha interesado. No quiero desplazarte, ni podría hacerlo aunque quisiera, pero tampoco puedo soportar que me relegues por completo. ¿No puedo participar? ¿No podemos hablar las cosas juntos?

Will le abrió la verja en silencio.

—¡Will, me volveré loca si pretendes que me retire a la casa y me convierta en un dechado de virtudes domésticas!

—Es que ya lo eres. No recuerdo otro momento en el que la casa estuviera mejor.

—Gracias. Pero no queda nada que hacer excepto mantenerla, mientras que siempre hay algo que hacer en las fincas.

Él la miró enarcando las cejas. Sabía que estaba siendo demasiado entusiasta, pero no podía evitarlo.

—¡Me encanta! Siempre hay cosas nuevas que poner en marcha, experimentos que planificar, incluso una crisis o dos con la que lidiar a la semana.

De pronto se detuvieron: ante sí tenían un lodazal de un par de metros de ancho donde las vacas habían pasado de camino al establo de ordeño, tras una tormenta impropia de aquella época del año.

—¿Lo ves? Esto hay que rellenarlo con escombros y pisarlo.

Will se detuvo, se caló mejor el sombrero y, asiéndola por la cintura, la transportó hasta una piedra plana que había en el centro; luego saltó él.

—Me parece que he juzgado mal la situación.

No hay sitio suficiente para poder alzarte de nuevo y dejarte al otro lado.

Estaban los dos sujetándose el uno al otro, balanceándose en precario equilibrio.

—Tienes que soltarme o nos caeremos los dos. No vamos a tener más remedio que cruzar —dijo Julia. Era una delicia agarrarse a Will, tan fuerte y grande como era, aunque tenía la impresión de que iban a acabar los dos en el barro. «Qué pinta debemos tener»—. Yo llevo unas botas viejas.

—¡Pues yo no! —protestó él, sujetándola con más fuerza por la cintura—. Son las mejores que me ha hecho Hoby's.

—Son preciosas, la verdad —se había fijado. Y también en lo bien que le sentaban a sus fuertes piernas—. Si me salgo yo, tendrás suficiente sitio para dar un salto.

Un irreprimible deseo de reír estaba empezando a apoderarse de ella. ¿Cómo era posible? Pues el alivio, quizás, después de la catarsis de lágrimas de la capilla.

—No pienso permitir que mi esposa tenga que meterse en el barro para proteger mis botas —sentenció.

Julia consiguió echar la cabeza hacia atrás lo suficiente para ver su gesto de determinación. Acababa de descubrir un pequeño lunar en la línea de la mandíbula, y el deseo de besarlo se enfrentó al de reír. Parecía muy enfadado por encontrarse en una situación tan ridícula.

—Si gritamos, alguien vendrá, y podemos pedirle que traiga unas planchas —sugirió—. ¿O rebajaría eso tu dignidad?

—Por supuesto —respondió, pero vio que contenía una sonrisa—. Ya me siento como un idiota sin necesidad de un coro de granjeros conteniendo la risa. ¿Puedes rodearme el cuello con los brazos?

Julia maniobró para subir los brazos. La piedra se inclinó hacia un lado.

—Creo que se está hundiendo. ¿Qué profundidad tendrá este charco de barro?

—No vamos a averiguarlo —dijo, alzándola por las nalgas—. Salta y rodéame con las piernas.

—Mis faldas…

—Tienen vuelo suficiente —cortó él levantándola. A continuación, con gran esfuerzo, dio un salto hacia el corral de ordeño con Julia colgando de él como una mona.

Aterrizaron desequilibrados y Julia dejó escapar un grito cuando se dio cuenta de que, inevitablemente, iban a caer.

Will se giró en el último momento y cayó el primero sobre un montón de paja. Julia aterrizó sobre él.

—¡Ay!

Los dos se quedaron tal cual estaban, intentando recuperar la respiración, hasta que Will dijo:

—¿Te importaría mover el codo? A no ser que quieras poner en peligro al futuro heredero.

Temblando de risa, Julia se desenredó y quedó tumbada a su lado.

—Menos mal que era paja limpia.

—¿Encuentras esto divertido? —preguntó, pero su cara le contradecía. Acababa de saber que tenía sentido del ridículo, y resultaba sumamente atractivo.

—Mucho —admitió—. ¡Fíjate! Tú has perdido el sombrero Dios sabe dónde, tienes paja en el pelo, se te ha salido la camisa y a pesar de tus exquisitas botas, compones la viva imagen de un granjero retozando con su chica en el montón de la paja.

—¿Y tú qué pareces, digo yo? —se apoyó en un codo para mirarla—. Tu sombrero debe estar haciéndole compañía al mío en el barro, tus botas están hechas una pena, tienes las faldas desgarradas en el borde, las mejillas arreboladas y no puedo culpar al granjero por querer revolcarse contigo en la paja.

Le pasó una mano por el pelo, más el amo del castillo ejerciendo su derecho de pernada, que un granjero.

—Bueno, mi lecherita…

La besó riéndose. Ella lo besó también, lo mejor que pudo. El peso de Will la hundía en la paja cuando su mano empezó a subir por su pierna. Las risas de Julia se transformaron en un gemido de excitación.

—Will…

Trece

—¡Daisy, pasa ya! ¡Vaaamos, Molly!

—¿Pero qué... —Will se incorporó y Julia tiró a toda velocidad de sus faldas—. ¡Ay, Dios mío, es el rebaño que viene! Levántate.

La ayudó a ponerse en pie y comenzó a limpiarle la paja de la falda mientras ella el quitaba los restos de la chaqueta.

—Demasiado tarde... ya llegan. ¡Por Dios, Will, métete por dentro la camisa!

Las vacas lecheras aparecieron en la puerta, trayendo consigo olor a hierba y a estiércol, y contemplaron con sus ojazos negros y curiosos a aquellos desconocidos que habían invadido su casa.

—Vamos, a tu sitio.

Julia movió las manos y los animales se movieron plácidamente, cada uno a su propio cubículo, parpadeando con sus párpados de larguísimas pestañas.

—¡Milady! ¡Milord! No me había dado cuenta de que estabais aquí.

Hill Trent, el lechero, estaba en la puerta mirándolos tan sorprendido como sus vacas.

—Nos hemos tropezado con el charco de barro de ahí fuera, Trent —dijo Julia—. Y cuando hemos querido cruzarlo, nos hemos dado cuenta de que era más grande de lo que parecía. ¿Ha visto nuestros sombreros? Deben haberse caído ahí fuera al saltar.

—Deben ser esos, milady.

Hill señaló al suelo, justo detrás de la pila de paja.

No había modo de que hubieran llegado hasta allí si no era porque sus cabezas habían estado en ese lado. Por suerte, se dijo mientras iba a buscarlos, Hill Trent no era el trabajador más listo de toda la granja y podía no tener la imaginación necesaria para llegar a la conclusión lógica sobre lo que el barón y su esposa estaban haciendo.

—Vamos, querida.

Will sonó tan pomposo que no supo distinguir si estaba muerto de vergüenza, conteniendo las ganas de reír, o furioso con ella por haberle puesto en semejante posición.

—Sí, vamos. Gracias, Trent.

Julia hizo una digna inclinación de cabeza y dejó que Will la condujera del establo de ordeño al corral principal. Afortunadamente no había nadie por allí y Will echó a andar hacia el camino a grandes zancadas, seguido por Julia.

—Ay, Dios… me temo que no ha sido muy decoroso…

—Pero sí muy divertido —contestó él, temblándole la voz de la risa.

—¡Will!

—Y excitante. Supongo, esposa mía, que ahora tendrás que quitarte toda la ropa para poder deshacerte de los restos de paja, ¿no es así?

—Desde luego, milord. Y tú desearás quitarte también la ropa para asegurarte de que esas magníficas botas no han sufrido ningún daño. Ni las botas, ni los pantalones. Me temo que la camisa haya corrido peor suerte.

—Es posible. Se trata entonces de una emergencia. ¿Puedes caminar más rápido?

—No, pero puedo correr.

Julia echó a correr con Will a su lado, entró como una exhalación por la puerta principal y había subido ya la mitad de la escalera cuando Gatcombe apareció para ver a qué se debía aquella conmoción.

—¿Milady?

Le bastó con ver a Will para desaparecer.

—A estas alturas ya debemos haber escandalizado a todo el personal.

Julia se dejó caer jadeando en la cama mientras Will entraba y cerraba la puerta con llave.

—No pienso tener audiencia —le dijo, quitándose la chaqueta y aflojándose el pañuelo del cuello—. Con un aldeano y un mayordomo tengo bastante.

Julia contempló ensimismada cómo se sacaba la camisa por la cabeza; luego se agachó para desatarse las botas.

—No soy una baronesa demasiado digna, ¿verdad? —le preguntó, viendo cómo había quedado su calzado. Una verdadera dama jamás habría permitido que la vieran con las botas en aquel estado, y nunca se le habría ocurrido asomarse siquiera a un establo. Seguramente ni siquiera tendría idea de cómo se ordeñaba una vaca, y se desmayaría al ver una de sus plastas.

No debería tener pensamientos tan negativos. «Por primera vez me siento cómoda con él. Por primera vez, nuestro matrimonio parece algo normal». Habían compartido secretos y recuerdos dolorosos y, por primera vez, Will había sido claro sobre lo que opinaba de la dirección de la propiedad.

Ojalá no se sintiera tan culpable cada vez que pensaba en el secreto que le estaba ocultando. Estaba empezando a confiar en ella, y a cambio ella le estaba ocultando algo tan horrible que ni siquiera alcanzaría a imaginarlo.

—¿Tú crees? —preguntó Will, y de un empujón volvió al presente. ¿Qué había dicho ella antes? Ah, sí: que no se comportaba con la dignidad de una baronesa. Will se sentó para quitarse las botas. Los músculos de su espalda trabajaron con el esfuerzo y Julia sintió que la boca se le quedaba seca—. Desde luego andar retozando en la paja no es digno, en eso estoy de acuerdo, pero es perfecto para el lechero y su novia. ¿Y por qué ibas a querer tú comportarte con la dignidad de una baronesa? Yo no quiero que te transformes en una matrona aburrida, Julia.

—Mis ropas no son… supongo que debería vestir mejor.

Se subió las faldas y soltó las ligas, consciente de que Will seguía los movimientos de sus manos con la mirada.

—Ese calzado es perfectamente adecuado para caminar por el campo —comentó él mientras colocaba las botas junto a la silla en la que había dejado la chaqueta y se quitaba los calcetines—. ¿Pero de verdad que no quieres comprarte vestidos nuevos, zapatos y sombreros? Alguna de esas frivolidades femeninas.

—Frivolidades —repitió ausente. La visión de sus pies descalzos la había hecho perder la concentración. ¿Quién iba a imaginarse que unos pies pudieran resultar tan atractivos?—. No me gustaba gastar dinero en frivolidades —dijo al fin—. No me parecía bien.

Will le había salvado la vida, le había dado esperanza, y a ella le parecía inmoral abandonarse a lo que le parecía un lujo excesivo con su dinero. Por otro lado, la simple idea de pasearse por una ciudad grande, visitando tiendas entre un montón de extraños, le traía de nuevo aquella sensación de pánico.

—No me gusta mucho ir de compras —añadió, encogiéndose de hombros.

—No me puedo creer que me he casado con la única mujer en todo el país a la que no le gusta—se levantó para desabrocharse la portezuela de los pantalones. La miró fijamente a los ojos y ella se dio cuenta de que inconscientemente se había pasado la lengua por los labios—. Iremos juntos de compras a Aylesbury y después a Londres, y ya te enseñaré yo a ser frívola.

—¿Quieres que me compre mucha ropa nueva? Se levantó cuando él llegó a ella.

—Oh, sí —murmuró él, haciéndola volverse para que pudiera desabrocharle los botones de la espalda—. Así podré disfrutar después quitándotela. Sedas… —bajó los hombros del vestido y la prenda de algodón cayó al suelo—, satenes… —comenzó a desabrocharle el corsé y ella se estremeció a pesar del calor—. Y muselinas de la India, transparentes de puro finas —sus enaguas, sobrias y prácticas, cayeron al suelo también—. Y cuando solo quede tu piel, como ahora… —comenzó a besarle el hombro y el cuello—, me encontraré con el aroma a mujer comestible y cálida, el que tienes ahora mismo, y puede que un toque de algo exótico y francés.

Julia echó hacia atrás las manos y buscó la cinturilla de sus calzas. Tiró de ella hacia abajo, rozando con las palmas de su mano el camino de sus caderas. Contra sus nalgas desnudas sintió el calor de su erección marcándola con su longitud y se echó hacia atrás con una risilla.

Will gimió, la empujó hacia delante para que apoyara las manos en la cama y la penetró desde detrás con un movimiento fluido.

—Julia…

La llamativa carnalidad de su necesidad, su propia excitación, las sensaciones desbocadas que aquella postura le provocó, todo ello en conjunto la puso al borde del precipicio con increíble rapidez. Oyó a Will contener el aliento, sintió que se aferraba a sus caderas y ambos cayeron sobre la cama, jadeando, en un enredo de piernas y brazos.

Will se tumbó boca arriba y acurrucó a Julia en su costado. No era fácil encontrar las palabras y no estaba seguro de que ella quisiera oír nada en aquel preciso instante. Algo había hecho pedazos el cristal que los separaba desde que volvió. La risa compartida quizás, o el sufrimiento que había conocido por la pérdida de su hijo... fuera lo que fuese, el resultado era bueno. El pozo de soledad que había crecido en su interior desde que le comunicaron su sentencia de muerte empezaba a llenarse con algo cálido y balsámico. Aquel pensamiento le hizo sonreír. No se había dado cuenta de lo mucho que la pérdida de sus hermanos, las mentiras y la ocultación de todo ello le había dolido hasta que se lo contó.

—Estás muy callado —dijo Julia, y su aliento le acarició el pecho.

—Pensaba.

Aún no estaba preparado para compartir el sentimiento de soledad con ella. Le parecía una debilidad. Un hombre debía ser capaz de mirar directamente a los ojos y nunca podía caer presa de la conmiseración—. Es la primera vez que te oigo reír así.

Julia se incorporó y, abrazándose las rodillas, apoyó la barbilla en ellas.

—Lo siento. No me había dado cuenta de que estuviera tan amargado.

De hecho, mirando hacia atrás, no recordaba haberse reído de nada desde que se puso enfermo. Las cosas le parecían graciosas de vez en cuando, y el descubrimiento de que se estaba recuperando y que no iba a morir en unos meses lo había llenado de felicidad, pero no de risas. No de la clase de risa juguetona y sanadora que habían compartido aquella tarde

Quizás no había aceptado, hasta aquella mañana, que le habían devuelto una vida para vivirla.

—Imagino que ha sido el alivio después de las cosas que hemos hablado antes. La risa cura, a veces.

Will se sentó también y ladeó la cabeza para poder verle la cara.

—Me alegro de que me hayas hablado de ello y de que comprendieras lo de mis padres. Me alegro de que puedas confiar en mí. Es importante.

—¿La confianza?

—Sí. Supongo que proviene de haber crecido en un hogar con tan poca sinceridad y tantos secretos. No quiero que pienses que, el hecho de que hayas tenido un amante antes de mí, es lo que me molestó cuando me enteré, sino el hecho de que no me hubieras dicho la verdad sobre cómo habías aparecido aquella noche junto al lago.

Julia se quedó inmóvil.

—Eso era todo, ¿no? Que no querías contarle a un desconocido cómo habías sido traicionada.

—Claro —contestó, sonriendo, y sus ojos eran claros y limpios.

¿Por qué entonces quedaba una gota de duda que empañaba la certeza de que aquel matrimonio estaba, por fin, en aguas tranquilas?

—Y tú no me ocultas ningún secreto, ¿verdad? —preguntó ella, casi como si estuviese bromeando.

—Claro que no.

—Entonces, ¿no lamentas que hayamos consumado el matrimonio? —preguntó, mirándose los pies—. Ahora no queda nada en lo que basarse para anularlo.

Sintió que se le hacía un nudo en el estómago. ¿Lo lamentaba? No. No amaba a Julia, pero le gustaba. La admiraba. La deseaba, eso sin duda. Sería una buena madre.

—Por supuesto que no lo lamento —contestó con firmeza, y vio que ella parecía respirar más tranquila. Pero algún demonio que andaba por allí le empujó a añadir—: Si lo que me estás preguntando es si aún quiero a Caroline, te diré que no. Nunca la quise. Era un matrimonio adecuado, nada más. Está liquidado y terminado.

Julia se quedó rígida, o eso le pareció a él.

—No me atrevería a inmiscuirme en tus sentimientos por la señorita Fletcher.

Will abrió la boca y volvió a cerrarla. «Hablo demasiado. No debería haber mencionado a Caroline».

Julia se levantó de la cama.

—¡Fíjate que pinta! Tengo que lavarme y vestirme.

Parecía estar tranquila y sin embargo algo en la atmósfera había cambiado.

Will respiró hondo. Imaginación y algo de peso en la conciencia por su ineptitud de aquel momento; eso era todo.

—¿Era hoy cuando ibas a ir a ver al coronel Makepeace por lo de los cachorros de pointer? —le pregunto Julia a Will. Estaban desayunando y él acababa de abrir el último de los sobres de la correspondencia. Cada mes, aquel era el día en que se reunía con Henry para ayudarle con sus cuentas, y no se le había ocurrido escribirle una nota y decirle que ahora debería pedirle consejo a Will y no a ella. Henry aún no se sentía cómodo con su primo, y no tenía idea de si Will sería paciente con él.

«Una última vez», se dijo. Henry se presentaría aquella mañana como siempre, lleno a partes iguales de entusiasmo, dudas, ideas descabelladas y cada vez más últimamente, reflexiones interesantes sobre sus responsabilidades. Will no iba a estar en casa y así podría convencer al joven de que su marido no se burlaría de sus esfuerzos por solventar sus deudas y las necesidades de sus propias tierras.

Will alzó la mirada.

—Sí. ¿Quieres venir, o hay algo que quieres que haga yo?

—No, no. Solo quería saberlo por curiosidad.

No le gustaba engañarlo, pero si no sabía que estaba ayudando a Henry, no podría pedirle que dejara de hacerlo. Un argumento bastante dudoso, desde luego…

Una hora más tarde, sintió un alivio tremendo de que Will hubiera salido porque Henry se presentó pálido, distraído, y al borde de la desesperación, a pesar de sus esfuerzos por disimularlo.

Julia no pudo más. Se olvidó de las cuentas, dejó la pluma y preguntó:

—Henry, ¿se puede saber qué te pasa?

Pensó que iba a negarle que le ocurriera algo, que no le contestaría, pero Henry cerró el expediente con un golpe y dijo:

—Es mamá. Vuelve a intentar encontrarme pareja, y esta vez ha invitado a Mary… a ella y a su madre, a quedarse. Es la primera vez que hace algo así, y dado que no hay otros huéspedes, se trata de una atención tan descarada que sé que esperarán que me declare.

—La verdad es que es obvio, sí. ¿Has mostrado algún interés en la joven?

—¡No!

El pobre Henry estaba colorado.

—¿Hay alguien más? Debes decírselo a tu madre si es así.

Henry se levantó y se acercó a la ventana sin contestar. Ahora estaba rojo hasta la punta de las orejas.

—Deduzco que sí, que hay alguien más. Y alguien que no es adecuado.

Se levantó y fue a sentarse junto a la ventana; cerca, pero sin agobiarlo.

—Dios… sí.

—¿Hace mucho? —él volvió la cara—. Te prometo que no se lo diré a nadie, y ya sabes que soy fiel a mis promesas, Henry.

No iba a poder hacerlo si se trataba de alguien totalmente inadecuado, pero no era necesario angustiarle más.

—Un año.

Vaya. Iba en serio.

—¿Es una cortesana, Henry?

A lo mejor había buscado desahogo a su timidez con chicas, y se había enamorado de la profesional a la que había acudido. Negó vehementemente con la cabeza.

—¿Una mujer mayor?

La miró con incredulidad.

—Entonces, ¿alguien que no es de tu clase social? Le vio morderse el labio. Ah, era eso.

—¿Hija de un comerciante? ¿Del servicio? Entonces se quedó pálido.

—Es del servicio —confirmó—. Pero no puedo

decirte de quién se trata, Julia. No lo comprenderías.

—Sí, Henry. Sí que lo comprendería. Yo no he llevado siempre esta vida regalada. Háblame de ella.

Henry se sentó de golpe a su lado, apretando las manos como si quisiera impedirles temblar. Parecía incapaz de hablar y Julia comenzó a sospechar.

—Henry, ¿es un joven?

—¿Cómo has…

No terminó la frase. Se había delatado. Julia consiguió alejar el desconcierto de su voz. Henry acababa de confesar algo que podía, en el peor de los casos, conducirle al patíbulo.

—Me lo he imaginado. Henry, ¿es en serio? ¿De quién se trata?

—Es un criado. Lo conocí en la fiesta de los Walsingham, y entonces… bueno, no voy a contarte los detalles. Pero es serio, Julia. Lo quiero y él me quiere a mí, y no sé qué hacer. Mi madre sigue empeñada en casarme.

Parecía haberse quedado sin palabras.

Sí, era serio. Letalmente serio, si no para él que era un caballero, para su amante. Y Henry parecía lo bastante desesperado para cometer una locura. Aquel no era el momento de dejarse llevar por la sorpresa y la incomprensión… tenía que ayudarlo.

—¿Con qué frecuencia vas a Londres? —le preguntó. En realidad estaba pensando en voz alta—. A menudo, ¿verdad?

Él asintió, desconcertado.

—¿Dónde te hospedas?

—En hoteles, o a veces en casa de algún amigo. ¿Pero eso qué…

—Sería más económico, además de una inversión, que te compraras una pequeña residencia —sugirió—. Para ello, necesitarías tener un criado. Para que la mantuviera mientras tú no estuvieras allí y que se ocupara de tus necesidades cuando fueras a la ciudad. Muchos jóvenes lo hacen así y nadie piensa mal de ellos. Un joven que tuviera formación de mayordomo sería la persona ideal, ¿no te parece?

—¡Julia, es una idea brillante! —exclamó, tomando sus manos con una sonrisa. Pero al instante su expresión se ensombreció—. Pero mamá sigue empeñada en intentar emparejarme.

—Entonces, aprende a flirtear —se inventó—. Hazte una reputación de ser peligroso, y las mamás saldrán corriendo nada más verte. Conviértete en un libertino y un mujeriego. Tu madre se pondrá furiosa contigo, pero al menos evitarás sospechas.

—¿Me enseñarás cómo hacerlo?

—¡Por supuesto que no! Tendrás que estar atento tú, y aprender. Vamos, Henry, no… —tenía los ojos llenos de lágrimas—. Pero ten cuidado, querido, porque si te descubren será algo más que un escándalo.

—Gracias. ¡Ay, gracias, Julia!

Un segundo y estaba en sus brazos. Él la abrazaba con afecto desesperado, apretando su mejilla contra la de ella.

La puerta se cerró con un golpe. Henry la apretó con más fuerza.

—Una escena conmovedora —comentó Will—. Henry, aparta las manos de mi esposa y ven aquí.

—Will…

Pero Henry se levantó de inmediato, pretendiendo ocultarla a ella tras su espalda, a pesar de que Julia se resistía.

—No te atrevas a mirar a Julia así, como si hubiera hecho algo malo, cuando ni siquiera se atrevería a soñarlo. ¡Elige padrinos, primo!

—¿Y provocar un escándalo? No lo creo. Y en cuanto a la capacidad de obrar mal de mi esposa, primo, tú la conoces bien desde hace tiempo.

Henry se quedó inmóvil.

—Eres como tu padre —lo acusó—. Le recuerdo perfectamente y tú…

—¡Basta los dos! —intervino Julia, interponiéndose entre Will, que tenía los puños apretados y echaba fuego en la mirada, y Henry, completamente rígido—. Acabo de darle un consejo a Will con un problema complicado que lo tenía muy preocupado y me estaba mostrando alivio y agradecimiento. Si me creéis capaz de seros infiel, y además con un joven al que yo considero un hermano, entonces, milord, siento lástima por vos.

—¿Qué problema?

Oyó que Henry contenía el aliento.

—Se trata de algo confidencial, y yo no revelo una confidencia, milord; ni a vos, ni a nadie.

En el silencio que siguió a continuación Julia creyó que perdería el sentido de tanto contener el aliento. Por fin Will dijo:

—Está bien. En el futuro no quiero que se te ocurra tocar a mi esposa, primo. No me importa lo agradecido que puedas estarle.

Dio media vuelta.

—Creo que lo mejor será que durante un par de semanas vengas a casa siempre acompañado —dijo Julia cuando la puerta se cerraba detrás de su marido—. A Will no le gustan los secretos.

Catorce

Su vestido de noche era la prenda más de moda que había tenido nunca. Julia contempló en el espejo el vuelo de sus faldas de seda, los elaborados volantes de su borde y la punta de sus zapatos verde mar asomando por debajo.

Había conseguido hacer desistir a Will de su idea de llevarla por todas las tiendas de Aylesbury, y seguramente de Oxford y Thame también, pidiéndole simplemente que la mejor modista local acudiera a King's Acre con patrones y muestras para atenderla directamente en su casa. Cuando tuvo elegido el tejido, le pidió a *madame* Millicent que le llevara la cantidad necesaria a su zapatero habitual, y que volviera con una selección de lazos y flores artificiales para la primera prueba.

Con el añadido de una bufanda de gasa y un abanico salpicado de hilos de plata quedo elegantemente vestida de pies a cabeza, sin tener que pasar por el agobio de ir a tiendas abarrotadas para enfrentarse a la primera cena que ofrecerían como matrimonio.

Les había costado un tiempo llegar a ese punto. Will se había comportado de un modo extremadamente educado desde la escena con Henry, aunque en una ocasión, cuando ella intentó que hablaran del tema, él le contestó que no tenía intención de inmiscuirse en sus asuntos, pero que sería más razonable que no se quedara a solas con un joven impresionable. El consejo se lo dio con un tono tan de superioridad que Julia pasó de tener intención de disculparse a sentirse tan irritada que no volvió a mencionarlo. Llegó incluso a preguntarse si quizás fuera esa su intención. También se preguntó con cierta incomodidad si su insistencia en comprarle ropa nueva sería un modo de demostrar su autoridad sobre ella.

Pero mejor dejar esos pensamientos a un lado y repasar mentalmente la lista de invitados. Los conocía a casi todos. Tía Delia y Henry, por supuesto. Podría resultar algo incómodo, pero su tía se habría ofendido si no la hubieran invitado a la primera cena pública después de la vuelta de su sobrino. El vicario y su esposa; el mayor Frazer, el padrino de boda de Will, y su esposa. El marqués de Tranton y lady Tranton, con quienes el arzobispo había vivido, tan providencialmente, tres años atrás, y Caroline Fletcher y sus padres, el vizconde y lady Adamson, junto con su prometido, Andrew Fallon, conde de Dunstable.

Will había combinado a sus vecinos más preeminentes y a todos aquellos que habían tenido una relación especial con su boda, y Julia no podía contradecir su opinión, aunque ello supusiera encontrarse cara a cara no solo con Henry sino con la señorita Fletcher, en presencia de Will. Pero Caroline iba a estar acompañada por su prometido, así que no había razón por la que sentirse incómoda. Hacía ya mucho tiempo que su compromiso había quedado roto.

Había tenido que pensar cuidadosamente cómo sentarlos a la mesa, y había necesitado de la ayuda de Gatcombe, pero quedó satisfecha con el resultado. Respetando meticulosamente las reglas de la preferencia, la señorita Fletcher quedó casi al otro extremo de la mesa de donde se encontraba Will, y separada de Julia por el marqués.

Bajó las escaleras recordándose que era de verdad la baronesa Dereham, y no una impostora. Tres años de viudedad y dirección de las propiedades no la habían preparado para una velada en la que entretener a un marqués, un conde y un vizconde, pero todos eran personas agradables y civilizadas, se recordó.

Will alzó la mirada de la disposición de asientos que estaba examinando.

—Me parece perfecto —dijo, mientras ella daba un último toque al arreglo floral que presidía el centro de la mesa.

—Eso espero —contestó, yéndose a la cabecera

de la mesa por ver si las flores impedirían que Will viese a la señorita Fletcher. Ojalá fuera así. No es que fueran unos celos irracionales lo que sentía, sino solo lo que cualquier esposa sentiría al tener que enfrentarse a una belleza en el salón de su casa.

—¿A qué se debe esa expresión tan pretenciosa?

Julia arrugó la nariz. «Pretenciosa» era una palabra desagradable, cuando lo suyo había sido simple táctica. Desde aquel extraño día con lágrimas, risa y pasión, no había sido capaz de aclarar qué sentía por su marido. La furia con que había reaccionado al verla en los brazos de Henry no ayudaba mucho. ¿Puro afán de dominio, o auténticos celos?

En lo concerniente a Caroline Fletcher, se mostraba evasivo, pero no podía decir si era porque aún la quería, o porque sentía que la había dejado en la estacada al romper su compromiso con ella.

Pero le había dicho que confiaba en él, y eso era lo más importante. La confianza parecía ser un punto sensible de Will, así no podía andar dándole vueltas a los sentimientos que aún pudiera albergar por la señorita Fletcher y olvidar el secreto que le estaba ocultando, además de la inquietante revelación de Henry.

Comparar su afán por invitar a Caroline Fletcher con los secretos que ella le estaba ocultando era como comparar los cercanos Downs con los Alpes, pensó con un estremecimiento que le era familiar. Un rápido cálculo mental y se dio cuenta de que ese estremecimiento, efectivamente, le era muy familiar. A menos que se hubiera equivocado en los cálculos, su regla empezaría al día siguiente, lo cual quería decir que no estaba embarazada.

Los sentimientos encontrados que suscitó aquella certeza la asaltaron por sorpresa. Una pena que no esperaba, y también el alivio de disponer de otro mes de respiro antes de que el miedo la tomara por sorpresa. Ojalá pudiera confiarle todo aquello a Will, pero temía no ser capaz de articularlo sin venirse abajo.

Gatcombe estaba allí, y seguramente estaría pensando que había encontrado algún defecto en la mesa, así que mejor dejar de toquetearlo todo y seguir a Will al salón para entretenerse en un bordado corriente hasta que sus invitados comenzaran a llegar.

Will parecía nervioso, pero debía ser cosa de su imaginación, y de puro distraída se pinchó el pulgar con la aguja. Abrió ruidosamente las páginas de *The Times* y comenzó a leer, creando una eficaz barrera entre ellos. «Vuelve a ser tu loca imaginación», se dijo, chupándose la heridita. «Igual que te imaginas que las cosas han cambiado en la alcoba».

Desde aquella tarde que cayeron riendo sobre la cama e hicieron el amor con urgencia y frenesí, tenía la sensación de que Will había cambiado. Su forma de hacerle el amor se había vuelto educada, contenida, considerada. Siempre la dejaba satisfecha… y sin embargo, era como si estuviese ocultándole algo. ¿Le habría revelado demasiado de sí misma aquella tarde? ¿Estaría desconcertado por su comportamiento de total abandono? ¿Se estaría retirando a una distancia emocional segura? ¿O seguiría albergando sospechas sobre Henry?

El hilo se le hizo un nudo e intentó deshacerlo con la aguja, pero la luz era mala, o quizás tuviera ella la visión nublada. «O a lo mejor solo tengo ganas de llorar porque estamos en este día del ciclo».

—Oigo carruajes —dijo él, doblando el periódico y poniéndose en pie junto a la chimenea, de cara a la puerta. Ella se levantó también y acudió a su lado. Qué guapo estaba con aquella severas ropas de noche. Sus faldas de color verde mar le rozaron las piernas y le vio cerrar los ojos un momento.

—Me siento como si un pintor de cámara fuese a entrar por esa puerta en cualquier momento para poner su caballete. El Barón Dereham y Lady Dereham, a punto de ser inmortalizados al óleo.

Su comentario hizo reír a Will y ambos sonreían relajados cuando Gatcombe anunció:

—El conde Dunstable, el vizconde y lady Adamson, y la señorita Fletcher.

Julia se esforzó por mantener esa sonrisa en la cara al darse cuenta de que cuatro pares de ojos estaban clavados no en ellos como pareja, sino en Will. El conde, lord Fallon, tenía la expresión dura que había llegado a identificar en los hombres en tensión, o en aquellos que buscan pelea. El conde estaba en ascuas por ver cómo reaccionaba Will ante la señorita Fletcher, y cómo se comportaba ella a su vez. Lord y Lady Adamson estaban nerviosos, sin duda captando la irascibilidad que emanaba de lord Fallon en presencia del hombre que debería haber sido su yerno a aquellas alturas.

¿Y la señorita Fletcher? Julia se había encontrado con ella en varias ocasiones antes de la vuelta de Will, y la conocía un poco, pero no lo bastante para detectar si el desagrado que le inspiraba era instintivo, un simple prejuicio porque no hubiera permanecido al lado de Will cuando él creía estar al borde de la muerte, o si no le habría gustado su persona en cualquier circunstancia.

Hubo una pausa infinitesimal y Will dio un paso al frente para recibir a sus invitados. Julia dejó de percibir nada que no fueran los saludos de rigor y las exclamaciones de placer por ver a su marido tan recuperado.

Will no había mirado a Caroline, ella ponía sumo cuidado en no mirarlo a él, y lord Fallon los observaba a ambos como un halcón. Julia se interpuso entre los dos hombres:

—Me complace muchísimo que hayáis podido venir, lord Fallon. ¿Pensáis permanecer un tiempo en Heathfield Hall?

Se volvió ligeramente hacia atrás al hablar y él la siguió por pura educación.

—Unas cuantas semanas, lady Dereham. Estamos con los preparativos de la boda, como ya sabréis, y son interminables.

Comenzó a hablarle de la lista de invitados y Julia congeló una sonrisa en los labios. Al menos había conseguido crear un espacio para que los padres de Caroline pudieran hablar con Will; tal y como se imaginaba, se conocían hacía tiempo y había buena relación entre ellos.

—Señor y señora Pendleton. Señora Hadfield, señor Hadfield.

Delia, lanzándose inconscientemente a hacer lo mejor para aquel momento, se pegó a la señorita Fletcher y comenzó a interrogarla sobre su ajuar. Henry, que había conocido a lord Fallon en una cacería, comenzó a hablarle sobre un caballo y, con un suspiro de alivio tras haber evitado otra confrontación, Julia pudo escabullirse y acudir a saludar al vicario y su esposa.

El gran salón se llenó rápidamente y pudo relajarse.

Will apenas había mirado a Caroline y, tanto él como lord Fallon, parecían haber decidido que no era necesario atacarse el uno al otro. Will incluso habló civilizadamente con Henry, una vez el joven consiguió tranquilizarse y volvió a ser el muchacho alegre de siempre.

Cuando entró al comedor del brazo del marqués de Tranton, Julia se dio cuenta de que incluso estaba disfrutando.

—Tengo entendido que esperáis una reata de caballos en breve —comentó el marqués una vez les hubieron servido la sopa.

—Así es. Lord Dereham compró unos animales espléndidos en España y en el norte de África. Hemos tenido que ampliar los establos para poder acomodarlos. Os lo haré saber en cuanto lleguen, si estáis interesado en saberlo.

—Será un placer, gracias —le pasó la pimienta y añadió—: mi administrador me ha contado que os habéis ocupado de la administración de las tierras de Dereham en su ausencia con notables resultados.

—Sois muy amable con vuestras palabras.

Las tierras de los Tranton eran famosas… y una alabanza de sus labios tenía verdadero valor.

Julia había tenido sus dudas en cuanto a cómo entretener a un marqués y cuáles serían sus temas favoritos de conversación; lo que no se esperaba era que mostrase tanto interés en sus logros agrícolas, y la cena pasó en un abrir y cerrar de ojos, disfrutando de unos platos deliciosos y una conversación animada e interesante.

Otro de los temores de Julia había sido olvidarse de levantarse y llevarse a las damas en el momento adecuado, pero incluso eso salió bien sin que fuera necesario que Delia lanzase miradas asesinas a la mesa para recordárselo. Will la miró y asintió, y su aprobación le fue muy grata.

Las señoras se acomodaron en el salón para cotillear y esperar a que les sirvieran el té. Julia se acomodó tranquila… hasta que vio que Caroline Fletcher se sentaba junto a ella.

—Me ha sorprendido que lord Tranton haya hablado tan largamente sobre las tierras y su administración —dijo, exagerando un escalofrío—. Apenas ha hablado de otra cosa, y eso que tiene acceso a todas las habladurías de la corte. Estoy segura de que habríais querido olvidaros de vacas y maíz en una cena, lady Dereham.

—En absoluto, señorita Fletcher. Me ha halagado su interés. Posee una gran sabiduría.

—Nunca he logrado comprender por qué habéis tenido que involucraros en esas cuestiones, la verdad. ¿No podríais haber contratado a un hombre en lugar de ocuparos en algo tan… poco femenino?

—De haber sido una ignorante y una holgazana, lo habría hecho —espetó con una sonrisa—. Pero lo cierto es que conocía esos menesteres y los encontraba de gran interés. Y aparte, consideraba que era mi deber cuidar de la hacienda de lord Dereham hasta su regreso.

—¿Queréis decir que confiabais en su curación milagrosa? —preguntó, intentando no mostrar su escepticismo.

—Nunca perdí la esperanza.

Para cualquiera que conociera la historia, sus palabras conllevarían una crítica, y Caroline así se lo tomó. Con los ojos muy abiertos, los labios apretados y las mejillas sonrojadas, contestó:

—Debo felicitaros por no tener imaginación, lady Dereham —espetó—. Para casaros en esas circunstancias, habéis debido ejercer un control despiadado sobre vuestra sensibilidad.

Su sonrisa indicaba que la consideraba carente por completo de ella.

—Mi sensibilidad se empareja con un gusto refinado en todos los aspectos, diría yo —continuó con complacencia—. No puedo referiros el placer que ha sido para mí estar en Londres estas semanas. Se pueden encontrar las mejores tiendas allí —añadió, mirando el cuerpo y las mangas del vestido de Julia—. Yo no podría soportar tener que limitarme a las modistas de provincias. Si queréis que os traiga algo de Londres, no tenéis más que decírmelo, querida lady Dereham. Alguna crema, por ejemplo.

—Sois muy amable —contestó Julia—. Estoy segura de que poseéis una larga experiencia en el uso de toda clase de afeites. Disculpadme, os lo ruego: hay algo que debo decirle a la señora Frazer.

Si no se levantaba de allí, acabaría diciendo algo que lamentaría después. Cualquiera diría que fuera ella una amenaza para la posición que ocupaba Caroline de reina local de la belleza.

Los hombres entraron al salón cuando ella lo cruzaba. La señora Frazer estaba enfrascada en su conversación con lady Tranton, pero habiéndole dicho a Caroline que necesitaba hablar con ella, no podía alejarse, así que se sentó junto a ellas e intentó no perder la compostura por los alfilerazos que le habían clavado los comentarios de Caroline. Will se había casado con ella por sus conocimientos en el manejo de las tierras; nunca había esperado tener que vivir con ella, o que tuviera que ser la madre de sus hijos. ¿La consideraría una palurda con la que se avergonzaba de volver?

Tragó saliva para deshacerse del nudo que se le había hecho de repente.

¿Sería esa la razón de que Will se hubiera mostrado tan distante desde el incidente en los establos? En aquella ocasión, se había dejado llevar quizás por un pasión impropia de él. ¿Lo estaría lamentando ahora, y la despreciaría a ella por haber disfrutado? ¿Le habría dado la imagen de ser una libertina maleducada, lo bastante tonta como para no ser capaz de manejar las pasiones juveniles de Henry? Tanta generosidad con ropas y joyas, ¿sería quizá un intento de hacer de ella una mujer adecuada?

«Imaginaciones. Absurdas imaginaciones tuyas», se dijo, y buscó a Will con la mirada, pero no estaba allí. Ni él, ni Caroline Fletcher.

La estancia estaba concurrida y las conversaciones fluían con viveza, por lo que seguramente nadie se habría dado cuenta de quién faltaba, aunque no tardarían en hacerlo. El instinto le dijo que no era fruto de la coincidencia su desaparición y que tenía que conseguir que uno de ellos, o los dos, volvieran al salón lo antes posible.

¿Qué estarían haciendo?

«No, no lo pienses. Limítate a buscarlos». Se escabulló del salón y comenzó la búsqueda. El servicio estaba recogiendo el comedor, el salón de diario estaba vacío, el vestíbulo y la sala de juegos estaban tranquilas.

«Por favor, que no estén en los dormitorios». Aquel pensamiento tenía tanta fuerza que, cuando abrió la puerta de la biblioteca y vio a Will y Caroline abrazados, casi experimentó alivio. Al menos no estaban en una cama.

No oyeron la puerta al abrirse y ella se quedó allí, la mano en el pomo, inmóvil, callada, mientras absorbía el desconcierto que siguió al alivio. En el fondo no había llegado a creerse que los encontraría así. Caroline lo abrazaba, apoyada la cabeza en su pecho, y él la rodeaba con sus brazos, la mejilla aplastando los elaborados rizos de su peinado.

El único sonido era el de unos sollozos ahogados, el único movimiento, el temblor de los hombros de Caroline y la mano de Will acariciándole la espalda. Julia no se podía mover, y mucho menos hablar, aunque hubiera tenido la más remota idea de qué decir. Entonces Will abrió los ojos y la miró.

Quince

El hechizo se rompió al encontrarse con los ojos de su marido. En su mirada solo había una petición desesperada de ayuda. Julia recuperó por fin la voz.

—Os sugiero que volváis al salón lo antes posible, milord; antes de que alguien se dé cuenta de quién falta exactamente.

Caroline se quedó rígida. Will dejó caer los brazos y se volvió.

—Julia.

—Dejadla a ella aquí y volved ahora. No querréis provocar un escándalo.

Will no se movió, y el escaso control que Julia ejercía sobre sus emociones se resquebrajó.

—Idos. Dejadla conmigo, que no voy a arañarla.

Él volvió a mirarla agobiado y pasó a su lado sin decir palabra. Julia y Caroline quedaron solas, la más joven con la cara oculta en las manos.

—¿Necesitáis un pañuelo, o lavaros la cara? —preguntó Julia—. ¿O son solo lágrimas de cocodrilo?

Caroline bajó las manos y quedó al descubierto un rostro seco e inmaculado.

—¡No tenéis sentimientos!

—Pues parece que no, pero lo que sí tengo es mucho sentido común. Puede que sea un cliché, pero no se puede estar en misa y repicando, señorita Fletcher. Aunque os resulte delicioso utilizar vuestros poderes con Will, os arriesgáis a provocar un escándalo y a perder a vuestro conde, además de un montón de dinero.

Los ojos azules de Caroline se llenaron de lágrimas de furia.

—¡Por amor de Dios, no vayáis a empezar a llorar ahora! ¿Queréis que la gente sienta lástima por vos?

—¿Qué?

—Parecerá que no podéis soportar ver a Will sano y felizmente casado —se encogió de hombros y caminó hasta la puerta—. Iba a decir que uno de los volantes de vuestro vestido se había descosido, pero si preferís dar un espectáculo…

Con un gemido de ultraje, Caroline pasó a su lado y tomó el pasillo que conducía al salón. Julia la alcanzó y se colgó de su brazo.

—Es una pena que se haya estropeado el precioso vestido que lleváis —anunció claramente al entrar—. No me sorprende que os hayáis disgustado.

Caroline la miró sin pestañear y acudió al lado de su madre.

«Niña malcriada», pensó Julia intentando sentir lástima por ella, pero dándose cuenta de que lo que sentía en realidad era rabia y celos.

«Qué ridiculez», se dijo. Confiaba en Will, y si por un error de juicio le había ofrecido consuelo a la que fue su prometida, ¿quién era ella para lamentarlo? Al fin y al cabo, él no le había prometido amor y devoción eternos, ¿no?

Will estaba junto a la chimenea, mirándola como lo haría a una bomba con la mecha encendida. Iba a acercarse a ella cuando, por la espalda, le llegó la salvación.

—El té, milady.

—Gracias, Gatcombe. Déjelo ahí, por favor le dijo al mayordomo, y dirigiéndose en voz baja a su marido, añadió—: ¿Has venido a ayudarme?

Con una taza de té en cada mano, poco le quedaba que hacer o decir. La superficie del líquido temblaba cuando ella se las entregó, y al parecer las manos de él tampoco estaban mucho más serenas, pero la vibración no era visible para el resto, y Will también mantuvo la compostura.

El reloj dio las doce antes de que Will hubiera podido subir a sus habitaciones. Los últimos invitados se habían ido. La última crisis con la rotura del eje del carruaje del vicario se había solventado enviándolos en su propio coche. El servicio había recibido su agradecimiento y la casa estaba cerrada. Ahora no quedaba ya nada que impidiera el mo-

mento de confrontación con su esposa y las consecuencias de sus propios actos.

Nancy pasó junto a él cargada de sábanas.

—Milady se ha retirado ya. Está muy cansada.

Por un instante experimentó un asalto de vergüenza. ¿Le habría contado a su doncella lo ocurrido? Pero no había acusación en la mirada de
Nancy, sino solo una vaga preocupación. Julia debía
haberle dicho que le dolía la cabeza.

—Gracias, buenas noches.

Entró en sus habitaciones y tuvo que soportar las
puntillosas atenciones de Jervis durante veinte minutos hasta que por fin, gracias a Dios, quedó solo
y pudo acercarse a la puerta que unía ambas habitaciones. Pegó el oído, pero no pudo discernir nada.
Giró el pomo y le sorprendió encontrar que la
puerta no estaba cerrada con llave. La puerta que
daba a su alcoba tampoco lo estaba. Llamó y entró.

—¿Julia?

La encontró sentada en la cama, el pelo trenzado
para dormir.

—Pasa.

Will no sabía qué esperar. Reproches, quizás.
Lágrimas, probablemente. Acusaciones, seguro.
Aunque no había visto nunca que Julia perdiese los
estribos, era posible que le tirara algo a la cabeza.
Se lo merecía todo, en particular después de la es-
cena que él le había montado al encontrarla con
Henry. Lo que no se esperaba era que su mujer es-
tuviera tranquila.

—Lo siento —fue lo que dijo, aun sabiendo que era insuficiente—. Eso no debería haber ocurrido. No era mi intención.

—Pero la señorita Fletcher te asaltó, se lanzó a tus brazos y se echó a llorar, ¿no?

Eso había sido exactamente lo que había pasado. Caroline lo había seguido cuando salió a buscar un libro que le pareció que podía interesar al vicario, y de pronto se encontró con la puerta de la biblioteca cerrada y más confuso de lo que se había sentido en toda su vida. A no ser que empleara la violencia, no sabía cómo quitársela de encima, y carecía por completo de experiencia para lidiar con una mujer hecha un mar de lágrimas. Le dio todas las explicaciones y concluyó diciendo:

—No puedo culpar a Caroline.

—Era inevitable, supongo, teniendo en cuenta su refinada sensibilidad —contestó Julia casi como si él no hubiera hablado—. Will, no te culpo por abrazarla; solo desearía que no hubiera ocurrido en un lugar en el que era tan fácil que os descubrieran.

—¿No te importa?

La miró fijamente, y en su cabeza volvió, como hacía tantas veces, al día que la encontró en la capilla. Después de aquel encuentro áspero e impulsivo ella se había levantado de la cama fría, distante, incólume. Había pasado por una auténtica tormenta de sentimientos en la iglesia, y la risa y la pasión de después debían haber sido una reacción a esa tempestad. Y al recuperar el buen juicio, se había sentido disgustada con su forma cruda de hacerle el amor y su falta de tacto al mencionar a Caroline poco después. Lo había visto en su reserva, en el modo en que se había distanciado de él tanto emocional como físicamente.

Había tenido mucho cuidado con ella desde entonces, incluso después de la escena con Henry, cuando había deseado encontrar el consuelo y el perdón en el lecho, algo que no se había atrevido a pedir con palabras.

Pero aquello… parecía como si Julia no sintiera celos ni de lejos; que lo único que le molestaba fuese el posible escándalo. Bien, ¿y qué esperaba? Su matrimonio había sido una farsa desde el principio. Ni siquiera habían tenido tiempo de conocerse antes. Él no se había andado con paños calientes en cuanto a sus razones para casarse, y ella había sido traicionada y repudiada por un amante por el que ella lo había dado todo. Entonces, ¿por qué, cuando podía comprender perfectamente su indiferencia, le resultaba tan dolorosa?

—No estoy enamorado de Caroline.

—No tienes por qué decirme si lo estás o dejas de estarlo. No es asunto mío. Y no creo que fueras capaz de hacer algo… deshonroso.

Julia se miró las manos, puestas como estaban sobre el encaje de la sábana. No había dejado de dar vueltas y más vueltas a su anillo de casada.

—Pero me alegro de que no te haya destrozado el corazón porque sinceramente pienso que no se lo merecería. Es bella, sí, pero no es oro todo lo que reluce —se rio con una risa breve y velada—. Vaya un comentario… malicioso el mío.

—Creo que tienes derecho a ser todo lo maliciosa que quieras, Julia —contestó Will. El pecho le dolía por la culpa, la tensión y algo más que no reconoció, pero que resultaba tremendamente incómodo—. Es injusto que tengas que pagar tú las consecuencias en ningún sentido. Te prometo que no he sido yo el que ha buscado encontrarse a solas con ella, y que lo único que he hecho ha sido consolarla.

Se sentó en el borde de la cama y buscó su mano por encontrar la reafirmación de su contacto, para detener aquel girar interminable del anillo, porque quería abrazarla. Porque sin duda, tenía que haberle hecho daño.

—Lo siento, Will —ambas manos se ocultaron bajo el encaje—. No estoy… esta noche no puedo…

Él la miró, avergonzado porque pudiera considerarlo tan zafio como para intentar hacerle el amor después de haberle dado explicaciones de su indiscreción con otra mujer. Julia carraspeó, las mejillas al rojo, la mirada clavada en la sábana.

—Lo que quiero decir es que ha empezado mi periodo.

Le costó un momento comprender de qué le estaba hablando. Entonces se dio cuenta de que era eso lo que Nancy había querido decir al pasar junto a él.

—Claro, claro —no podía explicarle por qué

había querido sentir su mano, lo que quería de ella. ¿Cómo iba a poder, cuando ni siquiera él sabía explicárselo? Se levantó—. Estás cansada. No quiero tenerte despierta más tiempo. La velada ha sido deliciosa, gracias. Buenas noches, Julia.

—Buenas noches, Will.

Cerró la puerta del vestidor y tuvo que apoyarse en ella para serenarse. Era como si un precipicio se hubiera abierto justo a sus pies y estuviese al borde, mareado. ¿Qué creía que era aquel matrimonio suyo? Había vuelto a casa decidido a continuar con su vida de antes, a recuperar el control de King's Acre, a poner aquel matrimonio de conveniencia en el lugar que le correspondía. Pero había tenido que enfrentarse al dolor de Julia y su pérdida, y lo había visto todo a través de sus propias lentes y sentimientos.

Maldiciendo entre dientes, entró en su alcoba. Todo parecía ir bien. Había reconocido al niño, y al hacerlo se había atado a Julia. Tras vencer su reticencia, ella había acudido a su lecho y ahora parecía disfrutar haciendo el amor con él.

¡Y creía que con eso estaba todo hecho! Casarse: podía borrarlo de la lista. Engendrar un heredero: estaba trabajando en ello. Pero ¿ser feliz? ¿Hacer feliz a Julia? ¿Aparecían ambas cosas en su lista?

¿Qué era lo que ella quería? A él no, al parecer. O no lo suficiente como para angustiarse al encontrarlo abrazando a otra mujer. «Eres un arrogante», se dijo, desnudándose. «Esperabas que se pusiera celosa. Es más: querías que sintiera celos. ¿Por qué iba a sentirlos? No está enamorada de ti, y no hay una sola razón para que lo estuviera. Pero tu orgullo se resiente por ello, lo mismo que te dolió cuando la encontraste consolando a Henry».

Ahuecó las almohadas con gesto brusco, sopló las velas y se tumbó con la mirada clavada en el balda-quino, perdido en la oscuridad. Tenía lo que necesitaba: una mujer atractiva, inteligente, con las habilidades sociales necesarias e increíblemente transigente. ¿Por qué entonces seguía sintiendo aquel dolor en el pecho?

—¡Han llegado los caballos!

Will entró como un vendaval en su habitación. Nancy soltó un grito y dejó caer el cepillo, y Julia tardó un momento en darse cuenta de qué estaba hablando. La sorpresa de verlo allí la había dejado sin capacidad de pensamiento. Diez días habían pasado desde la cena sin que hubiera vuelto a su alcoba, y le estaba resultando increíblemente difícil encontrar las palabras para preguntarle por qué. ¿Sería la culpa lo que lo mantenía alejado, o simplemente ya no la deseaba? Pero quería un heredero, y nunca había dado signos de encontrarla repelente.

—¿Qué? ¿Sin previo aviso?

Llevaba pantalones de montar, tenía el pelo alborotado por la brisa y las líneas de cansancio que creía haber descubierto últimamente en torno a sus ojos y su boca habían desaparecido. Quizás fuera cosa de su imaginación, porque ¿qué podía estarle robando el sueño? ¡Desde luego ella, no!

—Mi agente de Portsmouth me informó hace dos semanas de que acababan de desembarcar y que pretendía dejarlos descansar antes de hacerlos venir hasta aquí en cortas etapas, una vez se hubiera asegurado de que todos estaban sanos. Pero la carta de Phelps diciendo que salían ha debido perderse. Mirad.

Julia sintió su entusiasmo cuando la tomó por un brazo para acercarla hasta la ventana. La suya era casi una fuerza sexual, tanta energía que su cuerpo respondió caldeándose, suavizándose. Si Nancy no hubiera estado presente, le habría robado un beso. Y si él no se lo hubiera devuelto, lo habría lamentado amargamente.

Pero se asomó por la ventana y más allá de la llanura verde los vio acercándose al trote. Tuvo que entornar los ojos para protegerse del sol de la mañana: cinco jinetes, cada uno dirigiendo a dos caballos. Incluso en la distancia se apreciaba la calidad de los animales por su modo de moverse.

—Parecen frescos. Deben haber pasado la noche por las inmediaciones.

—Gracias a Dios que los establos se acabaron ayer —contestó Will, soltándole el brazo—. Voy abajo.

—Pero el desayuno…

La puerta se golpeó con la pared al salir él como

229

una exhalación, y Julia consiguió sonreír solo por el bien de Nancy.

—¡Hombres! Haré que le lleven algo a los establos.

No debería sentirse rara ante la idea de bajar a ver a los recién llegados.

—Mi ropa de montar, Nancy, por favor.

—¿Cuál, milady?

—La de jinete —contestó. Desde aquella primera vez, Will y ella no habían vuelto a salir a caballo. Siempre que se habían desplazado por sus tierras lo habían hecho en coche. Él, por supuesto, sabía que ella tenía su propio caballo, y seguramente habría visto una silla junto a la suya. ¿Se enfadaría cuando la viera montar como los hombres?

Sin tener que llegar a un acuerdo deliberado, habían alcanzado un pacto sobre las responsabilidades de cada uno. Julia se ocupaba del bienestar de los aparceros, del ganado de leche, las aves, la huerta y el jardín decorativo, la casa y el personal de servicio. Will controlaba todo lo demás. Por el momento no habían tenido ningún desacuerdo sobre la asignación para la casa o la suya propia, de modo que Julia seguía gastando al mismo nivel que antes, mantenía sus cuentas escrupulosamente exactas y esperaba que en un momento u otro le quitara también aquellas responsabilidades.

En cuanto a los asuntos de alcoba y los acontecimientos de la última velada, ambos parecían convivir en armonía, pero era una paz de escaso calado.

Julia tenía la impresión de estar guardando a empujones la tensa verdad en un armario, y más tarde o más temprano, las puertas de ese armario se abrirían y quedarían todas al descubierto.

Nancy le abrochó la falda pantalón y la ayudó a ponerse la chaqueta. La verdad era que estaba perfectamente decente, pensó, preparándose para la inevitable confrontación. Quizá fuera mejor tenerla mientras estuviera distraído con los caballos. A lo mejor ni siquiera se daba cuenta. Qué melancolía la de ese pensamiento.

Julia llegó a los nuevos establos con un bocado de rollito de canela y un sorbo de café en el estómago. Will estaba de pie en el centro del corral, hablando con un individuo fibroso, mientras a su alrededor cuatro mozos de cuadra a los que no conocía sujetaban a los caballos. Se paró en seco, consciente de que miraba con la boca abierta, pero sin importarle lo más mínimo.

—¿Qué ocurre? —preguntó Will al verla.

—Amor a primera vista —le contestó—. ¡Qué belleza!

—Así es, madam —el hombre se quitó el sombrero—. Milord tiene buen ojo para los caballos.

—Lady Dereham, os presento al señor Bevis, que ha estado a cargo de los caballos desde Portsmouth. Os gustan, ¿verdad?

Los árabes eran elegantes, con sus huesos finos

y sus caras cóncavas. Will le había explicado que pretendía cruzar a aquellos sementales con sus yeguas para proporcionarles velocidad y resistencia, además de belleza. Los tres españoles eran muy distintos, y la atrajeron casi como si la hubieran llamado por su nombre.

No eran animales de gran alzada. El semental debía medir un metro cincuenta y ocho centímetros, y sus tres yeguas algo menos. Todos presentaban un cuello delicadamente arqueado, unas crines largas y espesas, eran tordos de capa, con la cola y las crines del cuello en gris plomo.

Cuatro pares de ojos líquidos y oscuros la observaban al acercarse, y le tendió la mano al semental. Él le olfateó los dedos y se quedó inmóvil mientras ella le soplaba suavemente en los ollares. El animal piafó y la empujó suavemente con la cabeza.

—¿Deseáis montarlo, querida? Uno de los mozos puede ensillarlo.

Julia intentó no mirarlo boquiabierta. No se le había ocurrido pensar que Will fuese a permitirle ser la primera que montase a uno de los animales nuevos, y menos aún al semental.

—No está acostumbrado a silla de amazona —advirtió Bevis.

«Ahora o nunca», pensó. Will no iba a montar una escena delante de todos aquellos hombres.

—No importa.

Tomó las riendas de manos del mozo y lo condujo al pedestal desde el que montaba, ajustó los estribos y se subió a la silla antes de que nadie se diera cuenta de lo que hacía.

—¿Cómo se llama?

—Aún no tiene nombre, milady, pero tiene los modales de un caballero.

Bevis tuvo la atención de no mirarle las piernas mientras se colocaba el vuelo de la falda. El caballo permaneció quieto y paciente, mordiendo tranquilo el bocado.

Will se acercó y puso la mano en el pomo de la silla.

—Querida, estás llena de sorpresas —le dijo en voz baja. No podría adivinar si estaba enfadado o no.

—Solo monto así en casa. Y mis piernas están más cubiertas de este modo que con la silla de amazona.

No tenía que ponerse a la defensiva. No era el grado de decencia o indecencia lo que estaba en cuestión, sino la sorpresa de ver a una mujer imitando a un hombre, y las connotaciones sexuales que tenía verla con las piernas abiertas.

—No tengo nada que objetar —respondió, y puso la mano en su muslo. Mientras ella se recuperaba de la sorpresa del gesto, él alzó la voz—. ¿Queréis ponerle nombre?

—¿Yo? Pero si… es un semental, será vuestro caballo. ¿No queréis ponerle vos el nombre?

—No os hice regalo de bodas, y sé que es un poco tarde para hacerlo, pero me ha parecido que os gusta. Es vuestro.

Dieciséis

No parecía haber palabras, nada que Julia pudiera decir sin echarse a llorar como una tonta. ¿Qué le estaba pasando? ¿Serían sus miedos al matrimonio? ¿Su estado de frustración física, o la repentina generosidad de Will? Puso su mano sobre la de él y apretó y a continuación, ignorando a la audiencia, se inclinó y lo besó en la mejilla.

—Lo voy a llamar Angelo.

—¿Un ángel español? Espero que lo sea —sonrió.

Envalentonada, Julia murmuró:

—No muchos hombres le regalarían un semental a sus mujeres.

—A lo mejor no se sienten muy seguros sobre determinadas cosas y creen tener algo que demostrar —adivinó—. Yo pienso seguir montando a Ajax —era su purasangre castrado—. Puede que me sobre orgullo, pero no tengo la sensación de que mi masculinidad quede en entredicho.

Su mirada era decididamente burlona.

Julia sintió que se sonrojaba.

—Te he echado de menos —susurró.

—Tenemos que hablar —su mirada le confirmaba que se refería a algo más que palabras—. ¿Qué tal si lo pruebas en el corral y luego nos ocupamos de que queden todos instalados?

El señor Bevis tenía razón: aquel poderoso semental tenía unos modales perfectos y una boca sensible. Quiso cabriolear, mostrándose ante las yeguas, pero respondió a las riendas y se puso al paso.

—Ahora no es momento de coqueteos —le reprendió Julia, y el animal giró hacia atrás una oreja, escuchándola muy educado. Recorrieron el círculo al paso, luego al trote, Julia levantándose de la silla con cada tranco como lo haría un hombre, disfrutando del ejercicio en las piernas, y preguntándose si estaría sorprendiendo a Will y al mismo tiempo deseando hacerlo. Cuando se sentó en la silla y presionó con los talones, Angelo se arrancó en un galope sostenido perfecto, y volvió al paso al llegar de nuevo a la puerta del corral.

—Es magnífico —dijo, y volvió a la plataforma para desmontar.

El sol calentaba ya y decidió quedarse allí sentada, con los codos en las rodillas, y vio cómo los hombres se iban llevando a los caballos a los establos asignados. Todo era un ir y venir controlado, el sonido de los cascos en el pavimento de piedra, órdenes, mozos yendo y viniendo apresurados… se sentía llena con la clase de paz que había experimentado una vez se recuperó de la pérdida del niño. En los meses anteriores al regreso de Will, había disfrutado con la sensación de pertenecer a aquel lugar, la de sentirse dueña de su vida y comprender lo que estaba haciendo.

Y entonces vio a Will caminando hacia ella, la cabeza descubierta, la chaqueta colgada de un dedo y cayendo a su espalda, las mangas remangadas. Grande, físico, inteligente, aquel era el hombre con el que se había casado, con el que había hecho el amor y al que apenas conocía.

—Un penique por tus pensamientos. Puede que hasta ofrezca dos —apoyó un pie en el primer escalón y la contempló con la cabeza ladeada—, de tan concentrada que pareces.

—Estaba pensando que vuelvo a sentirme como justo antes de que volvieras —dijo sin pensar—. Como si perteneciera a este lugar.

—Y cuando yo volví, dejaste de sentirlo.

—Así es.

Ya lo había dicho. Sin tacto, sin pensar en el daño que podía hacerle. Lo había sacado a la luz y ya no podrían seguir fingiendo que todo iba bien.

Una sombra pasó por el rostro de Will. Se daría la vuelta, y se enfrentaría a lo que acababa de oír como lo había hecho siempre, desde un civilizado olvido.

La soledad y el arrepentimiento la dejaron helada como un mar en invierno.

Will estaba inmóvil y seguía mirándola, e inesperadamente fue a sentarse junto a ella.

—No hemos hablado, ¿verdad? —era una declaración que parecía reflexiva, no enfadada o herida. Ella negó con la cabeza—. De las cosas más importantes, hemos hablado un poco, sí. El bebé, Caroline… eso no podíamos esquivarlo, aunque hay mucho más que podría decirse.

—Y también del amor que te inspira este lugar y de tus padres. Dices bien: de las cosas más importantes, más difíciles, pero no de las pequeñas.

No había tensión. Le parecía lo más natural apoyar la cabeza en su hombro.

—No sé de cuánto dinero dispongo para la casa, o para mis gastos. Nos hemos repartido responsabilidades. Te sorprendió, por ejemplo, mi... periodo. Llevamos casados tres años y no sabemos prácticamente nada el uno del otro. ¿Qué opinión tienes en política? ¿Cuál es tu comida favorita? ¿Lees novelas, o está la biblioteca llena porque compras todo lo que sale?

—Es que no sabía cómo reanudar las negociaciones —respondió él, arrancándole la risa—. Hice una montaña de un grano de arena con lo de Caroline y Henry. Sabía que te había herido, aunque fuera solo con mi torpeza, así que no podía presentarme en tu alcoba, y tampoco quería dar las cosas por zanjadas sin más y entrar esperando que fuera el momento adecuado. Quizás al final haya sido lo mejor, porque si no habría intentado hacer las paces haciéndote el amor y habríamos hablado aún menos.

Eso era cierto. Hacer el amor era algo que podían utilizar para evitar una confrontación tanto como para dar y recibir placer.

—Tú sabes quién eres, ¿no? —le peguntó Julia—. Sabes que este es tu sitio, que eres un hombre de los pies a la cabeza hasta el punto de que puedes regalarme un semental mientras tú montas un castrado, y eres capaz de admitir tus equivocaciones e intentas solucionar las cosas hablando.

—¿Me estás diciendo que soy perfecto? —le preguntó, mirándola con los ojos entornados, pero sonriendo.

—En absoluto. Ni siquiera te habías planteado qué ibas a hacer conmigo cuando volvieras a casa —viéndole de perfil, la boca de labios sensibles y la barbilla decidida, se le ocurrió algo—. Pensaste que como a mí este sitio me encanta, íbamos a tener una guerra de poder. Pero eso es una idio… quiero decir que no hay necesidad. Es tuyo, y a mí simplemente me gustaría que lo compartieras. Pero tú te limitaste a hacer eso tan masculino de ignorar lo que te incomoda hasta que al final acaba bajo tu nariz.

—Ah. Así que soy un hombre típico e idiota, ¿eh? —seguía sonriendo—. ¿Crees que podemos conseguir que esto funcione, Julia? Siempre que puedas pasar por alto mi idiotez y me des una patada en el trasero cuando esté ignorando algo, claro.

—Eso puedo hacerlo. Pero para que un matrimonio funcione, hace falta que sean dos los que colaboren. ¿Qué faltas tengo que corregir yo?

Estaba segura de que tendría una lista tan larga como su brazo.

—Quiero que seas sincera conmigo.

Un frío como una garra le apretó el estómago. Aquello no se lo esperaba.

—¿Qué quieres decir?

—Que no me ocultes cosas embotellándolas porque sea difícil hablar de ellas.

—¿Crees que hago eso? No puedo romper la confianza que Henry ha depositado en mí, eso ya lo sabes.

«No puedo revelarte el peso que llevo en la conciencia, el lastre de aquello tan horrible que hice». Se bajó de la plataforma. Su deseo de apoyarse en su hombro había desaparecido.

—Me muero de hambre. ¿Qué te parece si comemos temprano? No has desayunado.

Will echó a andar a su lado hacia la casa.

—Sí. Tengo hambre y sí, creo que me ocultas cosas. No me refiero a los secretos de mi primo. Te daba terror pensar lo que pudiera hacer cuando descubriera que el pequeño Alexander estaba enterrado en la capilla. No me habías contado que tu amante fuera un patán egoísta. No me extraña que no quisieras acudir a mi cama si tu experiencia anterior había sido tan mala —debía haberse quedado con la boca abierta porque añadió—: no tenías que contármelo. Lo deduje de tus reacciones. Pero me habría gustado saberlo para poder haberme mostrado más… sensible.

Julia se quedó sin palabras. Will le abrió la puerta.

—Gatcombe, vamos a comer pronto, si la cocinera puede arreglarlo —cuando llegaron al descansillo de la escalera, Will la hizo entrar en su alcoba y cerró la puerta—. Soy solo un hombre, y a veces necesitamos que nos pongan las cosas delante de la cara para verlas. ¿Prometes que me lo dirás cuando te sientas infeliz, o cuando haya algo que te preocupe? No me guardes secretos, Julia, no con cosas que puedan hacerle daño a este matrimonio.

—Oh, Will… —de puntillas, le pasó los brazos por el cuello. Su sinceridad, su disposición a admitir sus propios errores, la conmovió. Y cuando sus labios se rozaron murmuró sin pensar—: No más secretos. Lo prometo.

Will echó la llave a la puerta y juntos, sin dejar de besarse, fueron retrocediendo hasta caer en la cama.

—Aun a riesgo de enfadar a la cocinera, creo que deberíamos sellar nuestra resolución, ¿no te parece?

—Desde luego.

Julia se colocó boca arriba y lo miró. «Nueva resolución, nuevo comienzo». Y cuando él se incorporó para encontrar el camino en las complejidades de su falda pantalón, una fría certeza volvió a asaltarla.

«Te lo he prometido, pero… no puedo contarte lo que le hice a Jonathan». Si se lo contaba, aunque él pudiera llegar a aceptar por qué lo había hecho, que había sido un accidente, quedaría de inmediato convertido en cómplice. Su única posibilidad sería cargar con la culpa o entregarla a las autoridades.

«Y he prometido ser abierta con él». Sin embargo, no había nada que hacer más que romper la promesa y guardar el secreto, entregarse o huir y desaparecer. Desnuda en los brazos de Will, reconoció que no tenía el valor necesario para confesar y asumir las consecuencias, y no podría soportar abandonar King's Acre. «O a Will».

Su cuerpo se alzó para él, lo rodeó con brazos y piernas como si fueran un único ser y no fueran a separarse nunca. Al sentirle dentro, al aferrarse a él con aquellos músculos internos que le hacían gemir con cada movimiento, atormentándole a él lo mismo que a ella, supo que no tenía la fuerza necesaria para hacer otra cosa que no fuera quedarse. Y mentirle.

—¿Te importa que nos vayamos a Londres dentro de un par de días?

Will alzó la mirada de una larga e imponente carta. El papel en que estaba escrita crujió al extenderla sobre el mantel, entre las cosas del desayuno—. Mi abogado quiere que le firme unos documentos y necesito hablar de mis inversiones con el banco. Y Jervis me dice que mis camisas están hechas una pena y que le da vergüenza que sepan que es mi ayuda de cámara. Además, necesito botas nuevas.

—Me parece que a mí no me vas a necesitar.

Julia estaba revisando su propio correo: facturas de la casa, la carta de una amiga que vivía en un pueblo cercano, una nota del vicario sobre la escuela dominical, una cuenta de un sombrerero de Aylesbury.

—Vas a estar demasiado ocupado —añadió.

El periódico del condado estaba debajo de lo demás, lo abrió y comenzó a leer las noticias locales.

—Necesitas un guardarropa nuevo, y haz el favor de dejar de evitarlo. Me prometí a mí mismo que me iba a divertir llevándote de tiendas y no me vas a privar de ello, milady.

—Pero estamos en agosto. No va a haber nada.

—Podemos volver en invierno para las fiestas y el teatro. Pero ahora la ciudad estará tranquila y podremos explorar. No conoces Londres, ¿verdad?

—No. Nunca he estado.

Julia le sonrió. Estaba decidido a ir, y deseando agasajarla. Era una cobardía y una grosería negarse.

—Pues claro que iré contigo. Disfrutaré del viaje.

Pasó la mirada por encima de las columnas de letra menuda y abigarrada. Una tormenta de granizo fuera de temporada había arrasado un campo de heno en Thame. Un niño pequeño había sido salvado de morir ahogado en una laguna. Una ternera con dos cabezas había nacido en un granja local y estaba siendo exhibida previo pago de un penique. Una mujer que había matado a su marido había sido ahorcada frente al ayuntamiento de Aylesbury, y después habían entregado su cadáver a los cirujanos para que lo diseccionaran.

El comedor vibró de repente como si un enjambre de abejas se hubiera colado en él. Las letras se le borraron ante los ojos, sintió calor, luego frío, y la cabeza le flotaba.

Se agarró al borde de la mesa mientras Will decía:

—Bien. Nos hospedaremos en Grillon's, en Albemarle Street, y buscaremos un casa que alquilar para la temporada de fiestas y espectáculos. ¿Te va bien pasado mañana? Enviaré una nota hoy al hotel.

—Perfecto —consiguió decir, cerrando el periódico con manos temblorosas. Una mujer ahorcada. ¿Sería allí donde la colgarían a ella si la atrapaban? ¿Delante del ayuntamiento, ante la chusma que se burlaba, que gritaba, haciendo una fiesta de su final?

—Julia, ¿ocurre algo? Te has quedado pálida.

Will se estaba levantando de su asiento para acudir a su lado, pero ella le hizo un gesto de que volviera a sentarse. En algún lugar consiguió encontrar una sonrisa.

«He matado a un hombre». Por un instante aterrador le pareció que lo había dicho en voz alta.

—¡Menuda factura la del sombrerero! Menos

mal que aún no hemos fijado la cantidad mensual, o ya te estaría pidiendo un adelanto.

Will volvió a sentarse, riéndose. El comedor dejó de darle vueltas y se obligó a abrir los puños que tenía apretados. La boca se le había quedado seca, se sentía enferma de miedo y la tentación de contárselo fue casi insoportable. Pero no podía ponerle en semejante posición. Debía calmarse. Había sido la impresión al leer aquel relato horripilante, y el escozor que sentía permanentemente en la conciencia por estar rompiendo la promesa que le había hecho a Will. Corría ni más ni menos peligro que cualquier otro día.

—Tengo que dedicar la mañana al papeleo —consiguió decir.

—¿Mm? —Will alzó la mirada otra vez de su correo—. No te olvides de decirle a Nancy que empiece a preparar el equipaje.

—No, claro que no.

«No va a pasar nada. No tengo nada que temer después de tanto tiempo. Olvídalo. Es solo una pesadilla».

—Estás pensativa, Julia.

Will tomó su mano cuando la silla se detuvo en el King's Arms, en Berkhamsted, para el primer cambio de caballos.

Había sido fiel a su palabra en los días transcurridos desde la conversación que habían mantenido en el corral. Habían hablado.. o más bien Will había hablado y ella se había obligado a contestar. Se había acordado la organización de la casa, y se había fijado una generosa asignación. Hablaron de quién iba a ocuparse de qué cosa en King's Acre y qué era lo que a Will le costaba menos dejar de controlar.

Si pudiera dormir sin pesadillas, sería completamente feliz. Era como si hubiera decidido maldecirse trasladando esos recuerdos a los sueños. Ahora sus noches estaban llenas de espantosas imágenes anegadas en sangre. Jonathan no aparecía en ellas; solo su sangre. Manchando sus manos, sobre su cuerpo, ondulando como algas en el agua del palanganero.

Apoyó la cabeza en el hombro maravillosamente sólido y tranquilizador de Will.

—Solo es que estoy algo cansada con los preparativos.

—Y yo no te he dejado dormir por las noches —bromeó él.

Julia sintió que enrojecía. Aun con el miedo acechando agazapado por lo que la esperaba cuando se quedara dormida, sus encuentros sexuales eran perfectos. O así se lo parecía a ella, al menos. Adormeciéndose en sus brazos, agotada y repleta, se sentía tan a salvo que durante un rato se convencía de que nada podía herirla. Pero a la fría luz del amanecer sabía que, ni la fuerza de Will, ni su valor, podrían protegerla de los terrores encerrados en su propia cabeza.

—Habríamos ahorrado dinero viniendo en un coche, en lugar de en dos sillas —le regañó. Acababa de entrar en el patio otro vehículo con Nancy y Jervis.

—Es que quería estar a solas contigo.

—¿En la silla?

—Qué imaginación tan perversa tenéis, lady Dereham —riéndose, la besó en los labios—. Lo digo porque así podíamos hablar. Hay algo que quería que supieras y un viaje es un tiempo en el que nadie puede interrumpirnos. Nunca me has hablado de tu vida anterior a la noche en que nos conocimos junto al lago.

Sus pensamientos discurrían por un camino tan distinto que su pregunta la desconcertó.

—¿Qué... qué quieres saber?

—Cómo era tu casa. Tus padres. ¿Tuviste perro cuando eras pequeña? ¿Y un poni?

—Ah —su alivio fue tan físico que el aire volvió a entrarle en los pulmones—. Quieres que te hable de mi niñez.

—No pretendía interrogarte sobre tu amante —replicó Will con aspereza cuando la silla salía del patio y giraba hacia el este.

—Gracias, aunque no me importa hablar de él... un poco —no quería que se quedara con la impresión de que tenía algo que ocultarle—. Fue un error. Un terrible error.

—¿Cómo se llama?

—Se llamaba... se llama Jonathan —recordó

246

que Will no se había creído su historia cuando volvió a casa, y de pronto le pareció que era importante contarle la verdad hasta donde le fuera posible—. Cuando te hablé de él por primera vez, no te creíste que habíamos estado juntos poco tiempo: un día y parte de una noche. Pero así fue en realidad. Antes de que me escapase con él, siempre me había tratado con respeto, me había cortejado con propiedad. Pensé que nos íbamos juntos, que me llevaría a Escocia y nos casaríamos allí. Compartimos el lecho solo una vez.

—Lo sé —respondió con voz firme.

—¿Cómo vas a poder saberlo? ¿Es que confías en mí?

—Pues claro que confío en ti. Por supuesto.

¿Estaría tratando de convencerse a sí mismo tanto como a ella? Parecía haber cierta reserva en sus palabras.

—Te conozco, Julia. Antes, cuando me mostré tan escéptico, fue solo por la impresión de volver a casa, de estar vivo, de enterarme de lo del bebé. No podía pensar con claridad. Pero cuanto hicimos el amor me di cuenta. Todo era nuevo para ti, ¿verdad?

Julia se mordió los labios y miró hacia afuera por la ventana, intentando no recordar.

—No es solo que fuera un egoísta que no quiso o no supo hacerte disfrutar, sino que te resultaba desconocido porque en realidad carecías de experiencia.

Ella asintió.

—Entonces, podemos olvidarlo. Fingir que no existe. Todo eso queda ya atrás, a menos que haya algo más de lo que quieras hablar.

—Sí, puedo intentar olvidarlo.

«Fingir que no ocurrió. Eso es fácil porque en realidad ya no existe, porque yo lo maté. Era un hombre perverso, aunque no se merecía morir por ello».

—Pero no puedo prometerte que ese fantasma no vuelva a asediarme de vez en cuando

«Será todas las noches».

—Tendrá que pasar por encima de mí. Ahora olvídale a él y olvídate de tu pasado. Yo no volveré a mencionarlo. ¿Puedes leer sin marearte? Porque mi agente de Londres me ha enviado los detalles de varias casas para alquilar durante la temporada, y me gustaría saber qué te parecen.

—Magnífico.

Tomó la carpeta que le tendía e insufló a su voz todo el entusiasmo de que fue capaz. Will estaba deseando pasar temporadas en Londres, disfrutar de fiestas y espectáculos, de la clase de vida que un hombre de su posición tenía a su alcance. Y ella podía romper todo aquello en pedazos si no era capaz de mantener la boca cerrada, o si carecía de la inteligencia necesaria para esconder la verdad. Pasara lo que pasase, tenía que conseguir que su felicidad durase cuanto fuera posible. Se lo debía.

—Dios bendito… —murmuró, pasando hojas—,

encuentro abrumadoras todas estas direcciones. Me gusta más esta.

Él miró el papel.

—¿Calle de la Media Luna? ¿Por qué? Podría ser muy angosta.

—Me gusta el nombre.

Eso le hizo reír, tal y como ella se imaginaba.

—Julia, eres una esposa deliciosa.

Y ella también se rio, a pesar de que su conciencia le estuviera quemando por dentro.

Fue media hora después, cuando dejaba a un lado el montón de papeles sobre las casas que podían alquilar, cuando se dio cuenta de verdad de las palabras de Will: «eres una esposa deliciosa». ¿Lo diría de verdad? Lo observó mientras estaba concentrado en el trabajo que se había llevado, la cabeza baja, la mirada en las páginas, la expresión de su rostro ausente e inteligente. Había sido su deseo que él la quisiera como esposa, construir una relación. Desde luego las cosas iban bien en la cama y reinaba la armonía en todo lo demás. Seguramente le sería fiel, y eso era todo lo que ella esperaba. Entonces, ¿por qué le latía más deprisa el corazón por aquel comentario cariñoso? ¿Quería que se enamorase de ella?

Se volvió a mirar por la ventana del coche el paisaje que iban dejando atrás. «¿Y Yo? ¿Estoy enamorada de él?» Ya no estaba segura de lo que eso quería decir. Se había creído enamorada de Jonathan, tanto que le había confiado su futuro entero, y sin embargo ese sentimiento se había evaporado nada más conocer su engaño.

Y lo que sentía por Will no era nada parecido a aquel sentimiento romántico y embriagador. Le gustaba, lo respetaba y lo deseaba, pero ya no era tan inocente como para pensar que era necesario estar enamorada de un hombre para querer compartir su lecho. En resumen: sentía por Will todas aquellas cosas que una mujer que se casa por conveniencia puede esperar llegar a sentir por su marido.

Pero no era amor. Eso solo era un sueño romántico y el modo más seguro de que te partieran el corazón. Y por otro lado, ¿qué razón tenía para querer estar enamorada de su marido? Si la fortuna estaba de su lado, tendría hijos sanos y fuertes, y con ellos experimentaría todo el amor que pudiera desear. Cerró los ojos un momento y rogó en silencio, pidiendo un nuevo embarazo con un final distinto.

Pero aun así, cuando Will se dio cuenta de que lo estaba observando y se volvió a ella con una sonrisa y brillándole el afecto en los ojos, el corazón volvió a darle aquel ridículo saltito.

—Deberías cortarte el pelo —comentó por decir algo—. Debes añadir esa tarea a las que tienes que realizar en Londres.

Diecisiete

Will cumplió su palabra en cuanto a lo de ir de compras. Después de darle un día para acomodarse en el Grillon's Hotel de Albemarle Street, mientras él se cortaba el pelo, encargaba las botas en Hoby's, enviaba notas a su sastre, su banquero y su abogado, al día siguiente se la llevó en volandas a «estudiar el terreno», como decía él. Acompañados por Nancy, para que pudiera saber dónde ir en un futuro cuando Julia quisiera volver, exploraron Bond Street, pasaron por Harding, Howell and Company en Picadilly, dejaron vagar la vista por el millón de tentaciones expuestas en el Partenon Bazar, y volvieron a casa cargados de sombrereras y con las últimas guías de la ciudad.

Julia se entusiasmó al saber que el rey Louis XVIII se había alojado en el Grillon's Hotel en 1812, y todavía más cuando supo que estaban frente a las oficinas de James Murray, el famoso editor. Hizo falta que Will le asegurara que no podría identificar a ninguno de sus escritores favoritos, aunque los tuviera delante, para que se convenciera de separarse de la ventana.

—¿Quieres que vayamos al centro? —sugirió mientras cenaban—. La catedral de St Paul's, la Bolsa, el Banco de Inglaterra… incluso si tienes ganas, podemos subir al mirador de The Monument.

—Sí, por favor. Todo eso aparece en mi guía, y ni siquiera llevo un tercio leído.

—No estoy seguro de que podamos hacerlo todo en un día. Tengo que ver a mis banqueros por la mañana y luego a mi abogado, que tiene la oficina en Amen Corner —sonrió al ver su expresión—. Está junto a St Paul; supongo que de ahí su hombre. Podemos decidir qué queremos hacer cuando veamos la hora que es al terminar, pero desde ahí podemos acercarnos a la catedral.

Julia había intentado tener paciencia, pero una hora en la sala de espera del banquero, a pesar de que le habían llevado café y galletas de ratafía, y disponía de un ejemplar de *La Belle Assemblée* que se había llevado consigo, era más que suficiente tedio.

Iban en un coche de alquiler a la altura de Paternoster Row cuando le preguntó a Will:

—¿Hay alguna razón por la que no pueda salir con Nancy mientras tú estás con el abogado? Hace un sol espléndido, las tiendas parecen más baratas por aquí que en Mayfair…

Will asintió cuando tomaban una calle más estrecha.

—No veo por qué no. No puedes perderte, teniendo la torre de St. Paul como punto de referencia. ¿Qué te parece si nos encontramos aquí dentro de una hora?

Ayudó a las dos a bajar del coche, una atención que hizo sonrojarse a Nancy.

—Tomad por Ave Maria Lane, que es aquella de allí, y girad a la izquierda. Hay muchas tiendas cerca del jardín de St. Paul —sacó la cartera del bolsillo interior de la chaqueta y le dio unos cuantos billetes—. No permitas que vean que los llevas.

—Gracias.

Julia miró brevemente a su alrededor, y estando la calle casi desierta, se puso de puntillas y besó a su marido en la mejilla.

—Este amor es interesado —contestó él con una sonrisa y pagó el coche.

El día anterior había sido un puro placer. No había sentido miedo en las calles, a pesar de lo abarrotadas que estaban. Yendo del brazo de Will, y en lugares tan distinguidos, sus temores le parecían absurdos, de modo que partió confiada con Nancy a su lado. Salieron de Ave Maria Lane y se encontraron en una calle muy transitada y con una cuesta pronunciada.

—Ludgate Hill —dijo Julia, con la confianza de alguien que ha estudiado el mapa.

—Milord dijo que giráramos a la izquierda —

repuso Nancy al ver que su señora tomaba la otra dirección.

—Lo sé, pero mira qué platería, y qué precioso tintero. Creo que algo así sería un espléndido regalo para lord Dereham.

Y la siguiente tienda resultó ser una galería de arte, con obras magníficas en el escaparate. Y la siguiente, una joyería, con un escaparte lleno de tentadores adornos.

—Milady, esto se está llenando mucho.

Julia alzó la mirada. Delante de ellos una muchedumbre parecía tomar la dirección de una calle paralela a Ave Maria Lane. Eran gentes ruidosas, una abigarrada multitud de obreros y comerciantes, hombres y mujeres. Parecían de buen humor, pero los antiguos temores de Julia volvieron para clavarle las garras en el estómago.

—Sí. Debemos volver.

Al bajar de la acera, otra multitud subía colina arriba hacia ellas.

—¡Nancy!

No hubo tiempo de reaccionar. Julia se vio arrastrada en la otra dirección, atrapada en la corriente. Intentó abrirse paso y volver, pero la multitud era más fuerte y se la llevaba como si fuera un madero a la deriva, colina abajo y hacia otra calle perpendicular.

Intentó no dejarse llevar por el pánico, consciente de que si intentaba oponerse a la riada de gente solo conseguiría agotarse o caer y ser pisoteada, de modo que siguió caminando intentando pensar con claridad. Nancy estaría bien, porque se había quedado más arriba. Si pudiera llegar al final de la calle en la que estaba ahora, girar a la derecha, subir sin perder de vista la torre de St. Paul y volver a girar a la derecha, tendría que salir a Ave Maria Lane, ¿no?

La marcha comenzó a aminorar. Ella seguía apresada entre cuerpos sin lavar y ropas burdas, pero al menos no corría riesgo de caerse y ser pisoteada. Miró a su alrededor y se dio cuenta de que la calle había desembocado en una plaza con forma de embudo. La gente se agolpaba allí, empleando los codos para hacerse sitio, pero todos miraban hacia un edificio alto que quedaba a su derecha. Embutida como estaba entre la muchedumbre, no tuvo otra opción más que girarse con ellos. Ante sí tenía la mole gris de un triste edificio de piedra.

—¿Qué es eso? —le preguntó al hombre que tenía al lado, que parecía un próspero comerciante.

—¿Eso? Newgate Prison, madam. ¿No venís por los ahorcamientos?

Señaló, y ella siguió la dirección de su brazo. Por encima del mar de cabezas, el patíbulo y la horca esperaban a la primera víctima del día.

—¡Déjenme salir!

Julia dio media vuelta y comenzó a empujar para abrirse paso entre los espectadores. El miedo y la desesperación le prestaron fuerza para usar los codos, empujar, apartar, para ocupar cualquier mínimo agujero que encontrase, como si fuera un ratón abriéndose paso entre la hierba alta porque un halcón lo seguía desde el cielo. Le arrancaron el sombrero, perdió un zapato, pero vio que había menos gente frente a ella y empujó con todas sus fuerzas hacia allí.

La risa, imposible en aquella pesadilla, la hizo mirar hacia la derecha. Había una posada, y alrededor del cartel que se bamboleaba colgado de la pared, había varias ventanas abiertas y llenas de gente, que charlaba y reía como si estuviera en el teatro. «Qué horror», pensó. «¿Cómo pueden?» Entonces una mujer se dio la vuelta, y tras darle a su marido con el codo en las costillas la señaló: eran sus primos, Jane y Arthur Prior.

Julia se quedó sin aire en los pulmones y se trastabilló, pero cuando volvió a alzar la mirada, habían desaparecido. Debía haber sido cosa de su imaginación, se dijo mientras continuaba avanzando, el pánico golpeándole en el pecho como si fuera un pájaro atrapado que se lanzara una y otra vez contra el vidrio de una ventana. Inesperadamente quedó libre al fin de la presión, tropezando en el pavimento irregular. El pie descalzó se golpeó contra una piedra y cayó, apoyando las manos en un vano intento de salvarse.

El empedrado de la calle era áspero y estaba asquerosamente sucio y mojado. Le dolían las palmas de las manos. Casi cegada por la angustia, quedó en el suelo donde estaba, sintiendo la sangre salir por el desgarrón que se había hecho en los guantes, y se preguntó si no iba a estallarle el corazón.

—¡Julia! No pasa nada, tesoro. ¡Aquí, estoy aquí! ¿Estás herida?

Y milagrosamente allí estaba Will, tomándola en brazos. Apoyó la cara en su hombro y se aferró a él cuando echó a andar llevándola a ella en brazos para dirigirse a un coche de alquiler en el que aguardaba Nancy, pálida y llorosa.

—Milady… ¡oh, vuestras pobres manos!

—Es solo un raspón. No estoy herida —consiguió tranquilizarlos mientras Will le hacía abrir la mano y le tapaba la herida con su pañuelo, aún apretándola contra el pecho—. ¿Tú estás bien, Nancy?

Preocuparse por otra persona ayudaba. El miedo comenzaba a abandonarla y su respiración era ya más calmada.

—Estoy bien, milady. Solo asustada. No sabía qué hacer. No podía alcanzaros, ni veros, así que volví corriendo hasta el despacho de los abogados para que avisaran a milord. ¿Por qué tanto alboroto, milady? ¿Era una revuelta?

—No. Un ahorcamiento.

No iba a marearse. No, si cerraba los ojos y solo pensaba en los brazos de Will que la rodeaban.

—Es la cárcel de Newgate —dijo él—. Debería haberos advertido que no fueseis en esa dirección. Aun cuando no ocurre nada extraordinario, no es una zona recomendable, pero cuando hay una ejecución es como visitar el infierno.

—La gente lo contemplaba desde las ventanas, como si fuera una obra de teatro —dijo en voz baja.

«Jane y Arthur… no puede ser. Ha sido mi imaginación, mi miedo. Una pareja que se parecía un poco a ellos, eso ha sido. Hace cuatro años casi que no he vuelto a verlos. Habrán cambiado. Seguro que si los viera de verdad, no los reconocería. Con Will estoy a salvo. La imaginación no se me desmanda cuando está él».

—Es horrible —murmuró Will, la voz áspera por la ira—. Quitaron los ajusticiamientos de Tyburn porque se suponía que era más civilizado hacerlo delante mismo de la cárcel en lugar de hacer desfilar a los condenados por las calles para llegar al lugar de su ejecución. Así no entiendo yo la palabra «civilizado». Intenta relajarte, tesoro. Aquí estás a salvo.

—Lo sé —murmuró, y cerró los ojos para que todo su mundo se redujera solo a él. Respiró hondo y reconoció el aroma familiar de su piel, a ropa limpia y el olor masculino a sudor reciente. Había corrido cuanto le habían permitido las piernas para llegar a ella. La sensación de su cuerpo también le era conocida, la fuerza que la hacía sentirse tan segura, el calor de aquel cuerpo poderoso y deseable envuelto en lino y lana. Oyó el sonido de su corazón, aún algo alterado. «En casa. Estoy en casa cuando él está conmigo».

Will se preocupaba por ella, se había enfadado por ella. Cambió un poco de postura para sostenerla mejor y sintió que apoyaba la mejilla sobre su pelo, y algo ocurrió en su pecho, como si una campana hubiera tañido en silencio, reverberando por todo su ser.

«Le quiero».

No se movió por miedo a romper el momento, el hechizo. Aquello no se parecía a sus sentimientos por Jonathan; aquello era mucho más hondo, más complejo, más rico, como un terciopelo que envolviera sus sentimientos. No tenía nada que ver con el deseo o con el respeto, aunque esos dos elementos formaban parte del todo de alguna manera. Era inexplicable, y seguramente por eso supo que era amor.

Se lo diría aquella misma noche, cuando estuvieran solos, cuando estuvieran en la cama juntos. Sería la verdad desnuda. Él no la quería y lo sabía, pero no pasaba nada. Bueno, sí que pasaba, pero no podía pedir la luna y las estrellas. Ya le explicaría que no esperaba que sintiera lo mismo que ella, que no le estaba pidiendo que fingiera o que mintiera.

—¿Estás mejor, tesoro? —le preguntó al oído.

—Mucho mejor, gracias. Me has salvado.

—Siempre —contestó, y la apretó con más fuerza contra él.

—Dormiré en el vestidor —le dijo él desde la puerta abierta de su dormitorio cuando el reloj de sus habitaciones daba las nueve—. Tienes que dormir.

Se la veía pálida sobre las almohadas, y deseó

poder tenerla de vuelta en casa, donde se sentiría más segura y se recuperaría mejor de la pesadilla que había vivido, y no allí, en un lugar extraño.

—Ya he dormido. Horas —protestó. Y la verdad es que tenía mejor aspecto, a pesar de su palidez—. Ese baño caliente ha sido como si me hubiera tomado un frasco entero de láudano. Ven a la cama, Will.

—¿Sigues nerviosa? Porque, en ese caso, por supuesto que duermo contigo.

Cerró la puerta a su espalda y la miró atentamente mientras se quitaba la chaqueta y el chaleco. No era de extrañar que se mostrara tan reacia a ir a las ciudades más próximas a su casa, de no ser para las compras más esenciales, si las multitudes la asustaban de ese modo. Sabía que había personas que se acobardaban sobremanera por eso. Era como el miedo a las alturas, o a las arañas... algo que no soportaba un análisis lógico, pero que era muy real para quien lo sufría. Y el público que podía congregarse en un ahorcamiento era seguramente, y a excepción del que se reunía en una revuelta, la chusma más aterradora con la que uno podía encontrarse.

—Me hubiera gustado saber antes lo que te pasa con las aglomeraciones—comentó, mientras se quitaba el pañuelo del cuello.

—Es tan irracional que temí que me tomaras por tonta —contestó con la mirada baja—. Me enorgullezco de tener sentido común y ser capaz de mantener la calma, y luego, experimentar semejante pánico cuando nadie pretendía hacerme ningún daño...

Su voz se apagó y Will se mordió la lengua para no hacerle el reproche de su silencio. No era un miedo racional, se recordó, y quizás por eso le resultaba más difícil hablar de él.

—Todos le tenemos miedo a algo —dijo, sentándose en el borde de la cama para quitarse las botas.

—¿A qué temes tú? —le preguntó, acurrucada en las almohadas y viéndole quitarse las medias—. No creía que le temieras a nada.

—A las mentiras y a la impotencia —dijo al instante, e hizo una pausa en sus movimientos para pensar en lo que había dicho—. No ser capaz de ver todo el cuadro cuando hay algo a lo que enfrentarse, y pasarse todo el tiempo temiendo que haya algo peor esperándote. Creo que eso era lo peor con mis padres cuando crecía: no sabía qué pasaba, nadie me decía la verdad; nadie admitía que aquel matrimonio suyo era mentira. Esperaban que actuase como si fuéramos una familia feliz y no pasara nada, y sin embargo yo sabía que el mundo, tal y como lo conocía, se estaba desintegrando.

Luego, cuando caí enfermo, nadie me decía la verdad, o lo que ellos creían que era la verdad. En el fondo de mi corazón yo sabía que me estaba muriendo, pero no podía enfrentarme a la muerte porque los médicos insistían en hacerme creer que al final me curaría. No sé por qué no me hablaban claro. Quizá pensaban que no sería capaz de soportarlo, o que era una fuente de ingresos para ellos que se mantendría si yo seguía esperando una cura… tardaron tres meses en admitir la verdad: que estaban seguros de que no había esperanza.

—¿Te resultó más fácil después de saberlo? —preguntó Julia, cubriendo con una mano la que él tenía en el edredón. No hizo nada, apenas apretó, pero resultó curiosamente reconfortante. Will entrelazó sus dedos con los de ella e indagó más hondo en sus sentimientos de lo que lo había hecho desde hacía mucho tiempo.

—Hizo que el proceso de morir fuera más fácil —le confesó—. Sé que parece raro, pero supongo que llevaba sospechando lo peor tanto tiempo que fue un alivio saber a qué me enfrentaba. Pero la impotencia con el destino de King's Acre me tenía aterrorizado.

Julia apretó su mano.

—Ahora lo tienes todo bajo control.

«Todo excepto a mi esposa», pensó. Sinceramente no tenía ni idea de qué iba a hacer en un momento determinado, o cómo iba a reaccionar a lo que dijera o hiciera. Esa característica le resultaba refrescante la mayoría de veces, pero estaba seguro de que seguía ocultándole algo, muy en el fondo; estaba convencido de ello, y hacía que la confianza que habían ido construyendo entre los dos se tambalease. Al menos ahora comprendía su reticencia a salir de la propiedad, si las aglomeraciones de gente le provocaban ataques de pánico.

Comenzó a acariciarle la parte interior de la muñeca y perdió el hilo de sus pensamientos, a medida que el deseo empezó a crecer, ardiente y espeso. Se sacó la camisa por la cabeza y dejó que Julia lo tumbara en la cama.

—No te va a pasar nada aquí.

—No tengo miedo —le respondió, deslizando las uñas por su torso—. Lo que estoy es…

Se sonrojó.

—¿Excitada? —sugirió al tiempo que se desabotonaba los pantalones. No era precisamente lo más fácil de hacer estando tumbado de espaldas, con una erección y una mujer ansiosa acariciándolo.

—¡Will! Apasionada suena mejor.

—A mí me suenan las dos cosas igual de bien —murmuró, y con una patada, los pantalones salieron volando al fin. Julia se echó a reír, pero cuando se colocó sobre ella, la risa desapareció y se quedó seria. Will estaba a punto de preguntarle qué pasaba cuando ella tiró de su cabeza para que la besara.

Era la primera vez que tomaba la iniciativa. Hasta entonces, se había mostrado receptiva y deseosa de seguirle donde quiera que él la guiase, pero sintió que aquella exploración con sus labios y con su lengua era distinta.

Fue acariciándole los costados despacio, con caricias apenas insinuadas que le hicieron desear ronronear como si fuera un gato y luego lanzarse a ella para aplacar la necesidad que se apoderaba de él. Era increíble que pudiera excitarse así, solo con un dulce beso y unas mínimas caricias. Aquello tenía que ser una especie de encantamiento. No podía ser de otro modo.

Sin liberar su boca, Julia se movió hasta llevarle casi al borde del abismo, luego le rodeó las caderas con las piernas y quedó recogido en el centro húmedo y caliente de su ser. Will intentó seguir contando hacia atrás; luego probó a hacerlo en árabe. Iba a perder el control en cualquier momento y a comportarse como un animal, y era obvio por los movimientos lánguidos y delicados de Julia que no era eso lo que ella quería.

También era obvio que no tenía ni idea de que lo estaba llevando hasta el borde del precipicio, pensó desesperado al sentir que le mordía delicadamente el lóbulo de la oreja.

Volvió a moverse y alzó su pelvis hacia él. Entonces fue cuando se dio cuenta de que sabía exactamente lo que estaba haciendo. Estaban colocados de un modo perfecto para que ella arquease la espalda y le abriera las puertas de su cuerpo hasta que él pidiera clemencia. Pero de pronto sintió que podía recuperar cierta dosis de control.

Podía ralentizarse, ser tan delicado como ella, hacer que aquel momento de placer exquisito durase y se prolongase hasta que no quedara nada en el mundo que no fuera su respiración entrecortada, el olor de su excitación y el sonido de sus cuerpos moviéndose el uno junto al otro.

—Julia…

Sintió que se estremecía debajo de él, a su alrededor, la fuerza de su orgasmo acariciándolo, hasta que se dejó arrastrar. Sabía que la había llamado por su nombre, sabía que había buscado su boca para ahogar sus mutuos gritos con besos, hasta que el mundo volvió a su ser.

—Will…

¿Segundos más tarde? ¿Horas? No tenía ni idea. Todo cuanto sabía era que había sido la experiencia física más perfecta que había tenido en toda su vida, y de alguna manera, transgredía los límites de los físico para entrar en los dominios de la emoción. Abrió los ojos y levantó la cara de la suavidad del pecho de Julia. Entonces vio sus ojos muy abiertos y oscuros, y sus labios temblar en una sonrisa.

—Will, te quiero.

Tardó un momento en comprender.

—Julia…

No sabía qué decir, ni qué sentir.

—No pasa nada —musitó, apartándole el pelo de la cara—. No tienes que decir nada. Sé que no me quieres, pero tenía que decírtelo. ¿Cómo iba a mantener eso en secreto?

Debía estarla aplastando, pero si se apartaba ella creería que estaba evitando mirarla a los ojos. Esos ojos dolorosamente limpios y sinceros. Se apoyó en los codos y buscó la verdad.

—No sé qué es el amor —dijo al fin—. No estaba enamorado de Carolina, ya lo sabes. Solo hechizado y bastante excitado.

Eso le hizo echarse a reír.

—Lo sé, sí. Por eso no me enfadé más después de la fiesta. Y quiero que seas sincero. Detestaría pensar que dices que me quieres solo por ser amable —dudó.

¿Cómo se sentía?

—Te deseo más cada vez que me acuesto contigo, cada vez que te beso. Me gustas. Te echo de menos cuando no estamos juntos. Admiro tu inteligencia y tu fuerza de voluntad, y me gusta que necesites a veces de mi protección. Pero todo eso junto no sé lo que significa.

—Es suficiente para cualquier mujer —le respondió—. Puedo vivir con eso y ser feliz, créeme.

—Te creo —respondió, aunque sabía que, en el fondo, no era suficiente, pero no podía darle algo que no poseía o no comprendía. Se giró sobre la espalda llevándola con él y la abrazó.— Ahora, duérmete, Julia.

Así que aquel era el secreto que le había estado ocultando, pensó cuando empezaba a quedarse dormido. Había necesitado el sobresalto de lo ocurrido aquel día para reunir el valor necesario para revelárselo. Quizás él también la quisiera. Si supiera cómo se sentía uno cuando experimentaba ese sentimiento para poder reconocerlo... Pero fuera como fuese, decidió cuando la respiración de Julia se tornó lenta y su cuerpo se relajó del todo en completa confianza, iba a ser el comienzo de la felicidad. Una felicidad más completa de lo que se había atrevido a esperar que encontraría.

Dieciocho

Will parecía satisfecho, se decía Julia a la mañana siguiente, observándolo mientras desayunaban. Ella se sentía maravillosamente bien, lo bastante fuerte para mantener la llave echada al pequeño arcón, enterrado bien hondo, el arcón donde guardaba el recuerdo de la muerte de Jonathan junto con la resignación de amar a un hombre que, a pesar de lo afectuoso que era con ella, no la amaba.

«Estamos satisfechos, y eso basta».

—Disculpadme, milord, hay un mensaje para vos en recepción. Alguien desea veros.

Nancy cerró la puerta al mensajero que aguardaba en el pasillo.

—¿De quién se trata? —Will cerró el periódico con un suspiro y lo dejó junto al plato—. Es muy temprano para venir de visita. Supongo que debe tratarse de una inversión por la que estoy particularmente preocupado. Hapgood ha debido pensar que deseaba recibir noticias lo antes posible, tras nuestra conversación de ayer. Bajaré a hablar con él.

—No, no lo hagáis —Julia dejó a un lado su servilleta—. Hemos terminado de desayunar, y si es el señor Hapgood quien desea hablar con vos de negocios, podéis ofrecerle un café. Yo me voy a la alcoba. Tengo cosas que hacer.

—Muy bien —respondió, aparentemente resignado—. No tardaré, os lo prometo. Luego podremos continuar con nuestro recorrido. Nancy, pídeles que suban, por favor.

Sería el banquero, o el abogado quizás, pensó Julia mientras buscaba una taza y un plato limpios en la bandeja. Al fin y al cabo, no conocían a nadie más allí.

La puerta se abrió cuando se asomaba a la jarra del café por ver si quedaba suficiente.

—El señor y la señora Prior —anunció Nancy.

Por un instante pensó que se lo estaba imaginando, pero cuando alzó la vista se encontró frente a la cara del primo Arhtur, y a su lado, sonriendo, pagada de sí misma, la prima Jane.

Iba a volverse loca. Ya veía visiones. Se agarró al borde de la mesa y vagamente fue consciente del ruido de la loza al romperse.

—Buenos días, prima Julia —saludó Arhtur—. Qué alivio encontrarte sana y salva. No te imaginas lo preocupados que nos has tenido. ¿Cómo has podido hacer algo tan terrible? ¿Qué vamos a hacer nosotros ahora?

—¿Y quién demonios sois, si puede saberse? — exigió Will.

A Julia las rodillas dejaron de sujetarla y cayó sobre la silla.

Lo del día anterior no había sido una alucinación. Los había visto, y ellos a ella, y de algún modo habían conseguido enterarse de dónde se alojaban.

—Lord Dereham, supongo.

Arthur avanzó con una mano extendida, pero Will lo ignoró por completo.

—He de reconocer que es lógico que os sintáis agitado. Soy Arthur Prior, primo de Julia, y ella es mi mujer, la señora Prior. ¡No puedo ni describiros la angustia que hemos pasado desde que Julia se escapó, hace ahora tres años! Verla ayer desde la ventana de nuestro alojamiento fue una sorpresa de tal magnitud que ni siquiera me explico cómo tuvimos la presencia de ánimo necesaria para enviar a un mozo tras vuestro coche para averiguar dónde se alojaba.

Will se volvió hacia ella.

—¿Es este el primo que heredó la hacienda de vuestro padre? ¿El mismo que os trataba con violencia?

—¿Violencia? ¿Es eso lo que dice esta muchacha desagradecida? —Jane se dejó caer en la silla más próxima y se abanicó con un pañuelo—. Solo amabilidad ha recibido de nosotros. ¿Y cómo nos lo paga? Fugándose con el hijastro de mi tío, a pesar de que nosotros la habíamos puesto sobre aviso respecto a su verdadera naturaleza de bala perdida. Pobrecillo…

Miró a Julia frunciendo el ceño, pero era incapaz de formular una sola frase coherente.

—Pero parece haber caído con buen pie, ¿no es así, señora Prior? —preguntó Arthur dirigiéndose a su mujer.

—Antes de que sigáis hablando —intervino Will con una voz que parecía contener la amenaza de la violencia bajo una capa de hielo—, he de deciros que conozco perfectamente el episodio de la fuga de mi esposa y las razones que lo provocaron. No veo razón alguna para esta visita, y desde luego ella no desea veros ni en este momento, ni en el futuro. Buenos días.

—No tan rápido, milord.

Desde luego había que reconocer que el primo Arthur estaba defendiendo bien su posición ante un hombre que ni siquiera ella conocía. Will parecía más grande, más enfadado y más amenazador de lo que nunca lo había visto. Intentó encontrar las palabras, pero no tenía ni idea de qué decir, ni de qué hacer ante aquel completo desastre.

—Hemos incurrido en muchos gastos y quebraderos de cabeza intentando encontrar a Julia, y considero que solo estaríais haciendo lo correcto recompensando nuestros desvelos. Y nuestro silencio, por supuesto.

—¿Vuestro silencio? —preguntó Will, y el peligro que contenía su voz era inconfundible—. ¿En qué asunto, si se puede saber?

—No me puedo imaginar que deseéis que la verdad sobre el pasado de lady Dereham llegue a ser del dominio público. Podéis adornar su fuga, supongo, pero ¿qué haréis con la violencia? —sonrió—. No voy a pretender que Jonathan Dalfield fuera algo más que un pecador, pero de ahí a que se mereciera semejante tratamiento. Su pobre cabeza...

Julia encontró la voz y la fuerza para ponerse en pie.

—¡Yo no pretendía matarlo! Pero él intentaba violarme, y fue un accidente. ¡Ni siquiera me había dado cuenta de que tenía el atizador en la mano!

La estancia quedó en completo silencio. Will se volvió despacio hacia ella, con los ojos abiertos de par en par.

—¿Habéis matado a un hombre?

—¿No lo sabíais, milord? —interrumpió Arthur. Estaba pálido y colorado, pero continuó—. Claro. Debería haberme imaginado que un caballero como vos jamás mantendría en silencio algo así. Pero no os haría ningún bien que se supiera, ¿verdad, milord? Muchos no os creerían. Y nos haría correr un gran peligro a todos. Pero podéis estar seguro de nuestro silencio, milord. Somos muy razonables. Cinco mil libras y nadie sabrá nada nunca, ni vos volveréis a saber de nosotros.

Sin apartar la mirada de su rostro, Will masculló:

—Sois un gusano despreciable y rastrero.

—Unas palabras duras no quebrarán mis huesos,

pero el nudo corredizo del verdugo sí que romperá el cuello de vuestra esposa, si no nos andamos todos con mucho cuidado —Arthur había recuperado parte de su compostura—. Y no os favorecería nada a vos. Os acusarían de encubridor. No soy abogado, pero sé que también se considera ofensa capital, milord.

—Julia, idos a la otra habitación —dijo Will, con una voz tan suave como si estuviera invitándola a dormir en su lecho, aunque por debajo latía la ira como una toxina, sus ojos de un dorado abrasador, la piel tensa sobre sus pómulos, como si fuera un lobo con los dientes desnudos.

Sin decir una palabra más, Julia se levantó y se fue al dormitorio. Ahora que había ocurrido lo peor, sentía una especie de calma engañosa. Era el shock… lo había vivido ya tras lo de Jonathan. Le resultaba curioso ser capaz de diagnosticárselo como si fuera un observador que la examinara a distancia.

¿Qué pensaría hacer Will? ¿Pagar a Arthur lo que exigía? Pero nunca estarían a salvo de su traición o de sus exigencias. Will era un caballero inglés respetuoso con la ley: su deber era entregarla a las autoridades, fuera cual fuese la repercusión que ello conllevara para sí mismo. Además no la quería, pensó, sentándose en el borde de la cama en espera de su sentencia. No debería haberle puesto en aquella posición, obligándolo a decidir qué hacer. Debería marcharse de allí y entregarse.

Había una puerta en el rincón más alejado del

vestidor, oculta por una persiana, que daba a la escalera de servicio. Nancy la utilizaba para llevar agua caliente y recoger las bandejas. Podía salir por allí, preguntar en recepción por el tribunal más cercano y plantarse ante el juez antes de que Will se diera cuenta de nada.

Parecía todo muy sencillo y fácil, ahora que no había elección. Lo importante era no pensar en lo que ocurriría después.

El sonido de las voces cesó. La puerta del pasillo se cerró. Silencio. Julia se levantó y buscó su bolso. La capa y el sombrero estaban sobre la silla. Solo tenía que…

La puerta de la alcoba se abrió y Will apareció allí, en el umbral. Daba la impresión de que alguien le hubiera alcanzado con una estocada mortal y él no se hubiera dado cuenta aún, pensó con una punzada de culpabilidad y vergüenza.

—Sabía que me ocultabas algo —dijo con la voz firme de un juez—. Debería haberle hecho caso a mi instinto.

—No podía contártelo. Te habría colocado en una posición imposible.

—¿Distinta a la que estoy ahora? —preguntó y entró en la alcoba, cerrando la puerta a su espalda con un golpe salvaje, más como un disparo, más aterrador aún por la calma exterior—. Anoche era feliz. Y esta mañana también. Patético, ¿no crees? Creía que podríamos ser felices juntos. Creía que mi mujer me quería.

—¡Y te quiero!

—Pero no —continuó como si no hubiera hablado—. Me habla de su amor con tanta dulzura, tanta inocencia… pero solo porque ha visto a sus parientes y sabe lo que ocurrirá cuando la encuentren. ¿De verdad habías pensado que diciéndome que me querías ibas a impedir que hiciera lo correcto?

—No. ¡Claro que no! —protestó—. Lo que te he dicho era cierto. A ellos los vi ayer, lo admito, pero pensé que estaba teniendo visiones por el miedo; que no eran reales. Llevo años viendo gente que me acusa, que me señala, que llama a la policía. Por eso tengo tanto miedo de las aglomeraciones.

Las lágrimas se le agolparon en los ojos pero las contuvo con una determinación salvaje. Tenía que hacerle creer que no era capaz de semejante cinismo.

—No te mentiría, Will. En eso no.

—¿Ah, no? Solo me mentirías en lo importante, ¿no? Como en el hecho de que has matado a un hombre.

—¡El amor es lo verdaderamente importante! Había descubierto que Jonathan me había engañado. Estaba en estado de shock, y él intentó meterme de nuevo en la cama. Me negué, pero a él le dio igual. Estaba dispuesto a violarme. Me arrastró tirando de mí por la muñeca y yo me caí delante de la chimenea, y al caerme volqué los instrumentos de atizar el fuego. Se agachó para levantarme tirándome del pelo y le golpeé para detenerle. No me había dado cuenta de que tenía el atizador en la mano hasta que le golpeé con él. Hubo mucha sangre. Sangre por todas partes. En mis manos, en el cuerpo… y grité. Tenía que lavarme, tenía que quitarme toda esa sangre. Había un biombo en un rincón que ocultaba el palanganero y mis ropas. Me lavé y me vestí. No podía permitir que me llevaran así. De pronto la alcoba se llenó de gente: otros huéspedes, las criadas, la dueña del establecimiento, todo el mundo. Yo los oía, pero ellos no parecían darse cuenta del biombo, o de que había una persona detrás. Y entonces…

—¿Qué? —insistió él al ver que se detenía—. ¿Vas a decirme que nadie te vio?

—Estaban todos arremolinados en torno al.. cuerpo. Una mujer se había desmayado y reinaba el caos. Salí con la capa y el sombrero puestos, y nadie me miró. Salí de detrás del biombo y me fundí con todos ellos. Luego bajé por la escalera, me escondí en un carro y escapé. Es la verdad —terminó.

Will no contestó. No la creía. Julia sintió como si un cuchillo se hundiera en las entrañas. Debía pensar que había matado a Jonathan deliberadamente, quizá movida por el deseo de venganza por su traición.

—¿No identificaron el cadáver? —quiso saber. Había estado analizando su historia.

—Yo me lo llevé todo. Quemé sus tarjetas.

—Actuaste con mucha frialdad. Casi con profesionalidad. Desde luego estabas muy serena cuando te encontré. Debí parecerte un regalo del cielo. Nunca me había considerado un estúpido antes, un crédulo. Parece que me equivocaba.

—Si apiadarte de una persona que necesita ayuda y ofrecerle comida y abrigo te convierte en un estúpido, entonces lo eres. Yo estaba agotada, asustada, perdida. Me ofreciste un respiro, la oportunidad de recuperar algo la fuerza y la calma. Y luego me hiciste ese ofrecimiento…

Will se sentó en la silla más cercana, casi como si no pudiera seguir manteniéndose en pie. Se pasó una mano por la cara, se frotó los ojos y contestó con el agotamiento de un hombre que ha luchado hasta caer exhausto, pero que debe seguir peleando.

—Te hice un ofrecimiento con el que ni siquiera habrías soñado. Debiste quedarte anonadada.

—Sí. Fue un alivio. Veía un poco de esperanza. Además sabía que podía hacer lo que tú necesitabas que hiciera. Y no finjas lo contrario —añadió con cierta fiereza—. He cuidado de King's Acre con devoción, y he hecho cuanto ha estado en mi mano para asegurarme de que Henry fuese un heredero digno de ti.

—No habría servido de nada si te hubieran detenido por asesinato.

Pronunció la palabra «asesinato» como si le doliera en los labios.

—Contemplé esa posibilidad lo mejor que pude. Mi nombre es compuesto, y nadie me llamaba por el primero de los dos. Mi apellido es muy común. Estaba a cientos de kilómetros de mi casa, y por tu situación, nadie informó de tu casamiento fuera del vecindario. Creí que estaría a salvo, y si llegaban a descubrirme, las autoridades creerían que te había engañado.

—El pobre moribundo engañado por la malvada asesina… —su sonrisa se tornó agria—. Y cuando volví, la posibilidad de que pidiera la anulación te aterraba. Qué miedo debiste pasar hasta que consumé el matrimonio. ¡Y pensar que lo peor que yo me imaginaba era que hubieras podido ponerme los cuernos en mi ausencia!

—Sí, tenía miedo del escándalo. No te voy a mentir, Will. Sabía que no podía contártelo —su rostro se ensombreció—. Will, si no me hubiera casado contigo, ahora estarías muerto. Y Henry, sin guía, habría arruinado King's Acre.

—Entonces, ¿he de pensar que el hecho de que arrastres mi honor y mi nombre por el fango es un favor que me haces? —bajó la mirada—. Descubrir que la mujer a la que empezaba a… tomar afecto ha matado, mentido y engañado, ¿no debe dolerme?

—Nunca has confiado en mí completamente, ¿verdad? —le preguntó. Así que le había «tomado afecto»—. Gracias a Dios que no has llegado a quererme.

—Gracias le sean dadas —se levantó y fue a la puerta—. Quédate aquí.

No iba a rogarle por su salvación. ¿Cómo podría,

aunque quisiera? Además, lo había engañado, y seguramente llevado a la ruina.

—Nunca pensé que llegaríamos a esto. Creí que si me descubrían serían las autoridades, y tendría alguna clase de aviso para poder desaparecer antes de que me atraparan y que todo ello te hiciera daño. ¿Qué vas a hacer?

Will se volvió a mirarla y de pronto lo vio como aquella vez en el puente, cuando creyó que era un hombre muy mayor: la piel tensa, el color inexistente, los ojos opacos y llenos de ira.

—No tengo ni idea. Pensar, supongo. He prometido a esas garrapatas que tienes por parientes que les escribiré mañana a última hora para comunicarles mi decisión.

Aquella vez cerró la puerta despacio, sin hacer ruido, y echó la llave. Creía dejarla encerrada con ello.

«Piensa».

Ella también tenía que pensar, y no permitir que las lágrimas o el miedo la paralizaran. Jonathan estaba muerto, y nada que pudiera hacer le devolvería la vida. Por otro lado, carecía de familia a la que ella pudiera ayudar a modo de restitución por habérselo robado. La ahorcarían, por supuesto, pero quien tendría que vivir con ello sería Will.

Lo único que importaba era encontrar el modo de infligirle a él el menor daño posible. Una vez lo planteó así, la respuesta le pareció clara: no debía arrastrar su nombre en un juicio público, y en un ajusticiamiento aún más notorio. Tenía que desaparecer. Pero para conseguirlo primero debía silenciar a los Prior, y el único modo que se le ocurría era amenazarlos con que ellos también pudieran aparecer como cómplices.

Eso es lo que iba a decirles: que en lugar de permitir que Will tuviera que pagar el dinero de un chantaje durante el resto de su vida, se entregaría. Así acabaría con la gallina de los huevos de oro que pretendían exprimir. Si no la creían, si no se lo tragaban, ya decidiría después... entregarse, o huir y esconderse. Pero ya se enfrentaría a esa decisión llegado el momento.

Will acudiría a las autoridades, por supuesto, pero quedaría como un hombre engañado, alguien que había hecho lo correcto nada más conocer los hechos. Su orgullo resultaría herido, pero era la mejor alternativa.

Necesitaba tiempo para prepararse y meditarlo todo bien, para asegurarse de que Will no intentaba encontrarla. Había un modo seguro de conseguirlo. Si podía hacer que creyera que se había quitado la vida, no la buscaría. Pero no podía mentirle. Nunca más.

Fue al escritorio, tomó papel y pluma y escribió:

Mi muy querido Will,
Cuando leas esto, estaré lejos del alcance de la ley y no podré causarte más dolor o escándalo alguno. Soy demasiado cobarde para tomar veneno,

pero he oído que el río es el recurso de muchas de las almas desesperadas de Londres.

No hay nada que decir, excepto que lo siento y que nunca fue mi intención hacerte daño. Acudirás a las autoridades con esta carta. Sé que eres demasiado honorable para transgredir la ley en un asunto como este. No escribiré nada que pueda avergonzarte más, excepto que te quiero. Espero que al menos eso sí lo creas.

Julia.

Tenía una pequeña bolsa de viaje guardada dentro de otra mayor, que había preparado porque volvería con más ropa de la que habían llevado. No notaría su desaparición. Se vistió con un sencillo atuendo de viaje, se calzó con unas botas cortas y resistentes, y guardó un cambio de ropa interior que con un poco de suerte Nancy no echaría en falta. Un pañuelo, un peine y su portamonedas. No debía llevarse nada que pudieran echar de menos, o que si llegaban a echar en falta, no pudiera extrañar que se lo llevara una mujer que iba a arrojarse al río.

Necesitaría dinero. Dudaba que Will hubiera contado los billetes que le había entregado el día anterior, o que después de todo lo ocurrido, fuese a recordarlo. Lo sacó para contarlo: veinticinco libras, un año de salario para mucha gente. Lo guardó en su portamonedas. Luego rebuscó en todos los bolsillos, en todas las bolsas, y encontró otras dos libras en monedas y un billete arrugado de otras cinco. Tendría lo suficiente para irse lejos.

—Te quiero —murmuró, apoyando una mano en los paneles de la pared, lo más cerca que estaría ya de él en lo que le quedaba de vida—. Adiós, Will.

Iba hacia la puerta cuando aún se volvió a por otros dos pañuelos. Los iba a necesitar.

Entonces, sintiéndose tan desesperada y sobrecogida como cuando salió de detrás del biombo aquel fatídico día en la habitación de la pensión, entró en el vestidor, abrió la puerta del rincón y bajó de puntillas las escaleras de servicio.

Diecinueve

Will se sirvió coñac en una copa y lo apuró de un trago. La llenó de nuevo, y con la copa en la mano, contempló el ajetreo de la calle por la ventana.

No era capaz de pensar en otra cosa que no fuera el hecho de que Julia había matado a su amante. Parecía un lance impropio de ella... todo en su persona hablaba de la necesidad de cuidar. Resultaba obvio que no la había comprendido, y no era de extrañar la sensación persistente de que le ocultaba algo: cualquier otro secreto posible palidecía ante aquel horror.

Nancy entró, pero él le enseñó de tal manera el colmillo que la pobre salió huyendo, pálida como un fantasma. No podía explicarse, ni explicar nada. Todavía no. En la calle el tráfico iba haciéndose más denso a medida que avanzaba la mañana, y una maraña de coches de alquiler, carros y carretas se mezclaba con peatones y jinetes.

Su nombre iba a quedar destrozado. King's Acre llevaría para siempre la mancha de aquel escándalo. Y su corazón... bueno, gracias a Dios su corazón no estaba comprometido, eso era lo único bueno de aquel episodio. ¿Y si hubiera amado a su esposa como ella, esa bruja engañosa, decía amarlo a él? El dolor que sentía en el pecho era la ira y la traición, nada más.

El vaso estaba vacío. Lo rellenó. Y una vez más. No servía de nada. Lo único que conseguía era añadir fuego al recuerdo. El pálido fantasma del puente que había corrido en su ayuda. La madre desesperada y doliente que había temido que expulsara aquel pequeño ataúd de sus dominios. La inteligente granjera que discutía las mejoras de la granja, la señora de la casa, dentro y fuera, querida y apoyada con devoción.

Julia, con aquella escandalosa falda pantalón, montando al semental con tanta pericia y tomándole el pelo sobre su hombría. Julia, apasionada y sensual en sus brazos.

Julia. Y en lo único que había pensado era en cómo todo aquello iba a afectarle a él. El vaso vacío se le escurrió de la mano y cayó al suelo. Lo vio rodar por la alfombra mientras se recriminaba su egoísmo. Le había parecido que decía la verdad al confesarle que no pretendía matarlo. No se puede vivir con una mujer tan íntimamente como él lo había hecho y no saber si tenía o no capacidad para la violencia. «Me arrastró por la muñeca». Había visto las marcas, negras y azules, aquella primera noche. «Iba a violarme». Por sus respuestas en la cama sabía que aquel hombre había sido un cerdo egoísta. Por supuesto que ella habría intentado defenderse.

Y la historia de su huida era probable. Podía imaginarse la escena, el caos, la gente ávida de sensaciones. El cadáver habría sido el foco de atención y ella, casi sonámbula de la impresión, se habría vestido con aquel traje gris ordinario y su sombrerito y se habría fundido con los espectadores hasta desaparecer.

Se estaba dando cuenta de que creía cuanto le había contado. Y eso significaba que también tenía que creerla cuando le había dicho que lo quería. El cuchillo que le estaba atravesando el pecho se deleitó girando sobre sí mismo.

Julia había sido maltratada, mancillada y amenazada con más violencia por el hombre que ella creía amar. Lo que le había pasado había sido por accidente, y si alguien era el culpable allí, no era otro que Jonathan Dalfield. Y después, teniendo todas las excusas del mundo para no volver a confiar jamás en un hombre, para no volver a amar, le había entregado a él, Will Hadfield, su corazón.

Y él, a cambio, había aceptado lo peor de ella sin cuestionárselo, la había atacado verbalmente, la había encerrado en la alcoba y dejado allí, pasto de los peores miedos ante la peor clase de justicia. Cruzó la alcoba en dos zancadas, abrió la cerradura y la puerta, todo ello sin que el pensamiento hubiera terminado de formularse en su cabeza.

El dormitorio estaba vacío. Encontró la puerta de servicio y la nota que reposaba en la almohada. *Mi queridísimo Will*. Le temblaba tanto la mano que tuvo que sentarse en el borde de la cama y tranquilizarse antes de poder seguir leyendo.

Había bajado la mitad de las escaleras antes de poder tener un pensamiento racional. A punto estuvo de derribar al portero al atravesar el vestíbulo a todo correr, bajó los peldaños de la calle y se lanzó bajo el hocico del caballo de un coche de alquiler.

—¡A Westminster Bridge, al galope! ¡Cinco libras si me llevas allí volando! —le gritó al conductor, que contuvo la ristra de insultos que iba a dirigirle y agitó el látigo antes de que Will hubiera cerrado siquiera la portezuela.

Se iba agarrando a cuanto podía mientras el coche se zarandeaba y brincaba atravesando Picadilly, St James's Street, de un lado al otro de Pall Mall y por St. James Park. Westminster era el puente más cercano, y necesitaría un puente para estar segura de caer en las aguas más profundas y letales. Los bancos del río eran demasiado inciertos. En ellos, el agua bajaba más lenta, y había más gente para detenerla, para sacarla.

En aquella loca carrera no llevaba ningún plan; solo la idea de que debía llegar a tiempo, que si la perdía no podría soportarlo. El coche se detuvo en mitad del puente y bajó de un salto. Miró a un lado y a otro, pero no vio nada. No había tumulto alguno, como cabría esperar si una mujer se hubiera lanzado al agua a plena luz del día. Por allí no había nadie que se pareciera a Julia.

—¡Eh, jefe! ¿Qué hay de mi dinero?

Will sacó la cartera y le dio un billete sin mirar al conductor.

—Espere.

—Por este dinero, jefe, me quedo aquí todo el día.

Will se agarró al parapeto e intentó calibrar qué debía hacer, aunque su deseo era seguir hasta Blackfriars Bridge. Julia no conocía Londres, pero había leído las guías y sabría que Westminster era el puente más cercano a Mayfair. Y esperaría llegar allí antes de que él leyese su nota. Pero ya debería haber llegado, aun al paso normal de un coche de punto.

Tendría que arriesgarse a seguir adelante.

—A Blackfriars. Rápido.

Whitehall, Strand, Ludgate Hill y el río y su puente. También allí solo el transitar diario. Will se quedó contemplando las aguas oscuras que pasaban con velocidad por debajo y pensó en la primera vez que vio a Julia, un fantasma pálido y gris a la luz de la luna, apoyada en el puente sobre el lago. Y qué ironía: entonces temió que fuese a arrojarse a sus aguas y a ahogarse…

Fue como si volviera a oír el canto del ruiseñor,

a sentir sus brazos sosteniéndolo, apretándolo contra su cuerpo cálido. Como si le hablase al oído y él oyera su voz.

«No puedo imaginar lo desesperada que se debe estar para hacer algo así», le había contestado cuando él le dijo que temía que fuera a saltar. «Ahogarse debe ser una muerte atroz. Además, siempre queda alguna esperanza».

Sacó del bolsillo la nota y la alisó en la baranda de piedra del puente. La amenaza de acabar con su vida era una farsa, un farol muy inteligente, todo implicaciones, pero mentira. Y él había mordido el anzuelo. La esperanza que se abrió paso en su pecho lo dejó mareado. Pero seguía sin saber dónde encontrarla.

—¿Está usted bien, jefe? —cuando Will se dio la vuelta, el conductor se rascó la barbilla ennegrecida de barba y frunció el ceño—. No estará eligiendo el mejor puente para saltar, ¿verdad?

—No. He perdido a una persona —contestó. Correr de un lado para otro como un pollo sin cabeza no le iba a dar ningún fruto en una ciudad del tamaño de Londres—. Lléveme a las oficinas de Bow Street.

Una concurrida pensión de paso era el lugar ideal para esconderse, se dijo Julia al cerrar la puerta de la mínima habitación y oír el trasiego y la algarabía del patio. Era el único lugar en el que una mujer sola no llamaba la atención porque había muchas, algunas con capas y sombreros modestos, aferradas a su vieja bolsa. Criadas y gobernantas, seguramente. Otras coquetas como golondrinas, vestidas a la última y deseosas de llamar la atención; algunas atribuladas esposas y madres, con una criatura en los brazos y varios niños pegados a sus faldas.

Los coches entraban y salían, y la marea de pasajeros subía y bajaba, y por primera vez sintió que podía pasar desapercibida. Desolada, sola, con el corazón destrozado y asustada. Pero al menos nadie la encontraría allí.

¿En qué estaría pensando Will en aquel momento? ¿Qué estaría sintiendo? Traición, sin duda. Creía que lo había engañado y así había sido. Pero también creía que le había mentido en su declaración de amor, y eso le dolía más que nada. Él, que amaba King's Acre, estaba teniendo que asimilar la certeza de que la mujer que creía iba a ayudarle a salvarlo, había acabado manchándolo con sangre y desgracia.

Quería escribirle, justificarse, intentar convencerlo de que lo amaba de verdad. Pero eso no iba a ayudarle; solo sería un bálsamo egoísta e insignificante para su conciencia. Lo que tenía que hacer era pensar dónde debía ir si conseguía hacer callar a Arthur y Jane, y qué hacer si no lo conseguía.

Bow Street era el hogar de los Bow Street Runners, la policía de Londres, y allí se reunía una variopinta caterva de cazarrecompensas e informantes que deambulaban en busca de comisiones, legales y no tan legales. No sospecharían si alguien les hacía el encargo de recorrer todas las hospederías en busca de una mujer que había abandonado la ciudad aquel mismo día.

Will pagó a una veintena de ellos más de lo que le habían pedido y les prometió más si obtenían resultados; luego se fue al hotel a esperar. La inacción era un auténtico calvario, pero peor aún era el miedo a estar equivocado y que Julia flotase ya en las aguas embarradas del Támesis.

No, se dijo por enésima vez. Ella no renunciaría así de fácil. Era una luchadora. Pero uno a uno sus informantes fueron acudiendo con las manos vacías. Habían visto a mujeres que podían encajar con su descripción, pero que no habían comprado un billete para un coche. Ningún comerciante parecía haber vendido un billete para que alguien viajase en sus lentas y pesadas carretas. Tenía que seguir en Londres, y si era así resultaría todavía más difícil de localizar.

Will les pagó y les pidió que continuaran con la búsqueda por la mañana. Luego se dedicó a perseguir la comida con el tenedor en el plato y se acostó con la intención de descansar. No podía abandonarla. Costara lo que costase, fueran cuales fuesen las consecuencias, la encontraría y conseguiría sacarla del país.

¿Por qué? ¿Por qué arriesgarlo todo, su buen

nombre y King's Acre? La respuesta le llegó con sorprendente claridad. «Pues porque la quiero, y nada más que eso importa».

Tenía que descansar porque Julia lo necesitaba. Se quitó las botas y la chaqueta, se tumbó en la cama e, intentando asimilar la introspección que había tenido un momento atrás, se esforzó por dormir entre pesadillas de Newgate y la horca, el dolor que había visto en el rostro de Julia al lanzarle aquellas amargas palabras por la mañana, y los rostros mezquinos y ávidos de sus primos.

Había algo entre aquellas imágenes, algo que su pensamiento había captado pero no era capaz de identificar. En el estado ingrávido entre el sueño y la vigilia, Will permaneció inmóvil y dejó que su mente organizara las piezas del rompecabezas. Algo no encajaba, no estaba en consonancia con todo lo demás, ¿pero qué? La respuesta se le escapaba cuando creía estar a punto de descubrirla, como una sombra que hubiera visto por el rabillo del ojo y se desvaneciera cuando intentaba mirarla de frente.

Sorpresa. Tenía que ver con una sorpresa. Un sobresalto. No, eso no era. Algo se le seguía escapando. Frustrado, golpeó la almohada, se dio la vuelta y no supo cómo pero consiguió quedarse dormido.

El sol hacía brillar la cruz del tejado de St Paul's cuando el coche del correo entró en el patio de la oficina receptora general. Julia se unió al grupo de viajeros que salían de las numerosas pensiones que daban al patio en busca de los coches que partirían en breve, o para continuar su viaje en un coche de punto o a pie. Una noche apenas sin dormir la había dejado cansada y descorazonada, pero salió decidida hacia la catedral, agradecida de tener al menos un punto de referencia. Una vez encontrase el templo, solo tendría que bajar por Ludgate Hill, girar en Old Bailey, y encontraría la pensión en la que había visto a sus primos contemplando la ejecución.

A pesar del cansancio acumulado, repasaba una y otra vez los argumentos que había preparado durante la noche. Primero apelaría a su bondad, luego los amenazaría con el escándalo y el estigma que sería para su familia que los asociaran con ella. Y si nada de eso funcionaba, los amenazaría con entregarse en Bow Street e implicarlos a ellos como cómplices.

¿Y si eso fallaba? Pues si fracasaba, no sabía si tendría el valor necesario de entregarse e intentar convencer a un jurado de que había actuado en defensa propia. Pero si no lo hacía, ¿podría pasarse la vida huyendo?

En cualquier caso, pensó mientras caminaba por la calzada empedrada que atravesaba el jardín de St Paul's, Will no podía resultar implicado. Ya era bastante malo que lo vieran como un hombre al que habían podido engañar, para permitir que quedara implicado como el barón que había sabido del crimen cometido por su esposa y no había hecho nada al respecto.

Pasó por delante de las tiendas cuyos escaparates había contemplado tan despreocupadamente hacía solo unos días. Un poco más adelante, con el trasiego de abogados, sirvientes con sus cestas de la compra, banqueros y comerciantes, estaba la entrada a Old Bailey. Aquel día no parecía que fuese a haber ejecuciones, y de no ser por el ominoso edificio que albergaba la prisión al final de la calle, y el hedor que flotaba en el aire cuando el viento soplaba y venía de esa dirección, el barrio resultaría bastante agradable.

Frente a ella estaba el King's Head and Oak, con el cartel en el que aparecía el roble coronado, símbolo de que había hospedado a Carlos II, oscilando levemente en la brisa. No había espectadores en las ventanas. Parecía un lugar respetable y bien cuidado, una pensión adecuada para los caballeros de medio pelo que pasaran por la ciudad.

Había un laurel en una maceta junto a la puerta. Quizás aquella fuera su última ocasión de caminar siendo una mujer libre. Arrancó una hoja y la aplastó en la mano para percibir su aroma antes de entrar.

—Los señores Prior, por favor —le dijo al hombre que salió al mostrador de recepción al oírla entrar—. Dígales que lady… que la señorita Prior está aquí.

La hicieron esperar solo unos minutos, lo cual

fue una bendición, porque no sabía qué iba a aguantar menos: si sus nervios, que la arrojarían en una loca carrera hacia Fleet, o sus piernas, dejándola hecha un guiñapo en el suelo.

El recepcionista volvió antes de que ocurriera alguna de las dos cosas.

—Sígame, por favor, señorita.

Las viejas escaleras de madera estaban bien enceradas. Los detalles más triviales se estaban quedando grabados en sus sentidos. El delantal del hombre estaba limpio, pero tenía los zapatos cubiertos de polvo y había estado comiendo cebollas. El cuadro colgado en la pared al final de la escalera, tan sucio que era imposible descifrar su contenido, estaba torcido. En las cocinas estaban hirviendo repollo.

Su guía llamó a una puerta, la abrió y se hizo a un lado para franquearle el paso a un pequeño salón. Sus parientes la miraron los dos con igual expresión de divertida arrogancia mientras ella intentaba controlar su respiración y el color de sus mejillas.

—No voy a fingir que tu visita no me sorprende —dijo su prima Jane, enarcando sus cejas demasiado depiladas—. ¿Dónde está tu marido?

—Estoy aquí por mi propia cuenta —contestó ella, mirando a Arthur, sentado en una silla labrada ante la chimenea apagada. No se había molestado en ponerse en pie al verla entrar, y aquel deliberado insulto surtió el efecto de calmar sus nervios y su voz. Durante tres años había sido lady Dereham, acostumbrada a que la trataran con respeto y cortesía. Ya no era la pariente pobre.

—Estoy segura, puesto que he comprobado que habéis meditado esto cuidadosamente, de que no vais a entregarme a las autoridades, sabiendo como sabéis que fui engañada y forzada por Jonathan Dalfield.

Aquel era su primer intento, el que sabía que ellos iban a ignorar.

—No hay prueba alguna de que fuese contra tu voluntad. No había nadie más en la alcoba, ¿verdad? De modo que no hay testigos —Arthur entrelazó las manos sobre su panza y sonrió beatíficamente—. Estás sola, prima. Te ha dejado, ¿verdad? Me refiero al barón. ¿No ha podido digerir lo que hiciste, o no le ha gustado descubrir que se ha casado con material usado?

Julia no le prestó atención. Al fin y al cabo era Jane la que siempre se preocupaba por las apariencias.

—¿Quieres que el escándalo se relacione con tu nombre, prima Jane?

—Nosotros apareceremos como los parientes inocentes y engañados que te acogieron en su casa —respondió sin perder la calma—. ¿Cómo íbamos a saber que eras una perdida, una viciosa inmoral, capaz de semejante atrocidad?

Bueno, al garete acababa de irse el intento de apelar a su bondad. Había llegado el momento de pasar a las amenazas.

—Si me entregáis, mi marido no os pagará un penique y le diré al tribunal que fuisteis mis cómplices.

Arthur se encogió de hombros.

—Tu marido pagará, no temas. Los de su clase son capaces de cualquier cosa por salvaguardar su honor y su buen nombre.

Y con eso se acababa la única amenaza que podía esgrimir contra ellos. No le sorprendía, la verdad. Sintió el estómago vacío y se encontró más allá del miedo.

—Muy bien. Iré a Bow Street a entregarme. Y ya que estoy allí, os denunciaré a ambos por extorsión.

«¿Seré capaz de hacerlo?» Simplemente no lo sabía.

Arthur seguía sonriéndose, y el frágil control que mantenía sobre sus nervios cedió.

—Lo digo en serio. No pienso permitir que amenacéis y robéis al hombre al que amo, y si el único modo de evitarlo es exponer toda esta situación, haré cuanto esté en mi mano para asegurarme de que os arrastro conmigo. Y os juro que lord Dereham se asegurará de que vuestra vida sea un infierno a partir de ahora.

Eso sí les llegó.

—Espera —Arthur se levantó—. No hay por qué tomar una decisión precipitada.

Con un rayo de esperanza comprobó que a su primo le brillaban en la frente unas gotas de sudor.

—Queréis negociar, ¿verdad? —les preguntó—. Para vuestra desgracia, yo no negocio con…

La puerta interior se abrió y de la alcoba salió un hombre. «Will», le dijo una voz irracional, y el corazón le dio un brinco. Entonces el desconocido dio un paso más y pudo ver que sus ojos eran de un azul frío e impredecible, que carecían del fuego del ámbar. Aquel fantasma alto y oscuro tenía una línea blanca que le cruzaba la frente y se ocultaba tras un mechón.

—A lo mejor quieres tratar conmigo, Julia —dijo Jonathan Dalfield con una sonrisa, antes de que la habitación comenzara a dar vueltas en torno a ella.

Veinte

«No voy a desmayarme», se dijo, y dando media vuelta hizo ademán de dirigirse a la puerta. Antes de que pudiera abrir, él se llegó a su lado y la obligó a volverse, sujetándola junto a su cuerpo. Olía como ella lo recordaba: a colonia de lima, al rapé que tanto le gustaba y al aceite con que se peinaba. Era un olor que tiempo atrás la hizo vibrar de deseo.

—Estás vivo…

Era una obviedad absurda, pero le resultaba difícil creer que era el mismo hombre en carne y hueso. Lo que no era tan difícil de creer era el dolor que le había causado su garra en la muñeca. Estaba tan cerca que pudo ver que la línea de su mandíbula se había suavizado y que tenía bolsas bajo los ojos. Parecía que hubieran pasado para él más de tres años. Si se hubiera acercado a ella en aquel momento, habría podido distinguirlo por lo que era.

—Vivo, pero no gracias a ti, querida.

Su sonrisa era feroz y amarga. El encanto había

desaparecido. Y pensar que una vez se creyó enamorada de aquel hombre… debía estar muy desesperada.

¿Cómo habría sobrevivido al golpe en la cabeza? Tanta sangre derramada. Pero no creía en fantasmas, y la muñeca le dolía de tal manera que no podía estar soñando, que tenía que ser de verdad.

—Entonces, suéltame. No recibirás dinero alguno del chantaje, Jonathan. Mi esposo sabe ya que no era virgen cuando llegué junto a él, y no te dará ni un penique por el absurdo escándalo que pretendas organizar.

—Entonces tendré que obtener una recompensa por esto de algún otro modo Julia querida —se apartó el pelo de la frente y vio el final de la cicatriz, un costurón rojo y encogido de un par de centímetros—. Bonita, ¿eh? Y los dolores de cabeza que me produce no son mejores.

—Todo es culpa tuya, Jonathan Dalfield —le espetó. El alivio que estaba experimentando al saber que no lo había matado era enorme, pero tampoco se arrepentía de haberlo herido. Aquel hombre era aún peor de lo que se había imaginado—. Me engañaste, abusaste de mí e intentaste violarme. ¿De verdad crees que no tenía derecho a oponerme?

—Las mujeres no pueden oponerse a nada. Solo hacen lo que se les dice —respondió con una sonrisa que a ella le provocó un gélido escalofrío por la espalda. Su ira se estaba transformando en miedo, pero intentó que no se le viera en la cara. Los pendencieros como él se alimentaban del miedo—. La última vez no me divertí mucho contigo. Espero que hayas aprendido un par de trucos con el barón.

Julia vio en sus ojos la verdad: que era más que capaz de arrastrarla al dormitorio y volver a atacarla. Nadie de quienes se preocupaban por ella estaba allí. Will la creía muerta, y se había metido en aquella trampa por voluntad propia. Nadie iba a sacarla de allí si no lo conseguía por sus propios medios.

Julia apretó los puños y lanzó el brazo, pero en ese mismo momento se dio cuenta de que él se lo esperaba. La agarró por la otra muñeca y tiró de ella con tanta fuerza que apenas pudo hacer nada; a continuación la soltó para poder sujetarla con un solo brazo mientras con la otra mano la obligaba a mirarle.

—Vas a sonreír para mí, querida, a menos que quieras perder algunos de tus preciosos dientes. Y si muerdes, tendré que darte una buena azotaina.

Y la besó con la misma boca que ella besara con timidez cuando la cortejaba. Apretó los labios para impedir que la invadiera con la lengua. Sobreviviría a aquello y conseguiría llevarlo ante la justicia por lo que iba a hacer, pero por el momento solo podía soportarlo.

Una puerta se abrió detrás de ella, y golpeó la pared con una fuerza infernal.

—Jonathan Dalfield, supongo. Quitad las manos de mi mujer, si no queréis que os parta el cuello —dijo una voz que apenas reconoció.

Jonathan la soltó con un empujón que la mandó dando traspiés hacia atrás hasta parar contra el pecho de Will. Agarrándose a sus brazos, clavó la mirada en su iris ámbar y solo vio deseos de matar.

—Will, gracias a Dios…

—Gracias a Dios que te he encontrado —respondió, atravesándola con la mirada—. Te estaba agarrando. Te ha besado —dijo, y la dejó en los brazos del hombre que le había acompañado.

—¡Will!

—No temáis, lady Dereham. Soy el mayor Frazer. Ya estáis a salvo —dijo el hombre que la sostenía y que intentaba sacarla de la habitación, pero ella pegó los pies al suelo y se negó a salir.

—¡Mayor Frazer! —¿por qué estaría allí?—. ¡No, por favor, dejad de tirar de mí! He de quedarme con Will.

—Va a haber violencia, madam —rebuscó las palabras—. No es lugar para una dama.

Pero ella no le hizo caso. Los Prior estaban hechos un montoncito junto a la puerta de la alcoba, blancos como la pared. Jonathan había retrocedido hasta la mesa y no parecía dispuesto a ceder más terreno. Le vio echarse la mano al costado como si buscara una espada que no estaba allí.

—¿De verdad pensáis que aunque tuviéramos armas iba a batirme con vos como si fuerais un caballero, un hombre de honor?

La voz de Will rezumaba desprecio.

—Julia ha vuelto a mí por voluntad propia. ¿Por

qué creéis que está aquí? Es a ella a quien debéis pedir explicaciones.

—Parecéis tener muchos deseos de morir.

Se quitó los guantes, dedo a dedo, los dejó sobre una silla; se quitó la chaqueta, la colocó sobre los guantes y añadió el sombrero. Casi se diría que iban a tener una agradable charla. Pero Julia sabía interpretar sus estados de ánimo bien y lo que se desprendía de él era una ira fría y bien dirigida.

—¡No lo matéis! —gimió.

—¿Lo veis?

El tono burlón de Jonathan no casaba con su expresión. Un músculo le temblaba en la mejilla carente de color y no parecía saber qué hacer con las manos.

—Lady Dereham parece pensar que no vale la pena entregaros al verdugo, y seguramente esté en lo cierto —dio un paso hacia delante—. Así que tendré que ocuparme de vos de otro modo. Frazer, sacadla de aquí.

—¡No!

—Lo siento mucho, lady Dereham.

El mayor Frazer la alzó y salió con ella en brazos por la puerta. Luego cerró y se colocó delante para impedirle el paso.

—Siento haberme tomado la libertad, pero ese no es lugar para una dama.

—¡Ellos son tres y Jonathan no va a jugar limpio! —gimió, intentando tirar del pomo de la puerta, pero el mayor era casi tan sólido como Will. Se oyó un estruendo dentro.

—Will tampoco —respondió con una sonrisa que se decoloró cuando vio su angustia—. Olvidáis que nos conocimos en el ejército. Sabe batirse como un caballero, pero pelea con la chusma como una rata de cloaca. No tenéis que preocuparos, os lo aseguro. Ah, el casero.

Julia se volvió y vio que el hombre había subido a todo correr las escaleras.

—¿Qué está pasando, señor? ¡No pienso permitir que haya peleas y que destrocen la habitación! ¡Voy a llamar a la policía!

—Excelente idea. Hacedlo de inmediato. Vuestros huéspedes han atacado al esposo de esta dama sin mediar provocación alguna. Espero que tengan suficiente dinero para pagar los daños.

—¡Pero si viene la policía arrestarán a Will! —protestó cuando el casero bajaba llamando a un criado. La puerta en la que el mayor estaba apoyado recibió un tremendo golpe que le hizo tambalearse.

—Cuando lleguen, si es que aún estamos aquí, seré yo quien los reciba en calidad de magistrado de Londres, investigando un caso de extorsión y secuestro de una dama. Con un poco de suerte, nos habremos ido antes de que se presenten.

—¿Sois magistrado?

Él asintió con la cara medio vuelta hacia atrás, como si quisiera escuchar algo. Todo se había quedado en silencio.

—Will sabía que estaba en mi casa de la ciudad. Ah, ya está.

Se apartó de la puerta y Will salió. Tenía un ojo medio cerrado, un corte en el pómulo derecho y el labio partido.

—Exacto. Vámonos —se colocó el sombrero, la chaqueta y ofreció el brazo a Julia—. Os agradezco la ayuda que me habéis prestado, Frazer. Os debo una buena cena, pero espero que me perdonéis si ahora nos vamos.

—Will, estás herido…

—Aquí no —respondió, y bajaron rápidamente las escaleras hasta llegar al patio.

El mayor se levantó el sombrero para despedirse de Julia.

—A sus pies, madam. Dereham.

Will detuvo un coche que pasaba, metió a Julia en él sin ceremonia y dio instrucciones al cochero antes de subirse.

—Al hotel Grillon.

El vehículo recorrió Ludgate Hill mientras que Julia, muda de asombro, miraba a su marido. Él estaba allí y ella estaba a salvo. No había matado a nadie. Sacó de su portamonedas un pañuelo y se lo dejó en la mano esperando el asalto de las lágrimas de alivio, pero sorprendentemente no llegaron, lo mismo que tampoco experimentó el alivio que había soñado tantas veces al verse libre.

Will se quitó el sombrero y aceptó el pañuelo que ella le tendió.

—¿Estás bien? —preguntó mientras se limpiaba con cuidado la mejilla.

—¡Sí, claro que sí! —contestó, y su voz contenía una mezcla de temor, angustia, ansiedad y alivio—. Estoy bien. Will, podrías haber resultado herido, o incluso haber muerto.

Él enarcó las cejas, pero el dolor inesperado le hizo encogerse. Aun así sonrió, aunque de medio lado.

—Tu cumplido no me parece muy halagador, querida. Tu señor Dalfield se ha quedado lamiéndose las heridas y considerando la advertencia que le he hecho a él y a tus primos: que vuelvan al agujero del que han salido y que ni se les ocurra mencionar que han llegado a verte. Y si no se dan por enterados, haré que los procesen por extorsión.

—Entonces, ¿todo ha terminado?

No podía creer que la pesadilla que la había acechado dormida y despierta durante más de tres años se hubiera desintegrado sin más.

Will asintió.

—Espero que este sea el último y oscuro secreto que me guardes, amor mío.

Su rostro estaba serio pero sus ojos sonreían.

—Lo prometo.

¿Había dicho «amor mío»? Palabras dichas sin pensar, seguramente. O quizás fruto de su imaginación. Desde luego se sentía muy extraña. Incluso le daba algunas vueltas la cabeza, aunque acompañadas por una cierta claridad de pensamiento.

—No me has parecido muy sorprendido al entrar en la habitación. De hecho, has pronunciado el nombre de Jonathan como si tal cosa. ¿Cómo lo has sabido?

—Esta mañana me di cuenta de que no había muerto.

Se levantó y fue a sentarse junto a ella para abrazarla, pero Julia no quiso apoyarse contra él por si se había hecho daño en las costillas, aunque el calor de su cuerpo fue como un bálsamo para sus doloridos miembros.

—Había algo que se me había quedado dando vueltas en la cabeza desde que tus primos se presentaron en Grillon's. Su objetivo era chantajearnos, por supuesto, pero en un principio solo nos amenazaron con provocar un escándalo por tu fuga y por el hecho de que hubieras golpeado a Dalfield. Dijeron «violencia», no asesinato. Nadie dijo nada sobre una muerte o un asesinato hasta que tú hiciste tu confesión. Mencionaron la cabeza de Jonathan, pero no hablaron de su cadáver. Traían preparada la historia de una mujer que había perdido su virtud tras huir indecorosamente, y que había golpeado a un hombre. Amenazaban con tu huida, algo que la sociedad no toleraría tratándose de una baronesa. Esperaban que pagara solo por preservar nuestro buen nombre de las murmuraciones, y cuando tú dijiste lo que dijiste, yo me quedé atónito, pero ellos también. Y eso debió de quedárseme en la cabeza sin darme cuenta de su significado. Qué idiota.

—No pretenderás que podrías haberte dado cuenta de esos pequeños detalles cuando acababas de enterarte de que tu mujer había matado a un hombre.

—No, supongo que no. Pero la señora Prior se llevó la mano al cuello, y Prior quedó mudo. Tardaron un momento en recuperar la compostura, pero ese detalle se me quedó grabado sin darme cuenta.

—Yo no los estaba mirando —murmuró, mirándolo a él. Will estaba a kilómetros de allí, contemplando aquella espantosa escena—. Los escuchaba a ellos, pero era a ti a quien miraba.

«Solo a ti, mientras el corazón se me rompía en mil pedazos».

—Debían pensar que iba a pagarles unos cientos de libras para hacerles callar. Me apuesto lo que quieras a que ese era el montante de su ambición. Pero luego se enteraron de que creías haber matado a tu amante. Hay que reconocer que Arthur Prior tiene agilidad de pensamiento. Debería haber sido abogado. Le hiciste un regalo, y supo de inmediato lo que tenía que hacer con él: mentir como un bellaco y pedir una cantidad sustancial para que la mentira resultara convincente. Y tú, querida, los ayudaste sin querer porque estabas convencida de ello y yo, sabiendo que aún me ocultabas un secreto, estuve dispuesto a creer lo peor de ti.

—¿Cómo pude equivocarme de ese modo?

Julia sintió que la cabeza se le despejaba y que recuperaba la fuerza. Quizás, como Will, estaba asimilando el hecho de que tenía un futuro. La certeza con la que había vivido tanto tiempo, como quien lleva una sanguijuela en el cerebro, había sido desmentida. Resultaba difícil creer que era libre.

—Jonathan parecía tan… muerto…

—Las heridas en la cabeza sangran mucho. Tú viste a un hombre inconsciente tirado boca abajo en el suelo, con la cabeza abierta por un golpe de atizador. Debió quedarse quieto como un muerto entre los hierros tirados por el suelo. Habría sangre por todas partes. Habías experimentado traición, miedo, violencia, todo en cuestión de minutos, y habías hecho algo completamente desconocido para ti: golpear a otra persona. La habitación se había llenado de gritos. La gente aullaba «¡Asesino!». Lo veo con tanta claridad como si hubiera estado allí.

Julia lo miró, pero Will ya había descendido del coche y le tendía el dinero al conductor.

—Ahora, vamos a entrar antes de que el hotel entero se entere. Si el director me ve, nos encontraremos con todas nuestras bolsas en plena calle, no me cabe duda —sentenció, intentando ocultar cuanto pudo el daño evidente de su cara.

—No creo que yo tenga mucho mejor aspecto —confesó cuando un botones, intentando no mirarla fijamente, se acercó a recogerle la pequeña maleta que llevaba en la mano. Afortunadamente el hotel contaba con numeroso personal, y no se encontraron ni con el director ni con otros huéspedes cuando subían a su habitación.

—¡Milady! ¡Milord! Estaba tan preocupada que no sabía qué hacer.

Nancy se levantó al verlos entrar. Tenía una cesta de costura a los pies, pero no parecía haber sido capaz de coser mucho.

Julia hizo cuanto pudo por calmarla, aunque no consiguió inventarse una explicación convincente, aparte de una historia enrevesada de emergencias familiares y salteadores de caminos.

La cabeza le daba vueltas con suposiciones, esperanzas y miedos, pero dejó que Nancy la llevase a la bañera y le preparara ropa limpia mientras Will se ocupara de su propia toilette en el minúsculo vestidor. Sospechaba que ambos necesitaban tiempo antes de poder enfrentarse a las últimas revelaciones, y tenía la sensación de que su marido no quería verla alborotar por unas heridas que él no consideraba más que rasguños.

—Desde luego eres una perla entre las esposas —dijo él, dejando sobre la mesa tenedor y cuchillo, después de haber consumido una mezcla entre desayuno y almuerzo, y levantó su copa de vino hacia ella a modo de brindis.

—¿Ah, sí?

—No te pierdas en lamentos y cotorreos cuando lo más razonable es lavarse, cambiarse y comer.

—Puede que ahora me entregue a lamentos y cotorreos. Pero no sé por dónde empezar.

—Por el principio. Los dos hemos recuperado nuestra vida. ¿Quieres vivir lo que te quede de la tuya conmigo?

—Por supuesto —esa era la pregunta que había estado esperando oírle formular—. Te quiero. ¿Es que no me crees?

—Estaba empezando a hacerme a la idea cuando huiste de mí.

Era una chanza, porque toda la oscuridad había desaparecido de sus ojos y sonreía a pesar de las magulladuras.

—No podía permitir que fueras a sufrir tú por algo que había hecho yo.

—Lo sé. No comprendo muy bien qué he hecho para merecer que me antepongas a tu propia seguridad, a tu propia vida.

«¿Cómo le explico a un hombre por qué lo quiero cuando ni siquiera yo misma lo sé?»

—Ni siquiera pareces enfadado con todo lo que te he hecho pasar.

Will se levantó, la tomó de la mano y la hizo pasar a la alcoba.

—Debe ser porque estoy enamorado de ti —le dijo cerrando la puerta.

—¿Qué? —Julia se volvió tan rápido que perdió el equilibrio y cayó sobre el borde de la cama—. ¿Has dicho que…

—He dicho que estoy enamorado de ti —respondió, pensativo—. Lo cierto es que debería haber dicho «te quiero» porque creo que hay una diferencia. Nunca había sentido lo mismo por otra mujer, y nunca lo sentiré —añadió—. Sospecho que he sido lamentablemente lento en darme cuenta de ello, amor mío.

—¿Y cuándo? Que cuándo te has dado cuenta, quiero decir.

«¿Antes de saber que era inocente, o después?» Will cerró con llave.

—Cuando antes estemos de vuelta en nuestra propia casa y en nuestra propia cama, mejor —murmuró, empezando a desnudarla—. ¿Que cuando me di cuenta? Te lo diré en un minuto, que quiero recordarlo tal y como ocurrió. No ha sido una revelación cegadora, sino más bien la unión de varias piezas. Cuando te dejé en esta habitación, después de decirte esas cosas que espero seas capaz de perdonarme, me fui a tomar un coñac y me di cuenta de que habrías sido incapaz de matar a un hombre a sangre fría; bueno, ni con la sangre hirviendo. Me di cuenta de que debía haber sido un accidente, y una vez comprendí eso, me imaginé cómo había continuado la escena: tu huida, por qué lo habías mantenido en secreto...

Confiaba en ella. Había confiado en ella incluso cuando tenía la capacidad de derrumbar el mundo que le rodeaba. ¿Cómo no iba a quererlo?

—Cuando encontré tu nota, en un principio me lo creí. Me diste un susto de muerte con eso de buscar el final en las aguas del Támesis —se quitó de cualquier manera las botas, sin preocuparse de si hacía algún arañazo en su delicada piel, y las lanzó al otro lado de la habitación—. Demonios, mujer… me planté en el puente de Blackfriars antes de haber podido pensar con claridad y recordar lo que habías dicho sobre ahogarse en las aguas del lago cuando nos conocimos. Luego volví a releer la carta y me di cuenta de que la habías construido con sumo cuidado para no decir mentiras.

Pensé que no te arriesgarías a ocultarte en Londres, así que intenté averiguar si habías tomado algún coche de línea que saliera de la ciudad. Hice que varios hombres fuesen a las distintas taquillas, y como volvieron sin haberte encontrado, supuse que estarías en Londres, pero no entendía por qué.

Se sentó junto a ella en la cama para bajarse las medias.

—Supe entonces que, si te perdía, todo dejaría de importarme: mi propia vida, King's Acre… incluso el más bruto de los hombres puede sumar dos más dos cuando se enfrenta con la realidad. Me fui a dormir, a pesar de la sorpresa que me había llevado al descubrir que quería a mi propia mujer, y me desperté dándome cuenta de que los Prior sabían que Dalfield estaba vivo.

Se pasó una mano por la cara y aquel gesto reveló las horas de ansiedad que había pasado, la falta de descanso.

—Aún no tenía ni idea de dónde estabas, pero pensé que lo mejor que podía hacer era ocuparme antes de los Prior, así que le hablé de ello a Neil

Frazer y le pedí su ayuda como magistrado, por si necesitaba algo más que la fuerza bruta. Y allí, gracias a Dios, te encontré.

Julia le acarició la mejilla con cuidado de no hacerle daño en las magulladuras. La barba incipiente le arañaba la palma. «Me quiere, y me querría aunque lo peor hubiera sido cierto». ¿Sería posible sentirse tan feliz y no estar soñando?

—Me encontraste. Creo que siempre me encontrarías.

Will se quitó la camisa y se puso de pie para desabrocharse los pantalones. Julia se quitó también la ropa sin preocuparse por si las prisas le hacían arrancarse algún botón, y se estaba desatando los pololos cuando alzó la mirada y lo encontró desnudo, el torso todo machacado pero totalmente excitado.

—¡Estás destrozado, Will! Tienen que dolerte mucho todos esos…

—Entonces, haz que piense en otra cosa, y no se te ocurra poner a prueba la teoría de que siempre seré capaz de encontrarte escapándote otra vez. Me quita el sueño —añadió, tumbándose junto a ella en la cama.

Julia se rio y le besó en el cuello, que era lo que le quedaba más cerca. «Mmm, cómo huele esta piel…»

—Me gusta… creí que no iba a volver a oír tu risa.

—A mí sí que me gusta esto de tenerte desnudo

312

y en inferioridad de condiciones —murmuró ella, siguiendo la línea de su clavícula y mordiéndole el hombro suavemente—. Cansado y destrozado… pobre amor mío. Puedo hacer contigo lo que quiera.

—¿Inferioridad de condiciones?

Le dio la vuelta con un rugido y se abalanzó sobre ella, peleando con aquella mujer que no dejaba de reír ni de retorcerse, con lo que le estaba costando un triunfo soltarle los lazos del corsé.

—Hace falta algo más que unos cuantos moretones y una mala noche para debilitarme.

Julia se tumbó boca arriba con un suspiro de satisfacción y él comenzó a besarle el cuerpo. Se detuvo en su ombligo y hundió en él la lengua, algo que siempre la hacía reír.

—Hablando de malas noches —dijo, alzando la cara—. ¿Ya te sientes más cómoda con la idea de tener hijos?

Había hecho la pregunta como con despreocupación, pero se notaba las dudas que abrigaba de si le haría daño.

—Me siento muy cómoda con la idea, milord. De hecho, creo que ya hemos podido poner en marcha el proceso. No estoy segura, pero tengo mis esperanzas.

Will se movió tan deprisa que apenas le dio tiempo a parpadear. Durante un momento había estado relajada en la cama en sensual abandono, y al siguiente estaba bajo las sábanas en brazos de su marido, que la trataba con el mismo cuidado que si fuera una cesta de huevos.

—¡Que no voy a romperme, Will!

Intentó revolverse para acariciarlo, para demostrarle que, por encima de todo, quería hacerle el amor.

—¿Seguro que estás bien? —le preguntó y unas arrugas de preocupación le aparecieron en la frente—. Lo que has tenido que pasar estos días ha sido muy malo, pero tener que hacerlo además estando encinta…

—Estoy bien. Además podría no estarlo y que el retraso se deba solo a la angustia de estos días. Pero no estoy dispuesta a esperar para hacerle el amor a mi marido.

Will se relajó.

—Supongo que podríamos. Solo por asegurarnos la sucesión, ya sabes... ahora que no podemos confiar en Henry.

Estuvo a punto de preguntarle «¿Lo sabes?», pero se contuvo junto a tiempo.

—Es otra cosa en la que estuve pensando ayer —continuó con una sonrisa—. Me ayudó a distraerme cuando creía que me iba a morir de preocupación por ti. Me di cuenta, cuando pensaba con el corazón en lugar de con… otras partes de mi anatomía, que confiaba en ti. También pensé en Henry sin dejarme llevar por la ira, y no solo como en mi irritante heredero. Luego fue cuestión de sumar dos más dos. Aunque puede que haya sumado seis.

—No. Lo has hecho bien —se acurrucó en su costado y le acarició el estómago—. No le va a ser fácil, pero lo he animado a alquilar un alojamiento en Londres, donde la presencia de algún sirviente no llamaría la atención. ¿Te sorprende el consejo? Sentiría que no lo aprobaras.

—No me sorprende, me preocupa. Pero le has dado un buen consejo. Y ahora que hemos arreglado la vida amorosa de Henry a tu plena satisfacción, ¿podríamos reiniciar la nuestra?

—Eso creía que estaba haciendo —musitó ella, tomando en la mano la prueba del deseo de su esposo.

Will se echó a reír y tumbándose boca arriba con ella en los brazos, le dijo:

—Haz conmigo lo que quieras.

Sus ojos lucían dorados, limpios de cualquier sombra. Nunca los había visto así, pensó al colocarse a horcajadas sobre sus caderas y recibirlo dentro con un suspiro de pura felicidad.

—No puedo recordar cuándo me he sentido así, tan satisfecha, tan libre de ansiedad. Tan feliz. Te quiero muchísimo, Will. Creía que nunca podría volver a hacer el amor contigo.

Se incorporó para besarla en los labios con una sonrisa, con lo que ella se derritió, quedando tan blanda como un paño de terciopelo.

—Hemos pasado por un verdadero infierno para llegar donde estamos, amor mío. Creo que ahora nos merecemos nuestro pedacito de paraíso en la tierra. Nos besaremos, nos amaremos, dormiremos y volveremos a casa para ser felices.

—¿Para siempre?

—Estoy dispuesto a dedicar mis próximos ochenta años a la tarea. Después, ya hablaremos.

—Muy bien, milord —respondió, y se dejó llevar por el calor de sus brazos, sus besos y su gozo.

Nota de la autora

Quiero mostrar aquí mi agradecimiento a la doctora Joanna Cannon por sus explicaciones sobre cómo habrían podido interpretar los médicos de la época de la regencia los síntomas de un síndrome agudo posviral. Al desconocer la enfermedad, la habrían confundido con la tisis, el término más habitual en aquella época, o bien con la tuberculosis, letal en todo el sigo diecinueve. La recuperación de Will se habría visto grandemente acelerada por el tratamiento que recibió: descanso en un clima cálido y seco, buena dieta y atención médica cualificada.

Julia tenía razón al temer a la ley si había matado a Jonathan Dalfield, por muy accidentalmente que hubiera sido. La referencia a la mujer ahorcada, cuyo cuerpo se había entregado con posterioridad a los forenses de Aylesbury, es el caso real de la cuñada de uno de mis ancestros que vivió en la regencia, y que al parecer acabó defendiéndose tras años de abuso. El horror que suscitaba en la sociedad una violencia tan poco femenina, se reflejó en la severidad de la sentencia.

LOUISE ALLEN
El caballero pirata

Uno

Ciudad de Corfú. Abril 1817

Alguien estaba intentando cometer un asesinato, y aparentemente lo estaba haciendo frente a su puerta. Los sonidos eran inconfundibles. El cuero de las botas sobre los adoquines, los golpes de madera sobre la carne, el estruendo de los metales, las respiraciones desesperadas y jadeantes.

Alessa suspiró y se colocó la cesta de mimbre sobre la cadera. Regresó sobre sus pasos hasta doblar la esquina para esconderse entre las sombras, donde pudiera ocultar su cargamento sin ser vista. A las once de la noche, los familiares callejones de Corfú estaban tranquilos, aparentemente desiertos, pero no cometió el error de pensar que no había merodeadores acechando.

Había al menos uno situado en la pequeña plaza formada por la parte de atrás de la iglesia de San Stefanos, la panadería Spiro y dos casas, cuyos techos eran tan altos que la luz apenas penetraba durante unas pocas horas al día. Alessa se agachó para sacar de la funda el cuchillo que llevaba en la bota y se escondió entre las sombras.

Mientras doblaba la esquina, a través del estrecho pasadizo que daba al patio, miró instintivamente hacia atrás, buscando una luz que pudiera proyectar una sombra y revelar su presencia. Pero llegaba de la oscuridad, y la escena que tenía ante sí estaba bien iluminada por el farol de la puerta de Spiro, por el brillo de las cristaleras de la iglesia y por la lámpara de aceite que Kate había dejado en la entrada compartida cuando comenzó a oscurecer.

Su visión quedó bloqueada por un par de hombros. El dueño de aquellos hombros estaba apoyado en la pared, apretando los dientes. Alessa aspiró un intenso aroma a pescado y ajo que le resultó tan familiar que tuvo que arrugar la nariz. Georgi, el pescador de calamares, siempre cerca de cualquier acontecimiento del barrio del que pudiera obtener beneficios sin mayor esfuerzo.

Alessa se situó tras él y presionó la punta del cuchillo en su espalda. Georgi dio un respingo y se quedó quieto.

—*Hérete*, Georgi —murmuró Alessa en griego, obligándose a permanecer lo suficientemente cerca para poder susurrarle al oído—. Creo que deberías estar en otra parte ahora mismo. ¿Quieres que los hombres del Alto Comisionado sepan exactamente lo que haces cuando sacas tu kaïki en una noche sin luna, Georgi? Creo que se mostrarían muy interesados si alguien se lo dijera.

Georgi murmuró en voz baja, se dio la vuelta

y desapareció en la oscuridad. Alessa esperó unos segundos hasta dejar de oír el ruido de las botas sobre los adoquines; luego ocupó el lugar de Georgi.

Había dos hombres peleando allí. Reconoció a uno de ellos: el Gran Petro, un criminal que no fingía tener otra ocupación, se encontraba empuñando un garrote en una mano y un cuchillo en la otra. Frente a él, esquivando los golpes, había un completo desconocido. Por un momento Alessa creyó que iba armado con un espadín, pero luego se dio cuenta de que su única arma era un delgado bastón que utilizaba para parar el cuchillo.

«No podrá con él», pensó Alessa. Se trataba de un elegante caballero vestido de noche. Sólo el sombrero tirado en el suelo y el pelo revuelto indicaban la falta de confianza en sí mismo. Tenía la atención puesta en su oponente y, si no hubiera sido Petro, podría haber tenido alguna posibilidad de escape. Pero el corpulento Petro era un asesino, y ningún caballero inglés recién llegado a la isla podría ser rival para él.

Alessa se dio la vuelta y caminó hacia los escalones de su puerta, sintiendo cómo crecía su irritación ante aquella muestra de violencia en su territorio, bajo la ventana de los niños. El extraño estaba haciendo retroceder a Petro; o más bien el corfiota estaba cediendo terreno. Entonces vio por qué: oculto en la sombra, al pie de la fuente se encontraba el desagüe, como una trampa esperando a algún pie desprevenido. El desconocido metió el pie en el agujero y cayó sobe una rodilla. Mientras lo hacía, logró levantar el bastón para defenderse, pero Petro golpeó el bastón con el garrote, volvió a levantar el arma y golpeó en la cabeza al hombre, que cayó al suelo al pie de la fuente. En ese momento, Petro se acercó a él con un murmullo de satisfacción y empuñó el cuchillo con fuerza.

No, aquello era demasiado. El asesinato, aunque fuera el de los impertinentes turistas ingleses, era algo que Alessa no toleraría frente a su puerta. Giró el cuchillo en la mano, se acercó a Petro y le golpeó con el mango en el punto situado entre el cuello y el hombro, justo como le habían enseñado. Sintió el dolor en su propio brazo debido al golpe, pero Petro se derrumbó con un gemido y quedó tendido a los pies de su víctima, lo que significaba que ahora tenía a dos hombres inconscientes en su patio. Uno de ellos probablemente se despertaría con ganas de matar. El otro probablemente llamaría a gritos al Alto Comisionado, al ejército, a la marina y a su criado; o sería asesinado por cualquier ladrón antes de recuperar la consciencia. Y, por pura humanidad, no podía dejarlo allí, por muchas molestias que le causara.

Con un suspiro de resignación, Alessa subió los peldaños, abrió la destartalada puerta de madera y gritó:

—*Éla*, Kate! ¿Kate, estás ahí?

Se oyeron pisadas en el piso de arriba y, segundos después, una mujer asomó la cabeza por la barandilla.

—Estoy aquí. ¿Necesitas ayuda con la cesta?

—No, necesito ayuda con un hombre —contestó Alessa—. ¿Está Fred contigo?

—Está terminando de cenar. ¿Alguien te está dando problemas? Creí haber oído una pelea. ¡Fred!

—¿Sí, amor? —una cabeza morena apareció en la barandilla junto a la de Kate—. Buenas noches, Alessa.

Bajaron las escaleras y se reunieron con ella.

—¿Qué tenemos aquí? —preguntó el sargento Fred Court al contemplar los cuerpos tendidos frente a la casa.

Kate, el amor de su vida, amiga y vecina de Alessa, se rascó la cabeza, revolviéndose el pelo más de lo habitual.

—¿Quiénes son, Alessa? ¿Están muertos?

—Uno es un lord inglés, algún turista estúpido que se metió aquí y se encontró con el Gran Petro y con su amigo Georgi. Dios sabe si está muerto; Petro le golpeó en la cabeza con fuerza. Sin embargo Petro no tendrá más que un leve dolor de cabeza.

—Será mejor que lleve al inglés de vuelta a la residencia del lord Alto Comisionado —dijo el sargento Court frotándose la barbilla con la mano—. Dejad que vaya a por mi chaqueta y me lo llevaré.

—No dudo que puedas —le dijo Alessa—, pero te llevará media hora y no le servirá de nada estando en ese estado. Creo que será mejor meterlo dentro.

—¿Quieres que lleve un mensaje a la residencia de todos modos? —preguntó Fred, y empujó con un pie el cuerpo inerte de Petro para poder agacharse y levantar a la víctima.

—No, no te molestes. Se te hará tarde. Enviaré a Demetri por la mañana. Ahora voy a por la cesta de la colada.

Fred ya estaba dentro subiendo las escaleras con el desconocido al hombro cuando Alessa regresó con la cesta. Kate se la quitó de las manos y puso cara de sorpresa al notar el peso.

—¡Pensé que éstas eran las prendas finas! ¿Es que llevan encaje a montones ahora? Ve a sujetarle la cabeza, Alessa. Fred no está teniendo mucho cuidado.

Alessa subió las escaleras tras el sargento y evitó que la cabeza inconsciente del inglés se golpeara contra las paredes. Masculló en voz baja al ver las manchas de sangre en los peldaños que Kate y ella mantenían impolutos. Fred estaba mostrando el mismo odio silencioso que casi todos los soldados sentían por sus lores, y Alessa no podía culparlo. ¿Qué hacía aquel idiota temerario merodeando por las calles a esas horas de la noche? Metiéndose en problemas y causándole molestias a la gente trabajadora. Eso hacía.

—Será mejor que lo coloques en el sofá —dijo Alessa mientras retiraba de encima un puñado de telas y una muñeca de trapo—. ¿Los niños están dormidos, Kate?

—Como troncos. He ido a verlos hace menos

de diez minutos y he comprobado que el fuego no se hubiese descontrolado —contestó su amiga, y señaló con la cabeza hacia la bóveda de hierro que protegía las ascuas en la chimenea de ladrillo situada en una esquina.

Alessa buscó en una cómoda y encontró una almohada y una colcha. Miró entonces al desconocido. Su cabeza había dejado de sangrar, pero no parecía estar cerca de recuperar la consciencia.

—Supongo que será mejor que lo vigile. Cayó con fuerza y se torció el tobillo además. Y, por supuesto, Petro le dio un buen golpe con el garrote para dejarlo inconsciente antes de clavarle el cuchillo.

—Cierto. Vamos a ponernos con ello —Kate se remangó y reveló unos antebrazos musculosos—. ¿Qué estás mirando, Fred?

Su amante se apartó de la ventana por la que había estado mirando.

—El Gran Petro se acaba de despertar y se está frotando la cabeza. Dudo que sepa lo que ha ocurrido. ¿Necesitáis ayuda? Yo tengo que volver pronto al fuerte.

—Nos las apañaremos, gracias, amor —Kate lo siguió hasta el descansillo para despedirse, y dejó a Alessa sola con el desconocido. ¿Qué había en él que resultaba tan inglés? Su piel, para empezar; estaba bronceado, probablemente después de haber pasado semanas en el mar, pero el color era el dorado de una piel clara, no la piel tostada de los mediterráneos. Su pelo era castaño, lo cual seguramente indicaba que no se trataba de un escocés, que creía que eran pelirrojos; ni tampoco de un galés, pues ellos tenían el pelo negro a juzgar por el regimiento estacionado en el viejo fuerte. El pelo había adquirido reflejos dorados debido al efecto del sol.

—Es un buen traje inglés —observó Kate al regresar a la habitación y fijarse en el tejido del abrigo—. Es un chico guapo.

—No es tan chico —dijo Alessa. Debía de tener casi treinta años. Y «guapo» tampoco era la palabra. Era demasiado masculino para eso, a pesar de sus rasgos uniformes y elegantes, que contrastaban ampliamente con los de Fred.

—Para mí sí lo es; no olvides que te saco algunos años. ¿Quieres vendarle la cabeza o le quitamos la ropa primero? He subido una camisa vieja de Fred; creo que le servirá para dormir.

—Gracias. Vamos a ver el daño —entre las dos consiguieron dejar al desconocido sólo con la camisa y los calzoncillos. Alessa dejó a un lado el pañuelo del cuello y las medias y colgó el abrigo y los pantalones en el respaldo de una silla—. Debía de estar alojado esta noche en casa del lord Alto Comisionado —dijo mientras señalaba la elegancia de las prendas—. Justo lo que uno quiere llevar puesto para deambular por callejones oscuros.

Kate estaba observando las piernas estiradas sobre el cuero del sofá.

—No me gusta el aspecto de ese tobillo. ¿Es sangre lo que tiene en la cadera?

—Lo es —contestó Alessa, contemplando la mancha que se filtraba a través de la camisa y los calzoncillos—. Se golpeó contra la base de la fuente; sólo espero que no se haya roto nada. Supongo que tendremos que quitarle el resto de la ropa para asegurarnos.

Le quitaron los calzoncillos con más cuidado del que habían tenido con los pantalones y las medias de seda. Alessa le levantó la camisa por encima de la cabeza y se quedó con la boca abierta al ver el golpe de la cadera. Tenía un cardenal del tamaño de un plato y un corte por el que brotaba la sangre.

—¡Santo cielo! —exclamó Alessa, se arrodilló junto al sofá y comenzó a manipularle la pierna. Tenía una torcedura en el tobillo, pero los huesos no parecían rotos. La pantorrilla y el muslo no parecían dañados. Comenzó a moverle la pierna, presionando con una mano su cadera para advertir cualquier indicio de rotura.

—Muy guapo —insistió Kate—. Creo que no había visto nada así desde…

—¡Kate! ¡Por el amor de Dios! Eres prácticamente una mujer casada y yo estoy criando a un chico. Ninguna de las dos deberíamos escandalizarnos por ver a un hombre desnudo… —Alessa dejó de fijarse en las lesiones y siguió la mirada de Kate. Sí, bueno, quizá un extraño adulto y desnudo fuese muy diferente a un niño de ocho años. Llegados a ese punto, era muy diferente a las clásicas estatuas de mármol de hombres desnudos que adornaban la residencia del Alto Comisionado. Aquél no era un púber. No se trataba de un pedazo de piedra blanca tapado con una hoja de higuera. Aquél era un hombre adulto y musculoso con vello en el pecho y en…

—Está muy bien…

—¡Ni te atrevas a decirlo, Kate Street! Deberías estar avergonzada. Ahora eres una mujer respetable y yo… yo estoy atendiéndolo desde el punto de vista médico —dijo Alessa, agarró el pañuelo del cuello y lo colocó estratégicamente sobre el centro de las miradas de Kate. Consciente de que le ardían las mejillas, concluyó su examen médico—. No tiene nada roto, de eso estoy segura, aunque probablemente no debería intentar levantarse mañana. Le pondré una cataplasma en la cadera.

Kate, que finalmente había terminado con su escrutinio, comenzó a recoger las prendas tiradas por el suelo y las llevó a una de las pilas de agua situadas contra la pared.

—¿Meto el resto de cosas a remojo también?

—Por favor —contestó Alessa, y miró la delicada lencería de las damas del Alto Comisionado mientras Kate la sumergía en la pila. Era una valiosa fuente de ingresos y no podía arriesgarse a que sufrieran ningún daño; pero Kate, a pesar de sus manos fuertes, las trataba con cuidado.

Sacó del armario ungüentos, vendas y telas de camisa y las colocó en el suelo. La herida en sí misma era fácil de cubrir, pero colocar la venda alrededor de las caderas resultaba inquietante, y

Alessa supo que se le había puesto la cara roja antes de haber terminado. «Contrólate, chica», se dijo a sí misma, y comenzó a vendarle el tobillo. La herida de la cabeza no parecía necesitar vendaje, de modo que estaba lista cuando Kate terminó de lavar las prendas.

—¿Estarás bien con él aquí? —preguntó Kate cuando el desconocido estuvo decentemente cubierto, con la cabeza en la almohada y tapado con una colcha hasta la barbilla—. Puedo subir a pasar aquí la noche, si quieres —se ofreció antes de dar un trago a la copa de vino que Alessa le había entregado.

—Gracias, pero no. No me dará problemas; no con ese tobillo —contestó Alessa—. Es simplemente otra molestia más, y otra boca a la que alimentar.

—Sir Thomas se lo llevará antes de que acabe el día —dijo Kate—. Sea quien sea, el Alto Comisionado no querrá que los nobles ingleses deambulen por estas calles, eso seguro. ¡Buenas noches!

Alessa cerró la puerta cuando su amiga se marchó y comenzó con sus tareas nocturnas. La ropa limpia para el día siguiente, encontrar la pizarra de Demetri, alisar los puntos de las labores de Dora para que las monjas no se escandalizaran demasiado, comprobar que hubiera suficiente leña para la chimenea…

Se dio cuenta de que casi no estaba haciendo nada, pero estaba demasiado cansada como para irse a dormir; demasiado inquieta como para intentarlo. Dio un respingo al oír un suspiro proveniente del sofá, pero el hombre seguía inconsciente. Alessa vaciló un instante, contemplándolo. ¿Por qué le resultaba tan inquietante? Significaba trabajo de más, además se metería en problemas con ciertas personas por ayudarlo; y, finalmente, ese desconocido representaba las tres cosas de las que más desconfiaba en el mundo: era inglés, era aristócrata y era hombre.

Tratando de ser justa, Alessa se sentó y lo observó. Tal vez no fuera inglés, ni aristócrata, y no todos los hombres eran malos. Sólo la mayoría. Lo más seguro sería tratarlo con la más profunda de las desconfianzas y librarse de él lo antes posible.

Si al menos no sintiera la necesidad de tocarlo, de deslizar los dedos por su pelo, de disfrutar del tacto de su piel bronceada y tersa. Acariciar esos labios con los suyos y... Alessa se apretó las manos sobre el regazo y se quedó mirando al desconocido. Brujería. No era que creyese en eso, a pesar de lo que le hubiera dicho en varias ocasiones la anciana Agatha, su vecina del campo. No, el único hechizo allí era el efecto que un atractivo y misterioso desconocido producía en una mujer cansada que hacía tiempo había perdido la esperanza de encontrar al hombre adecuado.

—Y aunque existiera, desde luego no eres tú —dijo mientras se ponía en pie para ir a retirar del fuego la vasija de agua que había colocado en la chimenea.

En el dormitorio, se quedó de pie unos segundos con la espalda hacia la puerta, contemplando la escena. Al menos aquello era normal, una paz temporal, y su única fuente segura de felicidad. Tras un biombo dormía Demetri con la cabeza sobre las sábanas, revueltas como sólo un niño de ocho años luchando contra piratas podría revolverlas. Al otro lado de la habitación, a un lado de la cama, Dora yacía acurrucada; sólo se le veía la punta de la nariz y sus rizos negros revueltos sobre la almohada.

Alessa fue a acariciar a los niños mientras iba desvistiéndose. Después de lavarse con agua caliente, se fue a la cama. Se acostó con cuidado de no despertar a Dora y se durmió escuchando la respiración de los niños.

Debían de haber pasado horas cuando los maullidos y bufidos de una pelea de gatos en el tejado de la panadería la despertaron. Alessa abrió un ojo y escuchó atentamente para ver si se habían despertado los niños. Entonces fue plenamente consciente de lo que estaba haciendo. Estaba abrazada a la almohada, sujetándola con ambos brazos como si fuera un amante. La soltó inmediatamente y la colocó de nuevo en el cabecero de la cama. Dios sabía con qué habría estado soñando. Cuanto antes se librara de aquel hombre, mejor.

Dos

La cama no se movía, lo que significaba que estaba en tierra, lo cual era bueno. Allí era donde se suponía que debía estar: en la cama, en tierra. El único problema era que no recordaba haberse metido en su cama; ni en la de nadie más. Chance se quedó muy quieto. El tremendo dolor de cabeza podría ser una de las razones por las que los recuerdos de la noche anterior aparecían borrosos, aunque también podía deberse a la ingesta masiva de licor, lo cual no recordaba. Pero había alguien más en la habitación. Aún no había conseguido un criado; estaba bastante seguro de que se acordaría si hubiese tenido compañía femenina; la única posibilidad que quedaba era que se tratase de un ladrón.

Aunque... se trataba de un ladrón muy ruidoso. Se oían pisadas amortiguadas sobre las tablas del suelo, y el sonido ocasional de lo que parecían ser cacerolas; y alguien, o algo, respiraba como un animal a pocos centímetros de su cara.

Y el olor... eso tampoco podía ser bueno.

Madera quemada, hierbas, jabón, comida. ¿Una cocina? Chance abrió los ojos y se encontró cara a cara con una niña. La niña dio un respingo y él se dio cuenta de que había dos; de ojos marrones y piel morena, con los mismos rizos negros e idéntica expresión de curiosidad.

—¡Está despierto! —exclamó la niña pequeña.

—¡Shh! ¿Qué te he dicho sobre lo de colocarte tan cerca? Ahora has despertado al señor —la voz que oyó sonaba clara, flexible y, aunque pretendía reprender, ni Chance ni la niña cometieron el error de pensar que la persona estuviera enfadada. Entonces su cerebro comenzó a funcionar y se dio cuenta de que ambas hablaban en inglés. Le pareció que lo más educado era corresponder al esfuerzo.

—*Kalíméra* —dijo él.

Hizo que la niña comenzara a reírse a carcajadas.

—¡Habla griego!

El niño, que había estado observándolo de cerca, comenzó a decir lo que parecían ser preguntas en griego.

—Um… —comenzó Chance—. *Parakaló, miláte pio sigá…*

—No lo habla muy bien —le dijo el niño en inglés a la mujer, que permanecía oculta—. Yo hablo inglés, italiano, francés y griego, todos perfectamente —la mujer se rió—. Bueno, mi francés no es perfecto, pero sólo tengo ocho años y él es un hombre.

—Yo hablo inglés, francés, italiano, latín y griego clásico. Todos perfectamente —contestó Chance. Y luego pensó: «¿Qué hago fanfarroneando delante de un niño de ocho años?".

—¿El griego que hablaban los héroes?

—Sí. Como lo hablaban Paris, Héctor y Aquiles —el niño se quedó mirándolo asombrado—. Me temo que no sé dónde estoy ni cómo he llegado aquí —y tampoco sabía por qué no se levantaba para averiguarlo. Se incorporó levemente sobre el sofá y volvió a derrumbarse—. ¡Maldición!

—¡No delante de los niños! —exclamó la mujer.

—Lo siento —dijo mientras se giraba, tratando de ignorar el dolor que sentía en la cadera y en el tobillo—. No esperaba que fuese a dolerme nada.

—¿No recuerda nada de anoche? —preguntó su interlocutora, que finalmente apareció ante sus ojos. Hubo varios segundos de confusión y Chance se dio cuenta de que se había quedado con la boca abierta.

—No recuerdo nada, y estoy seguro de que me acordaría de usted —tendría que estar muerto para no acordarse, pensó al ver aquella figura alta y esbelta delante de él, con las manos en las caderas y expresión de desaprobación en su rostro ovalado.

Una auténtica belleza griega, pensó al ver aquella melena negra y el traje típico de la isla, compuesto de una falda negra y un corpiño bordado que resaltaba sus curvas.

Entonces se fijó en sus increíbles ojos. ¿Griega? No podía ser. No con aquellos ojos verdes. Y su acento era claro.

—Es usted inglesa.

Ella no respondió, pero en su cara pudo verse la rabia contenida.

—Niños, presentaos y luego dejad en paz al caballero.

—Yo soy Dora y éste es Demetri —dijo la niña, y le dio un codazo a su hermano—. No te quedes mirando, Demi. Dice que puede hablar como los héroes, no que sea uno de ellos —le dirigió una sonrisa y se alejó, tirando de su hermano.

—Remueve la cacerola, Dora, por favor —dijo la mujer—. Y, Demetri, trae más leña. No creo que trajeras mucha anoche, *óhi*?

Aquellos ojos verdes se dirigieron entonces hacia Chance.

—Puede llamarme *kyria* Alessa. Fue atacado por dos hombres en el patio que hay debajo de mi casa anoche. Se torció el tobillo con el desagüe, cayó contra la base de la fuente y se golpeó en la cabeza. ¿No recuerda nada?

Chance se incorporó sobre los codos de nuevo y ella le colocó la almohada bajo la espalda. Se apartó rápidamente nada más hacerlo, como si Chance tuviese una enfermedad contagiosa.

—Recuerdo jugar a las cartas en la residencia... la residencia del Alto Comisionado —explicó. Era mi primera noche en la isla. Sir Thomas me había presentado a varios caballeros, su portero me había encontrado alojamiento. Descubrí que estaba más cansado de lo que pensaba, así que me excusé y me marché... Creo recordar que me ofrecieron un lacayo con una antorcha, pero la noche era clara y parecía haber luces por todas partes, así que rechacé la oferta.

—Una decisión estúpida en una ciudad desconocida —dijo ella—. ¿Dónde se hospeda?

—En el fuerte; el Paleó Frourio.

—¿Entonces qué diablos estaba haciendo aquí, en mitad de la ciudad, casi a medianoche?

—El aire nocturno me despejó; pensé que iba a explotar. ¿Por qué te molesta tanto?

Cualquier otra mujer que conociese se habría sonrojado y echado atrás ante una reprobación masculina tan firme. Pero aquélla no. Simplemente arqueó las cejas y sonrió como si estuviera complaciendo a un niño.

—¿Aparte de por el hecho de que fuera asaltado por dos criminales en mi puerta? ¿Aparte de que vaya por una ciudad desconocida presumiendo con su bastón plateado, alardeando de dinero y de ropa cara para atraer a los criminales? ¿Aparte de porque todo eso haya ocurrido bajo la ventana de los niños y de que yo tenga que cargar con las consecuencias?

—Supongo que debo darle las gracias a tu marido por el rescate, *kyria*.

—No estoy casada.

Entonces sería viuda, y muy joven. ¿Qué tendría? ¿Veinticuatro?

—Siento tu pérdida. ¿Quién me rescató entonces de los asesinos?

—No hay ninguna pérdida —dijo ella—. Y fui yo la que se encargó de ellos.

—¿Tú? —se sentía incrédulo y no hizo ningún esfuerzo por disimularlo.

Como respuesta, la viuda se agachó y sacó un cuchillo de su bota. Lo sostenía como si supiera perfectamente cómo usarlo.

Chance lo contempló horrorizado.

—¿Los acuchillaste?

—Claro que no, no soy una asesina. A uno le sugerí que sería mejor que el Alto Comisionado no se enterase de sus andanzas, y al otro lo golpeé —giró el cuchillo sobre su mano y le mostró la empuñadura—. Cuando se despertó, se marchó. Pensé llevarlo a usted de vuelta a la residencia, pero era tarde. No sabía hasta dónde alcanzaban sus lesiones. Estaba cansada. Demetri llevará hoy un mensaje de camino al colegio.

—Gracias —no parecía que hubiese mucho más que decir, dado el torrente de emociones que comenzaba a formarse en su cabeza dolorida. Se sentía humillado por haber sido rescatado por una mujer, molesto por su actitud, físicamente dolorido y tremendamente excitado.

No tenía experiencia con brujas furiosas de ojos verdes; si le hubieran preguntado, nunca habría pensado que le resultaría atractiva una de ellas. Aquella, Alessa, le impactaba a un nivel que no comprendía. No era sólo su aspecto, que era admirable. Había una cualidad en ella que le hacía desear estrecharla entre sus brazos y borrar aquella mirada fría con su pasión.

Lo cual era imposible. Chance tenía un código

muy estricto en lo referente a mujeres; profesionales o damas de la alta sociedad únicamente. Y aquella joven viuda con sus hijos no era ninguna de las dos cosas.

—El desayuno está listo —dijo la pequeña Dora desde el otro extremo de la sala, donde no podía verla. Chance intentó de nuevo girarse y se detuvo en seco al sentir el dolor en la cadera.

—¿Tengo algo roto? —preguntó.

—No —contestó Alessa, se dio la vuelta de golpe con un brusco movimiento de la falda y le proporcionó una visión de sus enaguas, así como de las medias blancas que sobresalían por encima de las botas de cuero. Era un atuendo exótico y atractivo, aunque a la vez práctico.

Hubo una rápida discusión en griego. Chance se resignó al ver que no entendía nada y se relajó de nuevo sobre la almohada. Entonces apareció el niño, arrastrando un biombo que colocó alrededor del sofá.

—Es mío, pero te lo presto —anunció antes de desaparecer. Regresó de nuevo con un cuenco de agua, una toalla y jabón, que colocó en una silla junto a Chance—. Debes lavarte la cara y las manos antes de desayunar. Ah, sí, casi lo olvido —le entregó una vasija de loza cubierta con un paño y sonrió—. Tienes que colocarlo debajo del sofá cuando hayas terminado.

De modo que la rabia de Alessa no llegaba hasta el punto de tener que humillarlo haciéndole mencionar las necesidades básicas. Era algo por lo que estarle agradecido. Al quitarse la colcha de encima, Chance descubrió que tal vez no estuviera tan agradecido después de todo. La camisa que llevaba puesta no era suya. Toda su ropa había desaparecido, y alguien le había vendado la cadera con mucha profesionalidad. Dudaba que fuese obra de Demetri.

Se adecentó de nuevo y esperó a que el chico reapareciera con algo de comida. En vez de eso, Alessa apartó el biombo y colocó en una silla un plato y un tazón. Luego se agachó para retirar la vasija del suelo.

—¿Fuiste tú la que me desvistió y me vendó las heridas?

—Sí —contestó ella—. La señora Street, mi vecina, me ayudó. Un hombre inconsciente no es fácil de manejar.

—Gracias, *kyria* Alessa. Deja que te recompense por los problemas que te he causado —dijo Chance.

—No es necesario. Los griegos consideran un deber sagrado cuidar de los extraños —contestó Alessa.

—Pero tú no eres griega, ¿verdad?

Una vez más, Alessa respondió a la pregunta ignorándola.

—Debería decirme su nombre para que Demetri pueda decirle al señor Harrison quién es.

—¿Harrison? —el nombre le resultaba vagamente familiar, y entonces lo recordó. Los acontecimientos de las últimas veinticuatro horas comen-

23

zaron a reproducirse en su cabeza—. Oh, sí. El secretario de sir Thomas. ¿De qué lo conoces?

—Conozco a todo el mundo en la residencia —respondió ella sin dar más explicaciones—. ¿Su nombre? ¿O lo ha olvidado?

—Benedict Casper Chancellor. Mis amigos me llaman Chance.

Alessa ignoró la invitación implícita.

—¿Y el título?

—¿Qué te hace pensar que tengo título?

—La ropa, la elegancia, la manera de moverse. Tiene dinero y parece haber sido educado en estas cosas. Todo eso dice a gritos que es un aristócrata inglés.

—¿A gritos?

—Debería haber dicho susurros. Gritar sería muy vulgar y poco apropiado, por supuesto. Muy poco inglés. ¿Me equivoco?

—Soy el conde de Blakeney.

—Bien, milord, os sugiero que os comáis el desayuno y luego descanséis. Demetri le pedirá al señor Harrison que envíe una silla de ruedas esta tarde.

—Podré marcharme andando cuando haya comido y esté vestido, gracias.

—Podéis intentar levantaros y caminar, por supuesto —dijo Alessa con una educación desquiciante—. Y, si lo lográis, podéis tambalearos por las calles vestido con pantalones de satén, la camisa de un sargento y sin medias ni pañuelo para el cuello. Pero imagino que sir Thomas tendrá algo que decir respecto a la impresión que eso causaría de los ingleses entre la gente de aquí —recogió el cuenco del agua y retiró el biombo—. Regresaré cuando haya llevado a Dora con las monjas.

Hubo discusiones sobre un lápiz desaparecido, el paradero de la chaqueta de Demetri, la cartera de Dora... pero finalmente la sala quedó en silencio.

Chance volvió a destaparse y se estiró para agarrarse al respaldo de la silla. Intentó levantarse y el esfuerzo hizo que el sudor comenzara a brotar de su frente. Consiguió ponerse en pie y descubrió que podía moverse, aunque con mucho dolor. Sin embargo, aquella pequeña bruja tenía razón; no podría llegar solo a la residencia, ni al viejo fuerte.

Vio su traje colocado en una silla y los zapatos debajo. Sudando y maldiciendo, atravesó la sala en busca de sus medias, utilizando los muebles como muletas. Alessa también tenía razón en eso; sería el hazmerreír caminando por las calles con ese aspecto.

Había pilas de madera alineadas en la pared, todas llenas de agua y ropa blanca. Metió la mano en una con la esperanza de encontrar sus medias; podría secarlas al fuego. La prenda que sacó era indefinible, pero desde luego no era suya. Dejó la prenda en el agua y buscó en la siguiente pila, de donde sacó una delicada camisola. Le recordó inevitablemente a una prenda que había visto en su última amante la noche en que se había despedido de ella.

Aquélla sí que era una mujer apropiada, pensó. Femenina, atenta, dispuesta a satisfacer sus deseos y mostrándose reticente a aceptar su dinero. ¿Por qué entonces se sentía mucho más atraído por Alessa que por el recuerdo de Jenny?

La gota de agua fría sobre su pie descalzo le recordó que estaba de pie, casi desnudo, sosteniendo una prenda íntima femenina en mitad de una casa en Corfú; y a merced de una viuda fría y misteriosa que podría regresar en cualquier momento. Chance dejó la camisola en la pila y regresó al sofá. Le molestaba admitirlo, pero probablemente Alessa tuviera razón; debería descansar si deseaba escapar de aquella pesadilla.

Alessa subió las escaleras y advirtió agradecida que Kate ya había fregado las manchas de sangre de los peldaños. Se turnaban para limpiar las zonas comunes, habiéndose resignado hacía tiempo a que la irresponsable familia del piso de abajo ignorase sus propias obligaciones.

De pronto oyó los sonidos de un altercado procedente de la puerta de abajo. Sandro probablemente estuviera siendo arrastrado por quedarse en la cama en vez de sacar su barco. Entre los pescadores trabajadores, él era una excepción bastante notable. No se oía nada en casa de Kate; sin duda estaría fuera comprando.

Alessa contó los tañidos de la campana de la iglesia mientras subía. Las nueve en punto. De modo que lord Blakeney no la había retrasado mucho. Dos horas para hacer la colada y ponerla a secar, luego llegarían sus visitas habituales antes de que la ciudad entrase en su típica somnolencia vespertina. Probablemente el lord inglés tendría que tener paciencia hasta las tres, cuando la residencia enviara a unos sirvientes a recogerlo. A los turistas ingleses a veces les costaba trabajo acostumbrarse a la práctica mediterránea de descansar en mitad del día, aunque sir Thomas, con su experiencia en Malta, y con el calor sofocante de Ceilán, lo aceptaba sin cuestionarlo.

Alessa se detuvo frente a su puerta, dándose cuenta de que su corazón latía más deprisa de lo que debería por haber subido las escaleras. ¿De qué tenía miedo? Sólo era un hombre. Por mucha temeridad que hubiera mostrado la noche anterior, se había comportado con educación al despertarse y verse en un lugar extraño, dolorido y rodeado por una mujer hostil y dos niños.

Había reaccionado exageradamente, tenía que admitirlo, y suponía que debería disculparse. Colocó la mano en el picaporte y repasó sus excusas. Aquel hombre había llevado la violencia a su puerta, ella estaba cansada y él era un hombre muy atractivo. «Sí, bueno, Alessa, eso no vas a explicárselo, incluso aunque pudieras explicarte a ti misma por qué te afecta tanto», dijo una voz en su cabeza. Tomó aliento y abrió la puerta.

Tres

Lord Blakeney estaba recostado, pero las almohadas estaban al otro extremo del sofá, de modo que estaba mirando hacia la parte principal de la sala.

—¿Os habéis levantado de la cama? —preguntó Alessa, olvidando sus buenas intenciones, y escudriñó la habitación para ver qué más había hecho.

—Por supuesto —contestó él—. He leído tu diario, he encontrado dinero escondido detrás del ladrillo suelto de la chimenea y he dejado huellas de suciedad en las prendas que hay en las pilas — bromeó al ver su cara de desconfianza.

Ignorando la primera parte de su sarcasmo, pues no tenía diario y sus ahorros estaban entretejidos en las ristras de ajos que colgaban del techo, Alessa se centró en el último comentario.

—¿Y qué estabas haciendo con la colada? —preguntó.

—Buscando mis medias.

—Las tendréis cuando estén limpias, y no antes —contestó ella—. ¿Y cómo habéis logrado atravesar la habitación?

—He ido cojeando.

Debía de haberle dolido. Alessa sintió admiración por su determinación.

—¿Hay algo que necesitéis? —dejó la cesta de la compra y recordó que debía hacer las paces con él, no sermonearlo—. Lo siento si he estado... cortante esta mañana, milord. Estaba furiosa porque hubierais atraído a esos hombres hasta mi puerta.

—Yo también lo siento. Has hecho bien en reprenderme por ello. Debería haber sido más listo, como tú dijiste. Mi única excusa es el cansancio, el placer por estar de nuevo en tierra firme tras varios días en el mar y, aunque suene ridículo, el calor de la noche.

—¿Calor, milord? —Alessa se desabrochó el sombrero de paja y lo colgó tras la puerta antes de ponerse el delantal.

—Me gustaría que me llamaras Chance —dijo él con una sonrisa.

—Muy bien, Chance —se echó las manos a la espalda para atarse el delantal y vio cómo Chance miraba sus pechos apretados contra la camisa. La mirada duró sólo un segundo, y no fue acompañada del brillo lujurioso en los ojos que había llegado a esperar de los ingleses que habían pasado por la ciudad desde la retirada francesa. Sirvió vino en dos tazones, los rellenó con agua y le entregó uno—. Estabais explicando por qué la noche cálida hizo que os mostrarais temerario.

Chance aceptó el vino, le dio las gracias y bebió.

—Estaba comportándome como un turista —admitió—. Una escena pintoresca, caras sonrientes, callejuelas intrigantes, una noche tranquila para pasear, las estrellas como diamantes en el cielo negro. ¿Quién habría esperado peligro?

Alessa arqueó una ceja y fue recompensada con una sonrisa burlona.

—Cualquier idiota, claro, aunque seas demasiado educada para recordármelo —dijo él—. Si hubiera estado en Marsella o en Nápoles, habría estado en guardia. Pero me arriesgué y pagué por ello, aunque no tanto como merecía, gracias a ti.

Alessa colocó el caldero en el fuego y lo llenó de agua. Luego comenzó a sacar prendas de las pilas, comprobando que no tuvieran manchas.

—¿Vuestro nombre se debe a que corréis riesgos? ¿O tal vez jugáis? Significa «riesgo» en inglés.

—¿Chance? —preguntó él—. No, simplemente es un acortamiento del nombre, de cuando era pequeño. La verdad es que soy respetable y sensato.

Alessa arqueó las cejas de nuevo. Era demasiado bueno para ser real: guapo, amable con los niños y respetable.

—Veo que no me crees.

—Si eso es así, no encajáis con el patrón de

caballeros ingleses que conozco —dijo Alessa, agarró la botella de jabón líquido y vertió un poco en el caldero. Era fácil hablar con él—. ¿No jugáis?

—Bueno, sólo para socializar.

—¿No vais a fiestas por las noches?

—No voy a fiestas, simplemente disfruto del vino y de los licores con moderación.

—¿No hay damas de la noche, amantes sofisticadas, orgías?

—Desde luego, nada de orgías —contestó él con las mejillas sonrojadas.

Alessa le dirigió una mirada de reprobación, pero no dijo nada. Después de todo, una no esperaba que un hombre fuese un santo. Un caballero que no se gastase el dinero apostando, que no bebiera hasta quedar inconsciente y que no persiguiera a las sirvientas con interés libidinoso era, como Chance decía, muy respetable.

¿Sería además muy convencional? Estaba soportando bastante bien su interrogatorio., ¿Qué pensaría de su historia si fuese lo suficientemente temeraria para contársela? Tomó un cuchillo y comenzó a cortar láminas de un trozo de jabón de color verde; la última botella que había preparado estaba casi vacía.

—¿No hay nada que pueda hacer? No me siento cómodo aquí tumbado mientras tú trabajas tan duro.

Alessa negó con la cabeza, pero entonces se dio cuenta de que tal vez podría hacerse cargo del jabón para que ella pudiera ocuparse de los objetos más sucios mientras el agua se calentaba—. Gracias. Tal vez podáis hacer esto —se inclinó sobre el sofá y le entregó a chance un cuenco, el cuchillo y el jabón—. Necesito láminas finas para que se disuelvan bien en el agua, luego lo embotello concentrado y lo uso para lavar. Funciona mejor sobre las prendas delicadas que frotando el jabón directamente —se dio cuenta de que estaba explicándose, como con los niños—. Lo siento, probablemente no os interese saber estas cosas. Tengo la costumbre de enseñar.

Chance tomó el cuchillo y comenzó a cortar el bloque de jabón.

—¿Así?

—Perfecto —Alessa le dirigió una sonrisa y de pronto fue consciente de su proximidad. Podía sentir su muslo contra la cadera.

Era tan cercano que parecía que estuviese hablando con Fred Court, o con Spiro, el panadero, y había adquirido la costumbre griega de expresar abiertamente su curiosidad por los desconocidos. A sus vecinos no les resultaría extraño un interrogatorio sobre la familia, el trabajo, los intereses y el dinero, pero no debía permitirse caer en la trampa de entablar relación con alguien del entorno del Alto Comisionado.

Mientras frotaba con fuerza las manchas de las medias de Chance, Alessa se dio cuenta de que había pasado de la desconfianza a la amabilidad y, si era sincera, a la atracción en el transcurso de doce horas. Y todo por un perfil bonito, un par de ojos marrones y un carácter abierto. «Cuidado», se dijo a sí misma mientras echaba las medias al caldero. «Este hombre es una tentación muy seria».

No importaba en lo más mínimo que un hombre de su posición no fuese a estar interesado en la lavandería por algo que no fuera coquetear. Su instinto le decía que no se aprovecharía de ella de ese modo; estaba a salvo de lord Blakeney. ¿Pero estaba a salvo de sí misma? Tenía que proteger su corazón como protegía su dinero si quería seguir siendo fuerte e independiente.

Trabajaron en silencio. A medida que el cuenco del jabón iba llenándose y las prendas de ropa iban cayendo al agua caliente, Alessa se apartó el pelo húmedo de la frente y dejó de preocuparse por su invitado.

Cuando el reloj de la iglesia dio las once, Alessa volvió en sí. Se enderezó y miró a Chance. Había un cuenco de láminas de jabón en el suelo, y él estaba tallando los restos del jabón y modelando lo que parecía ser un animal. Levantó la cabeza y la miró con una sonrisa.

—Patético, ¿verdad?

Alessa contempló la escultura y dijo:

—Es un cerdo muy bonito —probablemente debería tener una pata más, pero tampoco quería ser muy crítica.

—Gracias. Aunque la verdad, he de confesar que pretendía ser un caballo.

—¡Oh, Dios! —la risa de Chance resultó contagiosa y Alessa aún estaba carcajeándose cuando apartó el biombo de la pared y lo colocó alrededor del sofá—. Espero… clientes. Puede que vuestra presencia haga que se sientan incómodos. ¿Os importa…?

—¿Fingir que no estoy? No, en absoluto.

Alessa sonrió en agradecimiento y se apresuró a ordenar el dormitorio. Se le acababa de ocurrir que, dado que el sofá que normalmente usaba estaba ocupado, tendría que utilizar el dormitorio. Todos sus clientes serían conocidos, pero aun así le parecía una intrusión, de modo que quería asegurarse de que no hubiera objetos personales a la vista.

Chance se recostó sobre las almohadas, trató de ponerse cómodo y pensó en echarse una siesta. Le pareció una buena idea, pero podría roncar, lo cual llamaría la atención sobre su presencia. Probablemente Alessa estuviera esperando a damas con objetos íntimos que necesitaran limpiar, o tal vez realizara arreglos en los vestidos. Un hombre desconocido no sería bienvenido en mitad de tanta actividad femenina.

Nunca nadie se había quejado de sus ronquidos; tal vez pudiera arriesgarse a quedarse dormido. Los golpes en la puerta lo sacaron de su ensimismamiento y escuchó cómo Alessa se apresuraba a abrir la puerta.

—*Kaliméra*, Alessa.

—*Kaliméra,* Spiro. *Ti kánis*?

Chance se incorporó bruscamente. ¿Un hombre? Se obligó a tumbarse de nuevo, preguntándose a qué se debía su reacción; suponía que habría hombres solteros o sirvientes que necesitaban lavar su ropa o arreglarla. Alessa hablaba rápido y en un griego coloquial que él no lograba entender, pero algo en su tono le resultaba inquietante. Y se dirigían al dormitorio. La puerta se abrió y se cerró, y el sonido de sus voces se convirtió en un murmullo.

Chance volvió a incorporarse y escuchó atentamente. La conversación había cesado y lo único que oía en el dormitorio era una especie de golpes rítmicos. De pronto se imaginó el cabecero de la cama golpeando la pared y pensó en lo que podría causar los golpes. «Es una… ¡No!». Su repulsión instintiva le sorprendió. ¿Qué le pasaba? Alessa tenía todo el derecho a ganarse la vida como quisiera. ¿Quién era él para juzgar? Y aun así estaba haciéndolo. Lo cual le convertía en un hipócrita.

Tal vez se equivocara. Tal vez ese tal Spiro hubiera ido a arreglar una cama rota. «Y tal vez yo soy el duque de York», pensó mientras esperaba a que cesasen los golpes, lo cual ocurrió pocos minutos después. Volvió a oír el murmullo de voces y, tras varios segundos, la puerta del dormitorio se abrió.

Chance se retorció dolorosamente y logró ver parte de la habitación a través de una rendija del biombo. Spiro era un hombre robusto de mediana edad y parecía sonrojado. No llevaba bolsa de herramientas. Fuera lo que fuera lo que hubiera hecho allí dentro, no era arreglar un mueble.

Alessa también estaba algo sonrojada. Volvieron a llamar a la puerta. En esa ocasión se trataba de un hombre más joven que cojeaba con la pierna izquierda. Una vez más el saludo, la breve conversación y la puerta del dormitorio cerrándose.

En esa ocasión hubo silencio al otro lado de la puerta. Chance se dio cuenta de que estaba estirándose para poder escuchar y sacudió la cabeza a modo de reprimenda. Se sentía furioso consigo mismo por escuchar, furioso con Alessa por ponerlo en esa situación; furioso porque hubiera destrozado su ilusión de una joven viuda trabajadora y virtuosa.

La puerta principal se abrió de nuevo. Chance no logró ver quién había entrado, salvo el abrigo de un hombre, pero el crujido de una silla indicó que el recién llegado estaba esperando.

«¿Cuántos más, por el amor de Dios?». El sonido de la voz de un hombre gritando emergió del dormitorio. Chance se tumbó, se tapó la cabeza con la almohada y esperó a que todo acabara.

Se despertó de la duermevela cuando retiraron el biombo. Alessa estaba observándolo con las manos en las caderas y expresión de sorpresa en la cara.

—¿Qué estáis haciendo?

—Intentar no escuchar —contestó Chance mientras se incorporaba.

—¿Escuchar?

—Sí, tus transacciones de negocios.

Se quedaron mirándose durante varios segundos y entonces Alessa preguntó lentamente:

—¿Qué creéis exactamente que estaba haciendo ahí dentro?

Chance no dijo nada, pero Alessa interpretó la mirada en sus ojos. Pensaba que se estaba prostituyendo e intentaba encontrar la manera de evitar contestar.

Se sintió asqueada. Luego furiosa, tanto consigo misma como con él. Debería haber imaginado lo que parecería y haber dicho algo antes. «¿Pero por qué iba a tener que dar explicaciones en mi propia casa?

—¿Creéis que estaba teniendo sexo con ellos? ¿Por dinero?

—No. No pienso eso. Y no sé por qué no, a juzgar por lo que he visto y oído. En cualquier caso, sería un hipócrita si te condenara por ello. Pero no lo creo, y me alegra —dijo Chance.

—¿Por qué? —preguntó ella—. ¿Por qué no lo creéis?

—Porque creo que te conozco, incluso después de tan poco tiempo. Porque no creo que fueses a utilizar la habitación de los niños. Porque, si fuera así, yo estaría celoso.

—¿Celoso…?

Los golpes en la puerta interrumpieron lo que habría sido una pregunta imposible. Alessa apartó la mirada de Chance y se dirigió a abrir la puerta.

—¡Señor Williams! Por favor, entre. No le esperaba hasta esta tarde, pero lord Blakeney estará encantado, estoy segura.

El mayordomo del Alto Comisionado entró en la sala y le hizo la misma reverencia que siempre usaba con ella. Le sorprendía que tratase a una de las comerciantes de la Comisión con tanto respeto, pero siempre era especialmente puntilloso en lo que a ella se refería.

—Sir Thomas se mostró muy preocupado cuando recibió el mensaje, *kyria* Alessa. Aunque, con tus habilidades, sabíamos que milord estaría en buenas manos. ¿Cómo os encontráis, milord? Nos horroriza que os hayáis topado con tanta violencia y criminalidad en una ciudad bajo gobierno inglés.

—He recibido justo castigo a mi temeridad por deambular solo en mitad de la noche por una ciudad desconocida, señor Williams, pero me recuperaré pronto, gracias a *kyria* Alessa —dijo Chance con una sonrisa cálida.

Los dos lacayos que habían entrado siguiendo al señor Williams se habían quedado junto a la puerta.

—¿Habéis traído un cambio de ropa para lord Blakeney? —preguntó Alessa.

Roberts, al que mejor conocía, levantó un pequeño baúl de viaje.

—Todo está aquí, *kyria*, como dijo el joven Demetri.

—En ese caso, podéis ayudar a milord a vestirse —Alessa señaló el biombo y condujo al mayordomo al otro lado de la sala, dejando a Chance a merced de los lacayos—. No tiene heridas de gravedad —le aseguró al señor Williams—. Pero imagino que le dolerá bastante la cadera y el tobillo, y sería mejor que descansara durante varios días. Imagino que el médico de sir Thomas se encargará de él.

—El doctor Pyke no se atreverá a contradecir tu diagnóstico en tales asuntos —dijo el señor Williams, sacó su libreta de bolsillo y le entregó a Alessa una lista—. Me preguntó si tenías estos ungüentos. Si no, le gustaría encargarlos.

Alessa abrió el armario y comenzó a sacar tarros.

—Tengo todos menos el bálsamo de limón, que voy a preparar hoy mismo, y el agua de salvia. Tendré de eso a finales de semana; aún está infusionando. Lo pondré todo en la bolsa con la ropa de lord Blakeney. Su ropa blanca aún está en la pila; la llevaré junto con el resto de la colada de la residencia.

Tras varios gritos de dolor, Chance apareció de detrás del biombo. Iba cojeando de un pie y se apoyaba en el hombro de Roberts.

—Podemos llevaros en brazos, milord —protestó el lacayo—. Haremos un asiento con nuestras manos. De lo contrario no podréis bajar las escaleras.

—No estoy borracho ni muerto —respondió Chance—. Puedo bajar las escaleras. *Kyria*, te estoy muy agradecido por lo que has hecho por mí. Siento las molestias que te hayan podido causar mis acciones, y si en mi... confusión, dije algo disparatado.

«No te vayas, no hasta que no hayas explicado lo que querías decir». Las palabras sonaron con tanta claridad en su cabeza que Alessa creyó por un momento haberlas dicho en voz alta.

—No hay nada por lo que debáis disculparos, milord —dijo calmada—. *Xenia*, es decir la hospitalidad para los desconocidos, es importante para nosotros. Podéis recompensármelo teniendo cuidado. Y, Roberts, ten cuidado con ese brazo.

—Así lo haré, *kyria* —contestó el lacayo con una sonrisa—. Pero ya está curado.

Alessa los acompañó al rellano, pero volvió a entrar inmediatamente. Dejó la puerta entreabierta y esperó, preparándose para un golpe. No ocurrió nada, pero pudo oír las maldiciones que ascendían por la escalera. Cerró la puerta con una sonrisa y se acercó a la ventana. Chance estaba descansando, apoyado con una cadera sobre el borde de la fuente mientras interrogaba a Roberts. El lacayo, que llevaba un chaleco sin mangas, se desabrochó el puño de la camisa y comenzó a remangársela mientras Spiro salía de la panadería para ver qué sucedía. Alessa arqueó las cejas; aquello iba a ser interesante.

—*Kyria* Alessa es un prodigio con los ungüentos —explicó Roberts en respuesta a la pregunta que Chance le había hecho mientras bajaban las escaleras. Se remangó la camisa para mostrarle el antebrazo. A la luz del sol, podía verse una cicatriz rosa sobre la piel bronceada—. El cocinero me quemó con agua hirviendo hace tres semanas, y mirad cómo Alessa me ha curado. Spiro, tú vas a verla por tu espalda, ¿verdad?

—*Ne* —asintió el hombre robusto y observó a Chance con la misma mirada intensa que éste empezaba a esperar de toda la gente de allí. Lo había visto en alguna parte—. Hace un buen trabajo —añadió mientras se retorcía el hombro—. Es muy dura. Me golpea la espalda con fuerza donde están los nudos y me frota con un ungüento que pica, y me dice que no me comporte como un bebé cuando grito. Hace que mejore.

Por supuesto, aquél era Spiro, el de los golpes en la cama.

Chance se dio cuenta entonces de que había metido la mata considerablemente. Alessa probablemente le hubiera salvado la vida, le había vendado las heridas con una habilidad que debería haberle indicado algo, si al menos se hubiera parado a pensar en otra cosa que no fuera la vergüenza de saber que lo había desnudado para hacerlo; ¿y qué había hecho él? Sacar la peor conclusión posible sobre ella.

«¿Y por qué lo has hecho, idiota?», se preguntó mientras el lacayo y el panadero compartían historias sobre ella. «Porque la deseas, por eso. Lo primero que entra en tu cabeza cuando piensas en ella es el sexo».

El señor Williams regresó al patio.

—El carruaje ha conseguido pasar por la calle de al lado. Sólo unos metros más, milord, si os sentís con fuerzas para continuar.

—Por supuesto, gracias —Chance se incorporó, colocó la mano en el hombro de Roberts y miró hacia arriba. Sobre sus cabezas, Alessa estaba asomada a la ventana, rodeada por las flores escarlata de las macetas. Estaba observándolos, con el peso apoyado en los brazos. Le parecía que sonreía. Levantó una mano para despedirse y se preguntó si recibiría una maceta en la cabeza a cambio. En vez de eso, Alessa levantó la mano en respuesta y creyó verla sonreír.

Una mujer misericordiosa, o tal vez estuviera disfrutando de verlo salir por fin de su patio y de su vida.

Cuatro

Alessa se apartó de la ventana con una sonrisa en los labios. Aquél era un hombre testarudo, pero al menos uno que sabía admitir sus defectos. Incluso desde la ventana había logrado ver su cara de arrepentimiento.

¿Cómo podía culparlo por la conclusión a la que había llegado? ¿Y cómo podría explicar ese salto de fe, que le había llevado a negar lo que el sentido común le decía que era verdad sobre ella?

Apartó el caldero del fuego y comenzó a sacar la ropa para aclararla. Fue escurriendo una por una las prendas femeninas hasta que se encontró con un par de medias masculinas y la camisa de Chance. Se detuvo un instante, pero enseguida negó con la cabeza, frotó las prendas con fuerza y las puso a aclarar.

Cuando hubo terminado y la cesta de la colada estuvo llena, la colocó al pie de una escalera que subía hacia una trampilla en el techo, ató las asas a la cuerda que colgaba y comenzó a subir.

Cuando salió al tejado, se agachó para atar la cuerda a la polea y comenzó a tirar. Cuando la cesta aterrizó en el suelo, la arrastró hasta las cuerdas de tender, situadas en el tejado entre la chimenea y la estructura de madera que sostenía la parra.

Hacer la colada era mucho mejor en verano, cuando apenas salía humo de las chimeneas y el sol brillaba con fuerza, secando las prendas en mucho menos tiempo que en invierno.

Alessa tendió la ropa y volvió abajo para tomar algo de pan con queso acompañados de vino. Podría descansar un rato en el tejado mientras almorzaba. Aún tenía que coser un botón a una de las camisas de Demetri y revisar sus libros de contabilidad. En ese momento sonó el reloj de la iglesia. Sí, podría descansar durante una hora; entonces tal vez dejara de sentirse tan inquieta.

El sonido de unas quejas la sacó de su ensimismamiento. Kate Street salió al tejado con las mejillas coloradas después de subir por la escalera.

—¡Aquí estás! Me he encontrado con los niños de camino a casa y he pensado en pasar a ver qué habías hecho con tu atractivo paciente.

Alessa podía oír a los niños en el piso de abajo. Estaban discutiendo sobre de quién era la culpa de que no quedaran bollos del día anterior.

—¿Qué hora es? —preguntó Alessa. Se puso

en pie y miró a su alrededor—. ¡Deben de ser más de las tres!

—Y media —confirmó Kate—. ¿Y cuánto tiempo llevas exactamente aquí soñando despierta?

—No estaba soñando despierta; he estado comiendo, cosiendo y repasando mis cuentas —Alessa siguió la mirada de su amiga y vio la taza con la mosca flotando en la superficie, el queso derritiéndose al sol, la camisa con el botón sin coser y el libro de cuentas cerrado. «¿Qué he estado haciendo?», pensó—. Debo de haberme quedado dormida. He tenido una mañana ocupada —se justificó.

—Entonces ya se han llevado a milord —dijo su amiga con una sonrisa.

—Sí. Vino a buscarlo el personal de la residencia. Y de hecho sí es un lord. Lord Blakeney.

—Mucho mejor. Espero que le hayas cobrado mucho por las molestias.

—¡Claro que no! ¿Cómo podría? Una no cobra a los invitados, por muy inconscientes que sean.

—Sinceramente, Alessa, a veces pienso que eres más griega que los griegos.

—Soy corfiota. ¿Qué otra cosa puedo ser? —ofendida, Alessa se acercó a la trampilla y miró hacia el piso de abajo—. ¡Dora, Demetri! ¿Habéis tenido un buen día? Bajaré enseguida.

—Muy bueno —dijo Demetri—. El doctor Theo dice que mi redacción de francés era increíble.

—¿Y el ejercicio de inglés? —preguntó Alessa.

—No tan increíble —admitió el chico.

—Y Dora, ¿vas a subir?

—Yo también he tenido un buen día. Las monjas tienen nuevos gatitos. ¿Podemos ir a jugar?

—Si queréis. Poneos el sombrero y no salgáis del patio.

El sonido de los pies corriendo hacia la puerta fue la única respuesta que obtuvo.

—Sin sombreros —dijo Kate mirando hacia el patio—. Bueno, háblame de él.

«Me ayudó con el jabón, le hice un sinfín de preguntas impertinentes, pensó que me estaba prostituyendo, no puedo dejar de pensar en él y ahora no sé lo que piensa de mí. Y por alguna razón eso me importa».

—No hay nada que contar —respondió encogiéndose de hombros—. Descansó y yo estuve haciendo las cosas habituales. Luego vino el señor Williams con dos lacayos. Lord Blakeney se mostró demasiado orgulloso como para ser llevado abajo y fue cojeando, así que probablemente se sienta cansado. Pero ahora es problema del doctor Pyke; no creo que vuelva aquí buscando loción de árnica para los moratones.

A la tarde siguiente, Chance no sentía la menor inclinación a ir a ninguna parte. El alto comisionado había anunciado que debía instalarse dentro de la residencia para que su médico personal pudiera atenderlo y, como resultado, Roberts, el lacayo, lo había colocado en una cómoda mecedora a la sombra del claustro en el patio interior.

Con un reposapiés, una pila de cojines, una mesa para colocar los periódicos y las bebidas, un bastón y una campana, Chance se permitió el lujo de descansar. Pensó que probablemente parecía un coronel retirado descansando en un balneario, pero realmente no le importaba.

El doctor Pyke decía que simplemente eran los efectos causados por el golpe en la cabeza. Aunque Chance pensaba que probablemente se debiese al hecho de haber parado en sus viajes por primera vez en meses. Todas sus necesidades estaban cubiertas, no tenía que tomar ninguna decisión ni contratar sirvientes.

Había partido cuatro meses antes, al darse cuenta de que, al haber acabado por fin la guerra con Francia, era el momento de viajar antes de sentar la cabeza y encontrar una esposa. No era que hubiese llevado una vida de excesos anteriormente. Chance estaba acostumbrado a oír a sus parientes femeninas describirlo como un parangón de virtudes domésticas, un hijo ideal y un hermano maravilloso.

Leyó de nuevo una de las cartas que habían estado esperándolo a su llegada.

El señor Tarleton está resultando ser maravilloso, como sabía que sería, habiéndolo elegido tú. Tiene mucha fuerza. Me ha estado explicando la correspondencia de Estados Unidos y estaba conmigo cuando el señor Crisp vino con los papeles sobre la venta de los pastos...

Su madre continuaba alabando al secretario que él había contratado antes de partir, así como a los consejeros que tenía a su disposición.

Chance no esperaba que lady Blakeney se preocupara o comprendiera los asuntos de la finca, ni que ella o sus tres hermanas tuvieran que preocuparse por algo más que no fueran sus tareas domésticas. Así era como debería ser, y él nunca se habría marchado si hubiera tenido alguna duda al respecto.

Espero que te estés cuidando y que lleves prendas de lana a todas horas. También espero que evites la comida extranjera y las tentaciones y perversiones que se dice que esas ciudades extranjeras ofrecen a los viajeros ingleses.

Chance leyó la carta hasta el final, advirtiendo que sus propias cartas estaban llegando en un orden distinto al que él las había enviado, y se recostó, meditando sobre la noticia de que Lucinda, su hermana mediana, de diecisiete años, estaba acercándose mucho al joven Lakenheath. A su madre eso le resultaba preocupante. Chance, que no se preguntaba por qué Lucy se enamoraba siempre de jóvenes inapropiados que se autodenominaban poetas, estaba menos preocupado. No duraría, al menos después de que Lucy conociera a lady Lakenheath. Decidió no escribir a su madre para darle consejo sobre el asunto.

Lo cual le dejó sin nada en qué pensar salvo sus propios asuntos, cosa que había evitado hacer durante esas últimas veinticuatro horas. Es decir, Alessa. No era que nadie la considerase asunto suyo, gracias a Dios. Pero, para él, era un asunto inacabado, y no sabía qué hacer con ella.

Alessa le había salvado de las consecuencias de su propia temeridad, había cuidado de él, y a cambio la había insultado de la peor manera que se podía insultar a una dama. Aunque ella no se presentaba como una dama, sino como una curandera que se encargaba de la colada. Lo que significaba que debía ser tratada con la cortesía que merecían todas las de su sexo, así como recompensada económicamente.

Alessa era un misterio y, fuera quien fuera, no era simplemente una viuda corfiota que llevaba un par de negocios para mantener a sus hijos. Era inglesa. Con un vestido a la moda, podría pasar por miembro de la alta sociedad. Sin embargo, había acabado en las calles de esa ciudad; no pertenecía a aquel lugar y había que hacer algo al respecto.

Se cambió de postura sobre la mecedora y recibió la punzada de dolor del tobillo como un antídoto contra la punzada de deseo que sentía al pensar en Alessa. Deseo y lujuria. El sonido de las pisadas acercándose al patio lo sacó de su ensimismamiento, y vio entonces la falda negra y la blusa blanca bajo la arcada situada frente a la que él estaba.

—Alessa —dijo él mientras ella desaparecía tras una puerta sin mirar en su dirección; entonces se dio cuenta de que había hablado casi para sí mismo, como si fuera un sueño.

Alessa encontró al mayordomo sin dificultad. Como era normal a esa hora del día, estaba en su despacho mirando hacia el patio.

—Buenos días, Alessa. Tengo aquí el dinero de la colada del último mes. ¿Los niños están bien?

—Muy bien, gracias, señor Williams. ¿Le dejo a usted la salvia que el doctor Pyke me pidió?

—Desde luego —dijo el señor Williams, y la ayudó a desempaquetar los botes que llevaba bajo la colada planchada—. ¿Quieres dejar aquí la colada también?

—Gracias, pero prefiero llevársela al ama de llaves. Hay un par de cosas que me gustaría comentarle.

Alessa salió del despacho con la cesta. La casa estaba tranquila, y sólo los murmullos de los sirvientes alteraban la calma que sir Thomas exigía cuando estaba trabajando en su estudio. No siempre la conseguía, claro; sobre todo cuando su pariente viuda, lady Trevick, y sus dos hijas tenían visita.

Imaginó que debían de haber salido. Probablemente se habrían llevado a su nuevo invitado de paseo para mostrarle las vistas.

—Alessa —no podía ser otra persona. Incluso aquella única palabra sonaba inconfundible con aquella voz profunda. Alessa dejó caer la cesta y, milagrosamente, cayó sobre la base y las prendas no se desparramaron por el suelo.

Chance estaba medio sentado, medio apoyado en el murete que separaba el claustro del jardín central.

—Lo siento. No pretendía asustarte.

—Milord.

Chance se puso en pie y Alessa observó que iba vestido como los marineros de los barcos ingleses que atestaban el puerto. Sólo que ninguno de los marineros estaría tan guapo con unos pantalones sueltos de algodón y camisa de lino de un blanco impoluto.

—No os preocupéis, milord. ¿Vuestras lesiones están mejor hoy?

—Estoy mucho mejor —contestó él—. La cadera me duele menos, aunque el cardenal es espectacular. El tobillo aún me duele, pero el doctor Pyke ha asegurado que me pondré bien si descanso.

—Bien. Estoy segura de que tiene razón —observó entonces que iba descalzo. Era lo más sensato, teniendo un tobillo vendado, pero por alguna razón le parecía alarmantemente íntimo. Alessa apartó la mirada, tratando de olvidar su cuerpo desnudo bajo sus manos. Hasta que Kate no había dicho nada, lo único en lo que había pensado eran las lesiones, pero ahora ya no podía mantener esa indiferencia.

Comenzó a alejarse.

—No, por favor, no te vayas. ¿Me has traído la ropa?

—Sí —contestó Alessa—. Está en la cesta. Debería…

—Por favor, siéntate. Tómate un vaso de limonada conmigo.

—No sería apropiado.

—¿Por qué no? No te estoy invitando a la cama, por el amor de Dios —llevaba la camisa abierta a la altura del cuello, mostrando su vello oscuro.

—Por mi puesto aquí —contestó ella. En cualquier momento, el señor Williams podría salir de su despacho.

—No eres una sirvienta. ¿Por qué te comportas como si lo fueras?

—Ofrezco un servicio aquí. Se espera que sepa cuál es mi lugar.

—Y yo te estoy pidiendo que te sientes, bebas una limonada conmigo y me hagas compañía durante unos minutos. Eso también sería un servicio. Si quieres, te pagaré por tu tiempo. No estás en tu casa, de modo que puedo ofrecerte remuneración sin arriesgarme a que te enfades, ¿verdad?

Derrotada, Alessa se agachó para recoger la cesta, la dejó sobre el muro y se sentó. Junto a ella había un naranjo en una maceta que ofrecía un agradable aroma.

—Florecen al mismo tiempo que maduran; no me había dado cuenta —dijo Chance mientras se retorcía para alcanzar la jarra de limonada. Alessa se puso en pie de un salto para agarrarla antes de que se hiciera daño en la cadera, y se dio cuenta demasiado tarde de que quedaron casi cara a cara.

Advirtió el olor a lima, aunque no provenía de un árbol, sino de la colonia de Chance. Agarró la jarra con ambas manos y se apartó para servirla.

—Con las limas pasa lo mismo —dijo de pronto—. Y con los limones. También con los pomelos, creo —«estoy divagando». Dejó de hablar y le entregó a Chance su vaso.

Volvió a sentarse en el muro y se llevó el vaso a los labios con la esperanza de que el sabor ácido de la limonada lograse calmar los nervios que le provocaba su cercanía. Era ridículo. Estaba rodeada de hombres todos los días. A algunos incluso les masajeaba los hombros desnudos. Pero ninguno le hacía sentir así, como si con una palabra fuese a lanzarse a sus brazos...

—¿Alessa, cuál es tu verdadero nombre? —preguntó él.

—Alexandra.

—¿Y eres inglesa? La otra vez no me contestaste.

—Mi padre era inglés —nadie en Corfú salvo Kate sabía eso.

—¿Y tu madre? ¿Era griega?

—Francesa. Mi padre la conoció mucho antes de venir a Grecia. Ella murió cuando yo era muy joven.

—No debió de ser fácil para ellos, con Inglaterra en guerra con Francia. Pero imagino que ella era simpatizante de la realeza, una refugiada en Inglaterra.

—Oh, no. Mi padre la eligió, literalmente, en Francia en el noventa y tres. Su marido había muerto en la revuelta de Vendée; mi padre la encontró cerca de Niort.

—¡Dios mío! Eso debió de darles problemas.

—La verdad es que no. El general tenía dudas, pero mi madre era muy bella y mi padre siempre había sido muy poco convencional, así que simplemente se encogió de hombros y no hizo nada. He estado en Inglaterra varias veces, pero apenas me acuerdo. Cuando mi madre murió, yo tenía doce años y me quedé con mi padre. Hacía que su historia resultase más convincente. Entonces me cambió el nombre por el de Alessa.

Chance se quedó mirándola fijamente durante varios segundos.

—No hubo tropas inglesas implicadas en Vendée; al menos tropas inglesas normales. Así que tienes que ser la hija de un oficial. La hija de un oficial de inteligencia.

—Sí —no tenía sentido negarlo—. Estuvimos años entrando y saliendo de las islas griegas en diversas misiones, pero nos instalamos definidamente en Corfú en 1807, cuando los franceses la recuperaron. Mi padre utilizaba su barco por las noches para encontrarse con los agentes ingleses. Aquí tenía fama de ser un contrabandista, lo cual ayudó.

—¡Pero podrían haberle disparado! ¿Es eso lo que ocurrió finalmente?

—No —contestó Alessa—. Salió en su barco una noche, se dirigía a Albania para una reunión. Se desató una tormenta de pronto. Nunca regresó a casa.

Cinco

Ya lo había hecho; le había contado a Chance casi todo, tanto como le había confiado a Kate. Era una locura.

—Alessa... —ella levantó la mano como si quisiera evitar su compasión, pero Chance se la estrechó—. ¿Alessa, por qué sigues aquí? ¿Dónde está tu familia?

—Aquí. Dora y Demetri son mi única familia ahora —contestó ella mirando fijamente al naranjo.

—¡Pero debes de tener parientes en Inglaterra! Tías, tíos, primos... alguien, por el amor de Dios. No pueden vivir sabiendo que estás aquí sola.

—Mi padre no quería... después de la muerte de mi madre... ellos no me querían. Y yo no los quiero.

—Así que te casaste con un hombre de aquí —dijo él—. ¿Fue por amor o por seguridad?

Alessa giró la cabeza y evitó contestar. Chance aún la creía viuda y le parecía más seguro así, aunque no sabía por qué. Pero no quería mentirle.

—Bueno, ahora no estás casada —añadió Chance—. Dime cuál es tu apellido de soltera y haremos averiguaciones. Sir Thomas tendrá las libretas de contactos apropiadas y sabremos con quién tenemos que hablar en Inglaterra.

—No —contestó ella. La idea le horrorizaba. ¿Podría hacérselo entender? No, claro que no podría. El conde de Blakeney no sería capaz de eso. Era inglés, aristócrata y hombre. Para él el hogar y la familia significaban riqueza, estatus, seguridad, independencia. Para ella significaba estar prisionera en un país extranjero y sufrir temiendo que pudieran llevarse a los niños.

Para su sorpresa, Chance no insistió y simplemente se quedó mirando su mano. Tenía la piel tan bronceada como ella, y en un dedo llevaba un sello con una piedra tallada.

—Qué suave tienes la mano —dijo él—. Pensé que, de tanto lavar, se te habrían agrietado.

—Olvidas que me gano la vida preparando ungüentos. Además uso jabón de aceite de oliva.

Chance le levantó la mano. Por un momento, Alessa pensó que simplemente iba a mirarla, pero entonces se la llevó a la boca y la acarició con los labios. Asustada, Alessa no se apartó hasta que no fue demasiado tarde y la punta de su dedo índice tocó sus labios.

Se quedó mirándolo y vio cómo separaba los labios y le mordía suavemente la yema del dedo. El efecto fue sorprendente. No la presión de los dientes, sino el efecto en su cuerpo. El calor ascendió por su vientre y sintió cómo separaba los labios, pero no le salieron las palabras.

Luego notó el roce de su lengua en la piel y creyó que iba a desmayarse. Nada la había preparado para un efecto tan poderoso. ¿Cómo podía ser tan intenso? Apenas estaba tocándola y aun así se encontraba perdida en sus ojos oscuros.

No tenía ni idea de lo que habría ocurrido después, ni de cómo habría reaccionado. Los ladridos del perro de lady Trevick los asustaron, sacándolos del trance. Chance le soltó la mano y se apartó al mismo tiempo que se levantaba.

Alessa se puso en pie de un brinco y derramó la limonada. Recogió la cesta del suelo y salió corriendo. Atravesó la arcada y subió dos tramos de escaleras sin parar antes de derrumbarse contra la puerta del ama de llaves. A salvo. Estaba a salvo, ¿pero de quién? ¿De lord Blakeney o de ella misma?

—Maldición —dijo Chance mientras volvía a sentarse. Había estado a punto de sacarle la verdad. Toda la verdad. Entonces se había rendido a sus encantos y la había tocado. No sólo tocado. El roce de su mano le había resultado devastador. El instinto había hecho que se la llevara a los labios, pero fue el puro deseo el que le hizo abrir la boca y saborear su piel con la lengua. Cuando cerraba los ojos, sólo veía su mirada verde, sus cejas negras y la pasión.

El sonido de las risas de mujer hizo que se pusiera en pie. Lady Trevick y sus hijas debían de haber vuelto, y allí estaba él, descalzo, vestido como un marinero y en un estado nada apropiado para mantener una conversación con señoritas de buena familia. Dejando atrás sus posesiones, Chance cojeó hacia las escaleras, y llegó justo a tiempo, antes de que un grupo de mujeres entrara en el patio por la esquina opuesta.

Se apoyó contra la pared, demasiado agitado para intentar subir las escaleras, y rezó para que nadie apareciese por allí. Cerró los ojos y trató de respirar con calma.

—¡Mi querida lady Blackstone, esto es maravilloso! Siento mucho que estuviéramos fuera cuando llegasteis —era la voz de lady Trevick, que debía de estar saludando a una recién llegada—. Recibimos vuestra carta, por supuesto, pero una nunca sabe cuánto duran los viajes por mar. Ahora poneos cómodas a la sombra. Parece que lord Blakeney ha estado aquí hace poco; tuvo un desafortunado accidente y no me extraña que esté descansando en su habitación. Lo conoceréis durante la cena.

—Iré a por mi bolso, mamá —dijo una voz joven, y a Chance le sonó a hija soltera. Ya le estaba costando suficiente trabajo relacionarse con las hijas de lady Trevick. Estaban encantadas de tener a un caballero soltero en casa, pero Chance no estaba dispuesto a dejarse arrastrar a balcones oscuros después de la cena. El matrimonio era lo último en su cabeza en aquellos momentos. Cuando regresara a Inglaterra, buscaría una esposa; una dama convencional que comprendiera sus deberes y que complaciese a su madre.

—Muy bien, Frances.

Chance oyó cómo las mujeres se sentaban mientras alguien corría hacia donde él se encontraba. Se pegó a la pared para ocultarse entre las sombras al pie de los escalones.

—¡Oh! —la joven que dobló la esquina se chocó con él, dio un paso atrás y agitó las pestañas—. Lo siento, señor.

Chance cerró la boca y logró hablar.

—Señorita, la culpa ha sido mía. Estaba tomando aliento antes de subir las escaleras —contempló aquellos ojos verdes y las cejas negras. Se apoyó en la pared y trató de calmarse. No era Alessa, por supuesto. Aquella joven tendría unos diecinueve años, su pelo era castaño y no era tan alta y esbelta como Alessa. Pero los ojos, la forma de la barbilla, las cejas… podría haber sido su hermana.

—Debéis de ser lord Blakeney —dijo la chica—. ¿Puedo ayudaros? Lady Trevick ha dicho que tuvisteis un accidente.

—¿Frances? —la mujer que apareció al doblar la esquina sólo podía ser la madre de la chica; o de Alessa. Y el parecido con ella era más pronunciado incluso que con la joven. Lady Blackstone era alta y elegante. Su pelo negro, con toques blancos en las sienes, estaba recogido de forma sencilla y llamaba la atención sobre sus ojos verdes y aquellas cejas negras.

—Él es lord Blakeney, mamá —dijo Frances.

—Señora. Soy Benedict Chancellor —dijo Chance cuando por fin le salieron las palabras—. ¿Vos sois lady Blackstone?

—En efecto, milord —contestó ella con una mirada fría—. He oído que estáis convaleciente. Tal vez os veamos en al cena. Vamos, Frances.

Cuando se quedó solo, Chance subió las escaleras con los dientes apretados, aunque apenas era consciente del dolor. Era casi imposible que lady Blackstone no estuviera emparentada con Alessa. Lo cual dejaba en el aire una pregunta. ¿Qué estaba haciendo en Corfú? ¿Podría ser su presencia allí una mera coincidencia?

Llegó a su habitación. Alfred, el ayuda de cámara que sir Thomas le había conseguido, se encontraba metiendo algo en los cajones de la cómoda.

—*Kyria* Alessa ha traído vuestra ropa, milord.

—Déjame ver —Chance agarró el pañuelo del cuello. Olía a romero y a una hierba que no lograba identificar. El criado aguardó pacientemente a que le devolviera el pañuelo—. ¿Puedes pedirle al secretario de sir Thomas que me preste un ejemplar de *Nobleza*, Alfred?

—Por supuesto, milord —el criado cerró el cajón y salió de la habitación. Chance volvió a abrirlo de nuevo y sacó el pañuelo. Acarició el tejido y pensó que era suave como la piel de Alessa.

Alessa había sido arrastrada lejos del lugar que le correspondía por un padre que, pese a su valentía, parecía haber sido poco convencional, y ahora permanecía allí por su propia testarudez. No podía creer que sus parientes ingleses la rechazaran. Debió de haber alguna inconveniencia con respecto a la esposa francesa, y Alessa se aferraba excesivamente a las historias que su padre le había contado.

Chance dobló el pañuelo, y aún estaba de pie con él en la mano cuando Alfred regresó. Se lo metió apresuradamente en el bolsillo.

—El *Nobleza*, milord —dijo Alfred, y lo dejó sobre el escritorio—. La cena es a las ocho. ¿Os preparo el baño a las siete?

—Sí, gracias —contestó Chance mientras pasaba las páginas del libro rojo—. Encontró a Henry, lord Blackstone. El nombre le resultaba vagamente familiar; alguien del servicio diplomático, posiblemente. Comenzó a leer la información. Casado con Honoria Louisa Emily Meredith, única hija del difunto Charles Meredith, tercer conde de Hambledon, y de su mujer, la difunta...

Impaciente, siguió pasando las páginas hasta encontrar a Hambledon. Edward Charles Meredith era el cuarto conde, casado y con una gran familia. Su padre había sido menos prolífico: una hija, lady Blackstone, su heredero, Edward, y otro hijo más.

—El honorable Alexander William Langley Meredith —leyó en voz alta—. Alexander —Alessa había dicho que su verdadero nombre era Alexandra. Leyó la información atentamente, pero no había rastro de ningún matrimonio, ni fecha de defunción. Era como si el honorable Alexander se hubiera esfumado en el aire—. O en las islas griegas con su esposa francesa y su hija.

Chance se vistió cuidadosamente para la cena. No había empezado con buen pie con lady Blackstone, y ahora todo dependía en gran parte del nivel de diplomacia que pudiera mostrar.

Sir Thomas le había prestado un elegante bastón con mango de plata, y consideró que no presentaba una estampa especialmente ridícula cuando salió cojeando a la terraza que daba a la bahía. Era un escenario perfecto para la cena de los invitados de la residencia.

Sir Thomas se acercó a saludarlo.

—¡Mi querido compatriota! ¿Sientes menos dolor esta noche? ¿Sí? ¡Excelente, excelente! Creo que ya conoces a todo el mundo salvo a lady Blackstone y la señorita Blackstone.

Lady Blackstone saludó con un leve movimiento de cabeza y una sonrisa. Parecía que iba a fingir que no se habían conocido antes. La señorita Blackstone se rió tímidamente y se sonrojó. Chance, que no habría esperado lo contrario de una joven en cualquier cena de la alta sociedad londinense, se encontró a sí mismo comparándola con otra joven bien distinta.

—¿Estáis de vacaciones en Grecia, lady Blackstone? —preguntó Chance cuando sir Thomas se marchó.

—Mi marido está en una misión en Venecia; trabaja en la oficina de asuntos exteriores. Frances y yo vamos a pasar los últimos meses de su viaje con él allí.

Corfú no estaba en la ruta de Inglaterra a Venecia, así que Chance se arriesgó a hacer más averiguaciones.

—Qué curioso que hayáis tomado esta ruta —observó—. Lo normal sería ir directamente a Venecia; desde Milán, tal vez.

Lady Blackstone sonrió fríamente y Chance advirtió su incomodidad, a pesar de su compostura. «Sí, oculta algo», pensó. «Siempre que no sea una aventura secreta con el Alto Comisionado…».

—Nos pareció una buena oportunidad. Estoy segura de que Frances no volverá a tener ocasión de ver los monumentos clásicos.

Aunque no había ruinas clásicas que ver en Corfú; Chance lo sabía bien, al igual que lo sabría cualquier viajero inglés medianamente leído.

—¿Os quedaréis mucho tiempo, milady?

—No estoy muy segura —contestó ella tras vacilar un instante—. Me parece una isla encantadora, y lord Blackstone está empeñado en que Frances aproveche al máximo el viaje.

Chance se salvó de tener que contestar cuando

el mayordomo anunció que la cena estaba servida. Por muy encantadora que fuera la isla de Corfú, seguramente lord Blackstone consideraría que Venecia tenía un valor educativo mucho mayor para su hija.

Le ofreció el brazo a lady Trevick y dijo:

—He estado hablando con lady Blackstone. Vuestras hijas deben de estar encantadas de tener una invitada de su edad.

—La verdad es que sí —contestó lady Trevick. Se sentó a la cabeza de la mesa y esperó mientras Chance se sentaba a su derecha—. Aunque no sé cuánto tiempo se quedarán. Creo que lady Blackstone tiene algún tipo de conexión familiar con la isla.

—¿De verdad? —Chance fingió indiferencia y comenzó a hablar sobre los planes que tenía sir Thomas para la nueva residencia. Al otro extremo de la mesa, lady Blackstone se sentó junto a su anfitrión y su secretario, el señor Harrison. Parecía estar haciéndole infinidad de preguntas. Chance aceptó un plato de salmón y trató de no pensar en Alessa, pero el nombre de Alexandra Meredith no paraba de dar vueltas en su cabeza.

Levantó la cabeza y vio a Frances Blackstone mirándolo. Llevaba el pelo recogido con elegancia, su vestido era de seda y un bonito collar de perlas adornaba su piel pálida. Se preguntó qué aspecto tendría Alessa con ese vestido y esas joyas.

Sonrió al pensarlo y Frances se sonrojó al pensar que la sonrisa iba dirigida a ella. «Cuidado», se dijo Chance. «O acabarás con la prima equivocada».

Más tarde, aquella noche, mientras Alfred le ayudaba a quitarse la chaqueta, Chance se dio cuenta de la verdadera importancia de aquella idea y maldijo en voz baja.

—¿Milord?

—Lo siento, Alfred. Estaba pensando en mujeres.

—¿De verdad, milord? Un tema eternamente fascinante, si me permite la franqueza.

—Eternamente —repitió Chance.

—La isla es famosa por sus atractivas mujeres —insistió Alfred—. Y son muy… hospitalarias.

—Ya he disfrutado de la hospitalidad de la isla —dijo Chance, cojeó hasta la cama y permitió que el criado le quitara los zapatos.

—Y, por supuesto, hay muchas jóvenes solteras, si estáis pensando en relaciones menos… físicas.

—No busco una amante en Corfú, ni una esposa, Alfred —dijo Chance—. Simplemente estaba pensando en las mujeres en abstracto.

—Claro, milord, disculpadme. ¿Necesitáis ayuda con el resto de vuestra ropa?

—No, gracias. Simplemente pásame el pijama.

Era evidente que no podía confiar en su criado. Aunque tampoco estaba seguro de que hubiera algo que confiar. Simplemente Alessa estaba empezando a preocuparle.

La solución estaba en aclarar el asunto de su nacimiento y devolverla a la mujer que seguramente fuese su tía. Entonces ya no tendría que pensar en ella en absoluto, habría cumplido con su deber y las cosas serían como debían ser. Aquello normalmente le habría gratificado, sin embargo la idea le producía cierta inquietud.

Seis

La mañana era cálida y soleada, el cielo azul, y ella no tenía clientes ni colada esperándola. Alessa suspiró satisfecha ante la idea de pasar un día sin hacer nada. En realidad tenía algunas cosas que comprar, y la cesta que llevaba en el brazo era para eso. Pero no tenía prisa. Podría pasear, charlar o sentarse en un banco a la sombra de los limeros que los franceses habían plantado para adornar la Spianadha. Desde allí, podía disfrutarse del paisaje, viendo a los residentes ingleses hacer su vida diaria o beber café bajo los arcos de la plaza Liston.

Entornó los ojos al ver el blanco resplandeciente de los apartamentos y tiendas que los franceses habían construido recientemente. Habían tenido que abandonar la isla poco después de completarlas. Había joyeros a la sombra de los arcos, una tienda de sedas, otra que vendía lujosos objetos que no tenían otro propósito que el de entretener a los ricos. A Dora le encantaba, pero comprendía que esas tiendas no eran para gente como ellos.

Alessa conocía a *signor* Luigi, dueño del café. A veces iba a que le tratara una rodilla dolorida. Había fundado el negocio bajo el gobierno francés y no había tenido problema en continuarlo con los ingleses.

—Todos beben café, todos me pagan —solía decir mientras se encogía de hombros.

Había un buen número de gente sentada a las mesas, mayoritariamente hombres, leyendo el periódico o hablando. Alessa mantuvo los ojos puestos en la calle mientras pasaba, pues no deseaba ser vista.

—¡*Signora*! ¡*Signora* Alessa! *Mi scuzi…* —era uno de los camareros, que corría hacia ella. Extrañada, Alessa se dio.la vuelta y el hombre se detuvo—. *Scuzi, signora, ma il signore…*

—*Questo signore?* —pero entonces lo supo. Miró hacia el café y vio a Chance intentando levantarse de su asiento.

Podría haberse dado la vuelta y seguir caminando. O hacer una reverencia y marcharse igual. No podría seguirla por la calle cojeando. Pero el camarero probablemente le daría alcance a cambio de una buena propina, y eso llamaría demasiado la atención.

Consciente de que era ya el objeto de varias miradas, Alessa se acercó a la mesa.

—Buenos días, milord. ¿Hay algo que pueda hacer por vos?

—Buenos días, *kyria* Alessa. Me encantaría que tomaras un café conmigo —se quitó el sombrero y lo dejó en la silla que tenía al lado. Alessa tragó saliva. No había nada que pudiera apetecerle más en ese momento que sentarse y hablar con Chance. Y nada podría ser más indiscreto que dejarse ver hablando con un caballero inglés de ese modo—. No puedo sentarme hasta que no lo hagas tú. Estoy seguro de que no será bueno para mi pierna estar de pie.

Alessa agarró el respaldo de la silla, se sentó con actitud desafiante y dejó la cesta bajo la mesa.

—*Un succo di arancia, per favore* —dijo para deshacerse del camarero. Cruzó las manos sobre el regazo y observó a Chance sentarse desde debajo del ala de su sombrero.

Tenía buen aspecto. Aún se movía con precaución, pero era evidente que el dolor había disminuido y ya no tenía ojeras.

—¿Paso el examen o crees que necesito un tónico?

Alessa se sonrojó al darse cuenta de que se le había quedado mirando.

—Comed más naranjas y bebed menos café y brandy —dijo para disimular su confusión.

—¿Eso es todo? Pensé que tal vez mi tobillo necesitaría un masaje.

—No debería estar aquí. ¿Hay algo en particular que quisierais comentar conmigo, milord?

Chance ignoró la pregunta y frunció el ceño.

—¿Por qué no? Éste es un lugar respetable para una dama, ¿verdad? Y estamos en público. No necesitarás una carabina aquí. No pretendía avergonzarte.

Parecía tan preocupado que Alessa se rió.

—Es un lugar muy respetable, sí. Ése es el problema; yo no soy una dama, así que no debería estar sentada aquí.

—¡Tonterías! —exclamó Chance con tanta fuerza que Alessa dio un respingo—. Te pido perdón, pero es evidente que sí eres una dama. Eres la hija de un oficial.

—No visto como una dama, ni tengo pretensiones de ser una dama, trabajo para vivir. Los hombres que nos están observando habrán sacado sus propias conclusiones sobre nuestro tema de conversación y estarán preguntándose cuánto cobro —dijo ella, recordándole su error anterior.

—Maldición —dijo Chance, y miró a su alrededor. Estaban sentados en un extremo de la arcada y Alessa estaba de espaldas al resto de las mesas, de modo que no podía ver sin darse la vuelta. Chance levantó la voz para seguir hablando—. Si alguien aquí es lo suficientemente tonto como para interesarse por mis asuntos, estoy seguro de que será un placer discutir el asunto con ellos en privado.

Hubo sonido de sillas y papeles, y Alessa se imaginó a los caballeros girando las sillas apresuradamente o levantando los periódicos para protegerse.

—No creo que los ingleses hayan tenido un duelo en Corfú todavía —dijo ella—. No llevan aquí el tiempo suficiente—. Creo que habéis sido un poco brusco; después de todo, es muy fácil llegar a esa conclusión, ¿verdad?

—No me he disculpado por eso todavía, ¿verdad?

—A la vista está que no lo creísteis, milord. Ésa es disculpa suficiente. Y yo debería haberme dado cuenta de la imagen que daba, llevando a esos hombres a mi dormitorio. El problema es que estoy demasiado acostumbrada a ser independiente, a confiar sólo en mí misma. No tengo que darle explicaciones a nadie.

—Y tampoco tienes que disculparte por mantenerte sola. Pero no deberías tener que hacer eso.

—¿Sólo por ser inglesa, porque mi padre fuera un oficial, debería darme aires de grandeza y sentarme a leer novelas sin hacer nada? ¡Nos moriríamos de hambre en poco tiempo, milord!

—Llámame Chance. No, claro que no quiero decir que deberías morirte de hambre por orgullo. Pero tampoco deberías tener que trabajar para mantenerte si podemos localizar a tu familia.

—¿Por qué iban a tener el menor interés en mí, y mucho menos a mantenerme? Mi padre era un hombre salvaje, mi madre una viuda extranjera dos años mayor que él y de un país con el que estábamos en guerra. Y tengo dos niños de los que no me separaré.

—¿Por qué ibas a separarte? Alessa, sean

quienes sean, son tu familia. Es su deber y seguro que será un placer recibirte y cuidar de ti. No es como si fueses a aprovecharte de una familia pobre. Tú no lo comprendes, pero los aristócratas ingleses jamás abandonarían a un pariente en sus malos momentos.

—¿Aristocracia? ¿Qué os hace pensar que mi familia es noble? ¿Qué sabéis de ellos? ¿Y por qué debería importaros?

—Lo he imaginado —dijo Chance de manera extraña. Parecía incómodo—. Y me importa porque soy un caballero inglés y es mi deber preocuparme de una inglesa en apuros.

—¿Os parezco en apuros? —preguntó Alessa.

—No —dijo Chance—. Pero pareces muy capaz de poner en apuros a los hombres presuntuosos.

—No quiero hablar de mis parientes ingleses, dando por hecho que los tenga.

—Muy bien —concluyó él, y le hizo gestos al camarero para que les llevase más bebidas—. ¿Puedo hacerte una pregunta personal?

—Sí. Aunque puede que no la conteste.

—Odiaría hacer negocios contigo. Lo único que iba a preguntar es si siempre llevas el atuendo tradicional.

Alessa asintió.

—Desde que comenzamos a viajar por las islas. Los franceses, y ahora los ingleses, no te tienen en cuenta si piensan que eres campesina, y es mucho más fácil trabajar así.

—¿De verdad? —Chance puso un codo sobre la mesa y se puso la mano en la barbilla—. ¿Por qué?

—Me puedo mover más con la falda y el corpiño —Alessa giró los hombros para demostrárselo—. Y no hay corsés… ¡oh!

«¡Piensa antes de hablar!».

Chance estaba observando atentamente el hueco en el corpiño producido por el movimiento.

—Mmm, ya veo. Estás muy guapa cuando te sonrojas.

—Gracias. Por supuesto, no llevo toda la indumentaria tradicional, que incluye cuernos de vaca.

—¿Cuernos de vaca? Me estás tomando el pelo.

—No, de verdad. Las mujeres del campo se trenzan el pelo y se ponen un par de cuernos. Luego se ponen un pañuelo en la cabeza.

Chance estiró el brazo y le tomó la mano.

—¿Me prometes una cosa?

—¿Qué? ¿No será llevar cuernos? —sabía que debía soltarse la mano, que eso era lo prudente y apropiado. Pero sus dedos eran cálidos y suaves, y el movimiento de sus yemas resultaba relajante.

—¡Sí… maldición! —Chance le soltó la mano y se echó hacia atrás—. ¡Lady Trevick y sus hijas!

Las damas de la residencia estaban paseando por Liston seguidas de un lacayo que portaba sus paquetes. Alessa no las conocía personalmente, aunque sí de vista. Además, sabía perfectamente qué llevaban debajo del vestido, pues se encargaba de la colada.

—Es cierto —dijo, y miró a Chance, que parecía incómodo—. ¿Cuál es el problema?

—Bájate el sombrero para que no puedan verte la cara —susurró él mientras le tapaba la cara con el sombrero.

—¿Qué? ¿Por qué? —entonces se dio cuenta. Chance no quería que las damas de la residencia lo vieran con una simple lavandera. ¿Por qué sería eso? ¿Puro esnobismo? O tal vez estuviera cortejando a una de las hijas de lady Trevick. Fueran cuales fueran sus motivos, hacía que sus intenciones de ayudarla resultaran hipócritas.

Alessa se puso rígida, colocó las manos sobre la mesa y rezó para que las damas pasaran de largo. Chance se quedó mirando fijamente su taza de café para no llamar su atención.

—Ya se han ido —dijo segundos después—. Gracias a Dios.

—¿De verdad? ¿Y por qué estáis tan agradecido? —preguntó Alessa mientras se ponía en pie—. ¿Os da vergüenza que os vean con una mujer de aquí? ¿Tenéis miedo de que saquen conclusiones equivocadas? ¿Miedo de que lady Trevick se escandalice? Milord, sois un bastardo hipócrita.

Alessa recogió la cesta del suelo y regresó a la calle antes de que Chance pudiera levantarse. Los otros clientes se quedaron mirando sin disimular;

Alessa les dirigió una mirada de odio y dobló la esquina. Entonces empezó a correr, esquivando a la multitud, y se metió por una calle secundaria.

Chance se quedó de pie en mitad de la calle, intentando distinguir un sombrero de ala ancha entre tantos otros. Alessa había desaparecido.

—*Signore*? —era el camarero, que obviamente estaba dividido entre disfrutar de la escena y preocuparse porque el cliente pudiera irse sin pagar.

—Aquí tiene —Chance se metió la mano en el bolsillo y dejó unas monedas sobre la mesa. Agarró su bastón y su sombrero y se alejó cojeando con toda la dignidad que pudo reunir.

Había actuado para taparle la cara sin pensar más allá del hecho de que lady Trevick pudiera ver el parecido entre su acompañante y las nuevas invitadas de la residencia. La reacción de Alessa era completamente comprensible.

Tendría que encontrarla y explicarle por qué; lo que significaría revelar sus sospechas sobre su relación con lady Blackstone antes de haber ideado un plan para su reconciliación. O incluso antes de haberse asegurado de llevar razón. ¿Y si el hermano pequeño de lady Blackstone estaba vivo y residía en Inglaterra, y Alessa era una pariente mucho más lejana?

Chance se echó a un lado para dejar pasar a un burro cargado con lo que parecían ser un par de puertas, tan grandes que sólo se le veía la cabeza y las pezuñas. Ya estaba perdido, aunque suponía que no había ido tan lejos como para no poder volver sobre sus pasos. El callejón desembocó en una pequeña plaza con una iglesia a un lado y un precioso pozo veneciano en el centro. Se apoyó en el pozo para aliviar el peso de la pierna y barajó sus opciones.

Regresar a la residencia le parecía la opción más sensata; y, a ser posible, hacerlo sin tener que caminar de vuelta por Liston bajo la mirada curiosa de los clientes de los cafés.

Entonces podría escribir y disculparse. No, eso sería cobardía. Tendría que pedirle a Roberts que le guiase para hacer las paces en persona, aunque en esa ocasión sospechaba que Alessa realmente le lanzaría los geranios desde la ventana.

Chance levantó la mirada, contempló los tejados y divisó el campanario abovedado de la iglesia de Ayios Spyridhon. Podría orientarse con eso y encontrar el camino de vuelta. Caminó lentamente por el laberinto de calles. Se detuvo en varias ocasiones para examinar los grabados de alguna tienda o apreciar los diferentes pozos venecianos que se encontraba a su paso. El instinto le decía que se diera prisa, pero lo controló. Forzar el tobillo dañado sería una tontería, y además Alessa no estaría de humor para hablar con él aún.

Llegó a la puerta sur de la iglesia y miró hacia la derecha. Como pensaba, era el final de la Spianadha y, más allá, el camino que le conduciría hacia la bahía y la residencia. La gente entraba y salía de la iglesia. Parte de su educación anglicana quedó sorprendida por aquel uso tan informal del espacio, pero, mientras observaba desde las sombras del porche, se dio cuenta de que todos se detenían un instante. Se agachaban o se dirigían hacia el altar y el iconostasio, tras el cual se encontraban los restos momificados del santo Spyridhon, como si buscaran aprobación por parte de su santo.

Decían que Spyridhon podía provocar tormentas, y que había hecho justo eso para salvar a la isla de la invasión turca. Era el protector todopoderoso de los corfiotas. Chance se quitó el sombrero y se adentró en la semioscuridad, cargada de aroma a incienso, iluminada por miríadas de velas.

Siendo un hombre, sabía que podía aproximarse al iconostasio y pasar a través de él hasta el área situada detrás del altar, donde se encontraba el santo, una zona prohibida para las mujeres, pero aun así vaciló un instante. Mientras se decidía, un joven monje le hizo gestos para que siguiera hacia delante y se acercara a la tumba. Al parecer, uno podía mirar a través de un panel de cristal y contemplar el sarcófago. Chance observó aquella cara marrón y arrugada y dio un paso atrás, sorprendido por lo poderoso de la visión. Esperó unos instantes, pues no quería ofender al monje.

Había otro hombre vestido con ropa occidental junto al sarcófago, con la cabeza agachada, aparentemente rezando. Dos corfiotas entraron tras él, y Chance se dio cuenta de que tendría que esperar a que el hombre terminara de rezar para evitar empujarlo.

Finalmente levantó la cabeza, se santiguó y se giró hacia la puerta. Chance lo siguió, pero, mientras bajaban los peldaños hacia la iglesia, sintió una punzada de dolor en el tobillo. Estiró una mano para no perder el equilibrio y en ese momento el desconocido le agarró el brazo.

—Gracias —dijo él.

—No hay de qué, mi querido compatriota —el acento era casi perfecto, pero tenía cierto tono extranjero—. ¿Se ha torcido el tobillo? Permítame —dobló el brazo y Chance se apoyó en él, agradecido por poder salir por la puerta norte sin acabar en el suelo.

—Me hice una torcedura el otro día —dijo Chance mientras caminaban hacia la calle—. Muchas gracias por su ayuda, pero creo que puedo seguir solo.

—¿Quiere que le lleve? —el desconocido levantó una mano y chasqueó los dedos. Un pequeño carruaje abierto se detuvo frente a ellos—. Iba hacia la residencia, pero puedo dejarle donde desee.

—Ése es mi destino también. Sir Thomas se ha apiadado de mí por mi estado de salud —dijo Chance mientras subía al carruaje. Esperó a que el desconocido se montara antes de ofrecerle la mano—. Benedict Chancellor, lord Blakeney.

—Voltar Zagrede, conde de Kurateni, supongo que podría decirse —el acento quedó claro entonces. Señaló entonces con la mano hacia la bahía, donde las montañas de Albania se alzaban a lo lejos—. Mi tierra está por allí. Voy a presentar mis respetos al Alto Comisionado por poder dejar mi barco en puerto por unos días. Su armada es muy suspicaz. Piensan que todos los de mi pueblo son piratas.

Chance se acomodó en su asiento y contempló a su acompañante. El conde era alto, delgado y moreno; e iba vestido con una combinación de moda occidental y tejidos orientales que habría causado conmoción en la alta sociedad londinense. Chance no estaba seguro de querer llevar aquella faja de seda, pero envidiaba al conde por sus suaves botas de cuero. Podía ver el mango de un cuchillo sobresalir de la bota derecha.

Era un estilo que habría hecho que el pretencioso de Byron se pusiera verde de envidia, pensó Chance mientras Zagrede se apartaba el pelo de la cara y se ponía el sombrero. Las damas de la residencia estarían encantadas con su presencia. Pero sería mejor que no intentara conquistar a Alessa con sus encantos.

Siete

Alessa esperó a que los hombres hubieran desaparecido por la puerta norte antes de levantarse del banco en el que había estado descansando y salir por la puerta del sur. Siendo la hija de un padre anglicano y una madre católica, había pasado su adolescencia yendo a la iglesia griega ortodoxa con la vieja Agatha, su vecina más cercana. Como resultado, no estaba segura de con qué credo quedarse, ni de si las etiquetas importaban tanto en cualquier caso.

Lo cierto era que había adquirido el hábito de ir a la iglesia para tener conversaciones silenciosas con san Spyridhon. Sabía que eran conversaciones unidireccionales, pero le resultaba relajante y le ayudaba a descubrir sus verdaderos sentimientos.

Su primer instinto, al darse cuenta de que Chance estaba dispuesto a cualquier cosa con tal de no ser visto con ella, había sido salir corriendo. Ésa seguía pareciéndole la solución más sensata, y además tenía un sitio al que correr.

Habían pasado casi tres meses desde que fueran todos a Liapades al otro lado de la isla. Ella aún poseía una casita allí, y una pequeña porción de terreno que la vieja Agatha se encargaba de cultivar. Tendría que ir a verla, para asegurarse de que no necesitara nada y estuviese bien de salud. Además, los niños iban bien en sus clases y se merecían unas vacaciones.

Sabía que eran excusas, pero todas buenas. Resultaba prudente alejarse de un hombre que, a pesar de lo que decía, parecía no desear su bienestar, sino algo completamente diferente. ¿Qué otra explicación podría haber? Si Chance deseaba ayudarla realmente a encontrar a sus parientes ingleses, ¿por qué consideraría necesario esconderla de lady Trevick? Si, por otra parte, pretendía seducir a la lavandera, eso era otro asunto completamente diferente. O tal vez estuviera interesado en cortejar a una de las hijas de lady Trevick.

Alessa se puso en pie y parpadeó para acostumbrarse a la luz del sol. No, aquél no podía ser el caso, pues entonces Chance simplemente tendría que explicarle su interés a lady Trevick y todo estaría zanjado. Como una tonta, se había permitido confiar en él. Confiar en un hombre cuando su instinto debería haberle dicho que lo tratara con cautela. Y le dolía. Le dolía más que la simple certeza de haber sido engañada.

Agarró la cesta y entró en el patio. Como imaginaba, el doctor Theo Stephanopolis estaba sentado a la sombra de su parra, contemplando con benevolencia a cuatro niños pequeños que luchaban por resolver una serie de sumas que había escrito en la pizarra. Demetri fruncía el ceño concienzudamente mientras calculaba.

—*Kyria* Alessa, bienvenida —dijo el viejo maestro mientras se ponía en pie—. ¿Va todo bien?

—Sí, por supuesto. Pero he venido a recoger a Demetri. Hemos de irnos al campo durante unas semanas.

Detrás de su profesor, Demetri comenzó a meter sus cosas en la cartera de cuero mientras les ponía caras a sus compañeros, menos afortunados. Alessa vio la cara de su hijo y se sintió mejor. Pero, aun así, no pudo evitar sentir cierta decepción mientras escribía una nota para que Demetri la llevase a la residencia.

—Diles que les haré saber cuándo podré seguir lavando la ropa —gritó mientras el niño se alejaba corriendo—. ¡Y, Demetri, no digas dónde nos vamos!

Chance descubrió para su sorpresa que las damas de la residencia estaban encantadas con el conde, y que incluso lady Blackstone estaba dispuesta a dejarse seducir. En cuanto a su hija, era evidente que había desechado a Chance como posible objetivo, y centraba todas sus miradas en el exótico visitante.

Las hijas de lady Trevick, que parecían creerse con más derecho ante el conde, miraban a Frances con suspicacia.

Chance fue a pedirle al mayordomo un carruaje pequeño para regresar a la ciudad, pero no había ninguno disponible hasta la tarde, pues sir Thomas se había llevado el grande y el señor Harrison el pequeño.

Chance se encogió de hombros. Sería un buen intervalo para que Alessa se calmara, por mucho que deseara ir a buscarla para explicarle lo sucedido. Regresó a la terraza y encontró a lady Trevick explicando que los huéspedes de la residencia iban a mudarse temporalmente a una villa de verano en Paleokastritsa, al otro lado de la isla.

—Es un lugar maravilloso —aseguró—. Dicen que Odiseo desembarcó allí. Sir Thomas está construyendo una carretera en condiciones para llegar hasta allí, pues se convertirá en un excelente lugar de vacaciones —vio entonces a Chance sentarse en una de las tumbonas—. ¡Decid que vendréis con nosotros, lord Blakeney! Todos estamos decididos. La vieja carretera es muy pesada, pero podréis ir a caballo cuando el carruaje se mueva demasiado.

—Sois muy amable, pero no querría molestar. Ya he abusado bastante de la hospitalidad de sir Thomas.

«Maldición», pensó. «Las Blackstone están decididas a marcharse. Y Alessa estará aquí».

—En absoluto. Pensadlo, milord. Vuestra compañía sería un auténtico placer.

—Gracias, pero no sé si estoy preparado para viajar. Depende de cómo esté mañana.

—Por supuesto —lady Trevick sonrió comprensivamente y Chance se recostó para leer el periódico mientras las chicas flirteaban con el conde Kurateni.

Chance sintió algo parecido a mariposas en el estómago cuando el mozo de la residencia detuvo la calesa frente al patio de Alessa. Para que pudiera comprenderlo, tendría que explicarle su teoría sobre lady Blackstone antes de poder confirmarla.

Mientras subía las escaleras, pensó que tal vez un hombre más resuelto habría aguantado el malentendido durante el tiempo que tardara en confirmar su teoría. Si ése era el caso, él era débil. Y al detenerse frente a su puerta se dio cuenta también de que estaba peligrosamente cerca de enamorarse de ella.

La idea le resultó tan sorprendente que se quedó allí parado, con una mano levantada para llamar. Si Alessa hubiera abierto la puerta en ese instante, estaba seguro de que se lo habría confesado allí mismo. Pero, por suerte, no lo hizo.

Chance se pasó una mano por el pelo y llamó. Silencio. Lo intentó de nuevo y luego pegó la oreja a la puerta. Nada. Parecía imposible. Había ensayado todo lo que iba a decir, y no se le había ocurrido que Alessa pudiera no estar en casa.

Bajó lentamente hasta el siguiente rellano.

Alessa había dicho que su vecina la había ayudado cuando él estaba inconsciente. Llamó a la
puerta, pero, una vez más, no obtuvo respuesta.

Vacilante, Chance bajó hasta la entrada. No le
quedaría más remedio que preguntarle al mayordomo de la residencia, y eso requeriría algo de tacto, si
no quería que el hombre sospechara de sus motivos.

—*Kyrios?*

Chance se dio la vuelta y vio que una mujer de
aspecto desaseado con un niño al lado había
abierto la puerta y estaba mirándolo.

—*¿Kyria* Alessa?

—Se fue. Lejos. Varios días —contestó la
mujer, haciendo un esfuerzo por hablar su idioma.

Chance se quedó desconcertado y, por un
momento, olvidó todo el griego que sabía.

—*Yati? Poo? Pote?*

La mujer se encogió de hombros, obviamente
incapaz de contestar por qué, dónde o cuándo.
Chance sacó una moneda del bolsillo y se la
entregó.

—*Efharisto.*

«Gracias por nada», pensó mientras cojeaba de
vuelta a la calesa.

Lady Trevick estaba sentada a la sombra de la
terraza junto con sus hijas, que se encontraban
absortas en sus bordados, cuando Chance regresó
a la residencia.

—Me siento mejor —dijo él—. Si vuestra

oferta sigue en pie, será un placer acompañaros a Paleokastritsa.

«Y flirtearé con todas las damas para olvidarme de esta ridícula sensación», pensó.

Inmediatamente se convirtió en el centro de atención. Lady Trevick se mostró encantada; al igual que sus hijas, que declararon que su presencia era lo único que faltaba para que la fiesta estuviese completa.

Tres días más tarde, Alessa se apoyó en la puerta de madera que separaba su terreno del de su vecina.

—*Hérete*, Agatha.

—*Hérete* —la anciana le devolvió la sonrisa. Era lo más cercano que Alessa tenía a una abuela. Rebelde, independiente y crítica con todos los invasores que ocupaban la isla, se negaba a hablar ninguno de sus idiomas. Cualquiera que se dirigiera a ella en italiano, francés o inglés se encontraba con una mirada de desprecio. Alessa sospechaba que entendía más de lo que hacía ver, pero nunca se había arriesgado a comprobarlo—. Y bien. Tienes mejor aspecto que cuando llegaste.

—Me siento mejor —dijo Alessa. Había pasado las horas limpiando sin parar, imaginándose que barría a Chance junto con el polvo y las telarañas. Había estado a punto de funcionar; ya sólo pensaba en él por la noche, cuando los niños dormían y la luz de la luna entraba por la ventana.

Mientras daba vueltas en la cama, pensó que sería pronto aún para las damas y los caballeros de la residencia. Estarían bailando y flirteando, o tal vez jugando a las cartas. Chance la había tentado para unirse a ese tipo de sociedad. Por un momento había pensado que tal vez fuese mejor tragarse el orgullo, buscarse una vida más fácil. Suerte que había descubierto su hipocresía antes de dejarse arrastrar.

¿Pero cómo podía haberlo sobreestimado tanto? Se consideraba a sí misma una persona juiciosa. Lo que peor le había sentado era darse cuenta de lo equivocada que estaba, por supuesto; a nadie le gustaba saber que había sido tomado por tonto. Incluso Kate, que viajaba con ellos porque la unidad de Fred estaba encargada en aquel momento de vigilar la residencia, había captado la indirecta y no se había atrevido a hacer bromas.

Agatha seguía mirándola inquisitivamente.

—Háblame de él.

—¿De quién?

—Del hombre del que habla tu amiga. El que tiene un desnudo tan bonito.

—¡Agatha!

—¿De qué le sirve un hombre a una mujer si no tiene…?

—¡Agatha! Lord Blakeney es un hombre muy guapo con un cuerpo saludable. Yo sólo me ocupé de su tobillo, nada más. Lo demás no es asunto mío.

—Tonterías. Necesitas un marido, uno que tenga mucho… —se detuvo para ilustrar sus palabras con un gesto muy gráfico que hizo que Alessa se sonrojara—. Puedes fingir que eres una de esas mojigatas tontas, ¿pero en qué te ayudará eso a conseguirlo?

—No quiero conseguirlo —protestó Alessa.

—¿Te sonrojas sólo hablando de él y dices que no lo deseas? Qué tonta. Ve a sentarte en la playa y tal vez el espíritu de Nausica venga y te haga entrar en razón —dijo Agatha antes de volver a su huerto para seguir quitando las malas hierbas.

Alessa sonrió amablemente. Como muchos de los corfiotas, Agatha trataba a los personajes de la mitología isleña del mismo modo que trataban a los santos. Mantenían conversaciones con ellos, hablaban de sus historias como si vivieran a la vuelta de la esquina y sacaban moralejas de los cuentos. ¿Quién era ella para criticar? Ella misma le había pedido consejo a Spyridhon.

—Ella no consiguió tenerlo —dijo Alessa.

—¿Quién?

—Nausica. Odiseo acabó marchándose.

La única respuesta que obtuvo fue una carcajada. Aunque tal vez Agatha tuviera razón. Quizá una hora en la playa le sirviera para despejarse. Alessa agarró su sombrero y una botella de agua y comenzó a pasear hacia la bahía. Era poco probable que los espíritus de Nausica y de su amante aparecieran en la playa; si habitaban en alguna parte, serían las playas de Paleokastritsa, donde el héroe había atracado sus barcos bajo el palacio del padre de Nausica.

Era una playa mucho más agradable, y tal vez algún día fuese allí con los niños y con Kate. El problema era que resultaba demasiado agobiante ahora que el Alto Comisionado se había trasladado ahí. Había demasiados oficiales con sus mujeres en las casas de alquiler de la zona.

Alessa encontró la playa vacía. Los niños del pueblo, incluidos Dora y Demetri, estaban jugando en los olivares y los pescadores habían salido a faenar. A lo lejos, el bote de Agatha se balanceaba amarrado en el agua, mientras las gaviotas volaban y chillaban en lo alto.

Lanzó una piedra por el agua y consiguió dar un bote antes de hundirse, lo cual parecía resumir su estado de ánimo. Sola, sin nada que distrajera su atención, tuvo que admitir que se sentía atraída por Chance. Para ser sincera, era más que eso. Lo deseaba y se había sentido seducida por la idea de convertirse en dama. Tal vez él también la deseara.

—Sí, probablemente —murmuró—. Lady Blakeney. Seguro.

Ante ella se alzaban los oscuros acantilados que daban a la bahía. Alessa se dio la vuelta y comenzó a caminar sobre los guijarros de la orilla. «Supongo que estoy enamorada de él», pensó mientras las olas mojaban sus pies.

Durante varios minutos se debatió sobre si sentarse en una piedra a llorar o ver el lado divertido de la historia. Entonces el sol apareció desde detrás de una nube. Alessa se quitó los zapatos mojados y las medias, haciendo equilibrios sobre los guijarros. Hacía una mañana espléndida y no tenía ninguna obligación. Si se sentaba a llorar, ¿de qué le serviría? De nada. Se recogió la falda y se adentró en el agua para tirar de la cuerda a la que estaba amarrado el bote.

La pequeña barca se acercó a ella balanceándose sobre la superficie. Alessa metió los zapatos dentro, soltó la cuerda y se subió al bote, aunque no antes de ser salpicada por las olas.

—Falta de práctica —murmuró mientras agarraba los remos. Un paseo por la costa hasta llegar a la primera playa de arena le proporcionaría tiempo para pensar.

—¿Milord, deseáis alquilar un bote? —el mayordomo de la villa miró a Chance sin disimular su sorpresa—. Pero aquí sólo hay botes de pesca, milord.

—No salen todos los días, al menos todos —dijo Chance—. ¿No podría alquilar uno?

—Bueno, sí, lo que deseéis, milord. Pero no sé si podré encontrar a alguien que lo gobierne con tan poco tiempo de antelación.

—No necesito a nadie —dijo Chance mientras se levantaba—. Puedo gobernar uno de ésos yo solo —añadió señalando los botes que había en la arena de la playa.

—¿Sabe navegar? —preguntó el conde Kurateni, que estaba tumbado indolentemente en una de las tumbonas a la sombra.

—Nunca he gobernado un bote tan pequeño, pero sí, sé navegar.

—Debería haber traído mi barco —dijo el conde mientras se incorporaba—. Es lo que llaman un balandro, creo; podríamos pasarlo bien.

—¿Le importaría navegar conmigo en algo más pequeño? —preguntó Chance, que comenzaba a disfrutar del indolente sentido del humor de Zagrede.

—No, no, amigo mío. Me marearía en algo tan pequeño. Además, prefiero quedarme aquí con la esperanza de que aparezca alguna joven y me permita admirarla. Vaya usted y déjeme el terreno libre.

El mayordomo pareció escandalizado por el comentario. Chance sonrió. Pensó en salir a navegar principalmente para evitar ser arrastrado a picnics, paseos por la orilla y lecturas de poemas a la sombra de los pinos.

—¿Puedes ver qué encuentras? —le preguntó al mayordomo—. Si sirve de algo, alquilaré el bote durante toda mi estancia aquí.

—Haré lo posible, milord —el mayordomo hizo una reverencia y se marchó.

—Qué digno —observó Chance, viendo cómo el mayordomo se alejaba seguido de uno de los lacayos hacia el grupo de chozas más cercano.

—Viejo tonto —dijo Zagrede—. Yo no toleraría esas insolencias en mis sirvientes; ustedes los ingleses son demasiado permisivos con los mayordomos y criados. Los tratan como si fueran de la familia.

—¿Cómo trata usted a los suyos?

—Como parte de mi… —el conde agitó una mano en el aire mientras buscaba la palabra en inglés—… mi clan. Me sirven, pelean por mí. Morirían por mí.

—No creo que los sirvientes de las clases altas británicas esperen ese tipo de condiciones laborales. Hará que las damas se horroricen si le oyen hablar así.

—A ellas les gusta —contestó el albano con una sonrisa—. Piensan que soy exótico y romántico, y se sentirían decepcionadas si no les helara la sangre un poco. ¿Cree que debería dejarme bigote? Uno fino.

—No sabría darle consejo —el mayordomo se acercaba de nuevo, seguido por un pescador local, mientras negociaba con el lacayo, que hacía de intérprete—. Parece que ya tengo mi barca.

—Y podrá escapar de las damas. Me pregunto por qué hace eso, amigo mío. No creo que se sienta atraído por los hombres…

—Desde luego que no.

—Ustedes los del norte, siempre tan fieros con ese asunto —contestó Zagrede—. No. Le observo cuando habla con las damas; le gustan las mujeres, pero no desea a ninguna de éstas. Y son chicas guapas y bien educadas. Así que… ¿tiene una esposa a la que le es fiel? No. ¿Le han roto el corazón? Oh, sí, hábleme de ella.

Chance lo miró y vio su sonrisa. El conde era un pícaro sinvergüenza, pero definitivamente simpático.

—Hay alguien —admitió—. Fuera lo que fuera lo que había entre nosotros, apenas comenzó. Hice algo estúpido. Y entonces desapareció antes de que pudiera intentar arreglarlo.

—¿Aquí? ¿En la isla? —Zagrede se encogió de hombros antes de que Chance pudiera contestar—. No, veo que va a adoptar la actitud de inglés caballeroso y no va a contarme más. No importa. Váyase en su pequeña barca. Les diré a las damas que se ha marchado a escribir poemas de amor y entonces tendrá que leerlos en voz alta esta noche.

—Si hace tal cosa, les diré que usted va a cantar hermosas canciones de amor albanas —respondió Chance, y se puso en pie cuando el mayordomo llegó hasta ellos.

—Lo haré encantado —dijo el conde, se recostó en la tumbona y cerró los ojos—. Canto de maravilla.

Ocho

El bote se deslizaba por el agua con una velocidad sorprendente. Chance se familiarizó con las
cuerdas y los nudos y luego se recostó para disfrutar de la sensación de poder manejar algo tan
pequeño y ágil.

La brisa era fresca, pero no representaba un
desafío para un marinero en aguas desconocidas,
de modo que partió rumbo al sur a través de la
bahía. Habría un pueblo en alguna parte donde
pudiera comprar queso, pan y aceitunas. Quizá
algo de vino de la zona.

Eso le hizo pensar en el vino que Alessa le había
dado y perdió la concentración por un momento; la
vela se agitó y Chance maldijo su inconsciencia.
Mientras recuperaba el control, se permitió pensar
detenidamente en Alessa por primera vez desde que
hiciera las maletas para hacer aquel viaje.

«Te marchaste enrabietado», se dijo a sí
mismo. «Cometiste un error y, sólo porque Alessa
no estaba allí esperando a que fueras a disculpar-

te, estás tan enfadado con ella como lo estás contigo mismo».

Eso era cierto, y no muy útil.

«¿Estoy enamorado de ella, o simplemente encaprichado? ¿Cómo podría saberlo?». La vida responsable que le esperaba en Inglaterra no consistía en implicarse en aventuras incautas o relaciones esporádicas. Tarde o temprano encontraría a una joven dama con la que casarse, y eso sería todo. Aunque, naturalmente, esperaba poder tener una relación de amor y afecto.

—¡Mojigato! —murmuró. Aquella introspección le resultaba incómoda. Tenía la inquietante sensación de haber sido un presuntuoso en sus relaciones pasadas con las mujeres. Lo peor era que Alessa también lo pensaba, y además podía añadir «hipócrita» y «patán» a la descripción.

También se dio cuenta, mientras el bote se acercaba a los acantilados, de que, la amase o no, lo evidente era que se sentía violentamente atraído por ella.

Había un cabo frente a él, de modo que digirió el bote hacia el mar, pero entonces vio una pequeña playa de arena iluminada directamente por el sol. Estaba desierta, situada entre los acantilados, y decidió en un impulso dirigir la barca hacia la orilla.

Ya estaba descalzo cuando llegó a la orilla. Encontró una roca a la que amarrar el bote. Tenía calor, así que se quitó la chaqueta, la camisa y los pantalones y, desnudo, se lanzó al agua. El frío hizo que se pusiera en pie de un salto, con el agua golpeándole a la altura de las ingles. Estaba más fría de lo que pensaba, pero la claridad era maravillosa. Al mirar hacia abajo pudo ver a los peces mordisqueando el fondo alrededor de sus pies.

Volvió a sumergirse y nadó hacia el promontorio de piedra. Allí donde la roca se sumergía, había una línea continua y espesa de color púrpura. Era como liquen submarino; tal vez el Alto Comisionado tuviera libros en la librería que pudieran identificar la planta.

Se quedó flotando en la superficie con la cabeza sumergida mientras pudo aguantar la respiración, contemplando el fondo marino.

¿Qué profundidad tendría? ¿Cinco metros? ¿Más? Bancos de peces nadaban bajo sus pies y las rocas aparecían cubiertas de algas. Chance sacó la cabeza del agua para tomar aire y vio que las paredes del acantilado estaban cerrándose, formando una cueva profunda. Se dejó arrastrar lentamente.

Un bote se había hundido a la entrada de la cueva. Los cangrejos entraban y salían de su esqueleto, y el destello de una enorme cabeza en forma de serpiente reveló la presencia de una anguila.

Los colores del agua, a la sombra y fuera de ella, resultaban maravillosos a la vista. Por primera vez en la vida, Chance deseó saber pintar para capturar aquella imagen en un lienzo.

Agitó los pies perezosamente, quedándose suspendido sobre su sombra, casi olvidándose de respirar.

Advirtió un movimiento por el rabillo del ojo,

se sobresaltó, abrió la boca y tragó agua. Era grande; tan grande como una foca. Pero no había focas. ¿Un tiburón?

Chance escupió el agua y se apartó el pelo de los ojos. Escudriñó la superficie en busca de una aleta. Nada. Volvió a sumergir la cara en el agua y allí estaba, nadando debajo de él. No era un tiburón, sino una sirena.

Unos miembros largos y fuertes la impulsaban por el agua con la elegancia de un pez. El pelo se revolvía alrededor de su cabeza como una masa de algas oscuras. La sirena se dobló para recoger algo del fondo, se dio la vuelta y cambió de dirección.

Chance supo el momento en que vio su sombra. Inmediatamente, la sirena se giró bruscamente y se alejó por donde había aparecido.

Probablemente tendría que salir a respirar. Chance tomó aire y comenzó a perseguirla. Nadó por la superficie, mirando hacia el frente para ver cuándo la cabellera negra emergía.

Y lo hizo prácticamente frente a él, tan cerca que tuvo que agitar los brazos para detenerse.

—¡Tú!

—¿Alessa? —podía haber sido una sirena—. ¿Cómo sabías…?

—¿Que estaba aquí? —preguntaron a la vez.

—No tenía ni idea —dijo él—. Alessa, siento…

¿Cómo ocurrió? Alessa estaba entre sus brazos, sus cuerpos desnudos se juntaron hasta encajar a la perfección. El roce de su piel desnuda resultaba cálido, frío, extraño contra la suya, y su boca se mostró ardiente cuando le devoró los labios.

Alessa dejó de respirar, casi ajena al hecho de que se estaban hundiendo. Abrió los ojos y encontró los suyos abiertos, observándola, tan cerca que pudo verle las pecas y las pupilas.

En ese momento tocó el suelo con los pies y se dio cuenta de que le ardían los pulmones. Consiguió apartarse de él y señaló hacia la superficie. Le dio la mano a Chance y nadó hacia arriba. Cuando llegaron a la superficie, ambos se abrazaron.

Chance le agarró la otra muñeca, la colocó en su espalda y la arrastró con él para colocarla sobre su cuerpo. Consiguieron mantenerse a flote, con sus cuerpos tocándose.

—Dios, te deseo —dijo mientras la acercaba más a él. La envolvió entre sus brazos y volvió a devorarle la boca.

Y parecía que en efecto la deseaba; a pesar del frío del agua, su deseo era inconfundible. Comenzaron a hundirse de nuevo. Alessa, ahogándose por la falta de aire, por el deseo y por una extraña sensación de felicidad salvaje, se liberó y ambos subieron a la superficie.

—Coloca las piernas alrededor de mi cintura.

—Chance, no podemos. Nos ahogaremos.

—Posiblemente, pero estoy dispuesto a arriesgarme.

Alessa se apartó y se alejó nadando hacia la orilla, sin saber si deseaba ser alcanzada o no.

Sintió sus dedos en el tobillo justo cuando llegó a la orilla, y ambos se derrumbaron en el agua, envueltos el uno en los brazos del otro mientras las olas rompían.

—Chance...

Chance estaba cubriéndole de besos el cuello, pero levantó la mirada y debió de ver las dudas en sus ojos.

—Deja que te explique lo que ocurrió en Liston. Actué sin pensar y no me di cuenta de lo que debió de parecerte.

—No querías que lady Trevick te viera conmigo. Lo entiendo.

—No, no lo entiendes. No quería que ella te viera a ti todavía, estuvieras con quien estuvieras. No hasta que yo no hubiera hecho algunas averiguaciones. Alessa... —Chance se incorporó y la arrastró con él—, creo que he encontrado a tu tía, y se hospeda en la residencia. Te pareces mucho a ella, cualquiera se daría cuenta. Quería hablar con ella primero, antes de darte la noticia.

—¿Mi tía? —aquello era demasiado. Pero al menos Chance no se avergonzaba de ser visto con ella, y no había estado fingiendo una preocupación que no sentía simplemente para seducirla—. Pensé que intentabas... que estabas...

—Imaginé que eso sería lo que habías pensado al salir corriendo. Regresé cuando encontré el camino de vuelta a la residencia y pude tomar un carruaje. Pero te habías ido.

—¿Pero por qué estás aquí?

—Sir Thomas y su familia, junto con los invitados de la casa, se han trasladado a una villa en Paleokastritsa. Yo también he venido, y he alquilado un bote. Está en la otra bahía. Pero tú estás temblando —la levantó y ella se lo permitió, demasiado agitada como para mostrarse pudorosa, apenas siendo consciente de su desnudez—. Eres tan hermosa —deslizó una mano por su pecho hasta llegar a su vientre—. Tan... —de pronto la miró a los ojos—. Alessa, tú nunca has llevado a dos niños dentro.

—No, claro que no —se quedó mirándolo, perpleja, y entonces se dio cuenta de lo que quería decir—. ¡Oh! ¿Pensabas que Dora y Demetri eran míos? Por el amor de Dios, Chance. ¿Qué edad crees que tengo? Tienen siete y ocho años. Yo tengo veinticuatro.

—Sí, lo imaginaba.

—¿Y crees que me casé a los dieciséis? —Alessa se alejó hacia su ropa, colocada sobre una roca. Se puso la camisola y las enaguas, que se le pegaron a la piel húmeda, pero al menos la cubrían. Se dio la vuelta y vio que Chance seguía de pie en la orilla, con las manos en las caderas, mirándola. Alessa trató por todos los medios de no quedarse mirando. Era tan guapo. Más que guapo; deseable, tentador.

—No se me da bien averiguar la edad de los niños —confesó él—. No tengo sobrinos ni sobrinas. ¿Y realmente has estado casada alguna vez?

—No —Alessa se dio la vuelta y caminó hacia

el extremo opuesto de la playa, donde había un grupo de rocas a la sombra de un arbusto. Se sentó y se quedó mirándose los pies—. Y, antes de que lo preguntes, sí, soy virgen. Y no, no tengo por costumbre nadar desnuda con hombres. No pensé que fuese a haber nadie más.

Se arriesgó a levantar la cabeza y vio que Chance se había dado la vuelta y estaba de espaldas a ella, con las manos en las caderas y mirando hacia la bahía.

—Menudo desastre —observó él—. No puedo más que disculparme.

—¿Por qué? Supongo que era algo que los dos teníamos que quitarnos de encima.

—Pues creo que yo no lo he conseguido —respondió él—. ¿Ahora qué vamos a hacer?

—Para empezar podrías ponerte algo de ropa —sugirió Alessa.

—¡Dios! Lo había olvidado. Vuelvo en un minuto —salió corriendo hacia el agua y se zambulló para nadar hacia el promontorio de piedra.

Alessa se quedó sola, presa de sus emociones y sintiendo una nueva concepción de su propio cuerpo, lo cual hizo que le temblaran las rodillas.

Cuando un bote apareció por fin al otro lado del promontorio, ella ya estaba completamente vestida y sentada de nuevo a la sombra del arbusto.

Chance dirigió el bote hasta la orilla y caminó hasta ella. Ya no había signos de cojera.

—¿Tu tobillo está mejor? —preguntó ella.

—Sí. Gracias. Alessa, lo que acaba de ocurrir… o casi, no volverá a ocurrir.

—Claro que no —dijo ella—. No podría. Al menos aquí.

—¿Por qué no? —preguntó él mientras se ponía en cuclillas.

—Por esto —agarró una rama del arbusto y tiró de ella hacia abajo—. Éste es el árbol de la castidad. Protege a las vírgenes. Su otro nombre es «pimienta de los monjes» —frotó los restos de las últimas flores de la temporada entre sus manos y le mostró las semillas—. Sabe a pimienta y hace que los hombres se vuelvan castos. Por eso es bueno para los monjes. Pruébalo.

—No, gracias —dijo Chance mientras se sentaba frente a ella—. Estoy con san Agustín. Dios, dame castidad, pero todavía no.

—No tienes que preocuparte —dijo ella con una carcajada—. No te deja impotente. Sólo te hace casto.

—Eres muy mala para la autoestima de un hombre —observó Chance—. Primero me rescatas, luego me sermoneas y ahora te ríes de mí.

—Creo que te lo mereces. ¿Tienes algo de comer en tu barca? Me muero de hambre.

—No, nada. Iba a navegar hasta esa bahía. Debe de haber algún pueblo.

—Sí. Mi pueblo. ¿Te gustaría venir a comer con nosotros? —preguntó Alessa mientras se ponía en pie. De pronto se sentía nerviosa por estar cerca de él, pero tampoco quería dejar que se fuera después de haber vuelto a encontrarlo. Además, no paraba de pensar en la noticia que le había dado; una tía suya allí, en la isla.

—¿Los niños están contigo? —preguntó Chance. Ella asintió, pues le daba miedo hablar. Chance arrastró su bote hasta el agua y lo amarró a la popa del esquife—. ¿No hay más gente en la casa?

Alessa observó la competencia con la que manejaba la pequeña embarcación, habilidad extraña para un noble inglés. Tal vez tuviera un barco en el lago que sin duda habría en su casa de campo. Podía imaginarse los picnics en verano, las damas con vestidos elegantes, los caballeros disfrutando con los botes de remos. Otro mundo...

—¿Estáis los tres solos?

Alessa dio un respingo y se dio cuenta de que ya le había hecho la pregunta.

—Mi amiga Kate Street está con nosotros. Y la vieja Agatha vive al lado. Es lo más cercano que tengo a una abuela, supongo.

—Debería haber investigado más —dijo Chance—. Estaba tan contento por haber identificado a tu tía y haberla relacionado con tu padre que no pensé en el resto de la familia, aunque me temo que tu abuelo paterno está muerto. Tienes una tía, así como la tía por parte de padre. ¿Tu padre era el honorable Alexander William Langley Meredith?

—Sí —contestó ella, y observó la mirada de alivio en la cara de Chance—. El capitán Alex

Meredith —estiró el brazo y le acarició la mano—. Gracias.

—No estás segura de sentirte agradecida, ¿verdad? —dijo él—. Has de comprender que sería deshonroso por mi parte abandonar a una dama inglesa.

—¿Incluso aunque no estuviera en apuros?

—Incluso así. Cuando estés a salvo en Inglaterra, te darás cuenta de que ha sido lo correcto, créeme.

—Mira —dijo Alessa, y señaló hacia la playa de guijarros—. Los niños han bajado a la playa —todos los niños del pueblo estaban distribuidos por la orilla, lanzando piedras y saltando en las olas.

—¿Dónde encontraste a los tuyos? —preguntó Chance con una sonrisa, y Alessa pensó que sería un buen padre.

—El padre de Demetri iba en el barco con mi padre cuando se desató la tormenta. Él tampoco volvió a casa, y su mujer había muerto un año antes. A Dora la encontré, literalmente, aquel mismo año. Estaba sentada a un lado del camino, con sangre en la cara, llorando y con una muñeca de trapo en la mano. Finalmente encontré al cura del pueblo. La madre de Dora era una viuda que se relacionaba con un pescador que les pegaba a las dos. Un día fue demasiado lejos y la mujer murió. Dora se escapó. No tenía a nadie que cuidara de ella, así que se quedó conmigo. Ahora creen que son hermanos y yo no les recuerdo su pasado. Tal vez un día quieran preguntármelo.

—Cuando te los lleves a Inglaterra, a Demetri le irá bien en la escuela. Se convertirá en todo un caballero inglés.

—Es griego, corfiota —dijo Alessa.

—Cuando sea un hombre, podrá elegir lo que quiera ser. Y Dora se casará... —se detuvo al oír la exclamación de Alessa—. ¿Qué? ¿No crees en el matrimonio?

—Tal vez. No es lo más importante. Además, ¿quién querrá casarse con una campesina griega en Inglaterra?

—Alguien que desee aliarse con los Meredith casándose con su pupila. Tu vida va a cambiar de maneras que ni imaginas, Alessa —Chance levantó la mano para saludar a los niños, que se habían agrupado alrededor del punto de amarre.

«Me guste o no», pensó Alessa mientras se ponía en pie. Le lanzó la cuerda a Demetri y éste la amarró a la piedra para asegurar la barca.

Un caballero inglés, con todas las ventajas que aquello podría proporcionarle. ¿En qué podría convertirse si le dieran la oportunidad? ¿Y Dora? Tenían un mundo de posibilidades ante ellos. ¿Estaría siendo egoísta, u orgullosa?

—Mirad a quién me he encontrado —les dijo a los niños mientras bajaba de la barca—. Lord Blakeney va a comer con nosotros. ¿Queréis ir a decírselo a la tía Kate?

—*Yia sou* —les dijo Chance con una sonrisa.

—*Yia sas* —contestaron ellos antes de salir corriendo colina arriba.

—Veo que has estado aprendiendo griego moderno —comentó Alessa.

—Ya sé unas diez frases. Trato de practicar con los sirvientes, pero todos piensan que estoy loco e insisten en dirigirse a mí en inglés, así que no estoy haciendo grandes progresos. Cuando me atasco, empiezo a pensar en griego clásico y entonces me bloqueo —estiró el brazo mientras caminaban, le tomó la mano y la colocó en su codo—. Esta colina es muy pronunciada.

—Pero no es larga —Alessa sentía que le faltaba el aliento, a pesar de haber recorrido la misma colina cientos de veces. Sentía el calor del cuerpo de Chance contra su muñeca, y su camisa de lino aún estaba mojada, pues debía de habérsela puesto sin haberse secado antes. Notó entonces cómo las mejillas empezaban a sonrojársele—. Mira, ahí está la casa.

La estructura de piedra descansaba en una ladera, a la sombra de los olivos que había detrás y del pino situado a un lado, que se inclinaba sobre la casita de Agatha.

—Mi hogar—añadió con una punzada de afecto en el pecho.

«¿Podría marcharme de aquí?», pensó. Y el sentimiento que recorrió su cuerpo no fue otro que miedo.

Nueve

Chance sintió cómo el cuerpo de Alessa se ponía rígido y la miró, pero no pudo verle la cara bajo el ala del sombrero. En vez de eso, contempló el comité de bienvenida que se había reunido en torno a la puerta.

Los niños estaban encantados de verlo, pero las dos mujeres eran otra historia. La más joven, una mujer rolliza y pelirroja, lo miraba con curiosidad e interés. Él le devolvió la mirada con cierto grado de orgullo, con la esperanza de que agachara la mirada. Pero simplemente le dirigió una sonrisa. Probablemente aquélla fuese la amiga que había ayudado a Alessa a desnudarlo y a meterlo en la cama. A juzgar por su mirada burlona, ella sabía que lo sabía.

Chance tenía mucha experiencia en tratar con mujeres alarmantemente directas y mantuvo la compostura. La otra mujer era completamente diferente. Probablemente tan vieja como los olivos que crecían tras ella, morena y arrugada, y con aspecto de ser tan dura como el cuero, Agatha lo miró con ojos afilados desde debajo de un pañuelo para la cabeza que, sin duda, ocultaría una estructura de cuernos de vaca.

—*Kalíméra* —dijo Chance educadamente.

—*Yia sas* —contestó la anciana con voz amenazante.

—Buenos días, milord —dijo la señora Street—. Es un placer volver a veros.

—Siento no recordar nuestro primer encuentro —respondió Chance—. Tiene ventaja sobre mí.

—*Kyria* Agatha, Kate —dijo Alessa mientras tiraba de él a través de la puerta para que las dos guardianas tuvieran que apartarse—. Espero que nuestro invitado no tenga que esperar mucho para poder beber algo.

Su voz tenía la misma frialdad que cuando le había reprendido a él. Estaba alterada y a la defensiva, a pesar de que intentara ocultarlo, y la única razón para eso tenía que ser él.

«Lo que significa», pensó Chance mientras los niños tiraban de él hacia un banco situado bajo la parra. «Que no es tan inmune a lo que ha sucedido en la bahía como le gustaría hacer ver».

Sabía que debía estar avergonzado de sí mismo. En parte lo estaba; un caballero no debería aprovecharse de una dama de ese modo, por muy sorprendido que estuviera por el encuentro. Por otra parte, el cuerpo aún le dolía al recordarla en sus brazos mientras la besaba.

La deseaba y, lo más importante, deseaba que

ella lo deseara. ¿Qué querría decir cuando dijo que era algo que ambos tenían que quitarse de encima? ¿Que había sentido curiosidad y esa curiosidad ya había quedado satisfecha? Por alguna razón sentía que su curiosidad por ella nunca quedaría saciada.

Demetri y Kate Street estaban poniendo la mesa, mientras Dora colocaba una silla tras ellos. Chance intentó levantarse, pero una mano firme sobre su hombro volvió a sentarlo en el banco.

—Siéntate, por favor. Eres nuestro invitado.

La comida comenzó a aparecer. Un plato de aceitunas verdes y negras, queso sobre una hoja de parra, pan y finalmente un enorme embutido en forma de U que parecía haber estado colgado de las vigas durante meses. La vieja Agatha comenzó a cortarlo y reveló su interior rojizo con puntos blancos. Chance sintió que la boca se le hacía agua mientras el chico colocaba una jarra de agua sobre la mesa y Alessa añadía el vino.

—Sentaos todos —dijo Alessa señalando hacia la mesa, y todos se sentaron alrededor. Comenzó a servir el vino en copas; un sorbo para los niños, rebajado con mucha agua; mitad y mitad para Kate, para ella y para él; sin diluir para Agatha.

A la sombra de los árboles, con el sol iluminando el agua de la bahía a lo lejos, Chance comenzó a relajarse. No se había dado cuenta de lo tenso que estaba. Sintió una especie de felicidad que no supo definir.

—¿Queréis cortar el pan, milord?

Chance agarró el cuchillo y disimuló una sonrisa. El tono educado de Alessa encajaría a la perfección en una cena elegante, pidiéndole que le pasara la salsa de alcaparras o que trinchara un capón. Resultó difícil obtener una rebanada decente de pan, pero perseveró y fue pasándoselas a los comensales. Los niños mostraron unos modales excelentes en la mesa, sentados tranquilamente y pasando el queso y las aceitunas sin que se lo pidieran. Le dirigió una sonrisa a Dora y ella se la devolvió.

Estaría perfecta vestida al estilo inglés. ¿Le gustaría tener un poni? Cuando Alessa estuviera en Inglaterra, los niños podrían tener cualquier cosa que desearan.

Miró a Alessa y vio que ella estaba mirando hacia el jardín con expresión tranquila, contemplando las verduras, los pollos que se habían escapado del terreno de Agatha y la parra, que se esparcía sobre la pared delantera de la casa. De pronto su placer se esfumó y fue reemplazado por la duda. Aquélla era su casa, y allí era feliz. ¿Estaría equivocado después de todo por querer alejarla de aquello?

Entonces miró las manos arrugadas de la anciana, los nudillos enrojecidos de Kate Street y los remiendos en la ropa de los niños. Sí, claro que estaba haciendo lo correcto; tal vez Alessa pensara que era feliz allí, pero no era el lugar al que pertenecía. En la alta sociedad florecería, y los niños con ella.

Volvió a mirar a Alessa, pero en esa ocasión sus miradas se encontraron. Ella le dirigió una sonrisa y el corazón le dio un vuelco en el pecho. Todos los sonidos del jardín parecieron desvanecerse. La sensación duró sólo unos segundos, entonces ella apartó la mirada y los sonidos reaparecieron.

—¿Estáis hospedado por la zona, milord? —preguntó la señora Street.

—El alto comisionado ha alquilado una villa en Paleokastritsa. Yo soy su invitado.

—Entonces mi Fred y sus chicos estarán protegiéndoos —añadió Kate—. Los chicos de Fred son los más listos de la armada.

—¿El sargento Street? Lo buscaré.

—No estoy casada con Fred Court —aclaró la pelirroja—. Aunque eso no significa que no nos casemos algún día.

No parecía que hubiese mucho más que añadir a eso, de modo que Chance centró su atención en la anciana.

—¿Habla inglés, señora? —sólo obtuvo una mirada silenciosa. No se encontraba con fuerzas para entablar una conversación en griego, pero seguro que la mujer habría adquirido conocimientos de italiano—. *Parliamo inglese, signora? Italiano?* —la mirada que recibió entonces fue de hielo. Empezaba a entender de dónde había sacado Alessa sus expresiones reprobadoras.

—Agatha sólo habla griego —explicó Alessa—. ¿Queréis más vino?

Cuando terminaron la comida, Alessa le obligó a permanecer sentado mientras ella recogía la mesa con la ayuda de Kate y de los niños. Desaparecieron dentro de la casa y lo dejaron solo con Agatha.

La anciana se ajustó el pañuelo de la cabeza

con un movimiento rápido y le dirigió una mirada oscura.

—Si le hacéis daño a mi niña, me aseguraré de que os arrepintáis de haber venido a Kérkyra, milord.

Por un momento, Chance pensó que había hablado en griego y que, milagrosamente, él lo había traducido al instante. Luego se dio cuenta de que se había dirigido a él en un inglés perfecto, aunque con un acento muy marcado.

—Jamás se me ocurriría —contestó.

—¿Creéis que la amáis? A los hombres les resulta fácil amar, olvidar y volver a amar. Todos son iguales. Para las mujeres no es tan fácil. Así que os lo advierto, milord, para que sepáis que os vigilo.

—No la amo —dijo Chance, y no pudo evitar preguntarse si acababa de mentir—. Y no le haré daño. Sólo quiero ayudarla a encontrar a su gente de nuevo. Y pensé que usted no hablaba inglés.

La única respuesta que obtuvo fue una risotada y un guiño. Cuando Alessa reapareció, Agatha estaba recostada en su silla, con los ojos cerrados, aparentemente dormida, y Chance estaba lanzándoles huesos de aceituna a los pollos.

Alessa se apoyó en el tronco del olivo y observó al hombre alto con ropa de marinero sentado en el banco junto a la anciana que dormía; formaban una pareja incongruente. Fuese como fuese vestido, Chance parecía ser el caballero inglés que era. Y Agatha parecía haber crecido de la tierra.

Estaba enamorada de él, no podía negarlo, por mucho que lo intentara.

Al principio su mente le decía que era sólo una reacción física y que lo que sentía era producto de su primera experiencia sexual auténtica. Pero, según pasaban los minutos, supo que no era sólo eso. Sentía algo en su interior, recorriendo su cuerpo. Una ternura y un anhelo que le hacían desear tocarlo, abrazarlo, sentir su aliento sobre la piel, su corazón latiendo en su pecho.

Alessa apretó las manos y se acercó a la mesa. Chance echó la cabeza hacia atrás y sonrió perezosamente; entonces todas sus dudas desaparecieron. Podría haberse quedado ahí todo el día, encerrada en aquella mirada marrón y cálida. La brisa movió las ramas del olivo, agitó las hojas y los rayos de sol golpearon a Chance en la cara. Entornó los ojos y el hechizo se esfumó.

Hora de volver a la realidad.

—¿Chance, puedes hablarme de esa mujer, mi tía?

—Sí, por supuesto —Chance se incorporó y le hizo sitio en el banco a su lado.

—No, aquí no. En el olivar, donde no puedan molestarnos —era demasiado pronto para que los demás se enterasen; sobre todo los niños.

Alessa le dio la mano sin pensar y lo condujo colina arriba hasta llegar al olivar.

—Aquí —era su lugar favorito, una ladera

verde que, en la antigüedad, debía de haber constituido una barrera entre olivares de diferentes dueños. Se sentaron y ella se apoyó en un tronco nudoso—. Desde aquí se ve el mar; mira.

Levantó la mano para señalar y se dio cuenta de que seguía agarrada a la de Chance. Éste permitió que le levantara la mano, pero, en vez de abrir los dedos y soltarla, se la llevó a los labios.

—No —dijo Alessa, y apartó la mano inmediatamente—. Ya hemos sido suficientemente imprudentes por un día.

—¿Eso significa que habrá otro día? —preguntó él.

Alessa le dirigió una mirada de reprobación, pero él ya se había apoyado contra el árbol y no la vio.

—Estos olivos son raros; distintos a los que he visto en Italia y en Francia. Más grandes, y los troncos parecen estar hechos de cuerdas y redes, todos enredados.

—Lo sé —dijo Alessa—. Es un cultivo veneciano, creo. No existen olivos así en ninguna otra parte.

Chance se quedó callado durante unos segundos.

—No hemos venido aquí a flirtear ni a hablar de olivos —dijo finalmente—. Ojalá las cosas fueran diferentes y hubiera podido asegurarme antes de contártelo.

—Dime lo que piensas.

—Tus ojos y tus cejas son muy distintivos; por

lo que sé hasta ahora, imagino que los heredaste de tu padre.

Alessa asintió.

—Papá siempre se refería a ellos como los ojos de bruja de los Meredith. Cuenta la leyenda que uno de nuestros antepasados sedujo a una bruja y luego la abandonó. Ella dejó a su hijo en la puerta del hombre nueve meses después. Personalmente creo que cualquier bruja respetable habría dejado una maldición, no un bebé.

—Tal vez lo amase —especuló Chance—. A veces ocurre. En cualquier caso, yo estaba en el patio de la residencia. Tú te habías ido corriendo, y lady Trevick llegó a casa con sus nuevas invitadas: lady Blackstone y su hija, Frances. Por un momento, cuando vi a la hija, pensé que eras tú; podíais ser hermanas. El parecido es increíble, y también con lady Blackstone. Consulté el *Nobleza*. Lady Blackstone era Honoria Meredith, hermana del cuarto conde Hambledon; Edward Charles Meredith. Y el libro menciona a un hermano; el honorable Alexander William Langley Meredith. No dice nada más sobre él; no menciona matrimonio ni fecha de defunción. Nada. Pero recordé que me habías dicho que tu verdadero nombre era Alexandra. En la playa me dijiste el nombre de tu padre; no puede ser casualidad.

—No. No puede ser casualidad. Pero, Chance, ella no querrá reconocerme como familia suya.

—Creo que podría estar aquí buscándote. Va a reunirse con su marido en Venecia, pero ésta no es la ruta más lógica. De hecho, es bastante extraño. Cuando la interrogué, se mostró evasiva, pero lady Trevick dejó caer que piensa que lady Blackstone tiene familia en la isla.

—¿Por qué iba a buscarme? Después de que mi madre muriera, mi padre escribió a su familia pidiéndoles ayuda para mí; pero la carta fue devuelta por los abogados de mi abuelo.

—¿Sabían dónde estabas en aquella época?

—No, sólo que estábamos en el Mediterráneo. Pero ahora que la guerra ha acabado, supongo que sería probable averiguar dónde estaba destinado mi padre.

—Tal vez tu abuelo nunca perdonase a tu padre por aquello que hubiera causado el distanciamiento entre ambos, y por su matrimonio con tu madre. Pero quizá, ahora que ha muerto, sus hijos deseen hacer las paces. Lady Blackstone va a viajar a Venecia y puede que haya planeado este desvío para encontrarte.

Era lógico, y sustentaba la esperanza de que su tía pudiera querer ponerse en contacto con ella. Si repetía la idea muchas veces en su cabeza, comenzaba a sonar menos improbable.

—Me pregunto si habrá hecho averiguaciones sobre mí —dijo ella con el ceño fruncido—. Aunque nadie aquí conoce mi verdadero nombre.

—Averiguaré lo que busca, con el mayor tacto posible. No frunzas el ceño, Alessa. Te saldrán arrugas.

Alessa ignoró su broma y dijo:

—No puedo obligarlos a que se hagan cargo de mí. ¿Por qué iban a hacerlo?

—Porque eres su sobrina y es su deber. Pero tu padre debía de tener algo; terrenos, inversiones. Imagino que habrá alguna pensión por parte del ejército.

—Pero, si su familia pensaba que había muerto…

—Tienen que esperar siete años para dar eso por hecho. La oficina de asuntos exteriores les habría proporcionado la fecha de la muerte si hubieran preguntado, y además no tendrían razón para pensar que tú también hubieras muerto. El dinero y los terrenos estarán en alguna parte, y son tuyos por derecho.

Alessa nunca había pensado en eso. Dinero para la educación de Demetri, para la dote de Dora.

—Si no tengo que depender de ellos, entonces quizá…

—Interrogaré a lady Blackstone con discreción y te lo haré saber. No hay necesidad de que te encuentres con ella antes de que las dos estéis preparadas.

—No recuerdo Inglaterra. Sé que hacía frío y era gris, y mi padre no estaba de buen humor; de eso sí me acuerdo. ¿Brilla el sol en Inglaterra?

—De vez en cuando. Pero la lluvia lleva ventaja. La hierba es verde y profunda, los ríos corren caudalosos y la industria paragüera inglesa prospera.

—Eso es muy gratificante —respondió ella sarcásticamente—. ¿Tú volverás a Inglaterra?

Alessa se arrepintió de la pregunta nada más formularla, pero Chance no pareció interpretarla como un flirteo. Simplemente se puso en pie, ajeno a las ramas y a la hierba que se le habían quedado pegadas a la ropa.

—¿A casa? Sí. Desde aquí pienso ir a Venecia y luego a Inglaterra. Aún no he decidido el itinerario exacto, pero estaré en casa para Navidad; luego pasaré a estar a merced de mi madre para la temporada de bailes.

—¿Querrá que vayas con ella a todos los bailes?

—Eso y que acompañe a mis hermanas. Pero su principal intención es encontrarme una esposa —lo dijo con tanta despreocupación, mientras tomaba el camino hacia el pueblo, que Alessa no entendió el significado de sus palabras por un instante.

«¿De qué te sorprendes? Claro que va a buscar una esposa. Y claro que esperará encontrarla entre las damas de la alta sociedad londinense. ¿Qué esperabas? ¿Que te tomara entre sus brazos y dijera: pero no me hace falta buscar, porque está aquí?».

Sin esperar a que Chance se diera la vuelta y le ofreciera la mano, Alessa comenzó a andar a su lado colina abajo. Cuando regresaran a la casa, ella habría logrado controlar sus emociones y tendría una sonrisa en los labios para evitar las miradas de especulación.

Diez

Chance condujo el bote a través de la bahía, bajo la presencia del monasterio donde una vez había sido visto Odiseo, es decir Ulises, antes de ser recibido por la princesa Nausica. Esperaba que fuese una profecía. Alessa no había mostrado reacción alguna a su comentario sobre buscar una esposa. ¿Acaso no había captado la indirecta? Probablemente no. Cada vez tenía más claro que ella era la única mujer que deseaba en la vida. Pero, si la cortejaba allí, sin esperar a que encontrara su lugar en la sociedad inglesa, sería etiquetada para siempre como «esa chica griega que Blakeney eligió en sus viajes».

No, Alessa regresaría como la señorita Meredith, la respetable hija de un héroe de guerra y sobrina de un conde. ¿Podría hacerle entender eso? Había ensayado las palabras docenas de veces en su cabeza, pero sabía que, lo dijese como lo dijese, Alessa se sentiría profundamente ofendida. Su independencia, su trabajo, su país adoptivo eran las fuentes de su orgullo. De vuelta en Inglaterra, lo vería con perspectiva y su cortejo parecería todo lo honroso que pretendía ser.

—¿Vas a quedarte sentado en esa barca toda la noche, Benedict, amigo mío? —Zagrede estaba de pie en la arena de la playa, observándolo.

—No. Toma, agarra la cuerda —Chance le lanzó la cuerda y admiró el hecho de que pudiera atraparla con una mano. El conde se agachó para atarla al saliente de metal—. Con esa espada, pareces preparado para luchar contra los piratas.

—¿Esto? —preguntó Zagrede, señalando la enorme daga que llevada metida en la faja—. Sólo es un Thika, un cuchillo. No es una espada —se dio la vuelta y comenzó a caminar junto a Chance—. He venido aquí para escapar de las damas; no me siento capaz de manejarlas a todas yo solo.

—Me sorprendes, Voltar —le parecía extraño utilizar los nombres de pila, pero el conde parecía preferirlo así—. Un hombre de tu posición no debería tener problemas con tres mujeres.

—Pero yo no quiero tres —dijo el albano—. Sólo deseo a una.

—¿Y quién es la dama con la que deseas… coquetear?

—Oh, cualquiera me serviría. Todas son guapas, bien educadas y con dinero, claro. En esta etapa de mi vida me vendría bien tener una esposa. Tengo amantes, muchas, e hijos, pero ninguno legítimo. Un hombre ha de pensar en esas cosas.

—Desde luego —Chance estaba empezando a pensar únicamente en el matrimonio y los herederos. O, para ser sincero, en tener herederos con Alessa—. ¿Pero una mujer inglesa para un conde albano?

—Los ingleses tienen mucho poder en estos mares. Sería una buena… ¿cuál es la palabra?... táctica.

Llegaron a la calle adoquinada. Chance se quitó la arena de los pies y se puso los zapatos. ¿Qué poder tendría Zagrede en su propio país? Parecía pensar como un príncipe, no como un simple aristócrata. Y aun así parecía gobernar sus propios barcos, lo cual era más propio de un comerciante que de un príncipe.

—Bueno, dime cuál es la que más te gusta —dijo con buen humor—. Y yo haré lo posible por flirtear con las otras dos.

Cuando llegaron a la villa, no vieron a ninguno de los demás invitados. Chance subió las escaleras hasta sus aposentos y se sumergió en el baño de agua fría que Alfred le había preparado. Se quedó tumbado con la cabeza apoyada en el borde de la bañera mientras la sal iba desprendiéndose de su cuerpo.

¿Cómo se lavaría Alessa en aquella casa tan pequeña? No tenía bañera de mármol, ni sirvientes respetuosos que llamaran a la puerta para ofrecerle jarras de agua fría. La imagen de ella desnuda en una bañera tuvo su inevitable efecto, de modo que agarró el cepillo y comenzó a frotarse la espalda para distraerse mientras repasaba su plan de acercamiento a lady Blackstone.

—Indirectamente —murmuró—. Ésa es la manera.

Más tarde, cuando los huéspedes se reunieron en la terraza antes de cenar, se encontró a sí mismo junto a su anfitriona. Lady Trevick estaba abanicándose mientras contemplaba atentamente los flirteos del conde con las jóvenes.

—Un caballero encantador —observó Chance.

—Sí. Sí, mucho. Quizá demasiado —dijo lady Trevick con el ceño fruncido, cuando sus hijas comenzaron a reírse sonrojadas.

—¿Pero quién puede culparlo, rodeado de tantas bellezas? —preguntó Chance—. ¿Sabe si lady Blackstone ha hecho algún progreso en la búsqueda de su familia en Corfú? —lady Trevick lo miró extrañado—. Lo mencionasteis la otra noche.

—Creo que no —contestó ella—. Un caso trágico, según creo. Su hermano pequeño, separado de la familia, un matrimonio poco apropiado y creo que también un hijo perdido en algún lugar del Mediterráneo.

—¡Horroroso! Imagino que lady Blackstone acabará de enterarse de la existencia del hijo.

—Eh... sí —lady Trevick parecía algo confusa—. Debe de ser eso, sí. Lady Blackstone ha estado hablándolo con el secretario de mi hermano, el señor Harrison.

Lady Blackstone apareció en la terraza y vio enseguida al grupo de mujeres que rodeaba al conde. Apartó a su hija de ellas y la llevó hacia Chance y lady Trevick.

—Si me disculpan... —lady Trevick dirigió la mirada hacia sus hijas—... debo ir a hablar con el mayordomo. ¿Podéis vigilar a las chicas, lady Blackstone?

Frances Blackstone se apartó para contemplar las vistas desde la terraza. Perfecto. Chance estaba a solas con su presa.

—Espero que perdonéis una observación personal, milady, pero qué ojos tan bonitos tiene vuestra hija. Sin duda los ha heredado de su madre.

—Sois muy amable, milord —dijo la mujer con una inclinación de cabeza—. Por supuesto, Frances es muy admirada, pero he de admitir que yo, en mi juventud, también recibía cumplidos por mis ojos.

—Supongo que será una característica familiar —dijo Chance—. Lo cual resulta extraño, pues conozco a una chica en la isla que tiene los mismos ojos y las mismas cejas.

—¿De verdad? Qué extraordinario. ¿Por qué la conocéis?

El momento fue perfecto, pues el mayordomo salió a la terraza en ese instante para anunciar que la cena estaba servida.

—Me salvó la vida —dijo Chance—. Por favor, disculpad, creo que en ausencia de sir Thomas soy yo quien debe acompañar a lady Trevick, y aquí viene el conde para acompañaros.

Una cena prolongada le daría a lady Blackstone tiempo para recuperarse de la sorpresa y preparar su historia. Cuanto menos avergonzada se sintiera hablando del tema con un desconocido, mejor para Alessa.

Chance acompañó a su anfitriona a su asiento, declinó la invitación de ocupar el lugar de honor en la mesa y se sentó a su derecha, sin prestar atención a lady Blackstone, sentada al otro extremo. Ocurriera lo que ocurriera, no quería que nadie sospechara que Alessa y él eran algo más que conocidos. Ya iba a ser suficientemente complicado ocultar el hecho de que Alessa se encargaba de la colada.

El plan funcionó. Nada más salir a la terraza después de la cena, Chance fue arrastrado al estudio de sir Thomas, cuyas puertas daban a la terraza.

—¿Milady?

—Esa joven a la que os referisteis antes —dijo lady Blackstone—. ¿Cómo se llama?

—Alexandra. Pero no sé su apellido. Sería maravilloso que resultara ser pariente vuestra.

—¿Cuántos años tiene?

—Quizá veinticuatro o veinticinco. Una noche fui asaltado por unos ladrones justo frente a su puerta y me refugié en su casa; de ahí las lesiones que me tuvieron cojeando hasta hace poco.

—¿Y cuáles son sus circunstancias? —preguntó lady Blackstone, apretando con fuerza su abanico. Parecía estar manteniendo la compostura por pura fuerza de voluntad. Chance sintió cierta compasión por ella. ¿Cómo se sentiría uno estando tan cerca de encontrar a una sobrina desconocida, hija única de un hermano desaparecido?

—Se mantiene modestamente, pero de manera respetable, fabricando remedios herbales. *Kyria* Alessa, pues así es conocida, suministra remedios a la residencia, así como a otros establecimientos. Vive con una mujer y dos huérfanos que ha rescatado; costea además la educación de ambos.

—¿Los niños no son suyos? —preguntó Honoria Blackstone.

—No en el sentido familiar. Pero los considera su responsabilidad, habiéndolos acogido.

—Entiendo. Supongo que podría ser pariente mía. Iré a visitarla cuando regresemos a la ciudad.

—Se encuentra a poca distancia de aquí. Hoy me la encontré por accidente, y por eso me acordé; parece que ha traído a los niños de vacaciones a un pueblo cercano. Han venido a visitar a una anciana hacia la que siente cierta responsabilidad.

—Qué filantrópica parece esta joven.

Chance maldijo en silencio el tono sarcástico de lady Blackstone. Estaba a la defensiva y se negaba a aceptar nada hasta que no tuviera pruebas.

—La verdad es que sí —respondió él—. Por lo que he visto de ella, tiene el instinto de una dama. ¿Queréis que la traiga para que hable con vos? ¿Mañana, quizá?

—Sí, muy bien. Probablemente sea una casualidad y no estemos emparentadas, pero me gustaría saberlo. A las tres en punto mañana, si puede ser.

—Enviaré una nota —dijo Chance, fingiendo desinterés—. Sin duda los empleados de la villa lograrán encontrar la dirección correcta.

Alessa dobló la nota que tenía en las manos, la desdobló de nuevo y finalmente la estiró sobre la mesa para leerla. Era la primera, y probablemente la última, carta que recibía de Chance, y deslizó los dedos inconscientemente sobre su firma. No había escrito nada que pudiera insinuar una relación entre ellos. ¿Sería por tacto, o simplemente no le daba importancia a lo que había ocurrido?

Lady Blackstone cree que es posible que puedas estar emparentada con ella y, naturalmente, querría tener la oportunidad de conocerte. A las tres de esta tarde sería una buena hora. No creo que sea necesario que te acompañe nadie de tu casa, incluyendo a tu amiga, pues lady Blackstone hará de carabina.

Sorprendida al pensar en Kate como carabina, Alessa captó la indirecta. Chance había preparado el terreno, y ahora dependía de ella aparecer ante su supuesta tía como una persona respetable.

Alessa tomó prestada la mula blanca de Agatha y partió a las dos de la tarde con su mejor ropa de los domingos. No tenía ropa elegante, sólo el traje tradicional de la isla que había llevado durante años, pero aquel vestido era el mejor que tenía.

Las medias eran blancas y la camisa de manga larga con encaje. En la cabeza se había puesto un sombrero de paja con lazos negros, y había completado la indumentaria con unos pendientes de filigrana. Tal vez lady Blackstone se mostrase sorprendida, pero no tendría razón para repudiar a su sobrina por ir mal vestida.

—¡Alessa! —Chance apareció cuando Alessa entró con la mula en el patio trasero de la villa—. Estás muy guapa —la ayudó a bajar de la mula y se echó atrás para admirar su atuendo sin soltarle la muñeca—. Ven dentro y te diré lo que le he dicho a tu tía.

—¿Estás seguro de que es ella? —preguntó Alessa mientras Chance la conducía al interior de la casa.

—Sin duda. Aquí estaremos a salvo —Chance se detuvo frente a un almacén vacío y se metió dentro. Alessa lo siguió y escuchó. Asintió a intervalos mientras él describía su encuentro del día anterior—. Lady Blackstone se muestra cautelosa, lo cual es comprensible, pero te ganarás su confianza —concluyó.

Alessa no dijo nada. La cabeza le daba vueltas al pensar que, por fin, tras muchos años, conocería a un miembro de su familia.

—Estás pálida —dijo Chance.

—Estoy nerviosa —confesó ella—. ¿Tú vendrás conmigo?

—No. Será mejor que sea en privado. Y no quiero que sepa lo mucho que nos conocemos; puede que saque conclusiones impropias.

«¡Y acertaría!», pensó Alessa, pero no lo dijo en voz alta.

—Un beso de buena suerte —dijo él, y la tomó en sus brazos. Era la primera vez que la besaba debidamente, no bajo el agua. Las sensaciones fueron las mismas, pero, a la vez, sorprendentemente diferentes, pues por fin pudo oler su piel y saborear su boca sin la sal del mar.

Chance deslizó las manos por su espalda, le agarró las nalgas y la presionó contra su cuerpo mientras devoraba sus labios. Habría resultado arrogante, de no ser porque ella se mostraba igual de participativa. Alessa sintió la evidencia de la excitación de Chance contra su cuerpo y se estremeció, sintiendo cómo su mente se nublaba.

El sonido del enorme reloj del pasillo inundó la habitación y ahogó los jadeos de placer.

—¡Maldición! —exclamó Chance, la soltó y cerró los ojos por un momento. Cuando los abrió de nuevo, su mirada estaba oscura y su respiración entrecortada—. Maldición —repitió.

No había tiempo. No había tiempo para hablar, para cuestionar lo que había sucedido. Alessa miró a su alrededor en busca de un espejo.

—Aquí —dijo Chance. Había un espejo colgado en un rincón. El sombrero se le había torcido, uno de los pendientes se le había enredado en el pelo y tenía el escote descolocado. Ni siquiera recordaba que Chance se lo hubiera tocado.

Frenéticamente, Alessa se recompuso y trató de arreglar su apariencia, sabiendo que tanta actividad iba destinada a evitar hablar con Chance, o a pensar en su propio comportamiento lujurioso.

—Lo conseguirás —dijo él. Abrió la puerta y la empujó al pasillo, donde se encontró de cara con el mayordomo—. ¡Por favor, *kyria*, ojalá encontraras algo mejor para trasladarte que no fuera esa mula! Me ha arrastrado durante varios metros por el patio mientras intentaba detenerla. Ah, Wilkins. Esta dama viene a ver a lady Blackstone.

Alessa sintió cómo Chance le daba un pequeño empujón y le dirigió una sonrisa al mayordomo.

—Señorita Meredith —dijo—. Lady Blackstone me espera a las tres.

—La conduciré hasta ella inmediatamente, señorita Meredith —Alessa sabía que Wilkins la había observado de arriba abajo, pero el mayordomo estaba demasiado bien entrenado como para mostrar sorpresa ante la incongruencia entre su atuendo y su nombre.

Miró hacia atrás, pero Chance había desaparecido. Bien, estaba acostumbrada a estar sola. ¿Qué era lo peor que podría ocurrir? ¿Que lady Blackstone se negara a reconocerla? No estaría peor de lo que ya estaba si eso ocurría.

—La señorita Meredith, milady —fue conducida a una habitación antes de que pudiera recomponer sus ideas. La mujer que se dirigió hacia ella era alta, esbelta, con el pelo negro. Pero fueron los ojos los que llamaron su atención. No era de extrañar que Chance hubiera apreciado el parecido.

—Milady —dijo Alessa haciendo una reverencia. Trató de aparentar tranquilidad, pero por dentro sentía un intenso ardor. Aquélla era la hermana de su padre, sin duda, y era como si su espíritu hubiese entrado en la habitación también.

—¿Eres Alexandra Meredith? —preguntó su tía con frialdad, pero no hostilidad. Alessa asintió—. ¿Y tus padres?

—Mi padre era el honorable capitán Alexander William Langley Meredith —contestó ella—. Era hijo del tercer conde de Hambledon. Mi madre era Thérèse Bonniard, viuda de un miembro de la monarquía francesa.

Lady Blackstone se giró bruscamente, pero no antes de que Alessa pudiera ver la humedad de sus ojos.

—Perdona, ¿pero estaban casados?

—Sí, milady. Tengo todos mis papeles aquí —dijo Alessa, y abrió la bolsa de cuero que llevaba colgada de la cintura—. El pasaporte y los papeles del ejército de mi padre, el certificado de boda y mi certificado de nacimiento.

Se los ofreció, pero lady Blackstone permaneció quieta, aparentemente atónita por la vista que se contemplaba desde la terraza. Alessa dejó los documentos en una mesa y dio un paso atrás.

—¿Cuándo murió?

—Hace casi seis años. Se ahogó en una tormenta. Papá era un oficial del servicio de inteligencia. Estoy muy orgullosa de él. No entiendo por qué su familia le dio la espalda.

—Oh, eso fue hace mucho tiempo —dijo su tía. Se dio la vuelta, recogió los papeles y los examinó—. No hace falta que mire esto, ¿verdad? Eres la hija de Alex. No hay duda. Sabíamos lo del matrimonio, pero mi padre se mostró inflexible; consideraba que tu padre era la oveja negra.

—Papá solía decir que había sido muy rebelde.

—Desde luego que lo era. Si se hubiera propuesto menoscabar la buena opinión de su padre y poner en duda sus valores, Alexander no podría haberlo hecho mejor —lady Blackstone dejó los papeles en la mesa y miró a Alessa a la cara—. ¿Qué deseas de tu familia?

—Que me reconozcan, quizá. Nada que no sea mío. Imaginó que papá tendría alguna herencia que me correspondería a mí. Si es así, entonces querría regresar a Inglaterra para tomar posesión y decidir si puedo vivir allí. Si no hay nada… entonces me quedaré aquí, donde puedo mantenerme sola.

—O podrías quedarte aquí y que nuestros abogados se encargaran de los acuerdos financieros. Hay una pequeña mansión en mitad del campo en Suffolk. Tal vez mil libras al año. Podrías vivir como una reina con eso aquí, imagino.

Alessa hizo una conversión rápida a ducados venecianos y a la moneda francesa. Su tía no exageraba. Ni tampoco la quería en Inglaterra. Ella, la hija de su hermano, le despertaba demasiados recuerdos. Tal vez su tía se sintiera culpable por no haber defendido a su hermano pequeño. Tal vez la esposa francesa siguiese siendo un problema. O tal vez simplemente le resultase difícil imaginarse en la sociedad londinense a aquella desconocida con los mismos ojos y vestida como una campesina corfiota en fiestas.

«No voy a rogar para que me acepte», pensó. Se sentía furiosa, decepcionada y a la vez aliviada. Con mil libras al año, los niños y ella podrían tener todo lo que quisieran. Entonces se dio cuenta de por qué Inglaterra resultaba tan atractiva. En Corfú nunca podría ver a Chance en igualdad de condiciones. «Aunque tampoco podré soportar ver cómo corteja y se casa con otra mujer».

—Creo que eso sería…

—¡Mamá! ¿Puedo ir en barca a navegar para dar la vuelta al monasterio? ¡Oh! Lo siento, no sabía que estuvieras con alguien.

Entró en la sala una chica que podría ser su hermana. Iba del brazo de un caballero de aspecto formal y también del de un personaje exótico al que Alessa reconoció al instante. Todo el mundo en Corfú conocía al conde Kurateni de vista. Y, por supuesto, el caballero formal era el señor Harrison, secretario del Alto Comisionado.

Los tres se quedaron mirando a Alessa.

—*Kyria* Alessa, no esperaba verte en esta parte de la isla.

El conde miró a las tres mujeres que tenía delante y exclamó:

—¡Lady Blackstone, ha encontrado a un pariente! Qué acontecimiento tan maravilloso; enhorabuena.

Se quedó allí de pie, irradiando buena voluntad y curiosidad, y ajeno al hecho de que se estaba entrometiendo.

Entonces Alessa vio el brillo en su mirada y se dio cuenta de lo que estaba haciendo. El conde disfrutaba con el escándalo y simplemente estaba pasando un buen rato.

—Pero, mamá, ¿quién es ésta? —preguntó la chica, y se acercó a Alessa con una sonrisa—. ¿Qué tal? Yo soy Frances; estoy segura de que debemos de ser primas —agarró a Alessa del brazo mientras hablaba y la llevó hasta un espejo—. ¡Mira!

—Frances, estás interrumpiendo una conversación privada... —pero el reproche de lady Blackstone quedó sofocado por las hermanas Trevick, que entraron en busca de Frances.

—¿Tu madre te deja ir?

Entraron seguidas de su madre y de Chance.

Lady Trevick se quedó mirando al grupo con cara de sorpresa y a lady Blackstone no le quedó más remedio que decir:

—Lady Trevick, ha ocurrido algo muy afortunado. Ésta es Alexandra Meredith, mi sobrina. La hija de mi hermano pequeño.

Once

—Oh, querida, debes de tener una gran historia —dijo lady Trevick—. Bienvenida. ¿Tu madre está contigo en Corfú?

—Tanto mi hermano como su esposa fallecieron trágicamente.

«Eso me convierte en legítima ante todos ellos!, pensó Alessa, y se reprendió a sí misma por mostrarse frívola. Debía de haber sido una sorpresa para su tía verla con aquel atuendo y, aunque ella sabía que era una joven respetable, su nueva tía no tenía ni idea.

Entonces se dio cuenta de que ya no era tan respetable. Si alguien la hubiese visto media hora antes, o en la bahía el día anterior, su reputación quedaría arruinada. Miró a Chance instintivamente y vio que tenía el ceño fruncido. Tal vez hubiera imaginado un recibimiento mejor para ella.

—Soy la hermana de sir Thomas —dijo lady Trevick. No podía saber que la joven que tenía enfrente había lavado toda la ropa interior que llevaría puesta en ese momento, y por suerte el señor Harrison no consideró necesario aclararlo—. Éstas son mis hijas. Maria y Helena —las dos sonrieron cálidamente—. Y éstos son el conde de Blakeney y el conde Kurateni —ambos caballeros hicieron una reverencia.

—Vaya, una dama inglesa entre los corfiotas —dijo Kurateni, sin temor a expresar en voz alta lo que todos estarían pensando—. ¿Y cómo has vivido aquí? ¿Estás casada?

—Después de que mi padre muriera, estuve viviendo con *kyria* Agatha, una anciana viuda que me enseñó a preparar remedios con hierbas medicinales. Cuando fui lo suficientemente mayor, me fui a la ciudad y fundé un negocio para vender los ungüentos.

—¿Tú sola? —preguntó Helena Trevick.

—Con los dos niños que he adoptado. La esposa inglesa de un sargento vive conmigo también —era casi cierto: Kate prácticamente estaba casada con Fred, y vivir en el piso de arriba era como vivir juntas.

—Vamos todos a la terraza y dejemos a solas a la señorita Meredith con su tía —dijo lady Trevick—. Debéis de tener mucho de lo que hablar. Y, por supuesto, si quiere quedarse aquí con lady Blackstone, señorita Meredith, sería un placer para mí —sacó a las chicas y a los caballeros de la habitación y cerró las puertas tras ella.

Alessa se quedó a solas con su tía. Lady Blackstone sonrió. Fue una sonrisa forzada, quizá, pero era el gesto más amistoso que le había visto hacer. Parecía que la irrupción del resto había hecho que asimilara la sorpresa.

—Claro que te quedarás aquí.

—Pero, milady, los niños…

—Podrán quedarse durante unos días con tu amiga y la anciana, ¿verdad? —su tía se acercó y le agarró las manos—. ¿Cómo si no podremos llegar a conocerte Frances y yo? La hija de Alexander; apenas me parece posible. ¿Te pareces a tu padre, querida?

—¿Queréis decir que si soy rebelde? No, creo que no —respondió Alessa con una sonrisa—. Cuando papá vivía, yo tenía que ser la sensata, y vivir escondida en una isla ocupada por el enemigo te enseña a ser discreta y precavida. Desde que murió, he tenido que mantenerme yo sola.

—Desde luego, hablas como una dama y te comportas como tal —dijo lady Blackstone—. ¿Tienes otra ropa?

—Sólo el vestido típico corfiota, milady.

—Por favor, llámame tía Honoria. La mayor de las hijas de Trevick es de tu misma estatura; tal vez no le importe prestarte algo hasta que podamos encontrar un sastre. Se lo preguntaré a lady Trevick cuando hable con ella sobre tu habitación.

—Gracias, tía Honoria. ¿Vuelvo mañana por la mañana?

—¡Claro que no! ¿Por qué quieres huir? Ahora que estás aquí, debes quedarte.

—No. Lo siento, pero he tomado prestada la mula y no puedo marcharme sin decirle a nadie dónde estoy. Volveré mañana —su tía se quedó mirándola, obviamente desconcertada por aquella muestra de independencia—. Buenas tardes, tía, y gracias.

Alessa se inclinó y le dio un beso en la mejilla; se sorprendió a sí misma casi tanto como a lady Blackstone. Luego se dio la vuelta y salió por la puerta antes de que su tía pudiera expresar sus objeciones.

Cuando llegó al vestíbulo, vaciló. ¿Qué debía hacer? No tenía ni idea de cómo se comportaba uno en una casa grande con sirvientes. ¿Debía esperar a que apareciese alguien que llevase la mula hasta la puerta? ¿O tal vez debía salir por la puerta principal y caminar hasta la parte de atrás?

—¡Alessa! —era Chance, que le hacía gestos para que saliera a la terraza—. No pasa nada; todos se han ido a ver el barco que ha traído el conde. Lady Trevick no sabía si dar su visto bueno para un viaje de placer.

—Gracias a Dios, pensé que estarían todos ahí fuera hablando de mí —dijo Alessa, y sintió que le temblaban las rodillas cuando se sentó en un banco a la sombra de una parra.

—Supongo que no hablarán de otra cosa —dijo Chance, apoyado en la barandilla—. ¿Cómo te sientes?

—Confusa, abrumada, indecisa. Mi tía no parece muy contenta de verme. Aliviada quizá por haberme encontrado. Pero creo que, si hubiera descubierto que yo había muerto de pequeña, o que me había ahogado con mi padre, se habría sentido… no contenta, pero sí aliviada por eso también.

—No creo que ése sea el caso. Simplemente es una persona reservada —dijo Chance—. Aún no os conocéis.

—Hay dinero de por medio, como tú pensabas —dijo ella mientras se guardaba los papeles en la bolsa de cuero—. Mi tía ha sugerido que podría encargarse de los trámites para que me pagaran el dinero aquí, para poder quedarme en la isla; supongo que para no avergonzar a mi familia en Inglaterra. Pero, cuando ha llegado todo el mundo, ha parecido que cambiaba de opinión. Quiere que me quede aquí, en la villa, durante unos días. Es todo muy extraño.

—Lo siento —Chance se dispuso a ofrecerle la mano, pero la apartó—. No debería haberte besado así. No quería complicarte más las cosas.

—Ah, eso —dijo ella. ¿Acaso los hombres pensaban que todo giraba a su alrededor? Probablemente—. No, no me refería a eso. Digo que es extraño por los niños.

—Entiendo —había conseguido herir su orgullo. En algunos aspectos era mucho más fácil tratar con Chance cuando estaba enfadada con él y lograba dejar a un lado el deseo de estar entre sus brazos—. Supongo que no te preocupa en lo más mínimo dormir y vivir en la misma casa que yo, después de lo que ha ocurrido.

—En absoluto —dijo ella mientras se ponía en pie. Lo miró y consiguió no fijarse en los pequeños detalles que comenzaban a obsesionarla: la forma de sus cejas cuando pensaba, la pequeña cicatriz en su sien izquierda, la espiral de su oreja—. Al fin y al cabo, aquí tendré siempre carabina.

Se dio cuenta de que no había hecho nada por tratar los acontecimientos del día anterior. Debería haber dicho algo en su momento, haber dejado claro que era casta y que pensaba seguir así.

El día anterior. El día anterior probablemente habían hecho lo que cualquier pareja con un grado de atracción habría hecho si se encontrara sin ropa. Y al fin y al cabo él no la había presionado tras saber que era virgen.

—Quieres decir que estarás a salvo de mí —dijo él.

—Sí. Creo que debería quedar claro ahora que no pienso aceptar ser la amante de ningún hombre. Antes tampoco lo habría considerado, pero ahora tengo la protección de mi familia, de la Comisión y mi propio dinero.

—¿Quién ha dicho nada de amantes? —preguntó Chance. Los dos se habían puesto en pie y estaban mirándose cara a cara.

—Eso era lo que pensabas, ¿verdad? Por eso querías hacerme el amor en la bahía ayer. Pensabas que era viuda y que estaría dispuesta.

—Maldita sea, estabas dispuesta, siendo virgen o sin serlo. ¡Y la idea de convertirte en mi esposa nunca se me pasó por la cabeza!

—¿De verdad? ¿Así que, si te hubieras encontrado con Maria Trevick o con Frances Blackstone nadando en la bahía, les habrías hecho el amor?

—¡No, claro que no! Pero a ellas no…

—¿No qué?

—No las deseo, maldita sea —¿era eso lo que realmente había estado a punto de decir?—. ¿Alessa, por qué estás tan enfadada? Las cosas estaban bien entre nosotros después de lo de ayer. Estaban bien hace una hora cuando me besabas. ¿Qué ha cambiado? ¿Que ahora tienes parientes ricos y una herencia? ¿Esperas una proposición matrimonial cuando antes no lo hacías? Bueno, puedes unirte a los huéspedes de la villa y aprender el arte del flirteo. Quién sabe lo que podría ocurrir. Creo que el conde busca una esposa inglesa.

—Eres un arrogante…

—Su mula, señorita Meredith —era Wilkins, el mayordomo.

—Gracias, Wilkins. Lady Trevick me ha invitado a quedarme aquí.

—Eso he oído, señorita Meredith.

—Llegaré mañana por la mañana.

—Muy bien. ¿A qué dirección debo enviar al lacayo con la calesa para recogerla?

—Me temo que el camino no es apropiado para vehículos con ruedas. Le pediré a algún vecino que me preste mulas y a uno de los chicos para que las lleve de vuelta.

—Sería más fácil por mar —dijo Chance—. Llevaré un bote a la bahía bajo el pueblo a las diez, si tus amigos pueden ayudarte a bajar el equipaje hasta la playa.

—Gracias, milord —dijo ella con una sonrisa fingida—, pero creo que eso no me sentaría bien. El movimiento de la barca, ya comprendéis.

—Lo comprendo perfectamente —contestó Chance con otra sonrisa. Alessa esperó que pudiera engañar al mayordomo, porque a ella no la engañó. Estaba furioso. ¿Por qué se había mostrado preocupada por la barca? Probablemente querría pasar el viaje discutiendo con ella.

Se alejó de él con una sonrisa, seguida por Wilkins, y no miró atrás.

—¡Maldición! —Chance se sentó en el banco que había ocupado Alessa segundos antes y se llevó las manos a la cabeza. Tenía ganas de arrancarse el pelo, pero eso no le serviría de nada. Se apoyó en la estructura de madera que sujetaba la parra y trató de pensar. ¿Qué había salido mal?

Alessa estaba triste por el encuentro con su tía, lo cual era de esperar. Debía de haber sido duro para ambas, pero, al no estar familiarizada con las costumbres de la alta sociedad, Alessa no había comprendido las reservas de su tía. Probablemente lady Blackstone sólo pretendiese aliviar su miedo al cambio al sugerirle que recibiera su herencia en Corfú, pero era improbable que lo dijese en serio.

Su plan sería esperar a que su sobrina estuviera más calmada para explicarle que, en realidad, no tenía más elección que la de volver a Inglaterra.

¿Dejar a la sobrina de un conde viviendo soltera e independiente en una isla griega? Impensable. La gente la compararía con la escandalosa de Stanhope, viajando por el Mediterráneo con su amante. Y lady Hester Stanhope era diez años mayor. La reputación de Alessa quedaría arruinada.

Pero tratar de explicarle eso a Alessa en esos momentos sería inútil. Era demasiado orgullosa e independiente, y tendría que pasar semanas en compañía de damas inglesas antes de darse cuenta y cambiar de actitud.

Chance se puso en pie y atravesó la terraza justo a tiempo para ver a la mula blanca, con Alessa sentada encima, alejándose por el camino.

La reacción de Alessa ante su tía era una cosa, un problema que se resolvería con el tiempo. ¿Pero qué había ocurrido entre ellos? ¿Realmente pensaba que quería convertirla en su amante? ¿Pero por qué no le habría dicho nada el día anterior en la playa? ¿Acaso esperaba una carta blanca hasta que descubrió que tenía una herencia? Tal vez pensara que, con dinero, podría recibir muchas proporciones matrimoniales.

Era probable que tuviese esa esperanza. Si su tía tenía cuidado al presentarla en sociedad y Alessa actuaba con discreción, no tendría problemas en encontrar marido.

Y, si le decía que la amaba, imaginaría que estaba intentando excusar su comportamiento y que tal vez hubiera decidido que podría ser una esposa apropiada ahora que tenía dinero. Al no estar familiarizada con la sociedad inglesa, Alessa no tendría forma de saber que había candidatas con mucho más dinero que ella. Y tampoco sabría hasta qué punto llegaba la riqueza de Chance. El conde de Blakeney podría casarse con quien deseara.

«Arrogante». El insulto de Alessa reapareció en su cabeza. La amaba, y era la mujer con la que deseaba casarse. Y, si lo consideraba un arrogante, iba a tener que demostrarle que estaba totalmente equivocada con él.

—Benedict, mi querido amigo —era Zagrede, que acababa de salir a la terraza—. Ven a navegar conmigo en mi esquife. Las damas podrán mirar desde la orilla y admirar nuestra habilidad para domar al océano. Entonces tal vez lady Trevick se convenza y nos deje llevarlas de paseo mañana.

Chance admiraba la teatralidad del conde e imaginaba el efecto que debía de producir en las damas, pero al mismo tiempo veía algo peligroso en él. No se trataba de un charlatán que fingía tener un glamour exótico. Aquel hombre podía usar el cuchillo que llevaba en el cinturón y mataría para defender lo que era suyo. De hecho, mientras accedía con una sonrisa a la proposición de Zagrede, pensó que probablemente mataría para conseguir lo que deseaba. Un amigo poderoso en aquella parte del mundo, y un enemigo muy peligroso—. ¿Y dónde está nuestra nueva invitada? —preguntó el conde mientras entraban en la casa para cambiarse—. Es una joven adorable y de lo más inesperada; estoy deseando conocerla mejor.

—Apuesto a que sí —dijo Chance, y se dio cuenta de que había sonado excesivamente serio. El conde le dirigió una mirada penetrante mientras abría la puerta de su habitación. Pero Chance tenía demasiado sentido común como para explicarle su comentario. Furioso con su amigo y consigo mismo, se controló antes de caer en la tentación de darse la vuelta y decirle: «No puedes tenerla; es mía».

Su sentido del ridículo prevaleció y, en vez de decirle eso, le aseguró al conde que estaría en la playa en diez minutos.

Al día siguiente, Alessa estaría en esa casa. Tenía que tratarla del mismo modo que trataba a las demás damas, y así volvería a confiar en él y aprendería a aceptar lo inevitable de su regreso a Inglaterra.

—¡Nos abandonas! —exclamó Dora con lágrimas en los ojos—. Vas a marcharte y a abandonarnos.

Alessa abrazó a la niña con fuerza. Dora ya había sido abandonada una vez y tenía miedo.

—No, te prometo que nunca os abandonaré. Voy de visita, nada más. He encontrado a mi tía y quiere conocerme mejor. Luego, después de unos días, os conocerá a Demetri y a ti. Pero es una gran sorpresa para ella haberme encontrado. Creo que quiere llevar las cosas con calma, y además no es su casa, así que invitar a tres personas a quedarse allí es difícil.

Estiró la otra mano y abrazó también a Demetri, que se mostraba demasiado hombre para llorar. Pero podía ver la expresión en su mirada.

—Me resultaría muy difícil marcharme si no fuerais los dos mayores y sensatos —les dijo mientras se sentaba en el banco bajo el olivo.

—¿Por qué? —preguntó Demetri.

—¿Porque quién haría de anfitrión para la tía Kate? ¿Y quién le haría compañía a la tía Agatha?

—¿Yo estaré al mando? —preguntó el niño con brillo en la mirada.

—Tú estarás al mando de la seguridad, del jardín y de los pollos. Dora se encargará de la casa, de hacer que la tía Kate se sienta como en casa y de visitar a la tía Agatha. ¿Qué os parece? ¿Podéis hacerlo?

Los dos asintieron con caras de solemnidad.

—Bien. Sabía que podía confiar en vosotros. ¿Y sabéis qué? Hay una noticia aún más importante para nosotros. Podemos ir a Inglaterra.

—¿A Inglaterra? ¿Todos? —preguntó Demetri.

—Sí. Todos. E irás a la esquela allí, y te convertirás en un caballero, y Dora tendrá una institutriz y aprenderá a tocar el piano y llevará vestidos preciosos.

—¿Tendré que ser un caballero inglés?

—Serás un caballero inglés y también griego. Y, cuando seas mayor, podrás elegir hacer lo que desees e ir donde desees.

—En Inglaterra llueve todo el tiempo. Eso dice la tía Kate.

—No todo el tiempo, pero no hace tanto calor como aquí, ni hay olivos ni vides.

—¿Y qué come la gente?

—Mucha carne, leche y queso de cabra, verduras y fruta. E iremos a visitar Londres, que es la ciudad más grande del mundo.

—¿Más grande que Corfú? —preguntó Dora.

—Más grande que toda la isla —los niños se quedaron sin palabras. Alessa los abrazó de nuevo y miró a Kate, que estaba detrás de ellos. ¿Estaría haciendo lo correcto? Sí. Darles oportunidades y libertad de elección a los niños era lo correcto.

—Estaremos bien —le aseguró Kate.

—Dentro de tres días, a partir de mañana, quiero que vayáis a la villa a conocer a lady Blackstone, mi tía —declaró Alessa. Era el mayor tiempo que estaba dispuesta a separarse de los niños, y la tía Honoria tendría que conocerlos tarde o temprano.

—¿Todos? —preguntó Kate.

—Sí, los tres. Le dije a mi tía que vivía con la mujer de un sargento, así que espera conocerte.

—Madre mía —dijo Kate, que por una vez parecía nerviosa—. Tendré que ponerme mi mejor vestido y trenzarme el pelo. Si no, cuando me vea, lady Blackstone sacará todo tipo de conclusiones sobre mi pasado, y eso no te hará ningún bien, incluso aunque acierte en su mayor parte.

—No me avergüenza ser tu amiga —dijo Alessa—. Pero creo que mi tía es algo... convencional. Yo ya la he sorprendido, así que será mejor que nos comportemos todos de la mejor manera posible.

—Tienes razón. ¿Y qué pasa con lord Blakeney? Está viviendo allí, ¿verdad? Te sentirás abrigada.

—¿Dora, quieres ir a preguntarle a Dinos si puedo tomar prestada su mula y las alforjas mañana por la mañana? Y, Demetri, ¿puedes ir a buscar mis dos baúles de viaje? Los puse en el granero.

Vio cómo los niños se alejaban corriendo y se volvió hacia Kate.

—Discutimos. Él parecía pensar que... que podríamos ser... y yo lo alenté, pero... En cualquier caso, discutimos.

—Todos los hombres son iguales —dijo Kate—. Mi Fred está bien ahora, pero háblale de matrimonio y se retorcerá como una anguila clavada en un anzuelo. Pero los lores y similares son peores. Son unos mentirosos y siempre esperan conseguir lo que desean, pagando o no. ¿Estás enamorada de él?

—Sí —contestó Alessa.

—¿Lo sabe?

—¡No! Por el amor de Dios, no. Quiero decir que, cuando me besó, yo le devolví el beso, pero eso no significa que lo ame, ¿verdad? No sacaría esa conclusión sólo porque se lo permitiera. Aunque, a decir verdad, me gustaría que hiciera más cosas además de besarme.

—Dios mío, no —dijo Kate con una sonrisa—. Un hombre como él, tan guapo y con tanto dinero, no le dará importancia al hecho de que una chica se muestre dispuesta. Imagino que se las tendrá que quitar de encima con un palo. El hecho de que lo besaras sin pudor no hará que sospeche, estoy segura. En cualquier caso, todos se creen un regalo de Dios para las mujeres.

—Menos mal —dijo Alessa—. Ya va a ser suficientemente duro sin que sospeche nada.

Doce

Alessa se aproximó a la villa con mariposas en el estómago. No recordaba haberse sentido tan nerviosa en años. Desde que se había hecho cargo de la casa, había aprendido a mantenerse sola, a pensar en lo que deseaba y a trabajar para conseguirlo. Nadie iba a hacerlo por ello. Para una mujer sola, eso significaba dejar a un lado las indecisiones que no la llevarían a ninguna parte.

El problema era que yo no estaba segura de saber lo que deseaba, ni de cómo comportarse para averiguarlo. La inseguridad era un estado más duro de lo que había imaginado. Rezó a san Spyridhon para que no se levantase ninguna tormenta a su alrededor y condujo a la mula hasta el patio.

Dos mozos se acercaron inmediatamente; uno para agarrar las riendas y el otro para descargar su equipaje. No tuvieron tanta práctica como el mayordomo a la hora de disimular su sorpresa al ver a una invitada de la villa de la Alta Comisión llegar por la puerta trasera, vestida como una campesina y montada en su propia mula.

—Gracias —dijo Alessa, y se giró hacia el joven Yanni, cuyo padre le había prestado la mula—. *Efharisto*, Yanni —le dio una moneda al chico, que le dirigió una sonrisa antes de agarrar las riendas de la mula y marcharse. Sabía que iría directamente a contárselo todo a Demetri. Era como si el último vínculo que tenía con su familia se hubiese roto.

—Por aquí, por favor, señorita Alexandra —dijo el mozo mientras señalaba hacia la puerta trasera. Alessa lo siguió hasta el pasillo sombrío que recordaba del día anterior.

Señorita Alexandra. Parecía sonar algo despreciativo después de la dignidad de *kyria*: señora. El título se daba con respeto y le proporcionaba el estatus de una mujer casada y entidad económica independiente. Y Alexandra. Nadie la había llamado así en años, no desde que se asentaran en la isla y su padre le cambiara el nombre por algo «más griego». En su momento, Alessa había protestado, pues no conocía a nadie que se llamara así. ¿Y qué pasaba por ejemplo con Alejandro Magno?

Pero su padre había dicho que en realidad era macedonio. Más tarde, Alessa se dio cuenta de que sufría al recordar a su madre diciendo su nombre, alargando las cuatro sílabas con aquel acento francés.

Sin embargo, ahora quedaba reducida al estatus de mujer soltera. Bueno, tendría que aprender a morderse la lengua. Enemistarse con su tía sería de mala educación y muy poco productivo.

Pasó frente al almacén en el que el día anterior se había rendido a la pasión con Chance, y atravesó una puerta hasta llegar al vestíbulo.

Wilkins, el mayordomo, estaba esperándola.

—Ya han subido su equipaje, señorita Alexandra. Si tiene a bien seguirme, la doncella de la señorita Blackstone estará esperándola y ha seleccionado algunos vestidos para su aprobación. La señorita Trevick también le ha prestado algunos objetos, creo. La modista de la ciudad vendrá esta tarde con algunas muestras.

«¿De la ciudad? ¿Ya? La tía debe de haber enviado a buscarla nada más marcharme yo». Algo le resultó extraño.

—Wilkins.

—¿Sí, señorita Alexandra?

—Preferiría que te refirieras a mí como señorita Meredith. No tengo hermana mayor.

El mayordomo se detuvo el tiempo suficiente para que a Alessa le entraran las dudas. Era correcto, ¿no? A la hija mayor la llamaban por el apellido familiar y a las pequeñas por el nombre de pila.

—Por supuesto, señorita Meredith. Mis disculpas. Se lo diré al resto del servicio.

Era un alivio. Había conseguido con educación poner al mayordomo en su sitio y demostrarle que ella no era la pariente pobre. Ahora lo único que tenía que hacer era tratar a los residentes de la villa con la misma seguridad.

Su habitación fue toda una revelación. Wilkins abrió la puerta, la dejó pasar y luego desapareció. Alessa se encontró en una cámara tan grande como su casa en la ciudad, con una doncella que estaba colocando la ropa sobre la cama.

—Señorita Alexandra —dijo la chica con una reverencia—. Me llamo Peters, señorita, y lady Blackstone dice que seré su doncella, al igual que la de la señorita Blackstone.

—Gracias, Peters. Espero que no suponga mucho más trabajo para ti —dijo Alessa mientras cerraba la puerta tras ella—. Y es señorita Meredith, por cierto.

—Sí, señorita Meredith. Lo siento, señorita Meredith.

—No tenías por qué saberlo. ¿Y qué es toda esa ropa?

—Es lo que han enviado las señoritas Blackstone y Trevick —contestó la chica—. Lady Blackstone dijo que era usted más alta que su hija, pero le ha prestado medias, un chal y cosas así —contempló el atuendo de Alessa atentamente—. Es un traje muy bonito, señorita.

—Sí. Es lo mejor que tengo, pero no lo llevaré puesto aquí. ¿Qué sería apropiado ahora, Peters? Hace años que no me pongo nada que no sea el traje tradicional griego, así que confío en ti para que me digas lo que tengo que ponerme.

—Sí, señorita.

—Creo que debería lavarme antes de tocar esas preciosas prendas —añadió Alessa con una sonrisa—. He recorrido tres kilómetros y he tenido que guiar a la mula, así que estoy un poco sucia.

—¿Querría darse un baño?

Alessa estuvo a punto de negarse, pensando que sería demasiada molestia subir agua por las escaleras, pero se detuvo a tiempo. En su casa, habría sido mucho trabajo, pero estaba en una villa llena de sirvientes, y tendría que comportarse como si estuviera acostumbrada a ello.

—Sí, gracias, sería un placer.

—Si va al vestidor y se desviste detrás del biombo, yo pediré el baño inmediatamente, señorita.

«¿También hay un vestidor?». Entre las montañas de toallas de lino colocadas en las estanterías, había un biombo de cuero que daba privacidad en una esquina. Los cajones se encontraban vacíos, esperando a que los llenara con su ropa.

—Ya suben, señorita Meredith —dijo Peters, que regresó con una bata en la mano—. La ayudaré a desvestirse, señorita.

—¡Oh, no! Puedo sola.

—¿Pero su corsé?

—No llevo corsé —dijo Alessa mientras comenzaba a desabrocharse el corpiño. Se soltó la cintura, se quitó la falda negra y se quedó frente a la doncella con las enaguas y la blusa interior. Se soltó las ligas y se desabrochó los zapatos—. ¿Y qué hay de los zapatos?

Peters parecía demasiado asombrada por la revelación sobre el corsé como para asimilar la pregunta.

—¿Los zapatos, señorita? Oh, creo que sandalias con este vestido.

—No tengo más zapatos que éstos, Peters.

—Vaya, señorita —las dos se quedaron mirando los pies descalzos de Alessa—. Son un poco grandes… quiero decir, un poco más grandes que los de las demás damas.

—Los utilizo mucho —dijo Alessa.

—No quiero decir que sean enormes, señorita. Podría prestarle algunos de los míos. Y la modista podría decirle al zapatero que viniese, cuando ella regrese —Peters se recogió la falda y colocó un pie junto al de Alessa.

—Son parecidos. Gracias, Peters —Alessa comenzó a desabrocharse la blusa, sintiéndose extrañamente tímida. La doncella estaba acostumbrada a desvestir y vestir a las damas, era su trabajo. Pero resultaba extraño que la esperase.

—¿Señorita Meredith? —dijo Peters mientras doblaba la blusa cuidadosamente—. ¿Puedo preguntarle por qué no ha…? Quiero decir, no deseo cotillear ni nada…

El sonido de pisadas alertó de la llegada de los lacayos con el agua caliente. Alessa esperó a que hubieran terminado antes de quitarse las enaguas y entregárselas a la doncella.

—No, no me importa que me hagas preguntas, Peters. Te contaré por qué estoy aquí, en Corfú, y puedes decírselo a los demás sirvientes si preguntan.

La historia duró hasta que Alessa terminó de bañarse. Todo lo que había contado era cierto, salvo su papel en la lavandería y el hecho de que conocía a lord Blakeney.

—¡Vaya! —exclamó Peters—. Es como una de esas novelas, señorita, siempre tan excitante. No me extraña que no tuviera ropa apropiada.

—Y tampoco sé bien cómo moverme en sociedad, Peters. Voy a tener que confiar en ti para asegurarme de que llevo lo correcto en cada momento.

—Muy bien, señorita. Primero ha de ponerse una camisa de mujer y luego el corsé —la expresión de Alessa debió de notarse, pues la doncella se rió—. No puede ponerse estos vestidos sin llevar nada debajo, señorita. Pero no se lo apretaré mucho, no se preocupe.

Alessa bajó las escaleras una hora más tarde, convencida de que, si aquello no era apretarlo mucho, se desmayaría si Peters intentaba apretarlo más. Pero el efecto que producía en su trasero era sorprendente, y le hacía caminar despacio y con elegancia. Acostumbrada a ir corriendo a todos lados, Alessa se sentía un poco como una mula coja.

Peters le había cepillado y trenzado el pelo antes de recogérselo con horquillas y conseguir un peinado lo más elegante posible sin recurrir a un peluquero ni a planchas calientes.

Cuando llegó abajo, Wilkins se acercó a ella con una sonrisa.

—Muy guapa, señorita Meredith, si me permite el comentario. Ha sido una gran transformación. Las damas están en la sala de recepciones principal.

«Gracias a Dios, sólo las damas». La idea de encontrarse de nuevo con Chance bajo la mirada crítica de la tía Honoria resultaba abrumadora, aunque sabía que tarde o temprano tendría que enfrentarse a él.

La música salía a través de la puerta medio abierta. Alessa entró en la sala y contempló la escena. Lady Trevick estaba leyendo el periódico y lady Blackstone estaba escribiendo en un escritorio junto a la ventana. Al otro lado de la habitación, Maria Trevick tocaba el piano, y su hermana Helena y Frances Blackstone parecían estar intentando hacer algo con un cartón y pedazos de seda.

Levantaron la cabeza y la vieron.

—¡Oh, prima Alexandra, estás aquí! —exclamó Frances mientras se ponía en pie.

—Ah, bienvenida, querida —dijo lady Trevick con una sonrisa—. Qué guapa estás. ¿La habitación es de tu gusto?

—Es preciosa, milady. Y debo dar las gracias a las señoritas Trevick y Blackstone por prestarme la ropa, y por la ayuda de la doncella —Alessa miró hacia el escritorio, donde lady Blackstone había dejado de escribir y estaba estudiándola atentamente—. Buenos días, tía Honoria.

—Buenos días, Alexandra. Debo decir que tienes muy buen aspecto. ¿Te ha dicho Peters que la modista vendrá esta tarde?

—Sí, tía Honoria, gracias.

—¿Sabes tocar el piano? —preguntó Maria.

—No, me temo que no toco ningún instrumento. Pero veo que a ti se te da muy bien.

—Gracias. No importa que no sepas tocar; la práctica es muy aburrida, así que alégrate de haber escapado. Aunque… —bajó la voz y guió a Alessa hacia la mesa y hacia las otras dos—… es una buena manera de flirtear con los caballeros.

—Ven a ayudarnos —dijo su prima—. Estamos intentando hacer un bolso con un patrón de Ackermann's Repository. Dice que se puede hacer sin dificultad. Nosotras hemos intentado cortarlo ya tres veces, y aún no lo hemos conseguido.

—Tal vez si dibujamos el patrón en este papel más fino y luego lo doblamos por la mitad… —dijo Alessa mientras trabajaba. Aquello era como hacer castillos de papel con los niños—. Luego lo recortamos y lo abrimos. ¿Veis? ¿Así está mejor?

—Maravilloso —dijo Frances, colocó el patrón sobre el cartón y comenzó a dibujarlo—. ¿Con qué lo cubrimos?

Una hora más tarde, el bolso estaba casi terminado, pero Alessa no podía creer que hubieran pasado tanto tiempo haciendo algo tan frívolo. Y tampoco recordaba haber pasado tanto tiempo sentada sin hacer algo útil. Miró ansiosamente a su tía, que parecía estar repasando una enorme pila de correspondencia.

—Siento que debería estar haciendo algo útil por lady Blackstone —susurró.

—No, mamá nos lo dirá si necesita algo —respondió Frances—. Estás aquí como mi prima, no como sirvienta. Estoy segura de que necesitas descansar, después de pasar tanto tiempo preparando medicinas y cosas así. ¿Y no tienes a dos niños viviendo contigo? Aun así, espero que tu carabina te ayude a cuidarlos.

—Sí, pero… Sí, por supuesto.

—¿Qué tipo de medicinas preparas? —preguntó Helena—. ¿Pociones de amor?

Resultaba que Alessa tenía tanto una medicina para provocar la pasión de los hombres como otra para disminuirla. Las había aprendido de Agatha, aunque nunca había tenido motivos para prescribirlas. Sin embargo, sospechaba que una poción para conseguir que un hombre fuese ·tan viril como un jabalí en celo» no era lo que Helena tenía en mente.

Qué jóvenes parecían aquellas chicas, jugando con sus revistas de moda y soñando con el flirteo. Aun así, tenía que vivir con ellas, aunque sólo fuera durante un tiempo. Tenía que intentar entrar en su juego.

—¿Para quién la quieres? —preguntó.

Helena se rió nerviosamente y se puso roja.

—Cree que está enamorada del conde de Kurateni —susurró Maria.

—Oh, Voltar… —Frances suspiró.

—Parece muy guapo y encantador —dijo Alessa con diplomacia—. ¿Lo conocéis desde hace mucho?

—Sólo de lejos —dijo Helena—. Visita al tío Thomas de vez en cuando.

—Creo que es un pirata. ¿Tú qué crees, Alexandra? ¿Lo conocías de antes?

—No, pero todo el mundo en la ciudad lo conoce de vista; es un gran comerciante y sus barcos están a menudo en el puerto. ¿Y qué hay de ti, Maria? ¿Tienes algún galán en mente?

Por alguna razón, aquella pregunta dejó a Maria en silencio.

—Está enamorada de alguien, pero no sabemos de quién, porque no quiere decírnoslo —dijo Frances.

—Bueno, al menos yo no flirteo con lord Blakeney —respondió Maria.

—Peor para ti —dijo Frances—. Creo que es guapísimo. ¿Tú qué piensas, Alexandra?

—Es muy guapo —respondió Alessa juiciosamente—, pero también muy arrogante, ¿no crees? Al menos lo parece. Y quiere salirse siempre con la suya, de eso no hay duda.

—¡Es usted muy difícil de complacer! —una voz masculina tras ella hizo que diera un respingo—. ¿Quién es ese apuesto hombre con el que se muestra tan crítica, señorita Meredith? ¿Sabe él lo que piensa? Se sentiría desolado y sin esperanzas si lo supiera.

—Es usted malo, conde —dijo Helena—. ¿No cree que es malo, lord Blakeney?

—Estoy seguro de ello —Chance entró en la sala, agarró una de las sillas junto a la mesa y se sentó a horcajadas frente a las cuatro jóvenes—. ¿Qué ha hecho mi amigo Zagrede para ofenderos esta mañana?

—La señorita Meredith estaba expresando su mala opinión sobre algún pobre hombre y yo he salido en su defensa, nada más —dijo el conde.

—¿Y quién es esa criatura tan desafortunada? —preguntó Chance mirando a Alessa, haciéndole saber que sabía perfectamente que se refería a él.

—No me atrevo a decirlo y, si así fuera, ese hombre no lo reconocería. Hasta tal punto llega su arrogancia.

—Me atrevería a decir que tiene usted una muy mala opinión de los hombres.

—He tenido ocasión de observar a muchos maridos e hijos vagos, aunque casi todos mis compatriotas isleños trabajan duro y son hombres buenos y devotos. En cuanto a los aristócratas ingleses, digamos que mi experiencia no ha sido tan satisfactoria.

Los demás se habían quedado callados y contemplaban aquel combate verbal, aunque Alessa apenas era consciente de su presencia.

—Seguro que su padre era una excepción —dijo Chance.

—Yo quería a mi padre profundamente y lo considero un héroe y un patriota del que siempre estaré orgullosa, pero, como marido y como padre, podía ser atroz. Era vago, egoísta y rebelde.

—Y el abuelo tampoco fue muy bueno contigo, ¿verdad, Alexandra? —preguntó Frances tras un silencio incómodo.

—No debo criticar a tu… nuestro abuelo; no lo conocí. Puede que haya defectos por ambas partes.

—¿Entonces conoces a más aristócratas ingleses? —preguntó Maria.

—Los veo mucho, siempre de visita por Corfú. Es fácil observarlos, dado que ahora poseen la isla.

—Como los franceses y los venecianos antes que ellos —observó Chance.

—Efectivamente. Somos una isla condenada a ser ocupada. Pero los franceses y los venecianos no nos trajeron el cricket, claro.

Eso hizo que todo el grupo se riera y que lady Trevick se acercara a ellos.

—Parecéis muy contentos.

—La señorita Meredith está intentando convencernos de que la introducción del cricket en Corfú es producto de la ocupación inglesa —explicó el conde.

—¿Conoces ese juego, Alexandra?

—He visto cómo lo practican en la Spianadha. No conozco las reglas, claro; me parece muy complicado.

—Nada de eso —dijo Chance—. Dejad que lo explique.

—¡Oh, no! —exclamó el conde, levantando las manos—. ¡Protéjanme, señoritas! Veo la luz evangélica en la mirada de Blakeney; pretende enseñarme a jugar al cricket.

Todos se rieron y lady Blackstone se acercó a la mesa. Observó con voz fría que todos parecían mucho más contentos desde la llegada de Alexandra. Aquello hizo que los caballeros se pusieran en pie y que las jóvenes dejaran de reírse. Alessa se preguntó si su tía sería siempre tan severa y si sería producto de su presencia allí.

Vio que Chance estaba mirándola mientras hablaba con lady Trevick sobre la posibilidad de preparar un picnic para jugar al cricket cuando regresaran a la ciudad.

—Estoy segura de que sir Thomas podrá juntar a un grupo de once y podrán desafiar a los oficiales. ¿Jugaréis del lado de la Comisión, lord Blakeney?

—Por supuesto, milady. Será un placer.

—Tal vez podáis enseñar a jugar al conde mientras estamos aquí —sugirió Alessa—. Se puede jugar en la arena de la playa.

—Estoy segura de que juega estupendamente, conde —dijo Helena.

El conde la miró y entornó los ojos.

—¿Eso piensa, señorita Helena?

Helena asintió vigorosamente.

—Entonces es una pena que no tengamos los bates apropiados. ¿O se dice raquetas?

—Yo he traído todo mi equipo de cricket, así como las palas y el juego de croquet —dijo lady Trevick con una sonrisa, feliz de que sus invitados se lo pasaran bien.

—Me vengaré por esto, señorita Meredith —murmuró el conde al oído de Alessa—. ¿Cómo podré conseguirlo?

Alessa miró aquellos ojos oscuros y vio sugerencias, promesas y peligros. Sintió un escalofrío recorriendo su cuerpo; a pesar de su afabilidad, aquél era un hombre al que había que tratar con cuidado.

Trece

La opinión que Alessa tenía del conde se confirmó con los acontecimientos del día siguiente. Durante el desayuno, lady Blackstone anunció su intención de recorrer el camino que unía la tierra firme con el promontorio rocoso. Una vez allí, podía subirse la pendiente hasta el monasterio situado en lo alto, desde donde se veía el pueblo y la bahía.

—Hoy hace más frío —observó—, y me vendría bien un paseo. Tal vez suba hasta lo alto. ¿Quién quiere venir conmigo?

Parecía que todo el grupo quería compartir la experiencia, incluyendo el señor Harrison, que tenía el día libre, pues el Alto Comisionado se había ido a visitar a las tropas encargadas de construir la carretera a través de la isla.

Alessa, que se sentía como si no hubiera hecho nada en una semana, se mostró encantada con la idea.

—Es una excursión muy bonita —observó—,

aunque algo inclinada si pretenden subir a la cima.

—Podríamos llevar una mula o dos —sugirió Chance—. Así, si alguna de las damas se fatiga, podrá montarse. Además podremos llevar bebidas.

—No necesitamos llevar mucho. Los monjes nos ofrecerán comida y bebida, y el jardín es un bonito lugar para comer.

—¿Permitirán entrar a las mujeres? —preguntó lady Blackstone.

—Oh, sí, aunque debemos llevar un pañuelo para cubrirnos la cabeza y asegurarnos de llevar manga larga y escotes discretos. Y, en la iglesia, las mujeres no pueden atravesar el iconostasio; la pantalla que hay tras el altar —advirtió Alessa.

—Una se olvida de que llevas viviendo aquí mucho tiempo y sabes esas cosas —comentó Helena—. ¿Eres griega ortodoxa?

—¡Helena! —exclamó su madre.

«Como si me hubiera preguntado algo escandaloso», pensó Alessa. Asistir a la iglesia en Inglaterra parecía ser algo importante, aunque los niños eran ortodoxos y no pensaba cambiar eso, por muy mal que pensase de ella su familia. Seguramente habría una iglesia griega ortodoxa en Londres.

—Soy anglicana —contestó Alessa, para alivio evidente de las mujeres mayores. Probablemente sería mayor motivo de preocupación que su madre la hubiese educado en el catolicismo románico—.

Si hubiéramos asistido a algo que no fuera la iglesia ortodoxa, habríamos llamado demasiado la atención en tiempos de la ocupación francesa.

Aquélla parecía una excusa aceptable. El conde, sentado junto a Alessa, se inclinó hacia ella y dijo en voz baja:

—¿Entonces no es usted una auténtica devota del santo?

—¿San Spyridhon? Claro que lo soy —dijo ella—. Todos los corfiotas lo son, y yo me considero una de ellos, así como inglesa. Imagino que usted también habla con él de vez en cuando, conde, cuando el viento sopla con fuerza y los mares se rebelan. Pero parece como si me hubiera visto en la iglesia.

—El día que conocí a mi buen amigo Benedict, estaba usted allí, en la sombra.

—Qué vista tan aguda tiene, conde.

—Siempre aprecio algo bello.

Eso hizo que Alessa se sonrojara y que el conde se riera y llamara la atención de Chance, sentado entre Helena y Maria.

Alessa volvió a ponerse su ropa griega para el paseo, pues no acababa de convencerla la idea de subir la montaña con corsé y un vestido prestado. De ese modo, si quería salirse del camino para buscar plantas, podría hacerlo sin preocupación.

Lady Blackstone arqueó las cejas al ver su falda negra y la cesta vacía que llevaba consigo, pero lady Trevick se mostró más entusiasta.

—Es una habilidad muy útil para una dama el

poder preparar sus propias medicinas y ungüentos —dijo.

El conde se colocó a su lado cuando comenzaron a recorrer el camino, y tuvo el detalle de llevarle la cesta.

—He oído hablar de sus habilidades, *kyria* Alessa —dijo—. Curó a uno de mis hombres el año pasado con masajes y ungüentos.

—Oh, sí, me alegro de que el tratamiento funcionara. Le agradecería que no mencionara que hago algo más que preparar medicinas y ungüentos. No creo que mi tía aprobara lo de los masajes.

—Será nuestro secreto —dijo el conde con una carcajada, y Alessa se preguntó si no estaría exponiéndose a un chantaje. Pero Chance también lo sabía, al igual que el señor Harrison, así que no era un secreto tan oscuro. Sólo el conde podría decir algo por pura maldad.

—Hábleme de su barco —dijo ella—. ¿Qué mercancías transporta?

—He traído pieles y voy a llevarme aceite. Producimos pieles muy finas. ¿A usted le gusta cazar? Mi país es famoso por eso, tanto en las montañas como en los lagos.

—Nunca lo he intentado. No creo que pudiera matar a un animal, salvo para comer.

—Una pena; tiene una mirada aguda y nervios calmados. Dispararía con habilidad.

—Oh, sé disparar —dijo Alessa—. Mi padre me enseñó. Pero me enseñó a disparar a los hombres, no a los animales.

—¡Qué sanguinario! Espero que a los france-ses.

—Por supuesto. Aunque nunca tuve que hacer-lo, pero mi padre pensaba que debía saber cómo defenderme.

Por alguna razón, miró hacia atrás. Habían lle-gado al punto en el que el camino comenzaba a ascender hacia el monasterio. Chance se había detenido a lo lejos y estaba mirándolos con una mano sobre los ojos para protegerse del sol.

—Mi buen amigo Benedict estará preguntán-dose qué le he dicho para conseguir que se ría —observó el conde—. Es tentador comprobar si puedo hacer que se sienta celoso.

—¿Qué quiere decir? Apenas lo conozco.

—Le salvó la vida, según tengo entendido —dijo el conde—. Y, cuando piensa que no está mirándola, lo observa. Y, cuando él piensa que no está mirando, la observa a usted. Es evidente que la desea, lo cual es natural. Al fin y al cabo, es un hombre, y usted es una mujer atractiva. Y, ahora que tiene a su tía de carabina, ¿qué podrá hacer al respecto? Nada en absoluto. Es divertido.

—Puede que sea divertido para usted —dijo Alessa—, pero se está inventando una historia donde no hay nada. Es una tontería y sería bochornoso si se lo contase a alguien.

—¡Oh, no! Tranquila. Es evidente que una chica sensata como usted nunca le entregaría su virtud a un aristócrata inglés de paso, por muy atractivo que le resulte. Al fin y al cabo, por muy educada que sea la dama, ningún conde querrá casarse con alguien cuyo pasado sea tan poco convencional. Admiro su discreción y contención; imagino que Benedict puede ser muy encantador. Será nuestro pequeño secreto. Empezamos a tener muchos, ¿no le parece?

—Cree conocer dos secretos sobre mí, pero yo no sé ninguno sobre usted —dijo Alessa—. No creo que sea un intercambio justo.

—¿Qué puedo confesar? —se preguntó el conde—. Ya sé. Le abriré mi corazón y así tal vez pueda ayudarme. Estoy buscando una esposa inglesa.

—Dios mío —Alessa se dio la vuelta y comenzó a subir la colina de espaldas para poder ver su cara—. ¿Lo dice en serio?

—Por supuesto. Y aquí estoy, rodeado de cuatro inglesas encantadoras y de buena familia. ¿Y qué sucede? Dos de ellas van a marcharse a Venecia antes de que tenga la oportunidad de seducirlas.

—¿Lady Trevick va a llevarse a sus hijas a Venecia? —por encima del hombro del conde pudo ver a Chance, caminando junto a su prima, pero sin dejar de mirarlos a ellos. Se dio la vuelta y siguió caminando junto al conde.

—Claro que no. Lady Blackstone os llevará a su hija y a usted con ella cuando se vaya a reunirse con su marido en Venecia. ¿No lo sabía?

—No, no lo sabía.

—Le encantará Venecia, y yo iré a visitarla allí.

Alessa hablaría con su tía nada más regresar a la villa para preguntarle la verdad del asunto, pero mientras tanto no tenía sentido preocuparse por ello.

—Estoy segura de que me encantará. He leído mucho sobre esa ciudad. ¿Va usted allí con frecuencia?

—Por supuesto. Hago negocios allí, así como por todo el Adriático y las islas griegas. Iré a visitarlas y les llevaré sedas y perlas, y ambas se enamorarán de mí.

Era un hombre imposible. Alessa se rió y se agarró a su brazo cuando la pendiente comenzó a inclinarse.

—¿Entonces aún no se ha decidido por ninguna, conde?

—No, aunque sospecho que, en el caso de una de las jóvenes, ya es una causa perdida —le dirigió una mirada pícara y Alessa no pudo evitar sonrojarse.

—Oh, mire, hinojo en flor. Quiero recolectar un poco. No me queda.

—Crece por todas partes —dijo el conde.

—Sí, lo sé, pero ésta es una buena variedad; mire lo grandes que son las flores aquí —arrancó una y se la ofreció. El conde le agarró la mano justo cuando Chance y Frances llegaron a su altura.

—¿Estáis bien? —preguntó Chance con aspecto furioso.

—Por supuesto —Alessa le devolvió la mirada

iracunda y luego miró al conde. Interpretó al instante el mensaje de sus ojos sin necesidad de que hablara. Celos—. Por supuesto —repitió con una sonrisa—. Estoy muy acostumbrada a estos terrenos, milord.

¿Podría Zagrede tener razón? ¿Chance se sentía celoso porque la deseaba? Probablemente no. No eran más que dos hombres divirtiéndose alrededor de las mujeres.

En vez de enfadarse, descubrió que le resultaba divertido.

—¿Hay algo gracioso, señorita Meredith? —preguntó Chance. Se había acercado al borde del camino para que Alessa pudiera darle la mano si necesitaba ayuda.

—Por alguna razón, me he acordado de Demetri —contestó ella, y le dio la mano a Frances para volver a entrar en el camino—. No sé por qué —metió las flores de hinojo en la cesta y se agarró al brazo de su prima—. Es mi joven pupilo —le explicó a Zagrede.

—¡Oh, no! —exclamó el conde—. La dama tiene una lengua afilada, amigo mío. Vamos a seguir caminando y a curar nuestras heridas en privado.

Alessa permitió que se adelantaran antes de seguir andando con Frances, que no parecía darse cuenta de nada.

—Es tan guapo —suspiró su prima.

—¿El conde? Estoy de acuerdo; es un personaje muy romántico —bromeó Alessa, sabiendo que Frances se refería a Chance. Pero no le preocupaba; el sentimiento de su prima no era más que un encaprichamiento pasajero. En cierta manera, su ausencia de preocupación era prueba de ello. Ella lo amaba realmente, y no estaba nerviosa por la admiración que Frances sentía por él.

«Pero sí deberías estar preocupada por lo que él pueda sentir por ti», se dijo a sí misma, y sintió una punzada de miedo en el estómago. Tal vez estuviera compitiendo con el conde, pero no parecía un hombre enamorado, ni siquiera atraído; simplemente parecía un hombre a la defensiva porque la había visto él primero. «¿Qué es lo que deseo? ¿Qué puedo esperar? ¿Cómo puedo haberme dejado llevar hasta el punto de besarlo por segunda vez?».

Sabía que aquél no era el mejor momento para ponerse a analizar el estado de su corazón, de modo que se giró hacia su prima con una sonrisa y abordó la segunda preocupación que le rondaba por la cabeza.

—¿Tu padre está en Inglaterra mientras tú estás de viaje?

—Oh, no. Papá está en Venecia por asuntos diplomáticos. Algo relacionado con el comercio, creo. Trabaja para la oficina de asuntos exteriores.

—Estoy impresionada; debe de tener mucha habilidad —dijo Alessa—. Pero no sabía que la oficina de asuntos exteriores tuviera algo que ver con el comercio. Soy muy ignorante en lo referente al gobierno, me temo.

—Tiene que ver con la piratería —dijo Frances en voz baja—. Se supone que no debo decir nada, pero, como eres de la familia, supongo que no pasa nada.

—¿Piratería? Claro, estos mares son famosos por ello —dijo Alessa mientras subían por la montaña—. Supongo que los británicos emplearán su poder naval en la zona para controlarla, ahora que tienen el control de las islas griegas.

—Qué lista eres —dijo Frances—. Yo no entiendo todo este asunto sobre alianzas y lo que ocurre en Venecia, y en los estados papales, ahora que Napoleón no está, y todas esas cosas en las que trabaja mi padre. Aun así… creo que nos lo pasaremos bien en Venecia. Después de todo, tú y yo no tenemos por qué preocuparnos por esos asuntos diplomáticos.

A Alessa le resultaba fascinante, y le habría gustado saber más, pero no quería alentar a su prima a ser indiscreta. Además, tenía una pregunta mucho más importante que hacer.

—¿Cuánto tiempo pensáis quedaros en Venecia?

—Oh, hasta que la misión de mi padre haya terminado; unos dos meses más, creo. Luego volveremos todos juntos. Aun así, tendremos muchas cosas que hacer. Mamá dará muchas fiestas y creo que las tiendas son excelentes.

Dos meses en Venecia. La única manera de verlo era como una aventura; sólo esperaba que los niños quisieran viajar. Era extraño que su tía no hubiese mencionado nada aún sobre su destino.

Alessa miró hacia atrás por encima del hombro. Las dos señoras caminaban lado a lado mientras charlaban. Al parecer, a Helena la subida le parecía muy cansada e iba montada en uno de los burros, y Maria ascendía en silencio junto al señor Harrison. Mientras Alessa los observaba, Maria tropezó y él estiró una mano para que no se cayese.

La sonrisa que Maria le dirigió fue cálida y dulce, y no intentó en ningún momento soltarse. De modo que ése era el secreto de Maria. ¿Qué le parecería a sir Thomas que su secretario se enamorase de su sobrina? ¿Y qué pensaría lady Trevick? Tal vez ya lo supiera, aunque le parecía improbable, si Maria ni siquiera se lo había contado a su propia hermana.

Alessa aún estaba pensando en ello cuando llegaron a la explanada frente a las puertas del monasterio. Chance estaba tumbado boca arriba a la sombra de un olivo y el sombrero de paja tapándole la cara. El conde se había quitado la chaqueta y estaba apoyado contra el tronco del árbol, mirando hacia la bahía. Cuando las chicas llegaron arriba, se enderezó y le dio un golpe a Chance con el pie.

—La primera de las intrépidas damas ha llegado. ¿Y con qué fantasea con esa sonrisa en los labios, *kyria* Alessa?

La pregunta la pilló por sorpresa y Alessa contestó sin pensar.

—Con el amor.

Chance se incorporó abruptamente y dejó caer el sombrero.

—¿Está enamorada? Claro que lo está —dijo el conde—. ¿Pero quién es el afortunado?

—No he dicho que estuviera enamorada —le corrigió Alessa—. Estaba pensando en abstracto.

—¿Cómo puede ser abstracto el amor? —preguntó Chance mientras se ponía en pie.

—El amor divino —observó la señorita Blackstone—. Y el amor desinteresado de un compatriota. Esos amores pueden ser abstractos.

—Bueno, será mejor que recuperemos todos la compostura y la serenidad si queremos entrar en el monasterio —dijo Chance. Frances se le quedó mirando atentamente y asintió.

El conde volvió a ponerse la chaqueta y Alessa se desató el chal que llevaba a modo de faja para ponérselo sobre la cabeza y los hombros.

—Iré a pedir que nos dejen entrar en la iglesia y en los jardines.

Cuando regresó, acompañada de un monaguillo, el grupo ya había llegado a la puerta. El mozo que guiaba a los burros descargó las provisiones y ató a los animales a la sombra mientras las damas se tapaban la cabeza. Después todos subieron las escaleras y entraron en el monasterio.

El monaguillo los condujo a través de un laberinto de caminos y escaleras hasta llegar a la primera de las terrazas del jardín, que daba al mar. Los invitó a sentarse y se marchó.

—¡Es precioso! —exclamó lady Blackstone al contemplar la vista del mar azul y los acantilados rocosos—. Qué lugar tan exquisito.

Los demás comenzaron a explorar y a maravillarse a cada vista que encontraban. Alessa, que había visitado el monasterio en varias ocasiones, se dio la vuelta para ayudar al mozo a colocar la comida que habían llevado. El monaguillo se unió a ellos, acompañado de un sirviente con jarras de agua, de vino y un gran cuenco de aceitunas.

—¿Deberíamos pagar algo? ¿Sería apropiado? No quiero que se ofendan —dijo Chance cuando el monaguillo se marchó con una sonrisa en la cara.

—Un donativo no estaría mal; puedes dejarle algo al portero cuando nos vayamos. Y, cuando estés en la iglesia, mete dinero en la caja para las velas. Incluso aunque no quieras encender ninguna, ellos lo harán para que regresemos a casa sanos y salvos —explicó Alessa.

Llamó a los demás y todos se reunieron alrededor del picnic. Alessa se sirvió la comida y fue a apoyarse en el borde del pozo, desde donde se veían los tejados del monasterio. Oyó unas botas de cuero acercarse y levantó la mirada, imaginando que sería el conde. Pero era Chance, que llevaba un plato en una mano y una copa en la otra.

—¿Puedo sentarme contigo, Alessa?

—Por supuesto —todos los demás estaban lejos y no podían oírlos, ya que habían elegido comer mirando al mar. Alessa se preparó mentalmente para lo que Chance tuviera que decir. No habían estado a solas desde la discusión en la terraza, y no sabía qué esperar de él.

—¿Encenderás una vela para regresar a casa sana y salva? —preguntó Chance mientras se sentaba a su lado.

—Eso pensaba, aunque mi tía lo considerará una superstición probablemente.

—Regresar sana y salva a casa, ¿pero dónde?

«Donde tú estés», pensó ella. Las palabras sonaron tan claras en su cabeza que por un momento temió haberlas dicho en voz alta. Chance se había quedado mirándola. ¿Habría dicho algo?

Catorce

—¿Qué he dicho para hacerte poner esa cara? —preguntó Chance. Alessa se había quedado mirándolo fijamente.

—¡Nada! Quiero decir que me has hecho pensar en mi regreso a Inglaterra, y realmente no sé si será lo mejor. Corfú ha sido mi hogar durante demasiado tiempo. ¿Y si no me gusta Inglaterra? ¿Y si yo no le gusto a mi familia? Y también tengo que pensar en los niños. Una parte de mí piensa que es lo mejor darles oportunidades, pero otra parte piensa que los estoy arrancando de todo aquello que conocen.

—Los niños se adaptan bien —dijo Chance—. Y depende de ti tomar las decisiones. Eres su tutora y no puedes dejar que te dominen. Y pronto te acostumbrarás a tu familia.

—No sé si querría vivir con ellos permanentemente.

—Pero debes hacerlo; las mujeres solteras no viven solas.

—Yo no soy una soltera convencional.

—No, no lo eres. Y para sentirte cómoda en Inglaterra te sugeriría que fueras lo más convencional posible, y lo antes posible. Supongo que querrás ser presentada en sociedad.

—¿Para encontrar un marido convencional? Mmm —arrugó la nariz.

No, no era eso lo que Chance deseaba para ella. Deseaba que se enamorase de él y que siguiese siendo, al menos en privado, la Alessa poco convencional. ¿Pero cómo podía decirle eso allí, en el jardín de un monasterio, rodeados de más gente?

—Me preguntó si alguno me querría. Mi pasado es dudoso, después de todo —dijo ella, y no parecía esperar una respuesta por su parte, pues cambió de tema bruscamente—. Dime, ¿qué nivel de confort puedo esperar con mil libras al año? Mi tía dice que más o menos eso es lo que me corresponde, y una pequeña mansión en el campo. A mí me parece mucho dinero.

—Es una cantidad respetable —convino Chance—. No es una fortuna, pero podrás permitirte tener servicio y vestir bien. Incluso podrías tener un carruaje modesto.

—¿Y una buena escuela para Demetri? ¿Y una institutriz para Dora?

—Bueno, sí, si crees que es lo mejor para ellos.

—Lo creo. Por favor, no le sugieras a mi tía que hay otra solución porque, si ellos no pueden venir conmigo, yo no voy.

—Yo no tengo nada que decir al respecto —dijo Chance.

—Claro que sí, si eliges hacerlo. El estatus es muy importante para ella. Creo que a veces siente que se ha casado por debajo de sus posibilidades. Siempre cede ante tu opinión, y ante la de lady Trevick. ¿No te habías dado cuenta?

—Creo que cede ante las opiniones masculinas —dijo Chance.

—¿Por qué? Estás siendo prepotente otra vez, como el otro día en la terraza, y no quiero volver a discutir contigo.

—¿Prepotente? Creo que no dijiste eso la última vez.

—Arrogante, si lo prefieres. Pero no debemos discutir. Me disculparé si tú te disculpas.

—Lo siento si fui un arrogante. Y siento lo que ocurrió en la bahía.

—Y yo siento haber sacado conclusiones precipitadas sobre tus motivos. Y soy igual de culpable que tú por lo que ocurrió en la bahía, y en la villa. No debería haberme enfadado contigo.

—Soy totalmente responsable de eso —protestó él, decidido a disculparse de forma apropiada.

—Eso es arrogante. Yo no soy una señorita sobreprotegida como mi prima. Los hombres se toman estas cosas menos en serio que las mujeres —Alessa se colocó una aceituna entre los labios y la mordió lentamente.

Chance sintió una presión en el pecho y tuvo que

mirar hacia otro lado. Vio entonces a Zagrede, tumbado a la sombra junto a Frances y a Helena. Había algo familiar en aquel arbusto…

—¿Debería advertir al conde sobre ese lugar en particular?

Alessa miró hacia allí y se carcajeó. Hizo que el calor de Chance se convirtiera en auténtico deseo. Él se dio la vuelta y, al ver cómo su sonrisa se helaba, supo que había adivinado sus sentimientos. Al infierno con esperar hasta estar en Inglaterra. Pensaba que no la tomaba en serio; acababa de decírselo. Tenía que aclarárselo. Le tomó la mano y sintió cómo se alteraba.

—Alessa, hay algo que tengo que decirte. Éste no es el lugar, pero, cuando nos marchemos, quédate conmigo atrás para poder hablar.

¿Podría confiar en lo que Voltar había dicho sorprendentemente antes de llegar al monasterio? «Confía en tu instinto, amigo mío. Arriesga un poco y sorpréndete», había dicho con su habitual tono burlesco.

Alessa apartó la mirada y la mano.

—¿Por qué? —preguntó.

—Porque tengo una proposición que hacerte, y me gustaría tener algo de privacidad.

—No —dijo ella—. Después de lo que dijiste ayer en la terraza, sólo puedo imaginar que te estás burlando de mí. Cometí un error al permitirme… caer en la tentación hasta el punto en que lo hice. Lo lamento profundamente. Pero no hay nada más entre nosotros.

—A juzgar por lo que dijo el conde, pensé que tal vez considerarías…

—¡Jamás! No es asunto suyo, y se equivoca. Yo nunca aceptaría.

Antes de que pudiera impedírselo, Alessa se levantó y corrió hacia donde se encontraban las dos señoras.

—¿Alguien quiere algo más de comer, o vamos a visitar la iglesia? —gritó con voz alegre.

«¿Cómo puede rechazar una proposición matrimonial y estar tan contenta? ¿Cómo he podido estar tan equivocado? Ni siquiera ha dudado», pensó Chance mientras veía a Alessa dar instrucciones al grupo.

«¿Cómo he podido malinterpretar a Chance de esa manera? Nunca pensé que llegaría al punto de proponerme ser su amante. Pero el conde tenía razón. ¿Por qué habrá interferido? ¿Acaso no había dejado claro que no aceptaría tal cosa?», pensaba Alessa.

—Cuidado con la cabeza bajo este arco, tía Honoria.

«Debió de pensar que estaba poniéndoselo difícil sólo para aparentar. El conde ha adivinado cuáles son mis sentimientos hacia Chance».

—Mira, Frances, a la derecha. ¿No te parece una representación preciosa de san Jorge y el dragón? Tiene unos colores muy vivos.

«Tenía razón al pensar que era peligroso».

—Nosotras tenemos que quedarnos aquí, pero los caballeros pueden pasar a través del iconostasio.

Alessa se sintió satisfecha al ver que un buen número de personas echaba monedas para encender velas. Lady Blackstone pareció escandalizada cuando su sobrina y el conde se dispusieron a encender las suyas. Lady Trevick hizo lo mismo y exclamó:

—¡Son preciosas! ¿Qué tiene de malo?

Aunque lady Blackstone no llegó hasta el punto de encender una vela, no protestó cuando Frances lo hizo, y simplemente se giró y agarró a Chance del brazo.

—Veo que vos no seguís la costumbre local, milord. Tal vez podáis acompañarme fuera; esto es muy lúgubre y el incienso hace que me duela la cabeza —dijo, y Alessa oyó su voz mientras salían por la puerta—. Debo decir que prefiero la simplicidad de una iglesia de campo inglesa. ¿Vos no encendéis una vela?

—Creo que ahora mismo no tengo la mente despejada —contestó Chance.

Alessa miró a su alrededor y vio que Zagrede estaba mirándola fijamente.

—¿Cómo ha podido? —le preguntó mientras le agarraba del brazo para sacarlo a rastras de la iglesia. Chance y su tía estaban hablando junto al pozo, de modo que arrastró al conde al otro extremo del patio, detrás de un árbol.

—Mi querida Alessa —dijo él—. Me siento halagado...

—Claro que no —respondió ella—. ¿Cómo ha podido hacerle pensar a Chance que yo aceptaría una carta blanca por su parte?

—Ésa no era mi intención —dijo el conde—. Simplemente quería hacer de casamentero.

—¿Cómo exactamente?

—Le dije que pensaba que se sentía atraída. Tal vez le di una idea equivocada o exageré el nivel de su pasión quizá. Pero iré a explicárselo para arreglarlo.

—¡No hará tal cosa! Ya he aclarado yo cualquier duda que pudiera tener sobre mi disposición a hacer algo con él. Y le estaría muy agradecida si no volviese a interferir.

—Querida, tiene mi palabra. No diré nada más —Zagrede le agarró la mano y se la llevó a los labios antes de que Alessa pudiera darse cuenta de sus intenciones—. Soy su esclavo más devoto.

Alessa oyó un ruido a sus espaldas y se dio la vuelta. Las tres jóvenes habían salido de la iglesia y estaban mirándola fijamente. Frances y Maria contemplaban la escena con expresión de sorpresa, mientras que Helena se mostraba traicionada. Y, para empeorar las cosas, lady Blackstone y Chance se dieron la vuelta desde el pozo para ver a qué se debía tanto alboroto.

Alessa apartó la mano, se apartó y se dio de bruces con lady Trevick, que le dirigió una amable sonrisa y la condujo hacia el otro extremo de la terraza.

—Ven a decirme qué edificio es aquél tan bonito, Alexandra, querida —señaló vagamente hacia la costa y bajó la voz—. No te preocupes. Ese hombre es incorregible y estoy segura de que tú no tienes experiencia en esas cosas ni sabes cómo tratar a los hombres así.

—Lo siento, lady Trevick. Vuestras hijas y mi prima han visto...

—Y será una lección para ellas. Aprenderán a no confiar en que los caballeros se comporten si se les presenta la oportunidad. No debes reprocharte nada, y estoy segura de que no has hecho nada para alentarlo.

—Gracias, milady. Mi tía parece muy contrariada.

—Hablaré con ella. Frances es muy joven; supongo que eso hace que su madre se muestre más protectora de lo necesario —le soltó el brazo y fue a hablar con lady Blackstone y con Chance—. Menudo granuja —murmuró con una sonrisa—. La pobre Alexandra está abochornada por su descaro. Debería ir yo a flirtear con él; eso le enseñaría una buena lección.

«Qué lista», pensó Alessa. «Ha hecho que mi tía se sienta poco sofisticada por querer regañarme». Luego miró a Chance y vio que él no tenía reparos a la hora de parecer poco sofisticado.

—¿Cómo has podido ser tan imprudente? —preguntó él.

—¿Por qué? ¿Por estar un poco alejada, en un lugar abierto, rodeada de más personas, con un caballero que es huésped del Alto Comisionado? ¿Dónde está la imprudencia en eso?

—En confiar en un granuja como Zagrede. ¿Pretendes decirme que eres tan inocente que no esperabas ese tipo de comportamiento?

—Claro que no lo soy. Sé exactamente cómo se comportan los caballeros si se les presenta la oportunidad de flirtear, o peor aún. Pero, dado que nuestra conversación no tenía nada que ver con eso, debo confesar que me sorprende que haya elegido ese momento. Claro, que normalmente es un personaje de lo más descarado.

—Es un charlatán —dijo Chance—. Pienso desafiarle a un duelo.

—¿Por besarme la mano en un lugar público? Si se hubiera aprovechado de mí, si me hubiera asaltado en una playa solitaria, o me hubiera arrastrado a una habitación vacía, por ejemplo, entonces sí habría motivos para un duelo.

—Apenas te resististe —respondió Chance.

—Y tampoco tengo razón para rechazar las caricias del conde en un lugar en el que no puede pasarse de la raya —Alessa sonrió con dulzura y se alejó en dirección a las tres chicas, que estaban sentadas a la sombra del árbol de la castidad donde había estado Zagrede—. Maldito hombre —dijo Alessa cuando se reunió con ellas—. Va a emplear sus trucos con todas nosotras para ponernos celosas, sin duda.

Helena emitió un sollozo y su hermana trató de calmarla.

—Ya te he dicho que Alexandra no centraría su interés en él sabiendo lo que sientes. Pero yo tenía razón; es un granuja descarado.

—Eso me temo —dijo Alessa—. Y además estaba hablando con él de un asunto muy serio, algo que me ha causado gran conmoción. Y él ha considerado que podía... tomarme la mano y darme un beso.

—Maldito sea —dijo Frances—. ¿Crees que lady Trevick le pedirá que se vaya?

—Ella no lo toma en serio —confesó Alessa—. Creo que estamos todas un poco sobreprotegidas, pues estas cosas seguramente ocurran sin cesar durante la temporada de bailes en Londres. Sin duda lo considera una buena lección para que estemos en guardia.

—¿Todos los hombres son así? —preguntó Frances—. Estoy segura de que lord Blakeney no.

—No, no todos los hombres son así —dijo Maria—. Hay algunos caballeros auténticos.

Alessa miró a las otras dos y confirmó su teoría de que ninguna sabía que Maria estaba enamorada del señor Harrison. Por supuesto, lo considerarían demasiado mayor para tales afectos. Trató de controlar su sonrisa, feliz de que al menos una de ellas hubiera encontrado el amor.

El camino de vuelta hacia la villa fue muy distinto al de la ida. Lady Trevick iba delante, apoyándose de vez en cuando en el brazo del conde y hablando con él de forma educada para demostrarle lo que era el flirteo sofisticado. Lady Blackstone iba detrás, del brazo de Chance, sin revelar su opinión sobre las tácticas de su anfitriona. Las jóvenes iban las últimas, cada una absorta en sus preocupaciones, con el señor Harrison siempre dispuesto a prestarles ayuda si la necesitaban.

Cuando finalmente llegaron a la villa, lady Trevick acompañó a sus hijas y a Frances a sus habitaciones para descansar antes de la cena. Los hombres desaparecieron, aunque Alessa no sabía si habían ido a arreglar sus diferencias en la sala de billar o a lavarse y descansar. Se armó de valor y siguió a su tía a la sala de estar.

—Tía Honoria.

—¿Sí? —lady Blackstone la miró con su frialdad habitual.

—Mañana le he dicho a la señora Street que traiga a los niños a verme. Me gustaría que los conocieras.

—Si piensas que es lo mejor, Alexandra.

—Lo pienso. Si vamos a viajar todos juntos, y tal vez a vivir juntos mientras me instalo en Inglaterra, creo que es importante que os conozcan a la prima Frances y a ti lo antes posible. Será un gran cambio para ellos.

—Desde luego que sí lo será.

—Tía, sé que lord Blackstone está en Venecia por trabajo.

—Eso es.

—¿Y nosotros iríamos allí antes de regresar a Inglaterra?

—Por supuesto. Estaríamos allí ahora, pero

consideré que era mi deber averiguar si la hija de mi hermano estaba en la isla.

—Ya veo. No lo había entendido del todo. Tal vez sería mejor si yo me fuera directamente a Inglaterra.

—¡Desde luego que no! Eso desataría todo tipo de comentarios. Vendrás conmigo a Venecia y regresaremos todos juntos cuando lord Blackstone haya terminado.

—Pero…

—No toleraré ninguna alteración a ese plan. Sería del todo inapropiado que viajaras sola, y le daría mala fama a nuestra familia.

—Muy bien —convino Alessa. «Tengo que ir a Inglaterra, recuperar la herencia de papá y volverme independiente lo antes posible. No puedo soportar formar parte de un ambiente tan opresivo».

Agachó la mirada cuando su tía asintió. ¿Por qué habría intervenido Chance en su vida? tan sólo unos días antes la vida le parecía simple. Dura, pero simple. Había gente a la que quería, un dinero que ganar, habilidades que perfeccionar.

Ahora tenía una nueva familia a la que tenía que aprender a apreciar. Una nueva sociedad en la que desenvolverse, por el bien de los niños. Y un nuevo amor que olvidar. Si acaso eso era posible.

Quince

Chance se apoyó en la barandilla de la terraza y observó mientras Alessa salía corriendo por la puerta principal para recibir a Kate Street y a los niños. Tuvo que mirar dos veces para reconocer a la señora Street con el pelo trenzado y un vestido de cuello alto. Nunca parecería una dama, pero al menos había logrado la apariencia de una sirvienta de clase alta, y eso satisfaría a lady Blackstone.

Los niños corrieron a saludar a Alessa, la cual se agachó y los tomó entre sus brazos. Chance sintió un nudo en la garganta al verlos. «Dios, los quiere tanto». Tal vez por eso no le quedase amor para él. Aún se sentía confundido por el rechazo, y aparentemente también Zagrede, que se había disculpado por darle una idea equivocada.

—Pero si se lo pregunté directamente mientras subíamos la colina; ¿cómo pude equivocarme? —se lamentó.

—Empezaste a flirtear con ella demasiado pronto —había respondido Chance.

El conde se había encogido de hombros.

—Intenté ser encantador para sacarle respuestas. Ahora la adorable Alessa está enfadada con los dos, amigo mío.

Chance se separó de la barandilla y vio cómo el pequeño grupo se aproximaba a la puerta principal. Alessa llevaba un niño a cada lado, y asentía a medida que ambos hablaban. Se detuvieron justo debajo de donde él estaba, y la voz de Alessa llegó claramente a sus oídos.

—Estáis muy guapos. Ahora recordad que debéis llamar a lady Blackstone milady. Hablad sólo cuando os hablen y no cuchicheéis. Lady Blackstone no está acostumbrada a tener a niños en casa, así que debéis causarle una buena impresión. ¿Podréis hacerlo?

Lo único que Chance pudo ver de Dora fue su cabeza asintiendo enérgicamente. Demetri también asentía.

—¿Debo hacer una reverencia? —preguntó el niño.

—Eso sería muy bonito. Ahora es el momento de entrar —Alessa se dio la vuelta y miró a Kate por encima del hombro. Chance se movió ligeramente; un pequeño guijarro se desprendió bajo su mano y cayó frente a Demetri. El niño miró hacia arriba y sonrió al verlo.

—¡Mira, Alessa! Es milord —saludó enérgicamente y Chance le devolvió el saludo.

Alessa le dirigió una mirada fría y condujo a los niños al interior.

Chance se quedó mirando hacia abajo y se estremeció. Cuando levantó la mirada, el sol se había ocultado tras una nube.

Alessa condujo al grupo al vestíbulo y practicó su sonrisa calmada con el mayordomo.

—¿Lady Blackstone está en la sala principal, Wilkins?

—Sí, señorita Meredith. Anunciaré su entrada.

Aquello era más formal de lo que Alessa había esperado, pero lo siguió de todos modos a través de la puerta.

—La señorita Meredith y… compañía, milady.

—Tía, aquí están los niños y mi acompañante, la señora Street, como prometí.

Lady Blackstone se puso en pie y le ofreció la mano a Kate.

—Señora Street. He de darle las gracias por hacer de carabina con mi sobrina.

—Es un placer conoceros, milady —dijo Kate con una reverencia—. He hecho lo posible por mantenerme junto a Alessa, la señorita Meredith, quiero decir, y no ha sido difícil, pues es muy tranquila y trabajadora.

—Mmm. Y éstos son los niños.

—Sí, tía. Ésta es Dora y éste es Demetri.

—*Kalíméra*, *kyria* —dijeron los niños al unísono mientras hacían su reverencia—. Buenos días, milady.

—Ah, hablan inglés.

—Desde luego, tía. Dora habla inglés, italiano y griego, por supuesto. A Demetri se le dan muy bien los idiomas. También habla francés.

—Muy bien —hubo un largo silencio—. Por favor, sentaos.

Alessa sentó a los niños en un sofá, de cara a lady Blackstone. Quería que viera lo bien educados que estaban. Se quedaron mirando fijamente a su anfitriona; ella, en cambio, los miró con cautela, como si fueran dos animales salvajes.

—¿Vas a la escuela? —le preguntó a Demetri.

—Sí, milady. Voy con el doctor Stephanopolis. Es un hombre muy listo y da clases a los chicos. Aprendo idiomas, y a leer y a escribir. Y también matemáticas y geografía y…

—¿Y tú? —lady Blackstone cortó al niño y se dirigió a Dora.

—Yo voy con las monjas, *kyria*… milady. Y aprendo a coser y…

—¿Monjas? —preguntó lady Blackstone.

—Monjas griegas ortodoxas, tía —por alguna razón, su tía parecía dispuesta a dar la aprobación a la iglesia ortodoxa, pero rechazaba cualquier sugerencia sobre el catolicismo. Alessa conocía los prejuicios que había en Inglaterra con respecto a la religión, pero, habiéndose criado en una mezcolanza de culturas, aquello le resultaba poco atractivo.

Los niños comenzaban a ponerse nerviosos. Habían sido educados para respetar a los adultos, pero al mismo tiempo estaban acostumbrados a ser escuchados.

—Contadle a lady Blackstone lo mucho que habéis estado ayudando mientras yo he estado fuera.

—Yo he estado cuidando de las señoras —dijo Demetri—. Y también de los animales. Y me he ocupado de regar el jardín.

—Y yo he estado ayudando a Kate con la comida y he ido a visitar a la vieja Agatha —añadió Dora con una sonrisa.

—Podéis salir a la terraza —anunció lady Blackstone—. Le pediré a Wilkins que os lleve limonada y galletas antes de que volváis a casa. Buenos días, señora Street.

Era una despedida. Asombrada, Alessa se quedó mirando a su tía, pero Kate se levantó y dijo:

—Vamos, niños, decid adiós.

Salieron por la puerta antes de que Alessa pudiera moverse.

—Pero, tía, ¿no querías conocer mejor a los niños? Al fin y al cabo, si vamos a viajar juntos…

—No creo que sea justo arrastrarlos hasta Inglaterra. ¿No crees, querida? Piensa en lo que sería de ellos. Son muy buenos y respetuosos, eso es cierto, y probablemente te lo deban a ti; pero son… extranjeros. Y los sirvientes de clases altas en Londres son muy abundantes. Será mejor que se queden aquí, donde sus idiomas puedan servirles de algo.

—¿Sirvientes? Pienso enviar a Demetri a una buena escuela inglesa y buscar una institutriz para

Dora. Puedo permitírmelo, ¿verdad? Y cuando crezcan harán lo que quieran. Pero ninguno de ellos será sirviente, no si puedo evitarlo.

—Mi querida niña, has de darte cuenta de lo imposible que es eso. Piensa en cómo quedaría eso.

—¿Cómo quedaría el qué? —preguntó Alessa.

—Que regresaras a Inglaterra con dos niños detrás. La gente pensaría que son tuyos, claro.

—¡Pues entonces les quitaré sus ideas idiotas e intolerantes!

—¡Alexandra! —su tía respiró profundamente y pareció recuperar la compostura—. Alexandra, ya va a ser suficientemente difícil hacer encajar tu carácter y adornar tu vida durante estos últimos años sin que aparezcas con dos mocosos griegos pegados a tus faldas.

—¡No son mocosos!

—Pero tampoco son niños ingleses de buena familia. Son campesinos griegos.

—Son sinceros, inteligentes, cariñosos, leales. Son míos y los quiero. Si no les permites ir con nosotras a Inglaterra, yo me quedo aquí.

—Imposible —dijo lady Blackstone.

—¿Por qué? Cuando nos conocimos estabas dispuesta a que me quedara aquí y a enviarme la herencia.

—Eso era antes de que los demás lo supieran. Piensa en el escándalo si te dejo aquí ahora. El Alto Comisionado sabe de tu existencia. Lady Trevick también; así como el conde Kurateni y lord Blakeney. Todos en la isla acabarán sabiéndolo; si no lo saben ya. No puedo dejar a la nieta y sobrina del conde de Hambledon en una isla griega. Sería un escándalo.

—Me temo que no tienes otra opción, tía —dijo Alessa—. O nos tomas a todos, o nos quedamos.

—¿Cómo te atreves a darme un ultimátum, maldita desagradecida?

—Tía, estaré encantada de volver a mi antigua vida, con la herencia de mi padre, a la que tengo derecho. No te pido nada a ti ni a la familia en Inglaterra. Y tampoco tengo intención de ir presumiendo por la isla. En pocas semanas no habrá cotilleos; la gente encontrará cosas más importantes de las que hablar.

—Puede que aquí sea así —respondió lady Blackstone—. Pero, cuando la noticia llegue a Londres, la familia quedará en entredicho. Puede que la presentación de Frances en sociedad se vea perjudicada.

—Entonces llévanos a todos —repitió Alessa—. No cambiaré de opinión. Ahora, si me disculpas, he de ir a decirles a los niños cuándo volveré a verlos.

Cuando salió a la terraza, no vio a los niños. Confusa, se acercó a la barandilla y miró a su alrededor. Entonces oyó la voz de Dora y los vio abajo, en la playa.

Todos estaban chapoteando en el agua. Kate tenía el sombrero en la mano y se estaba abanicando con el ala. Demetri lanzaba piedras y llamaba a Chance para que admirase el número de botes que daban antes de hundirse. Y Chance levantaba a Dora para ayudarla a saltar las olas. La niña se reía encantada, y Alessa sintió las lágrimas acumulándose en sus ojos.

Con excepción de Agatha, todo aquél al que amaba en el mundo estaba en aquella playa, riéndose y jugando. Y, tras ella, su familia real tomaba decisiones sin basarse en nada salvo en los prejuicios y en el miedo a lo que pudieran pensar los demás.

Furiosa, se secó las lágrimas con la mano y corrió por las escaleras de piedra situadas a un lado de la casa. Cuando llegó a la playa, ya había recuperado la compostura y fue capaz de dirigirle una sonrisa a Kate. Chance, con Dora de la mano, estaba persiguiendo a Demetri por la arena mientras agitaba un puñado de algas pegajosas.

—Míralo —dijo Kate—. Es como un niño grande. Es maravilloso con los niños.

—Ya lo veo —Chance había alcanzado a Demetri y ahora estaban teniendo una pelea de espadas con pedazos de madera, animados por Dora.

—Nada más vernos salir a la terraza, nos trajo aquí; le ha dicho al lacayo que traiga la bandeja —Kate señaló con la cabeza hacia un lacayo inexpresivo que se encontraba colocando la limonada y las galletas en una piedra—. Dijo que les vendría bien para olvidarse de esa vieja escoba almidonada.

—¡No puede haber dicho eso!

—No, pero es lo que quería decir. Además lo es, ¿verdad?

—Desde luego —dijo Alessa—. Mi tía quiere que los niños se queden aquí. Piensa que, a pesar de haber sido bien educados por mí, siguen siendo unos campesinos griegos y que lo mejor a lo que pueden aspirar en Inglaterra es a ser sirvientes de clase alta.

—¿Qué? ¡Menuda tontería! Ese chico va a acabar siendo embajador. Y Dora es tan dulce y guapa que se casará con un duque.

Se quedaron de pie, contemplando a la futura estrella del servicio diplomático y a la futura duquesa mientras gritaban con todas sus fuerzas.

—¿Entonces qué vas a hacer?

—Le he dicho que vamos todos o no vamos ninguno.

—Apuesto a que eso la ha dejado satisfecha —Kate observó al trío que saltaba entre las olas—. ¿Crees que tiene idea de lo que cuesta sacar las manchas de agua salada de la ropa de lana?

—No creo. ¿Qué hombre podría saberlo? En cuanto a mi tía, teme que la gente piense que son mis hijos ilegítimos si los llevo conmigo, y que ella será acusada de haberme abandonado si no me lleva de vuelta.

La respuesta de Kate no fue propia de una dama. Chance se quitó la chaqueta y la corbata y se remangó la camisa para poder luchar con

Demetri, que intentaba asustar a Dora fingiendo que tenía un cangrejo en la mano.

—¿Crees que se quitará algo más? —preguntó Kate—. Es un hombre muy atractivo.

—Es un hombre que me pidió ser su amante —respondió Alessa.

—¡No puede ser! ¿Y qué le dijiste?

—Que no, por supuesto. El conde me advirtió de que esto ocurriría, y tenía razón.

—¿Por qué no se casa contigo? Tu abuelo también era conde; no puede alegar que no eres de buena familia.

—Planea volver a casa y casarse con alguna dama. Puede que me desee, pero en Inglaterra no me mirarán con buenos ojos, y mi tía ha dejado claro que todos pensarán que mi pasado es turbulento. Él buscará a alguna virgen de dieciocho años con la piel sonrosada y que se ría todo el tiempo.

—Tú eres virgen. Lo eres, ¿verdad? De acuerdo, no me mires así. Bien, ya no eres una niña, y tu piel se ha tostado con el sol, pero eres guapa y tienes cerebro. Entrará en razón.

—No quiero que entre en razón.

—Mentirosa.

—¡Shh! Ya vienen —Chance había subido a Dora a hombros, y Demetri y él volvían corriendo por la arena.

—¡Miraos! —les dijo Alessa a los niños cuando se acercaron. Si ignoraba el estado en que se encontraban, sin duda sospecharían que algo pasaba—. Sentaos tranquilamente y bebed un poco de limonada. Estáis sobreexcitados.

—Sí, señora —dijo Chance.

Aunque su instinto le decía que debía mantenerlos cerca, Alessa envió a los niños a casa con Kate cuando se terminaron las galletas y la limonada. Gracias a Chance, el recuerdo de lady Blackstone parecía haber desaparecido, pero no quería arriesgarse a tener otro encuentro ese día.

Tras despedirse de ellos, volvió a sentarse junto a Chance en la playa.

—Gracias —dijo—. Has sido muy amable.

—¿Por jugar con ellos? Son maravillosos; me lo he pasado bien.

—Ya lo he visto. Pensé que habías dicho que no estabas acostumbrado a los niños.

—Yo también fui pequeño una vez; recuerdo lo que era divertido —tomó un puñado de arena con la mano y la dejó resbalar entre sus dedos—. ¿Entonces el encuentro con tu tía no ha ido bien? La señora Street no dijo nada cuando salieron, pero supe que algo iba mal.

Alessa le contó la conversación y, al repetirla, se dio cuenta de que la hacía sentirse más furiosa.

—Me quedaré aquí —concluyó—. Ya lo he decidido.

—No. Regresa a Inglaterra, llévate a los niños. Yo también volveré; me aseguraré de acallar todos los rumores que puedan surgir. Mi madre y mis hermanas conocen a mucha gente y hablarán bien de ti. Antes de darte cuenta, todos te considerarán una figura romántica e intrigante y te invitarán a todas las fiestas.

—¿De verdad? Entonces supongo que tendré que llevar mi traje corfiota. Es lo mejor para parecer exótica.

—¿Por qué no? No digo que lleves todo el traje, pero sí algunos bordados, una faja; eso será muy apreciado.

—¿Estás dándome consejos de moda? —preguntó Alessa.

—Tengo hermanas, ¿recuerdas? —dijo Chance—. Un hombre tendría que estar ciego y sordo para vivir en una casa de mujeres y no convertirse en un experto en moda. «Los dobladillos han subido y no tengo nada que ponerme» —imitó con una sonrisa—. «Hay que cambiar los adornos de todos los sombreros porque nadie soñaría con dejarse ver esta semana con lazos verdes».

—Veo que sabes de lo que hablas —dijo Alessa.

—Pero nos estamos yendo del asunto —dijo Chance—. Estarás bien cuando llegues a Inglaterra. Sólo tenemos que asegurarnos de que lleguéis todos juntos. Tu tía va a ir a Venecia, ¿lo sabías?

—Me lo dijo el conde.

—¿De verdad? Cuántas cosas sabe ese hombre. Creo que Venecia es una ciudad extraña y bonita. Espero que podamos explorarla juntos.

—¿Vas a ir allí?

—Es mi próxima parada. Luego iba a volver a Inglaterra. Descubriremos Venecia juntos, con los niños como carabinas.

—Si consigo convencer a mi tía para que me deje llevarlos —Venecia con Chance. Góndolas, bailes de máscaras, canales y sombras, sedas exóticas y especias. Tentación y riesgo.

—Los problemas de llevarlos sobrepasan al escándalo potencial de dejarte aquí —dijo Chance—. Me temo que los tratará con frialdad; tal vez lo mejor sea que los ignore. Son niños acostumbrados al afecto. ¿Crees que les afectará?

—Les explicaré que tendrán que tener compasión de ella porque su corazón es frío. Comprenden a Anna, que vive en la casa de al lado. No está bien de la cabeza, y se muestran tranquilos y educados cuando están a su alrededor. Podrán entender que las damas de la alta sociedad también se sienten afligidas y que han de tolerarlas.

—Tu juicio corta como un cuchillo —dijo Chance.

—Ha llamado a los niños campesinos mocosos —dijo Alessa—. El sacerdote dirá que es mi deber perdonarla. Aunque también se mostrará sorprendido al saber que piensa así. Pero estoy segura de que Frances los tratará bien.

—Es una chica muy dulce.

«Justo el tipo de joven de buena familia que tú estás buscando», pensó ella. Pero dejó a un lado esa idea y se centró en la única preocupación de la que podía hablar.

—Sigo sin estar segura de si mi tía me dejará llevarlos.

—Alessa —Chance se giró hasta estar cara a cara. Alessa ya no podía ignorar el impacto de su cercanía. Olía a mar, y desprendía un calor intenso y abrumador.

—¿Sí?

—Te prometo que todo saldrá bien. Te prometo que irás a Inglaterra, y los niños contigo —le tomó la mano y se la llevó a los labios—. ¿Ves? Sellado con un beso.

Dieciséis

El beso fue la más suave de las caricias. Apenas un roce, de hecho, se dijo Alessa a sí misma.

—¿Crees que estoy flirteando? —preguntó Chance—. Estoy siendo muy sincero, Alessa. Deberíamos empezar de nuevo y olvidarnos del baño en el mar y de las preguntas, ¿no crees? Empezar de nuevo y ver lo que nos trae Inglaterra. Necesitarás amigos allí, así como a tu familia; no querría pensar que te he alejado de eso porque me dejé…

—¡Alessa!

—Estoy segura de que ha venido por aquí…

Eran las hermanas Trevick y su prima, que se acercaban a la playa.

—Oh, mira, allí está. Y también lord Blakeney. ¡Hola! —gritó Helena, y Alessa le devolvió el saludo.

—La señorita Helena parece haberse recuperado de su decepción amorosa —observó Chance—.

Y parece no guardarte rencor por haber revelado los pies de arcilla de su héroe.

—¿Te diste cuenta de que se creía enamorada de él? —preguntó Alessa sorprendida.

—Como iba diciendo, tengo hermanas y conozco los síntomas del encaprichamiento. El amor verdadero, por alguna razón, es más difícil de detectar.

—¿Entonces no has observado ningún caso de amor verdadero entre nuestro pequeño grupo? —en la terraza pudo ver al señor Harrison apoyado en la barandilla, observando a las chicas mientras caminaban por la playa.

—¡No! ¿Quién? —preguntó Chance justo cuando las tres jóvenes llegaron hasta ellos.

—No voy a decírtelo —murmuró Alessa, y luego levantó la voz para llamar a las demás—. Venid a sentaros con nosotros. Las piedras están secas. Estoy haciéndole compañía a lord Blakeney mientras se recupera del ejercicio.

—¿De verdad? ¿Qué habéis estado haciendo? —preguntó Helena. Frances, sentada a cierta distancia, miró pensativamente a Chance, que se había levantado al verlas acercarse y que volvió a agacharse junto a Alessa.

—No lo dirás en serio... —le susurró al oído.

Alessa siguió su mirada, le dirigió una sonrisa a Frances y siseó:

—Claro que no. Es encaprichamiento.

—¿Has dicho encaprichamiento? —preguntó Maria mientras se sentaba a su lado.

—Estiramientos —improvisó Alessa—. Le estaba diciendo que debería hacer estiramientos.

—¿De verdad? —Maria miró a Frances y a Chance; luego captó la mirada de Alessa y disimuló una sonrisa—. ¿Y qué habéis estado haciendo para necesitar hacer estiramientos, milord?

—Jugar con los pupilos de la señorita Meredith. He de confesar que han hecho que me sienta viejo.

—Bueno, si insistís en llevar a caballito a Dora y en pelear con Demetri, ¿qué esperáis? —bromeó Alessa. ¿Dónde había quedado todo el antagonismo y la tensión? ¿Sería simplemente que Chance había dejado de flirtear y ella había logrado relajarse? Y relajarse era justo lo que quería hacer. Apoyarse en su hombro y descansar.

—Ojalá pudiéramos haber conocido a los niños —dijo Frances—. Parecen encantadores.

—¿Están contentos por la idea de ir a Inglaterra? —preguntó Maria.

—Sí, y un poco asustados —confesó Alessa.

—¿Entonces es verdad que van a venir con nosotros? —preguntó Frances—. Sería maravilloso si vinieran; siempre quise tener hermanos pequeños, pero mi madre dijo que no vendrían.

—Aún hay que arreglar algunas cosas —dijo Chance con mucha diplomacia, antes de que Alessa pudiera contestar—. Imagino que estará deseando llegar a Venecia, señorita Blackstone. Yo también iré allí.

—Perdonad, milord. Señorita Trevick, lady Trevick me envía a decir que la comida está servida —dijo el lacayo, y se fijó en el estado de Chance—. ¿Queréis que le diga a vuestro criado que lo necesitáis inmediatamente?

—Oh, sí. ¿Quieres ir a por mi chaqueta y mis zapatos? Señoritas, si me disculpan —se levantó y se alejó por la playa todo lo deprisa que le permitían los guijarros.

—Todos los hombres son niños por dentro —dijo Alessa. Las demás se levantaron y se dispusieron a seguir al lacayo—. ¡Espero que lady Trevick no sea muy estricta con la puntualidad!

Chance llegó al comedor justo después de lady Trevick, que fingió ignorar su pañuelo descolocado y su pelo peinado con prisa. Lady Blackstone ya estaba sentada a la mesa con su aspecto habitual. Chance meditó cuál sería la mejor opción; ¿hacer un comentario directo sobre los niños, o no? Tal vez lo mejor fuera no decir nada por el momento, o lady Blackstone sospecharía que Alessa había estado hablando con él.

Alessa lo miró cuando entró en la habitación y sonrió. Parecía que, fuera lo que fuera lo que había causado aquel antagonismo, había desaparecido. Se dio cuenta entonces de que tal vez la intensidad de su relación la hubiese sorprendido. Alessa era muy madura en comparación con las otras chicas y se dio cuenta de que aún pensaba en ella como la joven viuda que creía que era al principio. Pero no lo era. No tenía experiencia, y se habían encontrado de una manera muy súbita. No había habido cortejo. No era de extrañar que hubiese reaccionado con firmeza ante él.

Chance se dio cuenta de que la señorita Trevick le había pedido dos veces que le pasara las alcachofas, de modo que recuperó la compostura. Tener la cabeza en otra parte no le iba a ayudar en nada. Necesitaba pasar tiempo con Alessa, tiempo para cortejarla correctamente y hacer que confiara en él.

—Ha llegado un mensajero con el correo, milady —le dijo Wilkins a lady Trevick—. He dejado la correspondencia de sir Thomas en el estudio, pero, dado que todo el mundo está reunido aquí, me preguntaba si querríais que trajese el resto después de la comida.

—Sí, eso creo, Wilkins. Gracias —dijo lady Trevick—. Hace días que no recibimos nada; estoy segura de que todos están tan ansiosos como yo por conocer las noticias del mundo exterior.

Cuando los criados comenzaron a recoger, el mayordomo colocó una bandeja junto a lady Trevick y ésta empezó a distribuir las cartas.

—Tres para vos, lord Blakeney. Una pila para usted, conde. Lady Blackstone, señorita Blackstone —siguió entregando la correspondencia. Alessa vio cómo su tía abría uno de los sobres con un cuchillo y leía el contenido antes de pasarle la carta a Frances, a la que no pareció extrañarle que su madre leyera primero su correspondencia.

Se dio cuenta de que lady Trevick también examinaba la correspondencia de sus hijas y bromeaba sobre el número de fiestas que se estaban perdiendo por estar fuera de la ciudad. ¿Esperaría lady Blackstone leer también la correspondencia de su sobrina? Habría una auténtica guerra si eso sucedía. Alessa se dio cuenta entonces de que no había nadie que fuese a escribirle a ella.

—¡Oh!

—¿Ocurre algo, lady Blackstone? —preguntó la anfitriona—. Espero que no sean malas noticias de Venecia.

—No, en absoluto, pero me temo que Frances y yo debemos regresar a la ciudad inmediatamente. Esta carta ha venido a bordo del barco que nos llevará junto a mi marido. Tienen que hacer algunas reparaciones y aprovisionarse, de modo que la salida no es inminente, pero debemos volver para prepararnos —miró fijamente a Alessa—. Tú también, Alexandra.

—Por supuesto, tía —mientras hablaba, Alessa se dio cuenta de que acababa de decidirse. Iría a Inglaterra y llevaría a los niños, aunque tuviera que meterlos en el barco de polizones.

El señor Harrison dejó la nota que había estado leyendo y dijo:

—Sir Thomas dice que le ha llegado un envío urgente en ese mismo barco y que regresará directamente a la ciudad en vez de aquí. Me pide que me encargue de que trasladen de nuevo su oficina, y me reuniré con él inmediatamente.

—Oh, no —dijo lady Trevick—. Parece que acabamos de llegar y ya tenemos que empezar a hacer las maletas. Lo siento, caballeros, pero parece que nuestras pequeñas vacaciones se acaban, a no ser que quieran quedarse en la villa. Puedo pedirle al personal que se quede.

—Gracias, pero tengo intención de viajar a Venecia. Regresaré con el resto del grupo y veré si puedo encontrar billete en ese barco —dijo Chance, pero Alessa vio cómo su tía miraba a Frances y sonreía.

«Así que piensa que puede casar a Chance con Frances», pensó Alessa. «¿Y por qué no? Si no es ella, será otra joven dama de buena familia y pasado respetable».

—¿Conde? ¿Quiere quedarse solo y explorar la costa en su esquife?

Todos miraron al conde Kurateni, que por una vez no parecía relajado. Estaba mirando fijamente la carta que tenía en la mano. Alessa, sentada junto a él, dirigió una mirada rápida hacia la misiva y vio que estaba escrita en albano. El conde dobló el papel, pasó la uña varias veces por el doblez y levantó la mirada. Se dio cuenta entonces de que todos estaban mirándolo.

—¡Ah, el tonto de mi capitán! Hace un problema de cualquier cosa y reacciona exageradamente. Luego espera que yo lo solucione. He de regresar.

«Y yo no envidio al capitán», pensó Alessa. Era evidente que el albano estaba furioso. Fuera cual fuera el error del capitán, sospechaba que era peor de lo que el conde estaba haciendo ver. Tal vez fuera a perder mucho dinero. Vio que Chance también estaba mirándolo y arqueó las cejas. Él contestó con una mueca severa, arrugando las comisuras de los labios para imitar el semblante sombrío del conde.

Lady Trevick estaba organizando la marcha con Wilkins a su lado.

—Supongo que usted se marchará inmediatamente, señor Harrison, y llevará los papeles en la calesa.

—Sí, señora. Llevaré dos escoltas, si puedo. Creo que con eso quedarán mozos y escoltas de sobra para el resto de carruajes.

—¿Dos escoltas? ¿Con las unidades del ejército trabajando en la carretera? ¿Es necesario? —Alessa vio la mirada de advertencia del señor Harrison y el modo en que colocaba la mano sobre la carta del Alto Comisionado—. Por supuesto —se retractó lady Trevick—, uno no puede ser demasiado cuidadoso cuando se trata de asuntos del gobierno.

—Yo iré a caballo —dijo Chance—, siempre que haya espacio para mis maletas en vuestro carruaje de equipaje, milady. Tengo ganas de explorar la carretera un poco —estaba mirando a Alessa con expresión seria, pero ella creyó entender el mensaje que le dirigía. Pensaba escoltarla a ella y a los niños y no tenía intención de que lady Blackstone lo supiera.

—Yo iré navegando —anunció el conde. Se puso en pie y le hizo una reverencia a lady

Trevick—. Necesitaré estar a solas un tiempo para recuperarme de la decepción de tener que abandonar a tantas damas tan adorables.

—¿Cuándo planeas volver a la ciudad, Alexandra? —preguntó lady Blackstone.

—Mañana por la noche. Necesitaré un par de días o tres para zanjar mis asuntos y hacer las maletas.

—Bien, la ropa que hemos encargado para ti debería estar lista antes de partir.

—Sí, por supuesto. Imagino que la señorita Trevick estará encantada de recuperar sus pertenencias —Alessa se dio cuenta de que su tía estaba evitando cualquier confrontación delante de los otros. Podría precipitar los acontecimientos si sacaba el tema de los niños. Pero, en cualquier caso, no hubo tiempo, pues todos comenzaron a levantarse para hacer los preparativos del viaje.

—Frances y tú podréis asistir con nosotras al menos a dos fiestas cuando regresemos —anunció Maria—. Es maravilloso que tu tía te haya encargado un vestido de noche.

—Sí, desde luego —dijo Alessa, e intentó sonreír amablemente, pero su cabeza ya estaba ocupada con otros planes—. Disculpadme, pero he de volver a mi casa y comenzar a hacer las maletas.

A la mañana siguiente, Alessa dejó que Kate condujese el carro, con el equipaje cargado detrás. Dora iba sentada a su lado y Demetri se mostraba entusiasmado por poder llevar la segunda mula. Alessa iba la primera, en silencio y con lágrimas en los ojos.

Había sido mucho más duro de lo que había imaginado; dejar la casa donde había vivido con su padre. Y más duro aún dejar a Agatha. Tal vez la anciana ya no estuviese allí cuando regresara; las dos lo sabían, pero ninguna hablaba de ello. Alessa le dejó los papeles de la casa, y ya había ido a visitar al sacerdote antes de dejar el pueblo. Dijo que se aseguraría de que se mudara allí una familia apropiada, una que cuidara de su vecina a medida que envejecía.

—No exageres, niña —había dicho Agatha—. Esto es lo mejor para los niños, y lo sabes.

Aun así, se sentía triste mientras avanzaba con su mula por el campo. Hasta que el sonido de un caballo la sacó de su ensimismamiento y le hizo mirar a su alrededor.

Era Chance, cuya sonrisa se esfumó al ver su cara de preocupación.

—¿Qué sucede? ¿Otra vez esa vieja bruja?

—No. Es que es duro dejar la casa y a Agatha, nada más.

—Lo entiendo. Quieres mucho a esa anciana. ¿Ella quería que te fueras?

—Mmm —murmuró Alessa, sin querer hablar por si acaso comenzaba a llorar de nuevo y disgustaba a los niños. Ellos no tenían ni idea de que tal vez aquélla fuese la última vez que veían a su abuela sustituta.

—Hablaremos de otra cosa —dijo Chance—. Háblame de todas estas flores que hay por aquí.

—¿De todas? —preguntó ella con una sonrisa—. ¿Tienes un mes libre?

Aun así, comenzó a explicarle detalles sobre las flores y, a medida que el grupo avanzaba por el camino, fue sintiéndose mejor. ¿Sabía Chance lo que estaba haciendo? Lo supiera o no, estaba permitiéndole grabar con fuerza los recuerdos de la isla en su memoria, para que pudiera verla en su cabeza cada vez que lo necesitara.

Se detuvieron a comer a mediodía junto a uno de los antiguos pozos venecianos que estaban distribuidos por toda la isla. Kate, tras hartarse de queso y pan, se colocó el sombrero sobre la cara y comenzó a roncar suavemente en la parte de atrás del carro. Los niños, después de pasar diez minutos corriendo de un lado a otro mientras jugaban al escondite, de pronto se tranquilizaron y se acurrucaron en la hierba bajo un olivo para dormir.

Alessa también se sentía somnolienta. Chance estaba sentado a su lado, y su hombro resultaba muy tentador para apoyar la cabeza.

—¿Alessa? —dijo él—. ¿Qué crees que se propone el conde?

—Oh. No tengo ni idea, pero no puede ser nada malo. Después de todo, dice que busca una esposa inglesa de buena familia. Imagino que, por tanto, sus negocios serán de dominio público.

—¿Te ha dicho eso? Si va detrás de alguna de las Trevick, se sentirá decepcionado; su madre lo tiene vigilado.

—Bueno, Helena está desilusionada con él por besarme la mano; y yo hice todo lo posible por reforzar ese sentimiento. Y Maria…

—Está enamorada del señor Harrison. Mantuve los ojos bien abiertos después de lo que me dijiste ayer. Duerme un poco, Alessa. Yo vigilaré a los animales.

Para su sorpresa, se quedó dormida, y se despertó una hora más tarde. Kate estaba cargando las cosas en el carro, mientras que Dora, Demetri y Chance estaban arrodillados muy juntos mirando al suelo.

—¿Qué estaréis haciendo? —preguntó Alessa mientras se acercaba.

—Las trampas de las arañas —explicó Chance mientras se ponía en pie—. Demetri ha estado enseñándome cómo cazan. Ese niño va a ser todo un científico.

—Kate cree que se convertirá en embajador —dijo Alessa, y se subió a su mula antes de que Chance pudiera ayudarla.

—Dios mío —dijo Chance, y miró al niño—. ¿Había estado bebiendo cuando lo dijo?

Diecisiete

El calor del viaje le duró a Alessa toda la noche y la mañana siguiente, a pesar de los horrores de tener que decidir qué empaquetar, de encontrar maletas y cajas y de recordar todo lo que tenía que hacer.

Finalmente, se sentó mientras los niños se marchaban con las cartas y el dinero para pagar al casero, al profesor de Demetri y a las monjas. Kate asomó la cabeza por la puerta.

—¿Has terminado? Dios mío, ¿qué es eso?

—La pistola de papá. No estaba segura de qué hacer con ella.

Alessa cerró la caja de madera con la pistola dentro y la guardó en el maletín de cuero, lo más cercano que tenía a un bolso. A la tía Honoria le daría un ataque cuando viera el equipaje tan poco elegante de su sobrina. Probablemente debería ir a comprar algunas cosas bonitas, pero eso podría esperar hasta Venecia.

Aunque no sabía cómo podría pagar tales

cosas. Sus pocos ahorros ya comenzaban a disminuir, pues había tenido que pagar todas las facturas de golpe y comprar ropa y zapatos nuevos para los niños. Imaginaba que tendría que pedirle a su tía un adelanto de su dinero, pero no le gustaba la idea de estar en deuda con lady Blackstone. También podría pedirle dinero prestado a Chance, lo que a una mujer respetable nunca se le ocurriría hacer. Pero, como su tía se empeñaba en recordarle, ella no era respetable.

—Deja de fruncir el ceño —dijo Kate—. Fred está aquí. ¿Qué cosas hay que bajar abajo para los niños y qué vas a llevar a la residencia?

Alessa había decidido dejar a los niños con Kate hasta que zarparan. Con suerte, hasta el último minuto su tía pensaría que había cedido a sus exigencias. En cualquier caso, si iba a haber alguna discusión sobre el tema, sería mejor que los niños se mantuviesen alejados.

Le parecía extraño vivir en la residencia, después de haber ido tantas veces a recoger la colada o a tratar a algún miembro del servicio. Pero todo el mundo se mostró respetuoso y, tras llevar sólo medio día, Alessa dejó de preocuparse ante la posibilidad de que algún sirviente dijese algo delante de su tía.

Para las damas, el primer día de vuelta consistió en pruebas de vestuario para Alessa y en compras de última hora. Por muy molesta que estuviera su tía con respecto a los niños y al estilo de vida de su sobrina, era todo dulzura y amabilidad en las tiendas.

—Querida, considéralo un regalo —no paraba de repetir mientras le compraba abanicos, chales y el bolso que Alessa tanto necesitaba.

—Qué generosa es tu tía —susurró Helena cuando salieron de la sombrerería—. Ojalá la mía fuese tan amable.

—Desde luego —respondió Alessa, y se preguntó si aquella amabilidad estaría destinada a causar una buena impresión en las Trevick. Probablemente ésa fuese la razón.

A la mañana siguiente, la mujer del coronel invitó a las jóvenes a un picnic en la colina al sur de la ciudad, desde donde se apreciaba la bahía de Garitsa en todo su esplendor. Era la primera reunión social de Alessa, y se puso su vestido de paseo con impaciencia. Con tantas faldas, no le parecía muy apropiado para caminar, pero pronto se dio cuenta de que los paseos entre los olivares para contemplar las vistas eran considerados un gran ejercicio.

Instintivamente se acercó hacia las madres jóvenes, que estaban sentadas sobre sus mantas bebiendo limonada, hasta que Maria la agarró del brazo y dijo:

—Las chicas tenemos que estar aquí —dijo encogiéndose de hombros—. Ellas estarán hablando de hombres y de nacimientos; cosas que nosotras no debemos saber.

Se sentaron y se colocaron las manos sobre los ojos para admirar el viejo fuerte, situado en la bahía, con el pequeño puerto veneciano al sur.

—Me pregunto cuál será vuestro barco —dijo Maria.

—Yo lo sé. Se lo pregunté ayer al señor Harrison —dijo Frances—. Está a lo lejos, en el puerto grande. Desde aquí pueden verse los mástiles.

—Ése es el del conde —dijo Alessa, señalando un barco más pequeño atracado en el puerto veneciano.

Sorprendentemente, Alessa disfrutó del picnic, aunque le parecía tremendamente perezoso estar allí sentadas, charlando de tonterías, cuando podían haber estado haciendo algo de ejercicio, o recogiendo hierbas.

Por fin, después de que las damas durmieran a la sombra y tomaran más refrescos, se montaron en los carruajes y descendieron la colina de vuelta a la ciudad.

Cuando llegaron al principio de la Spianadha, un jinete se acercó al carruaje de la residencia.

—¡Lord Blakeney! ¿Ocurre algo?

—No, nada en absoluto, señorita Trevick; no quería alarmarla —dijo Chance, y le entregó una nota a Frances—. Su madre me ha pedido que le entregue esto, nada más. No creo que necesite respuesta. Ahora, si me disculpan, le he prometido al capitán de los soldados de marina que me

reuniría con él esta tarde para una partida de cricket, y debo cambiarme. Adiós —la mirada que le
dirigió a Alessa fue seria; había algo en sus ojos
que no logró interpretar. Luego se tocó el ala del
sombrero y se alejó.

—Mamá dice que vayamos al barco, Alexandra
—dijo Frances tras leer la nota—. Algo relacionado
con los camarotes y con dónde colocar el equipaje.

—Oh —parecía extraño, pero la tarde era cálida y la idea de un poco de aire fresco en la bahía
era tentadora—. ¿Quiere que vayamos las dos?

—Eso creo. La nota es muy apresurada.

—Os dejaremos allí —anunció Maria.

Cuando Alessa y Frances bajaron del carruaje,
la despedida entre su prima y las hermanas
Trevick le resultó a Alessa algo exagerada, dado
que se volverían a ver en pocas horas. Aunque
Frances parecía ser propensa a las emociones
fuertes, concluyó mientras un marinero la ayudaba a subir al bote. Esperaba tener un camarote lo
suficientemente grande para llevar a los niños con
ella; quién sabía cómo se comportaría Dora en un
barco. Sonrió mientras el bote entraba en la
bahía. Demetri disfrutaría de la experiencia, eso
seguro.

Chance aceptó el bate del capitán Michaels y
entró en el césped de la Spianadha, preguntándose qué diablos se le había metido en la cabeza
para aceptar una invitación a jugar al cricket

cuando hacía un año que no practicaba y los juga-
dores le eran desconocidos.

También había una gran multitud de espectadores, incluyendo a un número de damas en sus
carruajes descubiertos, sombrilla en mano.
Reconoció el carruaje de la residencia, aunque sólo
parecía haber dos damas montadas; tal vez las
otras dos hubieran acabado agotadas del picnic y
se hubieran retirado a descansar. Trató de no pensar que Alessa pudiera ser una de las que se había
quedado, y que estaría allí admirando su juego.

Asintió hacia su compañero y tomó posición
cuando el lanzador empezó a correr. La bola salió
volando, Chance la golpeó con fuerza y se dispuso a recibir de nuevo.

En ese momento, un movimiento a un lado de
la explanada llamó su atención e hizo que aparta-
ra la mirada del lanzador. Alguien había entrado
montado a caballo, y se abría paso por entre la
multitud de espectadores. Las damas se dispersa-
ron gritando, los perros empezaron a ladrar y los
hombres gritaron. La bola pasó frente a Chance
sin que éste lograra golpearla.

—¡Fuera!

Chance se dio cuenta entonces de que la persona que cabalgaba a lomos del caballo era un niño.
Demetri. El caballo se detuvo junto a la explanada
y levantó una nube de polvo con las pezuñas.

—¡Volved aquí! —exclamó el teniente que
hacía de árbitro. Pero Chance ya estaba bajando
al niño del caballo.

—¿Qué pasa? ¿Qué sucede? —Alessa. El corazón le dio un vuelco.

Demetri estaba llorando furioso, y comenzó a patalear.

—¡Mentiroso, traidor! —comenzó a insultarlo, pero el inglés le falló y siguió en griego e italiano, sin dejar de darle patadas y puñetazos a Chance.

—El niño se ha vuelto loco, busquen un médico —sugirió alguien entre la multitud—. ¡Y saquen a ese maldito caballo del campo!

Chance se arrodilló en el suelo y abrazó al niño con fuerza.

—Demetri, para. ¿Qué sucede? No puedo ayudarte hasta que no me digas qué pasa.

—Se ha ido. Se ha ido sin nosotros, y dijo que tú habías prometido que podríamos ir también —se detuvo un momento para secarse los ojos con el pañuelo que Chance le había dado—. Fui a despedirme de la cocinera de la residencia, porque es mi amiga, y me dijo que se irían todas esta tarde; la tía de Alessa, su prima y Alessa. Y yo le dije que no podía ser, porque Dora y yo también íbamos, pero entonces llegó el cochero y dijo que tú habías entregado el mensaje y que se habían ido al barco.

—Pero eso es imposible. Demetri, es un error; tal vez sólo hayan ido a ver el barco.

—¡No! —dijo el niño dándole una patada—. ¡No! Dijeron que habían subido todo el equipaje a bordo esta mañana. La cocinera me llevó a la habitación de Alessa y todo había desaparecido.

Y su tía le dijo a lady Trevick que había recibido un mensaje y que tenían que marcharse a Venecia urgentemente. Pero ella nunca nos habría abandonado, nunca. Pensé que eras nuestro amigo, pero le dijiste que se fuera al barco sin nosotros.

—No, yo no lo sabía. Demetri, nos han engañado a los dos. ¿Sabes qué barco es?

El niño asintió y se secó la cara con la manga.

—Ayer fui a verlo —murmuró.

—Entonces vamos —Chance se subió al caballo—. Lo siento, Michaels, es una emergencia. Pásame al chico, ¿quieres?

El capitán subió a Demetri al caballo y Chance espoleó al animal.

—Por ahí… —dijo Demetri, y señaló con el brazo hacia la izquierda—. ¡Aún está ahí! ¿Ves? —dijo cuando llegaron a la costa—. ¡Haz que vuelva!

—De acuerdo —Chance respiró profundamente y trató de pensar—. Buscaré a alguien con un bote de remos e iré a traerla de vuelta. Mira, las velas aún están recogidas. Tenemos tiempo.

—¡Promételo! ¡Tienes que prometerlo!

—Te lo prometo. Te juro por mi honor que la traeré de vuelta a casa. Ahora, vamos a buscar un bote.

No había ninguno amarrado en la orilla.

—El puerto está al otro lado —dijo Demetri.

—Vamos…

—¡Mira! —señaló Demetri. El barco mercante estaba situado a unos doscientos metros de la orilla, y pudieron oír los gritos claramente a través del agua. De pronto una figura delgada vestida de blanco apareció en la barandilla junto a la proa, se agarró a las cuerdas durante unos segundos y luego se zambulló en el agua.

—Oh, Dios mío, Alessa —durante unos segundos, Chance dejó de respirar. Luego Alessa salió a la superficie y comenzó a nadar hacia la orilla del fuerte. «Sabe nadar como un pez», se recordó a sí mismo mientras se quitaba la chaqueta y los zapatos. «Pero lleva puesto ese aparatoso vestido con faldas y enaguas»—. Demetri, ve a buscar una barca, cualquier cosa que flote. Diles que les pagaré lo que sea, con oro —subió al niño al caballo y le entregó las riendas antes de darse la vuelta y zambullirse en el agua.

Comenzó a nadar con fuerza, ignorando el peso de su ropa mojada. Desde donde se encontraba no podía ver a Alessa, de modo que trazó mentalmente una línea recta entre el barco y el fuerte y comenzó a nadar hacia allí. Estaban bajando desde el barco un bote con hombres dispuestos a ir a buscar a Alessa, de modo que Chance duplicó sus esfuerzos.

A través del agua, Chance oyó los gritos, se detuvo y miró a lo lejos. La barca había alcanzado a Alessa y los hombres estaban sacándola del agua mientras ella se resistía y pataleaba. Al menos estaba consciente y podía pelear. Chance cambió de dirección y comenzó a nadar hacia el barco, situado a unos cien metros de distancia.

Volvió a oír gritos. Se arriesgó a parar de nuevo y vio que estaban levando el ancla y bajando las velas; preparándose para zarpar.

Sentía que las piernas y los brazos le ardían y el aliento le iba faltando. ¿Dónde estaba Demetri con la barca? Era demasiado tarde. Cuando se detuvo para corregir su dirección, vio que el bote de remos ya había llegado al barco. Uno de los marineros estaba subiendo por la escalera de cuerda y llevaba algo blanco colgado del hombro. Mientras subían el bote de nuevo a bordo, el barco comenzó a moverse en dirección a la isla de Vidos.

Derrotado, Chance se quedó flotando en el agua, intentando ver a Alessa a lo lejos, pero debían de haberla metido en el piso de abajo.

—¡Ey! ¡Agárrate! —un remo chapoteó en el agua tras él, Chance se dio la vuelta y recibió una ola en la cara. Tras escupir el agua, distinguió la cara de Voltar Zagrede, que llevaba una cuerda en la mano y estaba apoyado en un bote manejado por dos marineros—. ¿Crees que puedes ir nadando hasta Venecia, Benedict?

Chance agarró la cuerda y subió al bote, donde se derrumbó y comenzó a boquear como un pez fuera del agua. El conde les dijo algo a los marineros y éstos comenzaron a dar la vuelta.

—Tienen a Alessa. La han engañado para subir a bordo sin los niños.

—Lo sé, el chico me lo ha dicho. ¿Quieres recuperarla? —preguntó el conde mientras le lanzaba un trozo de lona—. Toma, ponte esto alrededor de los hombros.

—¡Claro que quiero recuperarla, maldita sea!

—De acuerdo. Tomaremos mi barco. Es más rápido que el barco en el que va ella —se dio la vuelta y les dijo algo en albano a los remeros, que se carcajearon.

—¿Harías eso? —preguntó Chance.

—Por supuesto. No está bien engañar a una dama de esa forma. Y será divertido tener algo a lo que perseguir —dijo el conde.

Cuando llegaron al puerto, Demetri estaba caminando frenéticamente de un lado a otro, con la cara cubierta de lágrimas.

El conde bajó de la barca y agarró al niño por los hombros.

—Chico, vuelve con la mujer que cuida de ti y dile lo que ha ocurrido; Alessa ha sido secuestrada y vamos a ir a rescatarla. ¡No! No pongas esa cara conmigo. ¿Quién cuidará de tu hermana si vienes con nosotros? Tú, amigo mío, ve a por ropa seca, una maleta, tus armas, y regresa al puerto veneciano lo antes posible. Y entonces saldremos de caza —concluyó con una sonrisa perversa.

Chance consiguió llevar a Demetri con Kate, a pesar de sus quejas.

—Los muy bastardos —maldijo ella—. No os preocupéis, milord, yo cuidaré de los niños hasta que Alessa regrese. Y dejaos de tonterías y dadle un buen beso cuando la veáis —gritó mientras Chance se alejaba corriendo escaleras abajo.

El personal del establo de la residencia estaba confuso cuando Chance llegó y se bajó del caballo.

—¡Milord! ¿Dónde habéis encontrado a ese animal? Es el mejor caballo de su excelencia; ese maldito niño lo robó, pero ya he enviado a gente a buscarlo para que lo castiguen —dijo el mozo de cuadras.

—El chico simplemente lo tomó prestado para ir a buscarme porque se trataba de una emergencia. Que no lo castiguen. Quiero a alguien esperando para llevarme al puerto en una calesa en quince minutos.

Chance dejó a los mozos con la boca abierta y entró en la residencia. Subió los escalones de dos en dos y estuvo a punto de chocarse con lady Trevick en el rellano.

—¡Lord Blakeney! ¿Qué ha ocurrido? ¿Ha habido un accidente náutico? —preguntó al ver su ropa mojada.

—¿Sabíais que lady Blackstone ha zarpado y se ha llevado a Alessa con ella, lady Trevick? —preguntó Chance.

—Bueno, sí. Me dio pena no poder despedirme correctamente de la señorita Meredith. Al parecer el marido de lady Blackstone está ansioso por que regrese y puedan hacer las reparaciones en el barco...

—Engañó a Alessa para subir a bordo y se ha marchado sin los niños porque lady Blackstone no quería llevárselos. Y Alessa se negaba a marcharse sin ellos.

—¿Qué? ¿Pero por qué no iba a llevárselos? Por lo que he visto, son niños encantadores.

—Teme que pueda haber un escándalo —dijo Chance—. Piensa que la gente creerá que son de Alessa.

—¡Menuda tontería! —exclamó lady Trevick—. ¡Yo le daré escándalo a esa estúpida mujer! Cualquiera se daría cuenta de que las edades no cuadran, y ninguno de los niños se parece a Alessa. Le escribiré una carta a mi hermana en Londres; Honoria Blackstone descubrirá que la verdadera historia ha llegado a Inglaterra mucho antes que ella.

—Alessa no querría que su familia se viese expuesta a la mala prensa —dijo Chance.

—Claro que no. No mencionaré la idiotez de Honoria, simplemente diré que Alessa ha criado a dos huérfanos encantadores. Es una historia muy bonita. De hecho, es una historia muy romántica, ¿no os parece?

—Se está convirtiendo en una novela gótica —dijo Chance con una sonrisa amarga—. Milady, no tengo idea de cuándo regresaré, pero debo cambiarme.

—No importa cuándo regreséis. Sólo aseguraos de traerla con vos cuando lo hagáis… Y dadle un beso… de mi parte, claro.

Dieciocho

El barco del conde estaba listo cuando Chance llegó. Lanzó su maleta a cubierta mientras subía por la pasarela. En la otra mano llevaba una caja llena de pistolas y su espada. Zagrede se detuvo un instante para darle una palmada en el hombro antes de comenzar a dar órdenes. Pocos minutos después, zarpaban del puerto.

—Veo que estás al mando —observó Chance al ver cómo el conde daba órdenes al timonel—. ¿No tienes un patrón?

—Oh, sí. Un buen hombre. Pero, cuando voy de caza, me gusta mandar —señaló a un marinero y le dio una orden—. Este hombre te mostrará tu camarote.

Chance bajó las escaleras y se sorprendió al ver la elegancia y confort del interior del barco. El camarote que le fue asignado tenía una bonita colcha sobre la litera y luces en el escritorio. Se cambió rápidamente y se puso la ropa que había llevado durante su largo viaje por el Mediterráneo, y que también había usado durante la lesión de la pierna. Se quedó descalzo para no resbalar en cubierta y agarró su espada.

No, demasiado melodramático. Simplemente alcanzarían al barco, les explicarían que la dama había sido llevada ahí contra su voluntad y se llevarían a Alessa de forma civilizada. Aquello no era el Caribe. De pronto sonrió al imaginarse abordando al otro barco, con un cuchillo entre los dientes. Dejó la espada sobre la cama y regresó a cubierta.

—Ah, veo que tienes la ropa apropiada para el viaje, amigo mío.

—La traje para estar cómodo en el mar mientras viajaba; no esperaba verme en esta situación —dijo Chance, y sintió cómo su instinto le decía que cambiara de tema. Miró a lo lejos para intentar distinguir las velas blancas del barco, pero sólo vio barcos de pesca—. Las costas están muy juntas ahí delante —Albania parecía tocar la isla, y el canal estaría a una milla de distancia.

—Sí, así es mejor.

Sin embargo, a Chance le parecía que estaban dirigiéndose a la costa albana, no al canal.

Una hora después, demostró tener razón. Sin las órdenes de Zagrede, el barco entró en una ensenada y fue arrastrado suavemente hacia un puerto escondido.

Había cabañas y talleres alineados a lo largo del muelle. Había más barcos atracados allí; todos más pequeños que el suyo, pero con el mismo aspecto amenazador.

—Uno de mis puertos —explicó el conde mientras amarraban las cuerdas.

—¿Pero por qué paramos? ¿Necesitas provisiones?

—No, necesitamos cambiar el barco, amigo mío. Ahora ya no somos comerciantes.

Chance volvió a mirar a su alrededor. No había ningún otro barco más grande, y mucho menos más rápido. Los hombres comenzaron a trepar por las cuerdas, recogieron las velas y las bajaron a cubierta. En su lugar, los marineros comenzaron a alzar unas velas grises. A los lados, unos hombres comenzaron a soltar grandes piezas de madera. Al inclinarse, Chance comprobó que, en efecto, estaban quitando partes del casco. Bajo la madera aparecieron los siniestros agujeros destinados a los cañones.

Zagrede chasqueó los dedos y un hombre comenzó a izar una bandera. La bandera se abrió y comenzó a ondear al viento. Chance vio entonces una cabeza de lobo plateada sobre fondo negro.

Se quedó mirando al conde con la boca abierta.

—Eres un pirata. Éste es un barco pirata.

—Pues claro, amigo mío. Bienvenido a bordo del Fantasma.

Alessa aterrizó en cubierta con la ropa empapada y luchó por recuperar el aliento. Gradualmente el temblor de sus piernas fue desapareciendo, y logró levantar la cabeza y mirar a su alrededor. Alguien le había echado una capa por encima. Sobre su cabeza, las velas ondeaban al viento mientras el barco avanzaba. Estaba en el mar. Estaban alejándose y los niños se habían quedado atrás, en la isla, sin saber lo que le había ocurrido a ella.

Intentó levantarse, alguien la agarró del brazo y la enderezó.

—Oh, pobre Alexandra. ¿Estás bien? Frances.

—No, no estoy bien. He sido secuestrada y los niños siguen en Corfú.

—Oh, no. No has sido secuestrada. Es todo por tu bien. Mamá me advirtió que estarías molesta al principio —dijo Frances—. Dijo que los niños no querían venir y que se pusieron a llorar cuando intentó convencerlos.

—Tu madre apenas les ha dirigido media docena de palabras —respondió Alessa—. Y ninguna fue para alentarlos a venir con nosotras. Llévame con el capitán.

—No, querida —fue lady Blackstone quien habló, acompañada de un hombre bien vestido—. ¿Ve, doctor Cobb? Es una muchacha muy distraída. Espero que se recupere cuando descanse. No sé cuál será la causa de sus problemas; tal vez su madre fuese inestable. Cuando regresemos a Londres, iré a visitar al especialista en enfermedades mentales. No repararé en gastos para mi pobre sobrina.

Alessa se quedó mirándola. Ya estaban lejos del puerto, demasiado lejos para nadar; en cualquier caso, no tendría oportunidad de eso si la veían saltar. Resistirse sólo le serviría para acabar encerrada bajo llave, pues parecía que su tía había convencido al doctor de que era mentalmente inestable.

Se llevó una mano temblorosa a la cara y dijo:

—No sé lo que ha ocurrido. ¿Me he caído? Quiero tumbarme.

—Claro que sí —dijo el doctor—. Ahora este hombre tan amable te llevará a tu camarote —Alessa se encontró en brazos de un marinero—. Señorita Blackstone, ¿quiere acompañarme? Estoy seguro de que su prima necesitará su ayuda.

Finalmente, tras ser desvestida y lavada por Frances, y con la ayuda de la doncella de lady Blackstone, Alessa se metió en la cama. El doctor reapareció y le pidió que se tomara una bebida tranquilizante de su propia invención; finalmente la dejaron en paz.

¿Quién sabía lo que había ocurrido? Probablemente a lady Trevick le hubieran contado alguna historia para convencerla de que no pasaba nada. Kate y los niños no tendrían ni idea de lo ocurrido. Cuando se preocuparan por no saber nada, irían a la residencia y descubrirían que los había abandonado sin decir palabra.

Se sentirían heridos. Alessa intentó imaginarlo y tuvo que controlar las lágrimas. Demetri fingiría ser valiente, pero por dentro se sentiría traicionado. Y la pequeña Dora, que ya había sido abandonada una vez, ¿podría recuperarse?

Pero estaban con Kate, y ella sabría que algo pasaba, que nunca se marcharía sin avisar. Kate los convencería de que no se habría marchado por voluntad propia, y cuidaría de ellos como una madre hasta que Alessa regresara a buscarlos.

¿Quién más lo sabría? Entonces el recuerdo apareció claro en su memoria. Chance lo sabía. Chance le había dado la nota a Frances, la cual probablemente lo supiera todo desde el principio. Y, a medida que Chance se alejaba, le había dirigido una mirada extraña, como si estuviera despidiéndose.

De modo que él también lo sabía. Le había mentido, la había engañado después de tantas promesas. Había sido traicionada por el hombre que amaba. Y todo por las apariencias.

Alessa se dio la vuelta y comenzó a golpear la almohada con fuerza. Desde el principio Chance había apoyado su regreso a Inglaterra. Había excusado todo el tiempo la actitud de su tía y había insistido en la importancia de adecuarse a la sociedad inglesa.

Se quedó tumbada en la cama, casi ajena al movimiento del barco y al dolor de su cuerpo magullado.

«Voy a escapar de aquí, voy a regresar con los niños. Juntos viajaremos a Inglaterra y abochornaremos a mi tía. Y luego haré que Benedict

Casper Chancellor, conde de Blakeney, se arrepienta de haber nacido»å.

—¿Estás loco? ¿Pretendes salir airoso con esto? —Chance daba vueltas furioso de un lado a otro por la cubierta del Fantasma mientras el conde daba las órdenes. Comenzaron a subir a bordo hombres con pistolas antiguas de cañones enormes. Todos llevaban una espada y un cuchillo en el cinturón; y todos parecían saber exactamente lo que se disponían a hacer.

—¿Airoso con qué? —preguntó Zagrede con una sonrisa.

—Con secuestrar a un conde inglés, para empezar. Así como el resto de cosas que tengas en mente.

—Mi querido Benedict, no estás siendo secuestrado. Menuda idea. Subiste a bordo por voluntad propia, a la luz del día y bajo la atenta mirada de los centinelas del fuerte. Vas a realizar el viaje que deseabas realizar; la caza del barco mercante Plymouth Sound.

—No hay necesidad de disparar, por el amor de Dios —dijo Chance agarrando al conde por el brazo—. Yo subiré a bordo y le explicaré al capitán que Alessa está ahí en contra de su voluntad; eso es lo único que hay que hacer.

—Eso es lo único que tú tienes que hacer —respondió el conde mientras el barco salía de la ensenada—. Yo quiero ese barco, y a todas las mujeres que lleva dentro.

—¿Es que quieres morir? —preguntó Chance—. Esas mujeres son familiares de un diplomático inglés y están bajo la protección del Alto Comisionado. Cuando se sepa la noticia, nos matarán. ¿Cómo esperas seguir comerciando en los puertos controlados por los británicos después de esto?

—Deja de escandalizarte —dijo el conde. Le puso una mano en el hombro, pero Chance se apartó—. Mis negocios legítimos son de poca importancia para mi riqueza, y menos aún ahora que los británicos están atestando el mar con sus barcos mercantes. Los botines son los que me dan dinero; así que, cuantos más barcos envíen los ingleses, mejor. Aunque ahora tengo un problema. Lord Blackstone, que se encuentra en Venecia, está dispuesto a erradicar a los piratas del mar Jónico. Mis agentes me dicen que en pocos días llegará a Corfú un barco con unas órdenes que dificultarán mucho mi labor y la de mis compatriotas. Los ingleses ya se están despertando; todo este jaleo en la residencia no es más que el principio. Creo que es el momento de marcharme

—¿Saben quién eres?

—Aún no. Pero lo sabrán cuando el barco llegue aquí —apareció un hombre con una bandeja de pan, vino y aceitunas y la dejó sobre la escotilla—. Toma, come y deja de pensar en cómo un solo hombre armado con una espada y dos pistolas puede secuestrar este barco.

Chance observó a su captor. Tenía bastante

razón; su cerebro había estado dando vueltas con posibles ideas, todas descabelladas. Pero, hasta el momento, estaba en cubierta, sin sogas en las manos y manteniendo una conversación civilizada; sería mejor eso que cualquiera de las alternativas que podía imaginar.

—¿Qué deseas de esas mujeres? —no tenía miedo por él, pero la idea de Alessa en manos de aquella tripulación le producía pánico.

—¿De lady Blackstone y de su preciosa hija? Estarán a salvo conmigo, porque son rehenes muy valiosos. Tendré que dejarlas en alguna parte para no escuchar los comentarios de esa mujer, pero estarán cómodas.

—¿Y si los británicos no hacen lo que esperas? ¿Si lord Blackstone y sir Thomas cumplen con su deber, les pase lo que les pase a las mujeres?

—Entonces trasladaré a las damas al interior y se cortarán las comunicaciones. No soy un asesino de mujeres inocentes, Benedict, pero tampoco me rindo. En algún momento me serán útiles.

—¿Y Alessa?

—Oh, creo que me casaré con ella —Chance se puso en pie, botella de vino en mano, antes de que dos marineros le agarraran de los brazos—. He dicho casarme, no violarla —aclaró el conde, les dijo algo a sus hombres y éstos lo soltaron—. Piensa que sólo la deseas como amante, mi querido amigo. No deberías creerte todo lo que te diga otro hombre, sobre todo si hay una bella mujer de por medio. ¿Y quién sabe lo que ese hombre le dirá a la dama? ella piensa que su pasado es turbio y que eso le traerá problemas en Inglaterra. Cuando llegue a creer que, casándose conmigo, la vida de su tía y de su prima será más fácil, accederá.

—¿Vas a chantajearla? ¿Y no llamas a eso violación?

—Lo llamo seducción, amigo mío, y sería una vergüenza para mí si la dama no disfrutara con ello. Y no te servirá de nada mirarme con ojos de asesino, mi querido Benedict; estarías muerto antes de poder ponerme la mano encima.

—Al igual que lo estaré probablemente al final de este viaje.

—¿Por qué piensas eso? No tengo intención de hacerte daño; me caes bien. Acabarás en alguna isla remota cuando ya no nos interese llevarte con nosotros. Si intentas alguna tontería, haré que te encierren en tu camarote. Si es una tontería muy grande, será con cadenas. ¿Lo comprendes?

—Oh, sí —Chance sonrió sarcásticamente—. Lo comprendo.

Llenó una copa de vino y bebió mientras miraba a su alrededor. ¿Cuántos hombres había? Era imposible saberlo en ese momento, pues muchos estaban abajo y no podía distinguir entre una cara con bigote y otra. Observó las cuerdas y las velas. ¿Podría gobernar ese hombre? Sí, con una tripulación que supiera lo que hacía.

Armas. Necesitaba algo que le diera ventaja.

La espada y las pistolas estaban en el camarote, donde las había dejado.

—Necesito mi sombrero —dijo mientras se ponía en pie—. ¿Puedo volver abajo?

—Por supuesto, amigo mío. Pero ya no están. Bonitas pistolas, por cierto.

—Sí que lo son —dijo Chance civilizadamente—, pero sigo necesitando un sombrero.

Volvió al camarote y descubrió que, en efecto, las pistolas habían desaparecido; así como la espada, el cuchillo y las navajas de afeitar. Lo demás estaba intacto.

Cerró la puerta, se quedó de pie en medio del camarote y se permitió el lujo de perder los nervios durante un minuto, que pasó maldiciendo. Luego se sentó frente al escritorio e intentó pensar con lógica. Fracasó.

Lo único que podía hacer era intentar controlar el pánico que parecía paralizar sus músculos y su cerebro cada vez que pensaba en Alessa. Estaría nerviosa por los niños. Y pronto se encontraría en las garras de aquella tripulación de piratas y en la cama de Voltar Zagrede.

¿La tomaría por la fuerza? Chance se dio cuenta de que había roto la pluma sin darse cuenta. No, probablemente no. El conde se sentiría humillado si fallaban sus poderes de seducción. ¿Pero se entregaría Alessa a él? posiblemente, si pensaba que era lo mejor para ayudar a sus parientes, o si pensaba que no tenía futuro en Inglaterra o en Corfú. Y además a ella le caía bien ese hombre.

Probablemente el conde enviara a buscar a los niños si ella se lo pedía, y cuidaría de ellos también. A Demetri le encantaría aprender a ser un pirata, el muy pillo.

Pero el niño jamás tendría oportunidad de comprobarlo, no si él podía evitarlo. Chance salió a explorar cuáles eran los límites de su libertad.

Sólo fue detenido dos veces; una delante de lo que imaginó que sería la armería, y otra delante del camarote de Zagrede. Regresó a cubierta y encontró al conde junto al timonel, observando una carta de navegación.

—Buen barco, ¿eh? —dijo el conde al ver a Chance acercarse—. ¿Has echado un vistazo?

—Sí, gracias. ¿Cómo voy a afeitarme?

—Lo hará mi ayudante. Tiene una mano firme, siempre que no lo distraigan.

Chance sintió entonces curiosidad por algo que había estado rondándole por la cabeza.

—¿Dónde aprendiste inglés?

—En Harrow —respondió el conde—. Por alguna razón, no consiguieron convertirme en todo un caballero inglés.

¡Harrow! Aquello empezaba a parecer una pesadilla. Chance miró la carta de navegación y luego contempló la costa. Corfú había desaparecido en la distancia, pero Albania aún podía verse desde la proa.

—¿Cuándo? —preguntó bruscamente.

El conde levantó la vista y no cometió el error de pensar que se refería al afeitado.

—Mañana, cuando estemos en el Adriático. Pronto llegaremos al tacón de Italia. Me gustaría haberlo dejado atrás para tener un poco más de espacio marítimo antes de atacar.

—¿Cazas solo? —preguntó Chance mirando al cielo.

—Sí, esta vez. Haces bien en mirar al cielo. Si llevo una flota conmigo, utilizamos fuego para señalar dónde es el abordaje —el conde levantó el peso que sujetaba la carta de navegación y ésta se enrolló de golpe. El súbito ruido hizo que Chance diera un respingo—. Relájate, amigo, disfruta de la paz. Mañana lucharemos.

—¿Cómo has podido hacer algo tan retorcido? —preguntó Alessa, mirando a su tía, de pie al otro lado del camarote—. Los niños estarán aterrorizados.

—Tonterías. Los niños campesinos no tienen sensibilidad; además, tienen a la señora Street para que cuide de ellos.

Su tía la miraba como si Alessa estuviera siendo irracional. «No lo comprende», pensó Alessa. «No encaja en su imagen de cómo cree que deberían ser las cosas, así que se niega a ver el dolor que está causando».

—Cuando lleguemos a Inglaterra, le diré a todo el mundo lo que has hecho —amenazó. Con eso lo conseguiría. El escándalo era lo que su tía más temía.

—¿Qué he hecho? ¿Sacarte de la pobreza? ¿Reunirte con tu familia? La gente lo comprenderá si te muestras dispersa. Tendrán compasión de ti cuando les diga que hacías obras de caridad con huérfanos y que te volviste histérica cuando te viste obligada a separarte de ellos —dijo su tía—. Si no tienes a los mocosos pegados a tus faldas, estoy segura de que no habrá rumores.

—La gente me creerá —dijo Alessa.

—Alessa, escúchame. Hace dos años, la hija de lord Portington tuvo una aventura con su criado y se quedó embarazada. La metió en una casa de locos. La sociedad piensa que hizo lo correcto. Será muy duro tomar esa medida tan drástica, pero la gente aplaudirá mis esfuerzos por asegurarme de que cuiden de ti en Inglaterra, mi pobre niña desequilibrada. Y, si dejas ya esta tontería, podrás llevar una buena vida siendo una dama respetable. Es elección tuya —cerró la puerta tras ella y dejó a Alessa con la boca abierta y la sangre helada en las venas.

Diecinueve

Era mediodía cuando el Fantasma comenzó a acercarse al Plymouth Sound. Chance se colocó la mano sobre los ojos y vio cómo el buque mercante, aún un punto lejano, comenzaba a perder ventaja.

—Están disminuyendo la velocidad.

—Tal vez se precipitasen al reparar el daño y alguien a bordo sepa cómo estropearlo de nuevo —dijo el conde—. Pronto los alcanzaremos. Y tú, amigo mío, me darás tu palabra de que no harás nada para intervenir.

—Ni hablar —dijo Chance. Alessa estaba allí, tan cerca.

—Entonces haré que te aten y te encierren en tu camarote.

—Te daré mi palabra hasta que alcances al otro barco —dijo Chance tras sopesar sus opciones—. O, si no lo consigues, hasta que anochezca.

—¿Y entonces?

—Entonces podrás intentar encerrarme en el camarote.

La única respuesta que obtuvo fue la carcajada del conde mientras se alejaba.

—Hay un barco acercándose —dijo Frances. Estaba apoyada en la barandilla, sujetándose el ala del sombrero para que no se le volara. El joven teniente, con el que había estado flirteando sin parar, miró hacia atrás y vio el barco a estribor. En cubierta, los hombres que estaban trabajando en la verga astillada levantaron la vista y siguieron con su trabajo.

Alessa subió a reunirse con ellos, agradecida por tener una distracción.

—¿Qué es?

—Una embarcación de algún tipo, señorita. No es británica. Un comerciante, sin duda, que tendrá curiosidad por nosotros. Si no tuviéramos ese maldito mástil astillado, podríamos dejarlos atrás sin problema.

—Qué raras son esas velas grises —comentó Frances—. Apenas se distinguen con el mar de fondo. Es como un barco fantasma.

—Existen muchos tipos de barco por aquí, señorita —dijo el teniente con una sonrisa—. No hay razón para alarmarse.

—¿No la hay? Es muy diferente a… —Alessa vio cómo el otro barco cambiaba el rumbo y cortaba el agua entre ellos. Entonces aparecieron los cañones en los agujeros del casco.

—¡Maldición, piratas! —gritó el teniente, las

agarró del brazo y las condujo hacia la escalera—.
Vayan abajo y quédense ahí.

El buque se convirtió en un auténtico caos;
todo el mundo daba órdenes y corría de un lado a
otro. Alessa empujó a Frances por las escaleras y
cerró las dos escotillas casi por completo. A través de la rendija que quedaba podía ver la cubierta. Abajo se oían gritos y puertas cerrándose de
golpe. Ella se quedaría ahí fuera, pasara lo que
pasara. No se encerraría en un pequeño camarote
como una rata en una ratonera.

El bramido del cañón fue tan súbito que
Alessa estuvo a punto de perder el equilibrio. Se
produjo un chirrido extraño, un crujido, y entonces la vela mayor comenzó a derrumbarse sobre
la cubierta.

—¡Disparo en cadena! —gritó un oficial—.
Han impactado en lo alto del mástil.

El barco comenzó a torcerse, las velas se soltaron y el atacante consiguió ponerse a su altura.

Alessa cerró la escotilla del todo y bajó la
escalerilla. «Necesito un arma», pensó. Entonces
se recordó a sí misma sentada en una silla, contemplando la pistola de su padre antes de guardarla en el maletín de cuero. ¿Dónde estaría?
Corrió a su camarote, abrió la puerta de golpe y
comenzó a rebuscar entre la pila de equipaje. Allí
al fondo, estaba el maletín. Dentro, la pistola.

La cargó lentamente, obligándose a tener cuidado y a ignorar el alboroto y los gritos de

cubierta y del resto de camarotes. Lo último que necesitaba en ese momento era errar el tiro.

Cuando la pistola estuvo cargada, Alessa se quedó quieta un instante, contemplándola. ¿Podría dispararla? Sabía que tenía puntería con un blanco fijo. ¿Pero podría disparar a un hombre? «Sí», se dijo a sí misma. Sí, era eso o la muerte. Sí, si disparando desde un lugar oculto lograba ayudar a defender el barco.

Nadie había intentado bajar a los camarotes aún. La acción seguía en cubierta. Alessa ascendió con cuidado por la escalera y llegó a la escotilla justo cuando todo quedó en silencio. El corazón le latía con fuerza y la boca se le había quedado seca. Lentamente, agarró la barra de la escotilla y comenzó a levantarla. La calma era aterradora, casi peor que los gritos y los disparos. Levantó la barra con manos temblorosas y la escotilla se abrió.

Alineados frente a ella, dándole la espalda, se encontraban los asaltantes, todos vestidos con una exótica mezcla de ropa oriental y occidental. Iban descalzos. Algunos llevaban sables y cuchillos; otros trabucos. Por los huecos entre pirata y pirata pudo ver a la tripulación del barco, desarmada.

El hombre situado en el centro estaba hablando, pero el viento se llevaba sus palabras hacia los cautivos. Por un momento, Alessa creyó reconocer la voz, pero luego se dio cuenta de que debía de ser el acento; serían piratas albanos. Sin duda había confundido al hombre con el conde Kurateni.

Alessa terminó de abrir las escotillas y salió a cubierta sin hacer ruido. Si lograba sorprenderlos, sujetar al jefe durante un minuto o dos, tal vez la tripulación pudiese acorralarlos.

—¡Quietos! ¡Tengo una pistola apuntando a la espalda de vuestro jefe! Bajad las armas o dispararé.

Nadie se movió. Los asaltantes, con una disciplina que no había imaginado, se quedaron mirando al frente, con las armas muy quietas. El hombre que tenía delante se movió y se dio la vuelta hacia ella.

—Mi querida Alessa, me alegra ver que no te han hecho daño.

—¡Conde! —el cañón de la pistola se inclinó, pero inmediatamente volvió a apuntarle, en esa ocasión al pecho—. Detenga esto ahora mismo o dispararé.

—¡No, no dispararás! ¿Me dispararías a sangre fría? Creo que no, querida —seguía siendo el mismo hombre peligroso, encantador y burlón de siempre, sólo que ya no tenía el más mínimo interés en flirtear con él.

Alessa levantó la otra mano para que no le temblara la pistola.

—Tengo buena puntería. No fallaré a tan poca distancia.

—¿Dispararías a un amigo?

—Querrá decir a un pirata. Contaré hasta cinco. Uno… dos…

El conde estiró un brazo y empujó a un hombre hacia delante, un hombre alto que hasta entonces había estado oculto tras su tripulación.

—Tres... ¡Chance!

Zagrede se movió como una serpiente. Aprovechando su sorpresa, se lanzó sobre ella, le retorció la muñeca y consiguió que la pistola saliera volando.

—Mis disculpas, querida, pero si juegas con fuego... —le dio un puñetazo en la barbilla y Alessa sintió que todo empezaba a dar vueltas; la cubierta pareció ponerse del revés antes de que todo quedase a oscuras.

Chance apretó el puño y se lanzó hacia Zagrede, pero alguien lo agarró por detrás. Se retorció y pataleó, pero tres hombres eran demasiados, incluso con su rabia.

—Maldito bastardo...

—Mi querido Benedict, si me hubiera disparado, mis hombres la habrían matado. La he golpeado por su propia protección. Y hablando de protección... tenemos el barco, así que creo que tu palabra ha expirado —el conde dijo unas palabras en albano y sus hombres comenzaron a arrastrar a Chance hacia la barandilla. Él comenzó a retorcerse sin parar. ¿A qué distancia estarían de la costa? ¿Podría alejarse nadando o le dispararían antes de caer al agua? Mientras lo arrastraban, Chance mordió con fuerza en la mano a uno de los hombres que le agarraban.

El golpe en la cabeza apareció de la nada; estaba inconsciente antes de tocar la cubierta.

Alessa volvió en sí lentamente y se quedó tumbada con los ojos cerrados. Le dolía el cuello y la cabeza, pero nada más. Estaba tumbada sobre algo suave que se balanceaba. Seguía a bordo del barco.

Abrió los ojos y vio que se encontraba en un camarote desconocido. No estaba en el mismo barco. Por el modo de moverse, era más pequeño. Estaba en el barco pirata.

Fue al intentar levantarse de la cama cuando se dio cuenta de que tenía las manos atadas. Habían utilizado pañuelos de seda, pues el tejido era suave. Cada muñeca estaba atada por separado a los postes del cabecero de la cama. Había longitud suficiente para poder sentarse y mover los brazos arriba y abajo, pero no podía bajarse de la cama.

En ese momento, Voltar Zagrede entró en el camarote y la miró con una sonrisa.

—Mi querida Alessa, qué adorable estás así —se sentó en el borde de la cama y ella comenzó a patalear—. Lamento haberte pegado, ¿pero qué crees que te habría ocurrido si me hubieras disparado? No me lo habría podido perdonar.

—Habría merecido la pena —respondió Alessa—. Y no habrías tenido que preocuparte por ello, porque te habría matado.

—Qué fiera. No me equivoqué contigo. Eres magnífica.

—Eso no importa. ¿Qué has hecho con Chance? ¿Qué hacía aquí?

—Mi buen amigo Benedict ha estado con nosotros desde el principio. Os seguimos cuando zarpasteis, cambiamos la apariencia de nuestro barco, reclutamos a más hombres y hemos ido detrás de vosotros desde entonces.

—¿Pero cómo acabó Chance contigo? Seguro que no sabía que eras un pirata.

—Claro que sabía lo que soy. No es lo que parece, al igual que yo —dijo el conde mientras le acariciaba el pelo—. Eres demasiado confiada, Alessa; eso debe cambiar si vas a casarte conmigo. Mi mujer debe estar siempre alerta.

—¿Casarme contigo? Imagino que se trata de una broma. Y he de decirte que mi sentido del humor no es el mismo de antes.

—No es una broma. Tengo a tu tía y a tu prima; se convertirán en rehenes para evitar que lord Blackstone y sir Thomas lleven a cabo sus acciones contra la piratería.

—Yo no tengo valor como rehén —señaló Alessa.

—No. Tu valor para mí reside en otra parte.

—¿Como esposa? He oído llamar a las violaciones de muchas formas, pero ésta es nueva.

—Ahora me estás insultando. Necesito una esposa, hijos. Tú eres de buena familia, tienes coraje, eres guapa y virgen. Te deseo.

—Bueno, pues yo no te deseo a ti —dijo Alessa con firmeza.

—Pero lo harás, querida. Lo harás. Eres un valioso ejercicio de autodisciplina para mí, Alessa. Ahora descansa. En este momento estoy ocupado, pero regresaré en una hora. Hay agua ahí, a tu alcance. Duerme y sueña con castillos bonitos y vestidos de seda. Con un marido apasionado y con hijos muy altos.

Alessa trató de relajarse como le sugirió el conde, pero era ridículo pretender dormir. Lo que el conde había dicho sobre sus familiares y los planes que tenía para ella era la última de sus preocupaciones. Por muy canalla que fuera, sabía que no les haría daño.

Lo que más le preocupaba era lo que había dicho sobre Chance. Había dicho que no era lo que parecía ser. ¿Qué quería decir? ¿No era sincero? ¿No era conde? ¿Por qué iba a mentir en eso? ¿Aunque dónde mejor llevar a cabo su engaño que en una isla remota en el Mediterráneo? Ninguno conocía al conde de Blakeney de vista. El auténtico conde podría estar plácidamente sentado en su casa de Londres sin saber que un canalla estaba usando su nombre. Alessa cerró los ojos y, en ese momento, la puerta del camarote se abrió y volvió a cerrarse. Alguien había entrado. Se preparó para gritar si era algún miembro de la tripulación, pero al abrir los ojos se dio cuenta de que no se trataba de ningún marinero lujurioso.

—¡Chance! —Chance se quedó tan quieto

apoyado en la puerta y con las manos en la espalda que por un momento pensó que se lo estaba imaginando—. ¿Chance?

—¿Estás bien? —preguntó él.

—¿Bien? —Alessa se incorporó y tiró de los pañuelos de seda que la ataban a la cama—. ¿Te parece que esté bien? He sido traicionada por un hombre que creía que era mi amigo. He sido secuestrada por mi tía y luego por tu amigo Zagrede. Me han dado un puñetazo en la barbilla, me han atado a esta cama y un loco me ha propuesto matrimonio. Y ahora entras tú y te burlas de mí. No, lord Blakeney, o como quiera que sea tu verdadero nombre. No estoy bien.

—¿Qué quieres decir con lo del verdadero nombre?

—Bueno, imagino que el verdadero lord Blakeney no estará surcando el Adriático acompañado de unos piratas. Supongo que estarás usando su nombre. O tal vez seas un pirata con educación inglesa.

—El conde estudió en Harrow —dijo Chance.

—¿Lo conociste allí?

—No. Yo fui a Eton. Por el amor de Dios, Alessa, yo no soy un pirata. Soy Blakeney, como siempre te he dicho. Me subí a este barco para seguirte, nada más.

—Claro, y supongo que te quedaste parado mientras el conde abordaba un barco inglés por la fuerza y tomaba a tres mujeres como rehenes. No creía que pudieras ser tan cobarde.

—No había nada que pudiera hacer para detenerlos —dijo Chance—. Si lo hubiera intentado, me habrían encerrado. Le di mi palabra hasta que hubieran abordado el barco. Pensé que así podría tener una posibilidad de encontrarte.

—¿De verdad? ¿Y por qué tendría que creer que te importo? Ya me has traicionado, has roto tu palabra y has abandonado a esos niños. Me prometiste que vendrían conmigo y has faltado a tu promesa. ¿No tienes idea de cómo se sentirán? Claro que no. Me engañaste con ese mensaje. Lo planeaste todo con mi tía y con mi prima; eres un mentiroso, un traidor y un cobarde sin conciencia... Y ahora vienes aquí y te diviertes viéndome en esta situación mientras tú no haces nada —mientras hablaba, las lágrimas comenzaron a resbalar por sus mejillas—. Te odio. Y pensaba que te... Te odio. Si no estuviera atada, te mataría.

Se hizo el silencio en el camarote. Sobre sus cabezas se oyeron pisadas y gritos. Chance se apartó de la puerta, aún con las manos en la espalda, y se acercó a ella.

—A eso sólo puedo decir que no es cierto. Nada es cierto —dijo él—. A mí también me engañaron. Entregué el mensaje sin saber lo que contenía y, cuando lo descubrí, te seguí, sin saber la verdad sobre Zagrede. Los niños saben lo que ocurrió. Están con Kate. No soy amigo del conde, y él lo sabe.

—El conde me ha dicho que no eras lo que

parecías ser. Me dijo que sólo me querías como amante.

—¿Crees lo que te dice un hombre como ése, o lo que sientes en tu corazón y puedes ver con tus propios ojos, Alessa?

Mientras hablaba, Chance se dio la vuelta para que pudiera verle las manos, y se dio cuenta de que las tenía atadas. Tenía sangre en las muñecas, lo que indicaba que había intentado soltarse.

—¿Cómo has llegado hasta aquí? —preguntó ella.

—Conseguí abrir la cerradura de mi camarote con una horquilla del pelo y las manos atadas a la espalda —Chance adivinó la pregunta que iba a hacer y sonrió—. Parece que mi buen amigo Zagrede tiene muchas amantes; mi camarote tiene una cómoda con horquillas.

—¿Y cómo descubriste lo que pasaba?

¿Cómo había podido creer a Zagrede antes que al hombre que amaba? ¿Había estado sola tanto tiempo que se había olvidado de confiar en la gente? Tal vez simplemente no pensara que pudiera encontrar y mantener a un amigo como Chance.

—Demetri me lo dijo. Robó un caballo de la residencia e irrumpió en mitad de un partido de cricket para contarme que te habías ido con todo tu equipaje. Dijo que yo era el responsable. El barco aún estaba en el puerto. Estaba buscando un bote para ir a buscarte cuando te vi saltar al agua.

—¿Demetri lo vio?

—Sí. Lo envié a buscar ayuda y me lancé al agua para ir a por ti, pero te atraparon antes de que pudiera alcanzarte. El conde me sacó del agua y se ofreció a daros caza. Me quedé con la boca abierta cuando entramos en un puerto escondido y el barco se transformó en lo que ves ahora.

—¿Y los niños?

—Están con Kate. A salvo. Les prometí que te llevaría de vuelta —dijo Chance con una sonrisa—. Y lo haré.

Veinte

—No confié en ti —dijo Alessa, y se obligó a mirar a Chance a los ojos. Curiosamente, se sentía peor que antes. Todo lo que sentía por Chance parecía estar ahogándole el corazón hasta no dejarle apenas respirar—. Te he insultado y he abusado de ti. ¿Podrás perdonarme?

Chance se sentó junto a ella en la cama y dijo:

—Has estado sola durante mucho tiempo y la vida no te ha tratado bien. ¿Por qué deberías confiar en mí? No te culpo por creer lo que creías. Pero reconozco que me duele.

—¡Doler! —exclamó ella—. Tú estás herido y yo estoy aquí tumbada, sin hacer nada. Date la vuelta, junta tus manos a mi mano derecha y te desataré.

Pero con una mano no logró hacer nada. Sabía que debía de estar haciéndole daño, aunque no dijo nada.

—Es inútil —dijo ella—. Intenta desatarme tú a mí.

Pero los esfuerzos de Chance también fueron fútiles.

—Es seda —comentó él mientras intentaba desatar el nudo—. Veo que tu pirata te trata bien. Me rindo. Necesitamos un cuchillo —volvió a sentarse junto a ella—. ¿Dices que te ha propuesto matrimonio?

—Oh, sí —dijo Alessa, y apoyó la cabeza en la pared por un momento. Deseó poder apoyarla en el hombro de Chance. Parecía haberla perdonado, pero no se atrevió a comprobarlo—. Está loco si piensa que puede salir airoso tras secuestras a tres damas inglesas. Mi tío y sir Thomas lo perseguirán con sus barcos.

—Los barcos no podrán hacer nada en las montañas de Albania. Alessa... —Chance giró la cabeza y la miró a los ojos—. ¿Te ha tocado?

—¿Aparte de para golpearme en la barbilla? No, sé lo que quieres decir. No ha ocurrido nada. Parece pensar que es irresistible y que es cuestión de tiempo que caiga rendida a sus pies.

—Lo sé. Él mismo me lo dijo cuando le prometí que, si te violaba, lo mataría. Sin embargo él sostiene que sucumbirás a sus poderes de seducción. Mi indignación le resultó sorprendente.

—¿Sucumbir? No haré tal cosa —dijo Alessa—. Tendrías más posibilidades de seducirme tú con una mano atada a la espalda que él.

Se hizo el silencio. Las pupilas de Chance se dilataron y Alessa oyó su respiración entrecortada.

—Tengo las dos manos atadas a la espalda.

—Chance, no puedes… —no consiguió decir más antes de que Chance se inclinara sobre ella y la besara. Quedaron tumbados sobre las almohadas, y Alessa separó las piernas para que él pudiera colocarse entre sus muslos y gimió suavemente al sentir su cuerpo encima. Entonces el calor de su boca llamó su atención. Chance estaba moviendo los labios, buscando una posición en la que pudiera controlar el beso sin poder usar las manos. Alessa sintió la punta de su lengua en la comisura de los labios y abrió la boca para permitirle invadirla.

Tal vez fuese inexperta, pero Alessa comprendió lo que representaba la invasión de la boca, y su cuerpo lo comprendió también. Se arqueó hacia él sin darse cuenta y presionó el cuerpo contra su ropa.

—Oh, Dios, te deseo tanto —susurró Chance mientras deslizaba los labios lentamente por su cuello en dirección al pecho.

—Yo también te deseo, Chance.

Él no dijo nada, simplemente murmuró algo contra su piel. Su boca encontró el cordón que ataba el escote, lo mordió, tiró de él hasta soltarlo y dejó ver la camisa interior.

—Se ata del mismo modo —susurró ella.

Chance gemía a causa de la frustración producida por la ropa. Finalmente le desabrochó la camisa y se quedó quieto, contemplando sus pechos desnudos.

—Eres tan guapa. La otra vez, en el mar, no

me fije bien en ti. Eres tan perfecta —agachó la cabeza y comenzó a cubrirle de besos la piel. Alessa sentía cómo sus pechos se endurecían y deseó que pudiera tocar todo su cuerpo.

Cuando comenzó a lamerle el pezón, ella se retorció y respiró profundamente. Aquel movimiento le produjo un escalofrío por todo el cuerpo.

Gimió y apretó la cabeza contra la almohada cuando Chance centró su atención en el otro pecho, lamiéndole el pezón hasta lograr que se endureciera. Alessa sentía algo creciendo en su interior. Algo poderoso y desconocido.

—Chance, por favor. No lo comprendo... pero deseo algo. No lo...

—Shh. No digas nada. Lo sé —dijo él, se quedó quieto unos segundos y se apartó de encima. Demasiado confusa por lo que sentía, Alessa se quedó tumbada, muy quieta, con los brazos extendidos, dispuesta a todo lo que él quisiera hacer. Aquél era Chance; confiaba en él, lo amaba. Nada más importaba.

El aire frío en sus piernas la sacó del trance. Chance estaba levantándole los dobladillos con los dientes. Asombrada, Alessa inclinó el cuello para intentar ver lo que estaba haciendo, pero dejó caer la cabeza sobre la almohada al sentir los besos en la cara interna del muslo.

—¿Chance, qué estás haciendo? —no hubo respuesta, y los besos continuaron muslo arriba. «¿Qué está haciendo? No pretenderá besarme ahí».

Pero lo hizo, y no fue sólo un beso. Alessa tuvo que contener los gritos de placer al sentir su lengua entre las piernas. Sabía que debía detenerlo, pero no podía.

—Chance, no… oh, ¡Sí, sí!

Si Chance oyó sus plegarias incoherentes, no sirvió de nada; nada parecía poder detener aquello. Alessa sabía que se estaba arqueando hacia arriba, ansiosa por seguir sintiendo su lengua torturándola. Iba a morir; no podía estar tan tensa, tan consumida por las sensaciones. Tan viva.

Entonces, como si Chance hubiera comprendido que no podía aguantar más, su lengua paró. Por un momento, Alessa pareció quedarse suspendida en el aire, en mitad de un torbellino de deseo. Chance volvió a deslizar la lengua entre sus pliegues y todo pareció estallar en mil pedazos.

Alessa estalló también, emitiendo un intenso grito de placer. No supo cuánto tiempo se quedó allí tendida, abandonada al placer. Poco a poco fue volviendo a la realidad y sintió el calor en su mejilla.

—Quiero abrazarte —murmuró Chance.

—Yo quiero que lo hagas —confesó Alessa—. Chance, esto no se parece a nada de lo que había podido imaginar.

—Deseaba darte placer.

—Lo has conseguido —Alessa abrió los ojos y se encontró mirando fijamente a los de él—. Me has hecho el amor, ¿pero qué pasa contigo?

Chance se apartó de encima y se quedó junto a ella.

—Puedo complacer a milady con las manos atadas a la espalda, pero no puedo quitarme los pantalones a no ser que sea contorsionista.

—¿No es un poco incómodo? —preguntó ella mientras intentaba incorporarse.

—Mucho —confesó él—. Pero el deseo frustrado es el menor de mis problemas en este momento —dijo mientras deslizaba la mirada por su cuerpo—. ¡Maldición!

—¿Qué? —preguntó Alessa. No era la reacción que había esperado, pero entonces siguió su mirada y se dio cuenta—. ¡Oh, Dios mío!

Tenía los pechos descubiertos, el vestido desabrochado y las faldas descolocadas, así como el pelo revuelto por la cara.

Chance desenredó los cordones de la ropa con la boca e intentó hacer la primera parte del nudo sin golpear a Alessa en la barbilla con la cabeza. Finalmente consiguió pasar un cordón por encima del otro y lo levantó hacia su boca.

—Agarra esto —murmuró—. Yo tiraré —sus labios se juntaron y Alessa se quedó helada, luchando contra la tentación de devorar su boca—. No —dijo él con firmeza. Alessa mordió el cordón con los dientes, esperó a que Chance encontrara el otro extremo y tiró.

Chance consiguió juntar los lados del vestido y repitieron la operación. Alessa comenzó a reírse y Chance levantó la cabeza.

—¿Qué te hace tanta gracia?

—Tu nariz me hace cosquillas en el escote.

—Mmm —le dirigió una mirada provocativa—. Bueno, deje que le diga, señorita Meredith, que ésta es una labor agónicamente excitante para un hombre. De hecho, apuesto a que los clientes de los burdeles de clase alta pagarían mucho dinero por una experiencia así —finalmente consiguió atar el nudo y se incorporó—. Ya está.

—Los lazos están un poco húmedos y arrugados.

—¿Quieres que llame a una doncella para que traiga la plancha?

—No creo que tengan planchas calientes a esta hora del día —contestó Alessa con una sonrisa—. ¿Chance, vamos a salir de ésta?

—Sí. Claro que sí. Y sacaremos también a tu tía y a la tonta de tu prima. Pero cada cosa a su tiempo. Aún sigue pareciendo que acabas de revolcarte con alguien.

—¡Chance! Qué expresión tan burda.

—Debe de ser por pasar tanto tiempo en compañía de piratas —contestó él—. ¿Puedes colocarte las faldas? Bien. No sé qué vamos a hacer con tu pelo y con los lazos.

—He estado intentando soltarme —anunció Alessa en un momento de inspiración.

—Oh, buena chica —contestó él.

—Aunque eso no explica los lazos mordidos.

—Si ese hombre consigue apartar la mirada de tus pechos el tiempo suficiente para darse cuenta, entonces es que le pasa algo. Se te ha bajado el vestido varios centímetros.

—¡Oh, Dios mío! Chance, súbemelo, deprisa.

—No hay tiempo. Alguien viene.

—¡Escóndete!

Alessa vio la angustia en su cara mientras examinaba el camarote. Había una puerta al otro lado de la sala; dio un paso hacia ella y el picaporte de la puerta de entrada comenzó a girar. Con un movimiento fluido, se tiró al suelo y rodó debajo de la cama. Alessa pataleó salvajemente sobre la colcha y consiguió que uno de los lados cayera al suelo. Fue lo máximo que pudo hacer antes de que la puerta se abriera.

Chance se pegó la pared, ignorando el dolor en las muñecas. Sobre su cabeza podía oír a Alessa retorciéndose en la cama. Se humedeció los labios y trató de respirar silenciosamente.

—Mi querida Alessa, ¿qué estás haciendo? —era la voz de Zagrede—. Vaya, no tienes buen aspecto.

—He estado intentando escapar —contestó Alessa.

—¿Por qué, querida? —preguntó él conde mientras se sentaba al borde de la cama—. Sabes que no puedes escapar.

—Deseo ir al cuarto de baño —dijo Alessa con dignidad—. ¿Acaso no recuerdas el tiempo que llevo atada aquí?

—Oh. Por supuesto. Te desataré.

—Y envía a una doncella con un orinal —exigió Alessa—. No quiero usar las letrinas que usen tus hombres.

—No hay necesidad —Chance giró la cabeza y vio al conde caminar hacia la otra puerta—. ¿Ves? Tienes tu propio cuarto de baño, querida.

—¿Entonces me desatarás para que pueda ir?

—Por supuesto —hubo una pausa, un golpe y un grito—. ¿Por qué has hecho eso?

—Para que dejes de mirarme los pechos —respondió Alessa—. ¿Me ayudas a levantarme?

Chance vio sus pies caminando hacia la puerta. La abrió y dejó ver el baño.

—Servirá, supongo. Pero no hay jabón ni toalla.

—Pediré que traigan.

—Por favor, hazlo. Imagino que mi tía tendrá algo apropiado en su equipaje; no tengo intención de usar los productos albanos que tengas a bordo.

Hubo un momento de silencio, pero entonces el conde caminó hacia la puerta y la abrió.

Voy a cerrar la puerta con llave, el ojo de buey está sellado y, créeme, abriré la puerta con precaución. Así que, por favor, no te molestes en colocarte detrás para golpearme con el aguamanil.

—Me halaga que me creas capaz de algo tan temerario —dijo Alessa—. ¿Ahora puedes irte y dejarme algo de privacidad?

Cuando el conde cerró la puerta, Chance salió

de debajo de la cama, se metió en el baño y Alessa cerró la puerta.

—Rápido, date la vuelta y te desataré las manos.

Chance se dio la vuelta lo mejor que pudo en aquel espacio tan reducido y sintió cómo Alessa se arrodillaba tras él. Mientras ella manipulaba los nudos, Chance miró por el ojo de buey y se dio cuenta de que no había tierra a la vista.

Cuando Alessa consiguió soltar los nudos, el alivio fue sustituido por el dolor a medida que la sangre comenzaba a fluir de nuevo. Se dio la vuelta, la puso en pie y la besó.

—Para —susurró ella—. Volverá enseguida —se quitó el vestido justo cuando se abría la puerta de fuera. Abrió la puerta del baño ligeramente y sacó un brazo desnudo—. El jabón y la toalla, por favor.

—Querida, deja que te ayude —dijo el conde desde fuera.

—No necesito tu ayuda, gracias.

Chance aguantó la respiración cuando Alessa volvió a meter el brazo, y respiró tranquilo de nuevo cuando cerró la puerta.

—Volveré en quince minutos.

Aguardaron en silencio hasta que la puerta de fuera se cerró. Alessa asomó la cabeza y dijo:

—Se ha ido de verdad. Ahora sal tú.

—¿Por qué?

—Porque tengo que usar el lavabo de verdad.

Chance se encontró a sí mismo frente a la

puerta cerrada segundos después. Sentía cierta compasión por la ambición del conde; aquella mujer sería una buena esposa para un pirata. Ya estaba convencido de que sería una condesa de lo más inusual.

Se acercó a la puerta de entrada y pegó la oreja para averiguar si alguien se acercaba. Mientras esperaba, recordó lo que había sentido al acariciar a Alessa. Era algo que nunca había experimentado con las demás mujeres. Se dio cuenta de que tenía la necesidad de protegerla. Era amor.

—Ya puedes entrar.

Volvió a entrar en el baño y vio que se había trenzado el pelo y se había vuelto a poner el vestido.

—Mira, la parte de arriba del baño se abre. Si te metes ahí, cuando salga podré abrir la puerta del todo y parecerá que no hay nadie.

Funcionó. Alessa salió del baño cuando el conde regresó, se quedó de pie frente a la puerta abierta para que Zagrede pudiera ver que no había nadie y finalmente volvió a cerrar tras ella.

—He tirado el agua sucia por el lavabo —anunció—. No me proporcionas una doncella y no pienso dejar que ninguno de tu tripulación entre aquí.

Chance tenía las manos sueltas y sabía que Alessa no estaba herida. Las cosas parecían más prometedoras que pocas horas antes. Sólo quedaba secuestrar el barco y llevar a las mujeres sanas y salvas a tierra.

Chance se acomodó en su escondite y comenzó a maquinar, no sin dejar de escuchar la agitada conversación entre Zagrede y Alessa, que se quejaba de todo lo que decía; desde su intención de cerrar la puerta con llave hasta el menú que le ofreció para cenar. Sonrió. Cualquier hombre que quisiera casarse con esa mujer debía de estar loco; o enamorado.

Sus pensamientos fueron interrumpidos cuando alguien entró en el camarote y empezó a dar gritos en albano.

—¿Qué sucede? —preguntó Alessa—. ¿Es la armada?

—No —contestó el conde—. Mi buen amigo Benedict ha decidido salir a dar un paseo. Me temo que tendré que encerrarte, querida, y poner un guardia en tu puerta. Al menos éste es el único lugar del barco en el que sabemos que no está —se oyó abrirse la puerta, pero Zagrede debió de detenerse antes de salir—. Sé que los piratas del Caribe hacen caminar a los prisioneros por una tabla. En el caso de nuestro amigo, ésa empieza a parecerme una idea interesante.

Veintiuno

Cuando una puerta se cerró, el pestillo de la otra se abrió y Alessa se encontró a sí misma situada contra el pecho de Chance. Era maravilloso.

—Podría quedarme horas así —confesó mientras lo abrazaba—. Me haces sentir tan segura.

—Es halagador, y estoy de acuerdo en que es una manera muy placentera de pasar la tarde, pero tenemos un barco que capturar y abrazarte así hace que resulte difícil pensar.

—Tenemos —murmuró ella—. ¿Me dejarás ayudar?

—¿Tengo elección? Podría emular a mi querido amigo Voltar y atarte a la cama, pero no querría vivir con las consecuencias.

—No tenemos armas —dijo Alessa—. Se llevó mi pistola.

—La mía también, y la espada. Debería haber seguido tu ejemplo y llevar un cuchillo en la bota.

Se quedaron mirándose durante unos segundos

antes de que Alessa comenzara a rebuscar en sus bolsas, que habían sido apiladas en una esquina.

—Alguien las ha registrado ya —susurró.

—Probablemente en busca de agujas y tijeras de costura, como corresponde a una dama, no en busca de botas llenas de cuchillos. Aquí están —Chance sacó un par de botas de cuero gastadas y se las entregó. Allí, guardado en su interior, se encontraba el pequeño cuchillo que había utilizado para ahuyentar a Georgi.

Alessa lo agarró durante unos segundos y se lo entregó a Chance. Con sólo un arma, él sería el más apropiado para usarla.

—¿Ahora qué?

—Esperaremos hasta que hayan registrado todo el barco y se convenzan de que he saltado por la borda. Luego tendrán que registrar el Plymouth Sound, pues pensarán que he nadado hasta él para liberar a la tripulación. Con un poco de suerte, se llevarán a algunos de sus hombres de aquí para hacerlo. Zagrede ya ha separado a sus hombres; unos vigilan la cubierta, otros gobiernan el otro barco y el resto está aquí vigilando a los rehenes. Si se lleva a más, entonces tendremos esperanzas de capturar éste.

—¿Pero cómo podremos gobernarlo? Además, nos alcanzará.

—Puedo gobernarlo si tengo, digamos, cinco miembros en la tripulación, pero no puedo hacer eso y a la vez utilizar las pistolas. Así que tendremos que asegurarnos de que no pueda seguirnos.

Vamos a salir —los sonidos en la parte de abajo habían cesado. Todo ocurría sobre sus cabezas—. Ya han terminado aquí. Maldita sea, ojalá pudiera ver… ¡Ah! —se arrodilló sobre la cama y estiró el cuello para mirar por el ojo de buey—. Veo el otro barco y creo que… sí, están bajando un bote. Van doce. Bien. Ahora es nuestro turno —agarró a Alessa con fuerza, agachó la cabeza y la besó—. Quédate detrás de mí. Haz lo que te digo. No quiero que te pase nada. Eres muy valiosa para mí.

Chance señaló con la cabeza hacia la puerta y se colocó tras ella con el cuchillo en la mano.

—¡Ayuda! ¡No me encuentro bien! —comenzó a gritar Alessa—. Oh, por favor, ayuda —agarró una maleta y la tiró contra una esquina. Aterrizó en el suelo y pareció un cuerpo cayendo. Cuando la puerta se abrió, se tiró en mitad del camarote con los brazos abiertos.

El golpe de Chance pilló al hombre por sorpresa cuando se agachó sobre el cuerpo inerte, y acabó tendido sobre ella.

—¡Quítamelo de encima! —gritó Alessa.

Pero Chance ya había empezado a quitárselo de encima mientras le quitaba las armas. El pirata llevaba un machete, un cuchillo largo y una pistola. Chance le devolvió a Alessa el cuchillo, le desabrochó la faja al hombre, se la puso él alrededor de la cintura y se guardó el machete y la pistola.

—Muy propio de un pirata —dijo ella con admiración.

—Cuando subamos a cubierta, quiero parecer normal ante los ojos de los que nos miren desde el mercante. Tenemos que buscarte ropa de hombre —dijo Chance. Salió al pasillo desierto y comenzó a registrar cada camarote sistemáticamente. Casi todos estaban vacíos, pero uno tenía una pila de ropa limpia, aunque gastada—. Ponte esto —apoyó el hombro contra el marco de la puerta, donde pudiera vigilar el pasillo.

—Entonces cierra la puerta —dijo Alessa.

—Por el amor de Dios, te he visto desnuda. Hace menos de una hora estaba besándote...

—¡No importa! Esto es diferente.

Chance sonrió y se dio la vuelta mientras ella se ponía unos pantalones de algodón, que se abrochó con un cinturón de cuero, y una camisa de lino. Al sentir el peso de su trenza en el hombro, se dio cuenta de que aquel disfraz iba a ser más complicado para ella que para él. Agarró un pañuelo y lo utilizó para recogerse el pelo antes de ponerse un sombrero de paja en la cabeza.

—Ya está, perfecto —cuando Chance se dio la vuelta para mirarla, Alessa le lanzó otro pañuelo y vio cómo se lo ponía.

—Pareces muy... masculino con ese traje —murmuró ella.

—¿Y normalmente no?

—Claro que sí. Pero así además pareces peligroso. Es muy atractivo.

—Mmm. Cuando salgamos de esto, recuérdame que sería divertido jugar a los piratas —dijo él, y le guiñó un ojo que hizo que se le acelerara el corazón—. Vamos.

Toda la parte de abajo del barco estaba desierta. Parecía que el conde había reducido su barco al mínimo número necesario para gobernarlo mientras buscaban a Chance en el otro barco.

—Tenemos que encontrar a las otras mujeres. No puedo gobernar el barco sin ellas. Escucha. El inimitable sonido de tu tía gritando.

La llave estaba en la cerradura. Chance la giró y abrió la puerta. Lady Blackstone se puso en pie y Alessa no pudo sino admirar la compostura de su presencia.

Tras ella, Frances estaba hecha un ovillo en el suelo, con un brazo sobre el hombro de su doncella.

—Exijo que me llevéis ante el conde inmediatamente —dijo lady Blackstone—. Esto es un escándalo… ¿Blakeney?

—Y yo —dijo Alessa mientras entraba en la habitación—. ¿Tía, estáis todas bien?

—No se ha atrevido a ponernos la mano encima —dijo su tía con vehemencia—. ¿Pero qué diablos estás haciendo, Alexandra? ¿Por qué vas vestida así?

—Para poder secuestrar este barco. No hay mucha tripulación a bordo. Es nuestra única esperanza, pero tendréis que ayudar —se preparó inmediatamente para las quejas de su tía, diciendo que eso era imposible, que las damas no debían hacer esas cosas, que sería un escándalo. Al fin y al cabo, aquélla era la mujer que la había secuestrado sólo por las apariencias.

—Por supuesto —dijo lady Blackstone—. ¿Qué debemos hacer, Blakeney? Ah, el doctor Cobb está en el camarote de al lado.

—¿Aquél al que le dijo que yo estaba histérica y mentalmente inestable? —preguntó Alessa.

—Sí, ése —dijo su tía—. Éste no es el momento de discutir eso. Lo siento, Alexandra.

El doctor, cuando fue liberado, comenzó a quejarse y a maldecir hasta que Chance le puso una pistola en las manos.

—Utilice la culata —dijo secamente—. No quiero que los disparos alerten al otro barco. Ahora, esto es lo que vamos a hacer.

Diez minutos después, Chance se colocó detrás de la escotilla que daba a la cubierta mientras Frances, agitando un pañuelo blanco en la mano, salía a la cubierta gritando.

—Oh, ayuda —exclamó—. ¡Mamá está enferma! Ayuda.

—Entra ahora —susurró Chance, y Frances volvió a entrar y bajó las escaleras.

Alguien dio una orden desde el puente de mando y, segundos después, un hombre entró por la escotilla. Chance estiró una pierna, haciendo que tropezara y cayera al suelo. Y, con él, los otros dos hombres que iban detrás. Tres de una vez era mucho más de lo que había esperado.

Al final de las escaleras, el doctor se encargó de dejarlos inconscientes aplicando la teoría médica.

—Deja de gimotear, niña —le dijo lady Blackstone a la doncella—, y ayúdame a arrastrarlos hasta el camarote. Los pañuelos de seda y las medias servirán para atarlos. Vamos...

Chance divisó el otro barco a unos doscientos metros de distancia. Tenía el ancla echada y no parecía que nadie hubiera notado nada extraño en el Fantasma. Salió por la escotilla y caminó por cubierta hasta tener el puente de mando sobre su cabeza. No había nadie frente a él.

Salió de su escondite y caminó hacia la escalera que daba al puente. Tras él oyó un suspiro. Alessa.

Subió los peldaños y vio que el timonel estaba mirando hacia delante, con la vista puesta en las velas. El patrón estaba poyado en la barandilla, mirando hacia el otro barco.

—*Buon giorno* —dijo una voz alegre—. *Parliamo italiano*?

«Maldita sea, Alessa, ése no es el plan. ¿Qué diablos estás haciendo? Ese bastardo te disparará».

El hombre, sobresaltado, se giró, Chance se colocó tras él y le golpeó en la cabeza. El hombre se retorció y cayó a los pies de Alessa. El timonel soltó el timón, luego volvió a agarrarlo al ver la pistola apuntando a su nariz.

—¿Hablas inglés?

—Un poco —contestó el hombre.

—Puedes elegir. O manejas el timón como yo te diga, o te disparo. ¿Qué eliges?

—Manejar el timón —dijo el hombre—. Lo hago bien.

—¡Alessa!

—¿Sí, Chance? —se había colocado justo detrás de él.

—Si vuelves a hacer algo tan estúpido, te tiro por la borda, ¿entendido?

—Así estaré a salvo.

—No bromeo. Estoy furioso contigo.

—Sí, Chance.

—Y no finjas ser dócil, o te tiraré igualmente —se giró hacia el timonel, que intentaba seguir la conversación con el ceño fruncido.

—¿Ves a esta dama? Está muy enfadada porque el conde la ha secuestrado. Ha sido herida e insultada. Quiere hacerle daño a alguien, así que voy a entregarle esta pistola —le entregó la pistola a Alessa y le estrechó la mano con fuerza al hacerlo—. Sabe disparar muy bien, así que no fallará con tu enorme barriga. No dejes de apuntar —le dijo a Alessa— ¡Doctor! —volvió a cubierta y caminó hasta donde se encontraba uno de los cañones—. Vamos a ver cómo es nuestra puntería.

—¿Sabe disparar uno de éstos? —preguntó el doctor—. ¿Es lo suficientemente grande para lo que necesitamos?

—Sí, es suficiente. Y se darán cuenta si me

llevo uno de los grandes —Chance agarró el pisón y trató de recordar lo que había aprendido en clases de tiro. El riesgo estaba en cargarlo demasiado o muy poco. Sólo tenían un tiro y no quería arriesgarse a alcanzar al barco en el casco por debajo del agua. No con la tripulación a bordo—. Bien, vamos a moverlo —comenzaron a tirar de las cuerdas y el cañón asomó por el agujero—. Suba arriba y dígale al timonel que es el médico personal del Alto Comisionado, un hombre de mucho poder. Dígalo despacio; no habla mucho inglés. Dígale que, si hace lo que se le ordene, se asegurará de que sea liberado en tierra sin sufrir daños. Si no, le dispararemos y, si sobrevive, lo colgaremos.

—De acuerdo —dijo el doctor—. Siempre que no espere que dispare a un hombre desarmado, podré amenazar todo lo que quiera.

—Dele la impresión de que soy un loco muy peligroso, pero que usted puede controlarme y salvarlo. Cuando levante la mano, tendrá que colocar el barco junto al mercante. Dígale que lo mantenga ahí.

—Entendido. ¿Y qué hará entonces?

—Disparar el cañón hacia el otro timón —«lo digo como si creyera que puedo hacerlo», pensó. Miró hacia arriba y vio que Alessa estaba apuntando la pistola hacia el timonel. Rezó en silencio y se dio la vuelta—. ¿Habéis conseguido encender la cerilla, lady Blackstone?

Lady Blackstone le entregó la cerilla encendida.

—¿Es eso lo que pedía?

—Desde luego. Muchas gracias. ¿Podéis regresar abajo con las demás damas? Esto se pondrá complicado en pocos minutos.

—¿Me llevo a Alessa también?

—Dudo que podáis llevarla con vos. Lo intentaré. ¡Alessa! Dale la pistola al doctor y baja.

—¡No!

Se encogió de hombros y trató de disimular su ansiedad ante lady Blackstone, que le dirigió una sonrisa amable.

—Si salimos de esto, mi sobrina no dejará que os aburráis, milord. Creedme.

«¿Tan transparente soy?», pensó Chance. «Al parecer sí. Si Kate, lady Trevick y ahora su tía se dan cuenta». Levantó la mano y le hizo gestos al doctor. El Fantasma comenzó a girar lentamente hacia el buque mercante anclado. «¿Pero Alessa se da cuenta? ¿Quiere darse cuenta?».

Entornó los ojos y se agachó junto al cañón, tratando de calcular el ángulo y de visualizar el lugar ideal para golpear el timón.

En el otro barco, los hombres comenzaron a acercarse a la barandilla. Chance levantó la cabeza y vio a Alessa saludando con la mano mientras los otros gritaban incomprensiblemente.

—¿Qué están diciendo? Gritó Chance.

—¿Qué estáis haciendo, malditos? —respondió el timonel.

Un minuto más... Chance colocó la cerilla sobre la mecha, se acordó de apartarse y rezó.

El sonido hizo que retrocediera varios pasos.

Luego corrió a la barandilla e intentó ver a través del humo.

—¡Sí! —era Alessa, dando saltos en el puente de mando mientras el timonel se estremecía al ver la pistola balanceándose frente a su nariz—. ¡Le has dado!

No había tiempo para comprobarlo. Tenía que confiar en que fuera suficiente.

—Sal de ahí —gritó Chance—. Apártate para que no te disparen.

El pirata que gobernaba el barco estaba tan ansioso como el que más por quitarse de en medio, pues el otro barco ya había comenzado a sacar los cañones.

—Lady Blackstone, subid por favor y quitadle la pistola a Alessa. Y, por favor, aparentad que podéis disparar al pirata.

—Mi querido Blakeney —dijo lady Blackstone con una sonrisa escalofriante—. Soy perfectamente capaz de hacer eso.

—Alessa, doctor, bajad. Frances, sube a la doncella. Os necesito a todos aquí.

Se oyeron los primeros disparos. Chance aguantó la respiración, pero, sorprendentemente, el otro barco erró el tiro, probablemente debido a que no estaban familiarizados con esos cañones.

Chance le entregó las cuerdas a su improvisada tripulación y le gritó órdenes al timonel. El barco comenzó a moverse suavemente.

—¿Pueden alcanzarnos? —preguntó Alessa cuando Chance se detuvo a su lado para ayudar a

tirar de la cuerda a la que Frances y ella se agarraban con determinación.

—No. Incluso aunque lleven un timón de
repuesto, no es fácil de cambiar, y nosotros entra-
remos en el primer puerto italiano que encontre-
mos en vez de conducirnos de vuelta a Corfú.
Déjame la cuerda a mí y ve abajo a buscar cartas
de navegación. Me gustaría llegar a algún sitio
amigo antes de que caiga la noche.

Chance extendió las cartas de navegación y se
preguntó dónde estarían. Había pasado demasiado tiempo abajo como para haber visto las últimas costas.

—¿Por dónde? —preguntó Alessa. Tras dejar
atrás al buque mercante, la tripulación había dejado las cuerdas y estaba sentada a su alrededor,
con excepción del doctor, que estaba en el puente
de mando apuntando al timonel tras haber sustituido a lady Blackstone.

—Por aquí —contestó Chance.

—Qué listo eres—dijo Frances—. Yo no tengo
ni idea de cómo interpretar eso.

Alessa agarró a Chance del brazo y se lo llevó
donde nadie pudiera oírlos.

—No tienes idea de dónde estamos, ¿verdad?
Simplemente vamos a girar a la derecha para diri-
girnos a Italia, ¿no es cierto?

—Eso es —contestó Chance.

—Sabes navegar, ¿verdad? —preguntó ella—.
Espero que hayas manejado algo más aparte de
un pequeño esquife.

—Tengo una yola —contestó Chance—. No es tan grande como esto, pero se parece.

—¿Por qué no me lo habías dicho? ¡Ya lo sé! —exclamó riéndose—. No querías decirlo por si acaso no podías gobernar este barco después de todo. Los hombres sois tan graciosos... —salió corriendo cuando Chance emitió un gemido e intentó agarrarla. Riéndose, la persiguió por la cubierta hasta reunirse con los demás. Alessa se colocó detrás de Frances, que pareció sobresaltada al ver cómo se perseguían.

—Lord Blakeney —dijo lady Blackstone con una dignidad que hizo que ambos se detuvieran—. ¿Eso que se aproxima es otro barco?

Chance agarró el catalejo que había junto a las cartas y miró por él.

—Sí, uno grande. Creo que estamos de suerte —se acercó a la barandilla y trepó agarrándose a la cuerda para poder ver mejor—. Es un barco de guerra. Sólo puede ser británico. ¡Doctor, vire hacia él!

Se bajó de la barandilla y se dirigió a su curiosa tripulación con una sonrisa.

—Lo hemos conseguido.

Lady Blackstone se sentó sobre una de las escotillas y comenzó a llorar.

Veintidós

—Y eso fue casi lo peor —dijo Alessa. Colocó los brazos alrededor de las rodillas, sentada en el viejo banco e intentando que Kate lo comprendiera.

—¿Porque siempre es tan fría y estirada? Sí, imagino que fue sorprendente —convino su amiga. Kate, como de costumbre, estaba sentada sobre la barandilla del tejado de su casa. Los niños, que no querían alejarse de Alessa por miedo a que volviera a desaparecer, jugaban tranquilamente en una esquina con el nuevo gatito que las monjas le habían dado a Dora.

—Y entonces Frances, que ha sido maravillosa, se puso a llorar también. Y la doncella también. Así que, cuando el Argos llegó hasta nosotros, las tres estaban llorando, Chance parecía un auténtico pirata, había un pirata de verdad al timón, yo vestida de hombre y sólo el doctor parecía respetable entre toda la tripulación.

—¿Qué hizo el capitán?

—Nos costó mucho convencerlo de que no

éramos lunáticos, ni un señuelo de los piratas, ni una orgía náutica. Luego nos entregó a varios de sus hombres para que nos trajeran a Corfú y él se fue en busca del Plymouth Sound.

—¿Los encontraron?

—No tengo ni idea —dijo Alessa—. Supongo que tarde o temprano nos enteraremos.

—Pareces deprimida —dijo Kate—. Pensé que estarías contenta de haber escapado sin que nadie saliera herido. ¿No fue excitante? Lord Blakeney parece haberse comportado como un auténtico héroe.

—Oh, sí —convino Alessa—. Fue maravilloso.

—¿Entonces qué sucede? El conde no... se aprovechó de ti, ¿verdad?

—No. Dijo que iba a casarse conmigo, pero por suerte su orgullo masculino es tal que esperaba seducirme sin problemas cuando me llevara a su casa. No se rebajaría a violarme.

—Bueno, gracias a Dios por eso —Kate la observó en silencio durante varios segundos—. ¿Y? No te violaron, nadie salió herido, estás a salvo en casa. ¿Por qué tienes esa cara de tristeza? ¿Es porque tu tía quiere que regreses a la residencia con ella ahora que sabes que los niños están bien?

—No. No es eso. Llegamos hace dos días y Chance no ha estado aquí. No ha escrito. Nada.

—¿Y hay alguna razón urgente por la que debería venir a hablar contigo? —preguntó Kate—. Quiero decir, aparte de la cortesía normal.

—¡No! Sí. Posiblemente. Kate, no lo sé. No

comprendo lo que ha ocurrido. No comprendo lo que siento ni lo que significo para él. No sé lo que viene después.

—¿Quieres hablar de ello?

—Creo que sí, pero es tan bochornoso…

—Dios santo, no hay nada que puedas decir que vaya a escandalizarme —dijo Kate—. ¡Dora, Demetri! Alessa y yo vamos a bajar a mi casa. Será mejor que vayáis a jugar al patio.

Los niños obedecieron y salieron corriendo.

—Bien, ahora cuéntamelo todo —dijo Kate cuando estuvieron sentadas en el sofá frente a la chimenea con una copa de vino.

—Ya te dije que el conde me había atado en su camarote y que Chance se escondió en el cuarto de baño y que logramos escapar.

—Sí.

—Bueno, hicimos el amor. Entre que entró en el camarote y se escondió en el baño. Sólo que no hicimos, ya sabes… Quiero decir que aún soy virgen.

—Vamos a ver si lo entiendo —dijo Kate frunciendo el ceño—. Tenías las manos atadas a la cama y él las suyas atadas a la espalda. Y no pudiste desatarlo hasta que el conde no te soltó a ti para que pudieras ir al baño.

—Eso es,

—¿Así que lord Blakeney iba desnudo?

—¡No! Iba vestido.

—Entonces se ha ganado toda mi admiración. Creo que será mejor que me digas qué hizo exactamente.

Sonrojada, Alessa comenzó a resumirle lo ocurrido.

—No sabía que la gente hiciera ese tipo de cosas. ¿Es normal?

—Sí muy normal —le aseguró Kate—. Perfectamente normal. Tienes un buen hombre.

—No lo tengo. Ése es el problema —dijo Alessa—. Lo amo y pensé que tal vez si me había hecho el amor sin disfrutarlo él, significaba que se preocupaba por mí y quería complacerme. ¿Pero por qué no ha venido ni ha dicho nada? Ni siquiera me ha ofrecido una carta blanca. Aunque no la hubiera aceptado.

—Es extraño, lo reconozco —dijo Kate—. No conozco lo suficiente sobre las damas y los caballeros británicos, ¿pero crees que piensa que necesita la bendición de tu tía? ¿O al menos pedírtelo formalmente en la residencia para que sea respetable? Y has dicho que tu tía está en la cama y no piensa levantarse hasta mañana.

—Oh, sí, debe de ser eso. Chance es muy convencional en muchos aspectos. Oh, gracias, Kate. Es un gran alivio —Alessa sintió que se había quitado un peso de encima. Chance no podía haberle hecho el amor tan desinteresadamente si no sintiera algo por ella. Al día siguiente, cuando regresara a la residencia, le diría algo.

Chance pasó el día encerrado con sir Thomas, el señor Harrison y los oficiales navales en el puerto, como había hecho el día anterior. Estuvieron trazando rutas, midiendo distancias e interrogándole para obtener todos los detalles sobre los acontecimientos.

—Sí, eran rifles modernos —confirmó cuando el oficial de artillería le preguntó lo que recordaba sobre las armas—. Algunos con pedernal. Y también llevaban unas pistolas de cañón largo que me parecieron muy antiguas.

—De acuerdo —el almirante Fortescue repasó sus notas—. Y el pirata que estaba al timón cuando el Argos os encontró, ¿dónde está ahora?

—No lo sé —contestó Chance—. No habría podido hacerlo sin él. Y, aunque sólo nos ayudó para salvar la vida, seguía estando en deuda con él, así que le dejé ir.

—Muy bien —dijo el almirante—. Ahora vamos a repasar una vez más la descripción del puerto escondido.

Finalmente, a las once, la reunión concluyó. Sir Thomas despidió a los oficiales y Chance se encontró a sí mismo sentado a la mesa frente al señor Harrison. Parecía abatido. Estaría cansado, claro, después de dos días de reuniones; pero, aun así, parecía deprimido. Chance empatizó con él. Sabía exactamente cómo se sentía.

—¿Qué le parece si nos llevamos una botella de clarete a la sala de billar y jugamos un rato?

El hombre miró la pila de papeles que había sobre la mesa y se pasó la mano por el pelo.

—Es un plan que suena muy bien —dijo—. Deje que guarde esto primero.

—Pediré el vino; nos vemos abajo —Chance bajó a la sala de billar y comenzó a preparar el taco con la tiza. Se sintió ansioso ante la idea de volver a ver a Alessa a la mañana siguiente.

Había tenido dos días para recuperarse y para estar con los niños; habría sido insensible inmiscuirse en eso, y poco acertado, teniendo en cuenta el estado de nervios de lady Blackstone por el papel que habían tenido las damas en esa aventura. Tenía el confort de saber que Frances había estado con ella en todo momento, pero su sobrina había desaparecido y había regresado vestida con ropa de hombre.

Y el doctor lo sabía; y el capitán del Argos había visto a Alessa vestida así. Chance sabía que ninguno de ellos haría circular la noticia, pero entendía que lady Blackstone estuviese preocupada. Las cosas mejorarían cuando le explicara que pensaba declararse a Alessa en secreto. La declaración se haría pública cuando llegaran a Inglaterra, de modo que la reputación de Alessa quedaría intacta.

Estaba recordando los tórridos momentos en el camarote con Alessa, cuando llegó Harrison junto con el lacayo y el vino.

—Bien, gracias. Puedes dejarlo aquí —el secretario agarró la botella, se sirvió un trago y se lo bebió de golpe antes de llenar el vaso de Chance.

—Hemos tenido un par de días difíciles —dijo

Chance mientras colaba bolas al azar—. Tengo el cerebro agotado.

—Sir Thomas es así. Estoy acostumbrado —dijo Harrison, dio otro trago al vino y comenzó a preparar su taco.

—¿Quiere que juguemos apostando? —preguntó Chance. Sirvió dos vasos más, le entregó el suyo a Harrison y éste se lo bebió de un trago.

—Qué diablos. Vamos a apostar —contestó el secretario—. ¿Qué sentido tiene ahorrar mi sueldo si no puedo gastarlo como quiera?

—¿Quiere hablar de ello? —preguntó Chance mientras rellenaba los vasos—. No soy dado a los cotilleos.

—¡Mujeres! —exclamó Harrison—. ¿Qué sentido tiene? Para usted no hay problema, porque es conde. Yo no soy más que un maldito secretario.

—¿Se trata de la señorita Trevick?

—¿Cómo lo sabe?

—Tengo ojos en la cara —respondió Chance—. ¿Qué sucede? ¿Han discutido?

—El Alto Comisionado, mi valioso jefe, la representación de su majestad en el Mediterráneo del este. El todopoderoso sir Thomas está concertando un matrimonio para ella. Con un vizconde, nada menos.

—Entonces ella tendrá que negarse.

—No lo hará —dijo Harrison—. Maria es una buena chica; muy obediente. Su madre quiere que se case con alguien que merezca la pena.

—Usted merece la pena.

—No es cierto. Mi familia es buena, pero yo soy sólo un secretario.

—Bueno, algún día se convertirá en un gran administrador. ¿Cómo comenzó sir Thomas? Seguro que como usted —dijo Chance—. ¿Le ha dicho a Maria que la ama? —Harrison asintió—. ¿Y ella lo ama a usted? —volvió a asentir—. De acuerdo. Entonces vaya a decírselo a sir Thomas y ella podrá decírselo a su madre. Ninguno de los dos querrá que Maria sea infeliz.

—La acobardarán, le hablarán del deber y de la familia y... ¡Oh, Dios! Tengo ganas de pegarme un tiro.

—No haga eso —dijo Chance mientras escondía la botella de vino—. Lo manchará todo y no es justo para los sirvientes. Además, Maria quedaría destrozada y se volvería loca.

—No había pensado en eso.

—¿No puede comprometerla? —preguntó Chance.

—No sé cómo hacerlo. Yo nunca he sido gran cosa, y ella está demasiado bien educada como para salir al jardín a la luz de la luna. ¿Qué haría usted? Parece comprender los asuntos románticos.

Chance coló dos bolas más para tener tiempo de pensar. En la residencia cenaban tarde para aprovechar al máximo el frescor de la noche.

—¿Las damas siguen teniendo un rato para descansar antes de la cena como tenían en la villa?

—Sí —contestó Harrison—. Imagino que lady Trevick las despertará en breve.

—Excelente. No tenemos un minuto que perder. Tome, bébase esto —Chance sirvió lo que quedaba del vino en el vaso de Harrison y se lo dio—. Ahora le descoloco el pañuelo del cuello, le desabrocho la chaqueta y le sacó la camisa por fuera... —dio un paso atrás y observó el resultado—. Perfecto. Vamos, no hay tiempo que perder. ¿Sabe cuál es la habitación de la señorita Trevick? Muéstremela.

Chance siguió a su sorprendido acompañante escaleras arriba, hasta llegar a una puerta frente a la que se detuvo.

—Es ésta —dijo el secretario—. ¿Pero por qué ha hecho eso con mi ropa?

Chance abrió la puerta.

—Entre y dele a la chica un buen beso —agarró al secretario por los hombros y lo empujó dentro de la habitación.

—¿Qué? Henry, cariño...

Chance cerró la puerta y se quedó apoyado contra ella.

No tuvo que esperar mucho. Lady Trevick apareció por una esquina para despertar a sus hijas.

—Buenas tardes, milady —dijo él, y golpeó la puerta ligeramente con el pie.

—¿Lord Blakeney, qué hacéis aquí?

—Eh, me he perdido. Buscaba a Harr... quiero decir...

—¿Habéis estado bebiendo, lord Blakeney? —sin esperar una respuesta, lady Trevick agarró el picaporte y lo giró. Hubo un grito de alarma cuando la puerta se abrió.

—¡Mamá!

—¡Señor Harrison!

—¿No es romántico? —observó Chance, y siguió a la madre escandalizada al interior de la habitación—. Aunque un poco indiscreto.

—Milady, amo a vuestra hija. Os pido el honor de concederme su mano en matrimonio.

¿Sería Chance testigo suficiente para asegurar el éxito? Miró hacia el pasillo y vio a lady Blackstone salir de su habitación.

—Milady, creo que lady Trevick necesita vuestra ayuda —dijo él, y la condujo hacia la habitación de Maria—. Todo muy desafortunado, pero es amor verdadero. Ya sabéis cómo son estas cosas.

Chance salió de la habitación y esperó hasta que lady Trevick salió con lady Blackstone.

—Tendré que aceptar. Parece amarlo mucho, y por desgracia lord Blakeney lo ha visto todo —volvió a mirar hacia la habitación—. Señor Harrison, creo que será mejor que hable con sir Thomas cuanto antes.

Chance se apoyó en la pared y cerró los ojos con una sonrisa de malicia. Harrison sería feliz después de hablar con sir Thomas y de recibir un sermón por parte de su futura suegra. Y Alessa se sentiría impresionada por su comportamiento romántico e inusual.

Se marchó a su habitación para prepararse para la cena. Estaba deseando que llegase el día siguiente para poder decirle a Alessa lo que sentía por ella, para poder abrazarla y decirle que la amaba.

A la mañana siguiente, los niños se mostraron entusiasmados por poder ir en la calesa de la residencia. Llevaban el equipaje apilado atrás y al gatito en una cesta. Alessa temió por un momento que a lady Trevick no le gustaran los gatos, pero lo que más le preocupaba era ver a Chance.

Apenas había dormido la noche anterior, y había soñado con él vestido de pirata, o desnudo, abrazándola en el agua, o haciéndole el amor con dulzura.

—¡Alessa! ¡Ya hemos llegado!

Desorientada, miró a su alrededor. Era la entrada principal, claro. Eran invitados.

Dejó a los niños en sus habitaciones y descubrió que habían asignado a una de las chicas para que cuidara de ellos.

Alessa se puso uno de sus vestidos nuevos con ayuda de Peters, que era su doncella una vez más.

—¿Estoy bien? —preguntó Alessa mientras se miraba en el espejo.

—Está maravillosa —le aseguró la doncella—. Se quedará encantado con usted.

—¿Quién? —Peters simplemente pareció cohibida—. Peters, deseo estar presentable para mi tía.

—Sí, señorita Meredith. Pero eso no hace que un caballero pueda admirarla, ¿verdad?

«Por el amor de Dios. ¿Lo sabe todo el mundo? ¿Tanto se me nota?».

Alessa bajó a la sala de estar que utilizaban las jóvenes. Frances estaba allí, hablando animadamente con Maria y con Helena. Cuando la vieron, se pusieron en pie y corrieron a abrazarla. Nunca antes había tenido amigas de su misma edad; el placer que sintieron al verla le resultó conmovedor.

—Nos alegramos de verte —exclamó Helena—. Frances ha estado contándonos lo valiente que fuiste.

—Ella también estuvo maravillosa.

—Y Maria tiene buenas noticias. Vamos, díselo a Alexandra.

—Estoy prometida con el señor Harrison —dijo Maria con lágrimas en los ojos—. Es como un sueño, y todo gracias a lord Blakeney. Pero no puedes decirle a nadie que fue idea suya, porque no queremos causarle problemas.

—¿Pero qué hizo?

—Incitó a Henry a que me pusiera en un compromiso en mi habitación ayer antes de cenar. Henry no se atrevió a declarar sus sentimientos cuando mi madre y sir Thomas hablaron de casarme con otro hombre, pero lord Blakeney fue muy listo. Hizo que Henry se emborrachara y luego lo metió en mi habitación. Esperó fuera y, cuando apareció mi madre, le dijo que estaba buscando a

Henry. Así que ella entró y... Henry estaba besándome.

—¡Dios santo! —exclamó Alessa—. Y yo que pensé que lord Blakeney era muy convencional.

—En el barco pirata no lo fue, ¿verdad? —señaló Frances—. Oh, Maria, Helena, no sabéis lo guapo que estaba con aquellos pantalones anchos y la camisa blanca. ¡Y nosotras pensando que el conde Kurateni era guapo!

—Perdonen, señoritas. Lady Blackstone desea que la señorita Meredith se persone en la sala.

—Gracias, Wilkins —¿Chance estaría allí? Alessa se recogió la falda y siguió al mayordomo.

Sí, estaba allí; la antítesis del pirata que había sido hacía tres días. Le dirigió una sonrisa disimulada y él simplemente la miró con educación. Estaría siendo cauteloso delante de la tía Honoria, pensó, y trató de convencerse de que no había nada por lo que preocuparse.

—Por favor, siéntate, Alexandra.

—Sí, tía Honoria. Espero que estés más recuperada esta mañana.

—Sí, gracias, Alexandra. Le he pedido a lord Blakeney que se reuniera con nosotras para hacer los preparativos.

—¿Para el viaje a Venecia?

—Por supuesto que no. Ha venido porque has sido comprometida.

—¡Claro que no!

—Sí —dijo Chance—. Absolutamente.

—Soy virgen —protestó Alessa.

—¡Eso espero! —exclamó lady Blackstone—. ¿Qué tiene eso que ver con esto?

—No tengo que hacer nada porque no he sido comprometida.

«No puede ser», pensó. «Chance no puede estar aquí porque piense que tiene que casarse conmigo».

—Estuviste a solas con el conde de Kurateni. Estuviste a solas conmigo. Un capitán de la armada británica te vio en cubierta vestida con ropa de hombre —dijo Chance.

—Entonces, si alguien me comprometió, fue el conde. Me ató a su cama. Él puede casarse conmigo. Al fin y al cabo, desea hacerlo.

«Que es más de lo que puede decirse de ti».

—No vas a casarte con Zagrede —dijo Chance—. Vas a casarte conmigo.

Aquello distaba mucho de la declaración romántica con la que Alessa había estado soñando.

—¡No haré tal cosa! —exclamó.

—Os casaréis aquí lo antes posible —sentenció su tía.

—Desde luego que no —dijo Chance.

—¿Qué? —preguntaron ambas mujeres al unísono.

—¿Por qué no, si puede saberse? —preguntó lady Blackstone.

—Sí, ¿por qué no? —repitió Alessa. No era que quisiera casarse con el hombre que sólo se lo había pedido porque la había puesto en un compromiso.

—Fingiremos habernos conocido en Inglaterra cuando el estatus de Alessa haya quedado establecido y no pueda decirse nada malo de ella. Si nos casáramos aquí precipitadamente, la gente hablaría.

—¿Eso es lo único que os importa? ¿Lo que piense la gente? —preguntó Alessa—. Pensé que te importaba, Chance. Pensé que, bajo tu apariencia aristocrática y convencional se escondía un corazón romántico. Pero me equivocaba. No me casaría contigo ni aunque me lo rogaras. Y no me importa si tu honor queda comprometido por no casarte conmigo. Lo siento, tía Honoria. Regresaré contigo y haré lo posible por comportarme hasta que pueda independizarme. ¡Pero jamás me casaré con este hombre!

Veintitrés

—¡Maldita sea! —exclamó Chance—. milady, disculpad —le dijo a lady Blackstone, y abrió la puerta justo para ver a Alessa desaparecer tras una esquina. La alcanzó en la terraza, que por suerte estaba vacía.

—¡Alessa!

—¡Vete!

—Alessa, deseo casarme contigo.

—Claro que lo deseas —dijo ella—. No hacerlo sería de mala educación, ¿verdad? ¿Qué pensaría la gente?

—Pensaría «qué hombre tan afortunado por haber escapado de una mujer de lengua afilada» —respondió Chance—. ¿Qué quieres decir con que no tengo un corazón romántico? Deja que te cuente lo que hice por Harrison y por Maria...

—Oh, eso ya lo sé. Bien hecho. Estoy segura de que serán muy felices. Pero eso estuvo bien, ¿no es cierto? Él no es más que un secretario, no es tan estirado como un conde.

—Alessa, tengo intención de casarme contigo cuando lleguemos a Inglaterra.

—¿De verdad? Eso piensas ahora, ¿pero y si se produce un escándalo después de todo? Dirán que soy sólo una chica griega con la que tuviste una aventura. Los ingleses que viajan por Europa son famosos por eso. No les gustará que te lleves a tu amante a casa y que decidas casarte con ella.

Aquello se parecía tanto a la ansiedad que le producía casarse con ella en la isla que Chance no pudo evitar sonrojarse. Ella lo interpretó como una señal de culpabilidad.

—¡Por fin una emoción! He entrado en la habitación y me has mirado como un sacerdote miraría a una mujer de moral laxa. Sé que no deseas casarte conmigo, pero al menos podrías intentar parecer entusiasmado.

—Lamentaba haber sido convocado por tu tía para hacer una declaración que no hubiese elegido yo —dijo él.

—Por fin eres sincero —observó ella.

—¡Te casarás conmigo! —exclamó él. Se quedó mirándola a los ojos y observó que se le iban llenando de lágrimas. La estaba intimidando, y era lo último que quería hacer—. Alessa —fue un gemido más que una palabra. Le tomó la cara y la besó en los labios. Ya habían tenido suficiente drama.

«Va a besarme, por fin. Va a mostrarme lo que siente». Alessa colocó las manos sobre el pecho de Chance y se preparó para uno de aquellos besos tan maravillosos; la prueba de su pasión, de su amor.

Entonces la besó como a un hermano y se apartó.

Alessa respiró y trató de controlar el calor que ascendía por su cuerpo.

—Estoy abrumada por vuestra pasión, milord —dijo sarcásticamente—. No quiero volver a discutir este asunto. Espero haberlo dejado claro.

—Perfectamente claro.

Alessa hizo una reverencia y abandonó la terraza. Estaba tan cegada por las emociones que no se dio cuenta de dónde estaba hasta que las tres chicas no la rodearon.

—¿Y bien? —preguntó Maria—. ¿Crees que al conde le importaría tener una boda doble? Sería tan romántico.

—Frances y yo podríamos ser damas de honor —dijo Helena—. ¿Qué ha dicho cuando te lo ha pedido? ¿Se ha puesto de rodillas?

—No voy a casarme con lord Blakeney. Sólo me lo ha pedido por cortesía; mi tía insiste. Tiene tanto miedo de que parezca inapropiado que ni siquiera quiere que nos casemos aquí. Espera que me vaya con él a Inglaterra para demostrar allí que soy una dama respetable antes de hacer lo correcto —dijo Alessa.

—Qué frialdad —dijo Frances—. ¿Pero regresarás a Inglaterra con nosotras? —Alessa asintió—. Entonces allí encontrarás un buen marido.

Un marido romántico, deslumbrante y poco convencional; ya lo verás.

La semana siguiente pasó como una especie de delirio. Alessa supuso que tendría buen aspecto. Los niños no parecieron notar nada extraño. Hizo excursiones y salió a comer en varias ocasiones. Incluso logró mantener conversaciones con su tía y hablar de los preparativos del viaje. Al mismo tiempo, era como si todo el mundo estuviera observándolas con lupa.

Chance se mantuvo alejado de ella salvo para los encuentros más formales, y las chicas conspiraban para protegerla cada vez que parecía acercarse demasiado. Maria no comentaba nada sobre su boda si Alessa estaba cerca y podía escucharlo.

Se enteraron de que el Plymouth Sound había sido recuperado y que nadie estaba seriamente herido, pero los piratas habían desaparecido; habían sido recogidos por un barco de velas negras que se había esfumado en mitad de la noche antes de que el Argos los localizara. Alessa, que aún sentía cierto aprecio por el conde, se sintió culpable, aunque contenta. A pesar de que seguía habiendo peligro, el almirante le había dicho a sir Thomas que las damas podrían zarpar sin problemas la próxima semana, acompañadas de una fragata que las escoltara para ir a Venecia.

Alessa se dijo a sí misma que estaba feliz,

aunque deseaba que Chance no tuviera que viajar con ellas. Estar a su lado era una agonía constante que parecía aumentar en intensidad a cada día que pasaba.

Una mañana, durante el desayuno, se dio cuenta de que había perdido el apetito. Eso no podía ser; acabaría poniéndose enferma y no podría cuidar de los niños. Se reprendió mentalmente y se obligó a comer una galleta más con el café.

—Es una pena que no tengamos tiempo de organizar una fiesta antes de que todo el mundo se marche a Venecia —dijo Helena—. Así que creo que deberíamos hacer un picnic.

—Suena muy agradable —convino su madre—. Pero no deberíamos ir lejos. Lady Blackstone no querrá algo cansado antes del viaje.

—La playa de Anemomulos es bonita —sugirió María—. Sólo está a tres kilómetros de la ciudad. Y las vistas son preciosas.

Alessa compartió la opinión de María cuando vio el lugar. Era una playa muy larga con acantilados detrás y una vista maravillosa de las montañas a lo lejos. Intentó mostrarse contenta, tanto por su anfitriona como por los niños, que habían ido con ellas.

—¿Lord Blakeney no viene? —preguntó Demetri cuando los carruajes se detuvieron y los sirvientes comenzaron a descargar las cestas y las mantas para sentarse en la playa.

—Al parecer no —contestó Alessa—. Supongo

que tendrá correspondencia. Creo que el señor Harrison jugará contigo si se lo pides educadamente.

Los niños salieron corriendo y Alessa tomó el brazo de su tía para caminar por la playa.

—La vista es preciosa —dijo lady Trevick cuando estuvieron todas acomodadas a la sombra de un pino—. Creo que estos acantilados serían el enclave perfecto para una villa de verano. Se lo sugeriré a sir Thomas. Paleokastritsa es un lugar muy bonito, pero sería útil construir una residencia de verano oficial cerca de la ciudad para poder tener invitados.

—Imaginad… —dijo Frances con un suspiro—. En algún lugar, perdido en el mar, el conde Kurateni sigue suelto, planeando abordajes atroces.

—¿Abordajes atroces? —repitió su madre—. ¿Has estado leyendo novelas, hija mía?

—Algunas, mamá —admitió Frances—. Son muy educativas; hablan sobre lugares extranjeros.

—Estás viajando por lugares extranjeros —le dijo su madre—. No hace falta que leas tonterías frívolas sobre ellos.

—No, mamá. ¡Oh, mirad aquel barco! Se parece al que tenía el conde Kurateni.

Todos giraron la cabeza y miraron hacia el esquife. Había un hombre situado al timón y otro en la parte de abajo. Mientras observaban, el timonel hizo virar el barco y el otro marinero se montó en un bote de remos que llevaban amarrado al barco.

—Están pescando —dijo el señor Harrison—. Colocarán una red entre los dos barcos. Es una buena forma de manejar una red grande entre dos hombres.

—Ya los he visto antes —dijo Maria—. Se tarda mucho. Vamos a caminar por la playa para ver si encontramos guijarros.

Le tendió una mano a Alessa y la levantó.

—Iré a por la cesta —Alessa sabía que tenía que participar en las actividades en vez de quedarse aislada y pensativa, pero le resultaba difícil mostrar interés por los guijarros en ese momento.

Las otras chicas se unieron a ellas y comenzaron a recorrer la orilla. El hombre que iba montado en el bote iba paralelo a ellas, manteniéndose cerca de la orilla. Alessa pensó que debía de ser una red muy grande, pues no recordaba haber visto otros barcos hacer lo mismo.

—¿Ésta piedra es demasiado grande? —le preguntó a Helena. En ese momento, el bote llegó a la orilla. El marinero saltó a la arena y las chicas se quedaron mirándolo con la boca abierta; era un hombre orondo que Alessa reconoció al mismo tiempo que Frances.

—¡Es el pirata! —exclamó su prima—. ¡El que gobernaba el barco cuando escapamos!

Se colocó frente a ellas antes de que pudieran reaccionar. Llevaba una pequeña red circular en la mano. La lanzó, atrapó a Alessa, la metió en el bote y comenzó a remar hacia el barco antes de que las chicas pudieran gritar.

Sorprendida, escandalizada y atrapada en la red, Alessa se indignó demasiado como para mostrarse asustada.

—¡Suéltame! Vas a ser castigado duramente por esto. Sir Thomas no dejará que te escapes una segunda vez.

La única respuesta que obtuvo fue un gruñido. En pocos segundos llegaron hasta el esquife. El pirata metió los remos en el bote, levantó a Alessa y la lanzó al otro barco antes de alejarse.

Alessa trató desesperadamente de salir de la red, que había hecho que el sombrero le tapara los ojos. Finalmente se liberó y se quedó tendida, jadeando en cubierta, contemplando a la figura situada tras el timón. Llevaba unos pantalones negros ajustados, una camisa de mangas anchas, una faja roja y el pelo recogido con un pañuelo bajo un sombrero de paja.

Alessa entornó los ojos contra la luz del sol e intentó distinguir la cara del pirata. No podía ser Kurateni. ¿Pero quién más habría tenido el descaro de secuestrarla rodeada de gente?

—Lléveme de vuelta ahora mismo —exigió—. No saldrá airoso de esto.

La respuesta que obtuvo fue una leve inclinación de cabeza.

—Lord Blakeney me rescatará —declaró—. Ya lo hizo una vez y volverá a hacerlo. Es un caballero inglés y puede enfrentarse con cualquier pirata cobarde.

Aquello hizo que el pirata sonriera.

—¡No se ría de mí, maldito canalla! —logró ponerse en pie y cubrir la distancia hasta el timón—. ¡Si hubiera un hombre de verdad aquí!

—Me siento devastado —dijo su secuestrador mientras se echaba el sombrero hacia atrás—. De pronto me dedicas cumplidos y luego…

—¡Chance! —Alessa se quedó mirándolo con la boca abierta—. ¿Chance, que estás haciendo?

—Intentar demostrarte que me importan un comino las apariencias, siempre y cuando pueda tenerte.

—Pero tú no me deseas.

—Sí te deseo. ¿No lo recuerdas? Porque, si no es así, entonces es que mi técnica es peor de lo que imaginaba.

—Oh, ya sé que me deseas de esa manera. Supongo que deseas a muchas mujeres así, y no puedo comparar, pero estoy segura de que tu técnica es increíble.

—Alessa, te amo.

—No, no me amas. Nunca lo has dicho.

—Tú tampoco me lo has dicho a mí, pero no creo que te disguste.

—Chance, yo…

—No, no intentes decirme nada ahora. Espera a que estemos en tierra. Hay algo que quiero decirte y necesito estar concentrado.

Alessa se quedó sentada en cubierta.

—Enviarán un barco a perseguirnos. Chance, te vas a meter en un lío. ¿Cómo vas a poder explicar esto?

—No hay necesidad de explicar nada. Ya lo sabrán todos.

—¿Saber? ¿Qué?

—Se lo dije a Harrison. Maria y él me están muy agradecidos y estaban dispuestos a devolverme el gesto romántico.

—¿Adónde vamos?

—A la isla de Vidos. Llegaremos pronto.

—Pero si está desierta.

—Hay una pequeña población de cabras, creo, y una casa destartalada donde pienso comprometerte absolutamente.

Sonaba tan calmado como si estuviera hablando de dar un paseo por la costa, pero hubo algo en el tono de su voz que sacó a Alessa de su confusión y le hizo sentir alivio. Se puso en pie sin quitarle los ojos de encima y se acercó a él para ayudarle con el timón.

—Muy bien, vamos a la isla.

Chance se giró y la colocó delante, de espaldas a él. Le rodeó la cintura con el brazo izquierdo mientras gobernaba el barco con el derecho.

—Es agradable —murmuró mientras apoyaba la barbilla en su cabeza.

Alessa se acurrucó contra su cuerpo y dejó de preocuparse por lo que pudiera suceder.

Veinticuatro

La isla estaba efectivamente poblada por cabras.

Se acercaron corriendo a investigar cuando vieron el barco en la orilla y a Chance bajar a la arena con Alessa en brazos.

—Bienvenida a nuestro primer hogar —dijo mientras la dejaba en el suelo.

—Chance, yo…

—Espera a que lleguemos a la casa. No se me ocurriría declarar mi amor eterno delante de un rebaño de cabras —le dio la mano y comenzó a subir por un sendero que bordeaba el acantilado. Chance abrió una verja de madera y la condujo a lo que eran los restos de una terraza frente a una casa de piedra. Fuera quien fuera el que había vivido ahí en otro tiempo, había elegido la ubicación para disfrutar de la vista.

—¡Fuera! —Chance les tiró una piedra a las cabras, que salieron corriendo antes de que pudiera cerrar la puerta—. Ahora, *kyria* Alessa, por fin te tengo sólo para mí —le tomó las manos y se quedó mirándola.

—¿Qué es lo que querías decirme?

—Que te amo. Que no estaba acostumbrado a tratar con mujeres independientes y con experiencia y no supe cómo comportarme. Traté de imponerte lo que debías hacer, y de decidir lo que era mejor para los dos, pero ni siquiera te comprendía. ¿Podrás perdonarme?

—Por supuesto —Alessa se dio cuenta de que ella tampoco había intentado comprenderlo—. ¿Pero podrás cambiar? Es así como te han educado para tratar a las mujeres, ¿verdad? ¿Y podré cambiar yo lo suficiente para no escandalizar a los que nos rodeen?

—Aprenderemos juntos. Tal vez en público seamos más convencionales que cuando estemos a solas. Mi madre y mis hermanas creen que soy un modelo a seguir. No se lo creerían si les dijeras que he tenido amantes, que me gusta el juego y que a veces me despierto con dolor de cabeza por haber bebido demasiado. Y pensaba que era importante no preocuparlas. Ahora me doy cuenta de que fui un prepotente y un arrogante.

—Probablemente —convino Alessa—. Pero puedes cambiar. Yo te ayudaré. Aunque quiero que me cuentes lo de las amantes.

—No, no quieres. Además ahora no tengo ninguna. Y nunca más volveré a tenerla —le soltó una mano y la condujo a un banco de piedra situado junto a la puerta de la casa—. Te deseé nada más verte, aunque no tengo ni idea de por qué me sentí tan atraído por una bruja de ojos verdes.

—¿Bruja?

—Lo único que se me ocurrió era que me habías hechizado.

—Y yo pensé que el efecto que me provocaste también era brujería —se quedaron mirándose. Entonces Alessa levantó una mano y le acarició la mejilla—. Continúa.

—Me di cuenta de que estaba enamorándome de ti cuando fui a disculparme por lo ocurrido en Liston y te habías ido. No podía creérmelo. Sabía exactamente lo que deseaba: una joven dama de buena familia a la que conociera durante la temporada de bailes. Una dama que mi madre aprobase y con la que pudiera casarme de la manera tradicional en una iglesia de Londres.

—Y pensaste que te estabas enamorando de una viuda que no era tan joven y que tenía dos hijos y un pasado misterioso —dijo Alessa con una sonrisa—. Pobre Chance. Yo me di cuenta de que te amaba cuando llegué a la casa de Liapades y pensé que nunca más volvería a verte. Y entonces, como si de un milagro se tratase, allí estabas, en el mar.

Chance comenzó a manipular las horquillas que le quedaban en el pelo hasta que cayó sobre sus hombros.

—Regresé a la villa y decidí que lo correcto sería asegurarme de que regresaras a Inglaterra bajo la protección de tu tía. Me preocupaba que, si me casaba contigo aquí, cuando llegáramos a Inglaterra la gente te etiquetara como la chica griega que yo había elegido. Deseaba protegerte, casarme contigo de manera que nadie pudiera dudar de ti. Debería haberlo hablado contigo en vez de decidirlo yo solo.

—¿Así que fue por las apariencias? —preguntó ella.

—Sí. Es un hecho; tendremos que hacer sacrificios y comprometernos si queremos vivir en sociedad. No permitiré que hablen mal de ti.

—Pero ahora lo harán —dijo Alessa.

—No. Tengo un plan. Iré a Venecia en otro barco distinto al tuyo. Me invitarán a la residencia británica, nos encontraremos allí y te cortejaré a la vista de todos los diplomáticos internacionales que haya en la ciudad. Nos casaremos en Venecia con toda la pompa que podamos: lejos de ser una boda tranquila y discreta en una iglesia londinense, se hablará de ella en todas las columnas durante semanas.

—Oh —Alessa nunca había pensado en su propia boda. De pronto, casarse en Venecia le parecía la idea más romántica del mundo—. ¿Podemos ir a la boda en góndolas?

—Por supuesto. Muchas góndolas. Incluyendo algunas para la orquesta —se inclinó y le dio un beso—. Para eso queda al menos un mes. Alessa, si deseas esperar, lo comprenderé y te llevaré de vuelta a la residencia ahora mismo. O podemos quedarnos aquí esta noche.

Chance se quedó mirándola, preguntándose por qué aquella mujer apasionada, orgullosa y suspicaz había decidido confiar en él y amarlo.

—Sí, quedémonos aquí —contestó ella finalmente.

—¿Antes de que hayas visto el interior?

—Sí, incluso aunque las cabras duerman con nosotros —insistió Alessa.

Pero Harrison había sido fiel a su palabra y los empleados de la residencia que habían sido enviados allí el día anterior se habían encargado de limpiar y adecentar el interior. La chimenea estaba lista para ser usada; había también una mesa con dos sillas y los servicios correspondientes.

Y en la pared de enfrente había una cama de madera con sábanas y almohadas blancas.

—¿Servirá, milady?

—Servirá, milord. Me siento un poco tímida, lo cual es absurdo si piensas en lo que ha habido ya entre nosotros.

—Siempre podría volver a atarte, si eso ayuda —se ofreció él.

—¡Ni te atrevas! —Alessa agarró la almohada más cercana y la levantó para usarla de escudo. Riéndose, Chance agarró la otra y empezaron a pelearse. Cayó sobre la cama y arrastró a Alessa con él. La aprisionó bajo su cuerpo y se quedó mirándola, fascinado por su risa.

—Chance.

—¿Sí?

—Ámame.

—Oh, sí —contestó antes de devorar su boca con pasión.

Alessa había creído conocer los besos de Chance, pero aquello era diferente. Una parte de su cerebro, la que aún podía pensar con coherencia, trató de analizarlo. Cuando abrió la boca y permitió que entrara su lengua, se dio cuenta de lo que aquello significaba: estaba reclamándola. Aquél era el beso de un hombre que pertenecía a la mujer a la que besaba. Alessa le devolvió los besos con la misma sensación de pertenencia.

«Mío», pensó mientras le mordía el labio inferior.

—Eres mío —dijo en voz alta al tiempo que Chance deslizaba los labios por su cuello.

—¿Cómo se desabrocha esto?

El vestido y sus pequeños botones estaban distrayéndolo. Impaciente, Alessa se agarró el escote con ambas manos y tiró con fuerza.

—Así —dijo.

—No sé qué te vas a poner para volver a Corfú —dijo él riéndose mientras saboreaba sus pechos.

—Tendremos que quedarnos aquí —contestó ella mientras le sacaba la camisa de debajo de la faja.

—Te envolveré con esto, como Cleopatra en su alfombra —dijo Chance mientras se desataba la faja.

Sus palabras quedaron amortiguadas cuando Alessa le sacó la camisa por encima de la cabeza y colocó las manos sobre su pecho. Se quedó muy quieto, apoyándose en los codos sobre ella. Alessa no recordaba haber abierto las piernas, pero su cuerpo sabía lo que tenía que hacer.

Comprendió el significado de la presión cuando Chance comenzó a moverse lentamente sobre ella. Una parte de su mente se estremeció al sentir su miembro bajo los pantalones, pero al mismo tiempo sentía cómo su cuerpo iba preparándose y humedeciéndose.

Presionó las manos sobre su pecho y comenzó a estimularle los pezones con los dedos hasta que endurecieron.

Deslizó las manos hacia abajo, palpó sus costillas y sintió el esfuerzo que estaba haciendo por controlar la respiración.

Cuando llegó a la cintura de los pantalones, dijo:

—Ahora puedes quitártelos. No tienes las manos atadas esta vez.

—Hazlo tú. Tócame —Chance agachó la cabeza y le lamió un pezón, absorbiendo suavemente.

Alessa forcejeó con el botón del pantalón, intentando concentrarse a pesar del tormento que estaba causándole su lengua. Finalmente, Chance emitió un gemido de impaciencia, se incorporó y se quitó los pantalones. La imagen de su cuerpo desnudo había invadido sus sueños desde el día de la playa. Pero ahora, viéndolo en la penumbra de la cabaña, le parecía más real y a la vez desconocido.

—Chance —susurró mientras estiraba los brazos.

Entonces sus cuerpos se juntaron, piel con piel. Alessa lo miró a la cara, asombrada por la fuerza y el deseo que emanaba de su cuerpo. Se movió ligeramente y encontró la posición más cómoda al levantar las rodillas y permitir que Chance se colocara entre sus muslos. Tragó saliva, levantó las caderas y sintió cómo la penetraba.

—¿Cariño?

—Sí. Oh, sí. Chance, ámame —había esperado dolor, pero lo único que notó fue una intensa sensación de placer y plenitud mientras la penetraba.

—¿Te he hecho daño?

—No —contestó ella al darse cuenta de que no se movía—. ¿Debería haberme dolido?

—Eso creo —contestó Chance, se rió suavemente y agachó la cabeza para besarla—. Tanto montar a caballo y pasear tiene sus beneficios —Alessa trató de controlar esos misteriosos músculos interiores que acababa de descubrir y Chance emitió un gemido—. ¡Bruja!

—¿No debo moverme?

—Los dos debemos hacerlo —contestó él—. Y no creo que pueda esperar mucho más.

El ritmo lento y suave de sus embestidas la sorprendió, pero entonces comenzó a moverse con él; tentativamente al principio. Notó cómo las sensaciones que había tenido en el barco pirata iban creciendo de nuevo en su interior; las mismas, pero diferentes, más intensas. Y entonces dejó de pensar, dejó de intentar seguir sus movimientos de forma consciente y apoyó la cabeza sobre la almohada mientras él la embestía hasta hacerla llegar al clímax.

Pero no se detuvo. Cuando volvió en sí, Chance seguía encima de ella, abrazándola al tiempo que la penetraba. Alessa abrió los ojos y vio su cara cubierta de sudor, sus pupilas dilatadas por la pasión antes de que agachara la cabeza y la besara.

Su cuerpo seguía respondiendo a sus caricias, y la excitación iba creciendo de nuevo, a medida que las embestidas cobraban fuerza y se hacían cada vez más potentes. Deslizó las manos por su pelo hasta llegar a los hombros para agarrarse con fuerza a él.

—Alessa… sí —gimió Chance—. Ahora…

Todo su cuerpo se tensó y Alessa sintió cómo ella misma respondía de nuevo, tensándose a su alrededor, envueltos los dos en un remolino de espasmos descontrolados.

—¿Alessa?

—¿Mmm? —Alessa mantuvo los ojos cerrados mientras recuperaba las fuerzas. Había un peso caliente sobre su cuerpo. Se sentía húmeda y pegajosa en lugares íntimos, y se dio cuenta de que no le importaba. Chance estaba acariciándole el pelo con la mano y, a juzgar por la cercanía de su aliento, supo que al abrir los ojos se encontraría los suyos delante.

Sonrió, anticipando el momento, y separó los párpados lentamente.

—Hola.

—Hola. Ha sido maravilloso —dijo ella—. Estoy sin palabras. Te quiero. ¿Te ha gustado?

—No tenía ni idea de que pudiera ser así —dijo él mientras se quitaba de encima—. Gracias a ti, gracias a tu amor, nunca volveré a ser el mismo. Nunca habrá otra primera vez. Pero nos redescubriremos el uno al otro, una y otra vez. Y cada vez será diferente, más profundo. Mejor. Pero aun así nunca será como esta primera vez. Ahora sé que no voy a romperme porque te quiero con toda mi alma y tú me correspondes. Existe un futuro para nosotros, y está lleno de amor.

—¿Cómo has averiguado lo que sentía? —preguntó Alessa—. Yo no podía expresarlo con palabras, pero para mí ha sido igual.

Se quedaron callados durante varios segundos, escuchando la respiración del otro y deslizando los dedos por sus cuerpos.

—¿Chance?

—¿Sí? ¿Sabes lo suave que tienes la piel detrás de la oreja?

—Chance, cuando volvamos, hasta que nos casemos, vamos a tener que… comportarnos, ¿verdad? Tendremos que hacerlo si queremos tener esa gran boda y acallar los rumores.

—No —Chance se levantó de la cama y se estiró. Alessa lo observó y se preguntó si alguna vez lograría acostumbrarse a ver su cuerpo desnudo—. Llevaremos una aventura en secreto. Iremos a bailes de máscaras y nos escaparemos en una góndola. Luego regresaremos a medianoche para quitárnoslas. Alquilaremos una góndola para que nos lleve a una isla desierta en la laguna. Escalaré por las enredaderas de tu balcón a la una de la madrugada. Y todo el mundo se preguntará por qué tus ojos brillan y tu piel resplandece.

—Suena fantástico. ¿De verdad tenemos que casarnos? —bromeó Alessa—. ¿No podemos seguir teniendo una aventura salvaje y romántica?

—Creo que tendremos que fingir —dijo él—. Podría trepar por la enredadera al menos una vez por semana cuando estemos en Freshwater, nuestra finca de campo. Y podrás salir en mitad de la noche con una máscara y reunirte con un misterioso desconocido en las mascaradas cuando estemos en Londres. Pero realmente creo que deberíamos casarnos. Sería buena idea formar una familia cuanto antes, ¿no te parece? No quiero que Demetri se ponga triste cuando se dé cuenta de que, aunque sea mi protegido, no podrá heredar; y podría ser así si esperamos a que sea demasiado mayor.

—¿Los convertirás en tus protegidos? —preguntó Alessa, se incorporó y tiró de él hacia abajo para que se volviera a sentar.

—Por supuesto. ¿Ahora te apetece dormir?

¿No? ¿Tienes hambre? —ella negó con la cabeza—. No hay libros, ni cartas. ¿Qué vamos a hacer para no aburrirnos? ¿Ir a dar un paseo para ver a las cabras?

—Suena tentador —dijo Alessa, siguiéndole el juego—. Pero creo que debería practicar un poco más el acto amoroso, ¿no te parece? Parece que hay mucho que aprender.

—Lo sé —dijo Chance—. Tal vez deberíamos sacrificar el paseo…

Sus palabras fueron interrumpidas por un balido quejumbroso. Ambos miraron a su alrededor y vieron una cabra de pie en la puerta, mirándolos con desaprobación. Chance agarró una piedra, la lanzó en su dirección y golpeó el marco de la puerta. La cabra salió corriendo y los dos se quedaron allí tumbados, escuchando cómo el animal se alejaba.

—Carabinas —dijo Chance con un suspiro de frustración—. ¿Ves? Cuanto antes nos casemos, mejor, amor mío. ¿Qué estás haciendo?

—Explorar —contestó Alessa—. Querido Chance, ¿qué pasa si hago esto?

Chance se giró hacia ella y se lo mostró.

LOUISE ALLEN

De la ruina a la riqueza

Con la reputación destrozada y huyendo, Julia Prior estaba completamente desesperada cuando conoció a un caballero que le hizo una proposición sorprendente. Convencido de hallarse a las puertas de la muerte, William Hadfield, lord Dereham, vio en Julia a la mujer perfecta para cuidar de su adorada propiedad cuando él ya no estuviera..., si antes accedía a ser su esposa.

El matrimonio era la salvación de Julia: como lady Dereham podría escapar por fin de sus pecados. Pero transcurrieron tres años y el marido que creía muerto volvió a casa, fuerte, sano y atractivo, decidido a reclamar la noche de bodas que nunca tuvieron…

El caballero pirata

Benedict Casper Chancellor, conde de Blakeney, era el tipo de caballero elegantemente conservador que Alessa despreciaba.

No quería tener nada que ver con él… aunque tuviera el cuerpo de una estatua griega. Sin embargo, él parecía empeñado en apartarla de la cómoda vida que llevaba en Corfú. Peor aún, quería devolverla al seno de su remilgada familia. El conde no había previsto la habilidad que tenía Alessa para meterse en líos. Para rescatarla, no iba a quedarle más remedio que convertirse en pirata…

No. 88

¡YA EN TU PUNTO DE VENTA!

JAZMÍN™

ALICE SHARPE
BÚSCAME UNA CITA

La madre y la abuela de Lora Gifford no dejaban de intentar emparejarla con todos los hombres solteros de la ciudad, no importaba quiénes fueran o qué edad tuvieran. Para evitarlo, Lora pensó que lo mejor sería buscarles pareja a ellas dos. Parecía el plan perfecto... hasta que se quedó prendada de un recién llegado.

El doctor Jon Woods, un sexy veterinario que debía cubrir un puesto temporalmente, no hacía el menor esfuerzo por ocultar la atracción que sentía hacia ella. Pero ¿cómo podría Lora hacerle un hueco en su corazón sabiendo que se lo rompería cuando se marchara?

N.º 589

JESSICA STEELE
LOS PLANES DEL JEFE

Erin Tunnicliffe había decidido abandonar el aburrido pueblo inglés en el que se había criado y empezar una carrera en Londres. Su nuevo jefe era el guapísimo y sofisticado ejecutivo Joshua Salsbury, que parecía tener mucho interés en su evolución profesional... y personal.

CARLA CASSIDY
REGLAS DE COMPROMISO

Nate Leeman era un lobo solitario con un corazón tan frío que ni se inmutaría aunque Miss Universo entrara en su despacho. Pero había una mujer capaz de derretir el iceberg que tenía por corazón: Kat Sanderson, el amor que una vez dejó escapar. Y resultaba que la bella Kat iba a trabajar con él para ayudarlo a atrapar a un ladrón informático. Quizá trabajando hombro con hombro volvería la pasión que los había unido en otro tiempo...

ANGIE RAY

Identidades ocultas

Todas las mujeres solteras de la ciudad se quedaron atónitas después de la increíble escena que habían presenciado algunos habitantes. Ellie Hernández, directora de una galería, había chocado con el importante ejecutivo Garek Wisnewski y el hielo que cubría la acera los había hecho caer al suelo... el uno en los brazos del otro.

Los testigos aseguraron que la chispa que surgió entre ellos de inmediato subió la temperatura de la ciudad. Y un observador especialmente atento se fijó en que habían intercambiado algún paquete por error, lo que quizá diera lugar a algún otro encuentro. ¿Conseguiría la bella latina derretir el helado corazón del magnate?

FALSA IDENTIDAD

ANGIE RAY
Identidades ocultas

MERLINE LOVELACE
Madre sin identidad

MERLINE LOVELACE

Madre sin identidad

El multimillonario Alex Dalton había tenido en su vida mujeres de sobra. Pero ahora necesitaba a una en concreto: a Julie Bartlett, la pelirroja salvaje con la que había pasado la noche más apasionada de su vida.

¿Era ella la que había dejado a un bebé en la puerta de la mansión Dalton? Las pruebas de paternidad no resultaron concluyentes, así que necesitaba el ADN de Julie para determinar si el padre de la niña era él o su hermano gemelo. Pero cuando Julie se negó a cooperar, Alex juró que la tentaría para que le diera todo lo que él quería.

N.º 94